CAROLINE GRAHAM

Blutige Anfänger

Buch

Die Hobbyschriftsteller des Midsomer Worthy's Writer's Circle rechnen eigentlich nicht damit, daß der berühmte Bestsellerautor Max Jennings ihrer Einladung tatsächlich folgt und dem kleinen ambitionierten Kreis seinen professionellen Rat zukommen läßt. Doch dann geschieht, was keiner erwartet hätte: Der große Schriftsteller kommt. Und bevor die Nacht zu Ende geht, ist Gerald Hadleigh tot. Als Chief Inspector Barnaby in das verschlafene Nest Midsomer Worthy gerufen wird, um den Mord aufzuklären, zeigt sich, daß Hadleighs literarisch ambitionierte Freunde nichts zur Lösung des Falles beitragen können – oder wollen. Nur in einem Punkt sind sich alle einig: In der Nacht seines Todes war Gerald zutiefst besorgt, und die Ursache seiner Unruhe war ganz offensichtlich ihr mit Spannung erwarteter Ehrengast. Aber warum ließ sich der illustre Autor überhaupt auf diese drittrangige Veranstaltung ein? Und vor allem: Wo ist er jetzt?

Autorin

Caroline Graham wurde in Warwickshire geboren. Nach ihrer Ausbildung war sie einige Zeit bei der englischen Marine, leitete später eine Heiratsvermittlung und arbeitete während der sechziger Jahre an einem Theater. 1970 begann sie mit dem Schreiben, arbeitete zunächst als Journalistin beim BBC und Radio London, später wandelte sie sich zur Hörspiel- und Drehbuchautorin. Caroline Grahams erster Roman erschien 1982, seither hat sie neben zahlreichen Kriminalromanen auch zwei Kinderbücher verfaßt. Weitere Titel der Autorin sind bei Goldmann in Vorbereitung.

Außerdem bei Goldmann erschienen

Die Rätsel von Badger's Drift. Roman (5951)
Eine kleine Nachtmusik. Roman (5976)
Ein böses Ende. Roman (5983)

CAROLINE
GRAHAM

Blutige Anfänger

Roman

Aus dem Englischen
von Christine Frauendorf-Mössel

GOLDMANN

Die Originalausgabe erschien 1994 unter dem Titel
»Written in Blood«
bei Headline Book Publishing, London

Umwelthinweis:
Alle bedruckten Materialien dieses Taschenbuches
sind chlorfrei und umweltschonend.
Das Papier enthält Recycling-Anteile.

Der Goldmann Verlag
ist ein Unternehmen der Verlagsgruppe Bertelsmann GmbH

Deutsche Erstausgabe 12/98

Umschlaggestaltung: Design Team München
Umschlagfoto: TIB/Kohen
Satz: deutsch-türkischer fotosatz, Berlin
Druck: Elsnerdruck, Berlin
Verlagsnummer: 44261
Redaktion: AB · Bernd Wiesner
Herstellung: Sebastian Strohmaier
Made in Germany
ISBN 3-442-44261-3

3 5 7 9 10 8 6 4 2

Für
Frank und Linda Belgrove

Die Lebensretter

Ohne ein gewisses Herzflimmern
verliert die Schriftstellerei ihren Charme

Nicholson Baker
Du und Ich

Die Einladung

Später, in den Gesprächen mit der Polizei, wußte keiner mehr genau, wer den Namen Max Jennings zuerst ins Spiel gebracht hatte. Ein oder zwei tippten auf Amy Lyddiard, die wiederum überzeugt war, daß es ihre Freundin Sue Clapton gewesen sei. Sue dagegen nannte Rex St. John. Dieser wies die Vermutung weit von sich, da er bis zu jener Diskussion nie von dem Mann gehört, geschweige denn seine Bücher gelesen habe. Laura Hutton räumte ein, möglicherweise Max Jennings erwähnt zu haben, da sie erst kurz vorher in einem Artikel in *Harper's Bazaar* gelesen hatte, daß der Schriftsteller in ein Dorf in der Nähe umgezogen war. Brian Clapton schließlich behauptete, wer auch immer dafür die Verantwortung trage, habe ihm den nervtötendsten Abend seines Lebens beschert. Einigkeit herrschte immerhin bei Amy und Sue bezüglich der völlig überzogenen Reaktion des armen Gerald auf die erfolgte Namensnennung.

Kaum sei der Name ›Max Jennings‹ gefallen, berichtete Amy, die Thriller schrieb, wäre Gerald wie von der Tarantel gestochen von seinem Stuhl hochgeschossen und habe bleich vor Entsetzen wild um sich geblickt, wobei ein Stöhnen seiner Brust entwichen und die Kaffeetasse seiner Hand entglitten sei. Was wiederum zu tumultartigen Szenen geführt habe, weil viele gleichzeitig bemüht waren, die Flecken auf Geralds Hose und die klebrige braune Lache auf dem Teppich zu beseitigen. Es habe mindestens zehn Minuten gedauert, bis sich die Wogen wieder geglättet hatten. Sue habe anschließend frischen Kaffee gekocht. Als Sue dann das Kaffeetablett hereinbrachte, stand Gerald vor dem Gasofen, hielt sich die nassen Hosenbeine von den verbrühten Knien und sagte: »Ich muß mich entschuldigen. Da war plötzlich dieses Stechen ...« Er legte eine Hand flüchtig auf die weiße Hemdbrust.

»Sie sollten zum Arzt gehen«, mahnte Rex.

Es ist also sein Herz, dachte Laura. Dabei ist er doch nicht mal dick. Aber er ist eben im gefährlichen Alter. Sie stöhnte innerlich. »Ich finde, Rex hat recht ...«

»Muß was Verkehrtes gegessen haben.«

»Trotzdem ...«

»Könnten wir jetzt vielleicht wieder zum Thema kommen?« Brian warf einen vielsagenden Blick auf seine Uhr. Er mochte Gerald nicht besonders. Für seinen Geschmack hatte man genug Zeit mit ihm verplempert. »Ich muß vor dem Schlafengehen noch Arbeiten korrigieren. Schließlich gehören wir nicht alle zur Klasse der reichen Nichtstuer.«

Also hatten sie weiter die Schwierigkeiten diskutiert, einen geeigneten Gastautor zu finden. Kurz vor dem Zwischenfall mit Gerald hatte Amy eine Frau vorgeschlagen, die im benachbarten Martyr D'Evercy lebte und Bücher über die putzigen Abenteuer ihrer zahlreichen Pekinesen verfaßte.

»Ich weiß, wen du meinst«, erklärte Sue. »Sie bringt die Bücher im Selbstverlag raus und liefert sie persönlich an die Geschäfte der Umgebung aus.«

»Schriftstellerei zur Befriedigung persönlicher Eitelkeiten«, meinte Brian verächtlich. »Verzichte dankend. Wir wollen Profis. Alles andere interessiert nicht.«

»Wir machen so was ja auch nur viermal im Jahr«, warf Honoria Lyddiard ein, griff sich das letzte Blätterteigpastetchen mit Pfeffer-Frischkäse-Füllung und warf es wie eine Tablette in ihren großen Mund. Damit waren's acht, zählte Amy stumm mit.

»Wäre wünschenswert, wenn wir uns mal einigen könnten«, fuhr Honoria fort.

Aus Honorias Mund war das eine einzige Frechheit. Sie, die sich umgehend über jeden Vorschlag lustig zu machen pflegte, steuerte nie konstruktive Ideen bei. Die sich schließlich einfindenden Gäste fand sie ausnahmslos ›unpassend‹ und behandelte sie den ganzen Abend über mit vorzüglicher Unhöflichkeit.

»Wie wär's denn mit Frederick Forsythe«, schlug Rex vor. Er arbeitete gerade an einem Spionagethriller über einen Killer mit dem Decknamen ›Die Hyäne‹, der auf Saddam Hussein angesetzt war.

»Die Mühe können wir uns sparen«, wehrte Brian ab. »Prominente Autoren schützen immer Zeitmangel vor.«

Womit er nur zu recht hatte. Unter den illustren Persönlichkeiten, die in den vergangenen Jahren keine Zeit gehabt hatten, ein Gastspiel beim Autorenkreis von Midsomer Worthy zu geben, waren Jeffrey Archer, Jilly Cooper, Maeve Binchy und Sue Townsend. Immerhin waren als Trostpflaster nette Briefe und signierte Taschenbücher eingetroffen.

Nur einmal waren ihre Bemühungen wenn auch von zweifelhaftem Erfolg gekrönt gewesen. Ein Lyriker, mit Preisen und lobenden Kritiken nur so überhäuft, hatte in der Buchhandlung von Caustom eine Signierstunde abgehalten und sein Kommen für den Abend zugesagt. Doch der Poet hatte sich dann als einziges Desaster entpuppt. Die Stunde, die er ausharrte, mißbrauchte er dazu, sich zu betrinken, ihnen seine Kritiken vorzulesen und sie mit unerfreulichen Details aus seiner gescheiterten gleichgeschlechtlichen Beziehung zu belästigen. Das alles gipfelte in einem Weinkrampf des Gastes, den Laura schließlich noch in derselben Nacht nach London zurückchauffieren mußte, weil sich die anwesenden Herren wohlweislich vor der ehrenvollen Aufgabe gedrückt hatten.

In der Folge hatte sich die Gruppe dann gezwungenermaßen mit weniger schillernden Persönlichkeiten zufriedengegeben. Zum Beispiel mit einem Journalisten des *Causton Echo,* dem Produzenten eines lokalen Privatsenders und einem Gelegenheits-Autor der Zeitschrift ›Heimwerker‹. Letzterer lebte zwar ganz in der Nähe, hielt sich jedoch für viel zu arriviert, um regelmäßig an den Treffen des Autorenkreises teilzunehmen.

»Was ist denn mit der Idee, die du beim Frühstück hattest, Liebling?« Sue Clapton lächelte ihrem Mann scheu zu. Dieser hatte zu langes, fettiges hellbraunes Haar, das er hinter die Ohren zurückkämmte, und trug eine randlose Brille, mit der selbst attraktivere Männer unvorteilhaft ausgesehen hätten. Sue, groß und grobknochig, trug einen langen braunen Wikkelrock mit Gänseblümchenmuster und unvorteilhafte Lederclogs. »Der ... dieser ...«

»Ja, schon gut!« Brian lief rot an. Er hatte seinen Vorschlag mit lässiger Nonchalance in die Waagschale werfen wollen, sobald das übliche Gezeter seinen Höhepunkt erreicht hatte. Jetzt war die Wirkung dahin. »Ich habe da Kontakte zu jemandem, der möglicherweise ... ich wiederhole, möglicherweise ... zu uns kommen würde.«

»Was schreibt er denn so?«

»Gar nichts.« Brian bedachte Gerald mit einem süffisanten Lächeln. »Ist Mike Leigh ein Begriff?«

»Also das wäre ja der absolute Hammer!« rief Laura aus und schlug die eleganten, honigfarben schimmernden Beine übereinander. Das aufreizende Rascheln ihrer Seidenstrümpfe verfehlte seine Wirkung nur auf den Mann, dem es gegolten hatte.

Sue wünschte, sie hätte Beine wie Laura. Brian wünschte, Sue hätte Beine wie Laura. Honoria war pikiert. Rex hatte kühne Visionen von Spitzen und Strapsen. Amy dagegen lächelte Laura nur freundlich an, was ihr später Manöverkritik einbrachte.

»Ich habe nicht gesagt, daß es sich bei dieser Person um Mike Leigh handelt.« Brian war mittlerweile dunkelrot geworden. »War nur als Vergleich gemeint. Vergangene Woche hatten wir die *Nuts N Bolts* ... Schultheater? Ihr wißt schon ... an der Schule. Und die Truppe hat wirklich eine fabelhafte Interpretation eines Tages im Leben einer Gesamt ...«

»Bißchen wie Eulen nach Athen tragen, oder?« warf Rex ein.

»O Mann!« Brian schüttelte unwillig den Kopf. »Ist vermutlich zu hochgegriffen für Sie, Rex. Die Truppe hat unsere Kids mit ihren ureigensten Erfahrungen konfrontiert ... wenn auch in einer völlig neuen, dynamischen Form ... und damit ihrem Leben eine aufregende neue Identität verpaßt.«

»Was? Noch mal für mich zum Mitschreiben!«

»Die Kids erkennen, daß die Grammatik dieser Narrative mit ihrer eigenen Redeweise identisch ist.«

»Aha.«

»Also jedenfalls ...«, fuhr Brian fort, »bin ich dabei Zeb wieder begegnet. Er ist sozusagen der Motor des Projekts. Und ich habe ihn gefragt, ob er mal in unserem Kreis sprechen würde. Wir müßten nur seine Spesen ...«

»Kommt nicht in Frage«, unterbrach Honoria ihn. »Wir bezahlen nie.«

»Nur die Spesen. Benzingeld und ...«

»Honoria hat recht.« Rex bemühte sich, eine Nuance von Bedauern in seine Stimme zu legen. »Wenn wir erst mal damit anfangen ...« Er verstummte und fragte sich wie so oft, ob diese Knausrigkeit nicht eher kontraproduktiv war. Wie wäre es wohl ausgegangen, hätten sie einen John le Carré den Ersatz seiner Auslagen offeriert? Honoria hatte erneut das Wort ergriffen.

»Falls Sie allerdings seinen Besuch persönlich finanzieren möchten, Brian ...?«

Honoria musterte Brian kalt. Brian Clapton war wirklich keine Zierde der Menschheit mit seinem ungepflegten Haar, dem struppigen Bart, der schlampigen Kleidung und, was bei ihr schwer wog, einer noch schlampigeren politischen Einstellung.

Sue beobachtete beklommen, wie sich ihr Mann beleidigt in seinen Schmollwinkel zurückzog.

Auf diese Art und Weise ging die Diskussion endlos weiter, bis man sich schließlich so lange im Kreis gedreht hatte, daß der Name Max Jennings erneut fiel.

»Ich habe das Gefühl, daß wir bei ihm eine Chance haben«, erklärte Amy. »Schließlich wohnt er ganz in der Nähe. Außerdem ist er nicht so wahnsinnig berühmt.«

»Was zum Teufel soll das denn heißen?« erkundigte sich Honoria.

»Amy meint vermutlich, daß er noch nicht restlos abgehoben ist«, sprang Sue der Freundin zur Seite.

»Ich jedenfalls habe nie von ihm gehört«, warf Brian ein und trommelte mit den Fingern auf die Stuhllehne. Für die Reichen und Berühmten dieser Welt hatte er nur Verachtung übrig. Weshalb also sollte er den weniger Reichen und weniger Berühmten die Füße küssen? Ihm konnten sie alle gestohlen bleiben.

»Ich habe mal ein Radiointerview mit ihm gehört«, berichtete Amy. »Er klang sympathisch.« Zu spät fiel ihr ein, daß Honoria stets verlangte, daß sie ›Rundfunk‹ sagte. »Ich finde jedenfalls, er ist einen Versuch wert.«

»Ich kann diese affigen Pseudonyme nicht leiden. Gehe jede Wette ein, daß er in Wirklichkeit *Bert Bloggs* heißt.«

»Ich habe seinen ersten Roman gelesen. *Far Away Hills.* Er stammt aus einer armen Familie von den Äußeren Hebriden.

Sein Vater war ein schrecklich brutaler Kerl. Hat die Mutter in den Selbstmord getrieben, als der Junge noch klein war.«

»Ach, tatsächlich?« Brians Miene hellte sich etwas auf. »Versuchen können wir's ja. Es fällt uns sowieso kein anderer ein.«

»Wie wär's denn mit Alan Bennett?«

Brian schnaubte verächtlich. Alan Bennett war für ihn erledigt. Die Zeiten, in denen er seinem großen Vorbild nacheifernd mit einem Kassettenrecorder vor dem Dorfladen und der Kneipe versucht hatte, das facettenreiche, komplizierte Innenleben der Dorfbewohner für die Menschheit im Originalton festzuhalten, waren vorbei. Sein Enthusiasmus hatte ein jähes Ende gefunden, als ein besoffener Dorfbewohner ihn als ›Scheißhaus-Reporter‹ beschimpft und mit einem Faustschlag niedergestreckt hatte.

»Ich dachte, den heben wir uns nur für den absoluten Notfall auf«, bemerkte Laura.

»Stimmen wir doch einfach ab«, schlug Rex vor. »Wer ist für Jennings?« Er hielt die Hand hoch ... Die anderen folgten seinem Beispiel; Honoria als letzte. »Gerald?«

Gerald hatte sich in seiner noch immer feuchten Hose wieder dem Ofen zugewandt. Er sah über die Schulter auf die sechs erhobenen Hände. Seine Stimme konnte am Ergebnis nichts mehr ändern. Trotzdem war er nicht bereit, sich kampflos geschlagen zu geben.

»Schätze, wir können uns die Mühe sparen«, orakelte er und wunderte sich selbst über den unbeteiligten Ton seiner Stimme und seine äußere Gelassenheit, die in krassem Gegensatz zu seinen Gefühlen stand.

»Tut mir leid, Gerald. Sie sind überstimmt.« Brian setzte bereits seinen Strickhut auf.

»Und wenn schon.« (Er konnte einfach nicht aufgeben.) »Ich glaube nicht, daß es Sinn macht ...«

»Wenn Sie nicht schreiben wollen, mach' ich's eben«, ergriff Brian die Initiative. »Am besten über den Verlag. Ich könnte auch einfach anrufen ...«

»Unsinn! Ich bin der Schriftführer. Es ist meine Aufgabe.« Gerald hatte das Gefühl, daß er das Heft nicht aus der Hand geben durfte, wenn er die Kontrolle behalten wollte. Gerald stand auf. Die Geste war ein Zeichen für den allgemeinen Aufbruch. Er fing Lauras verstohlenen Blick auf und brachte ein schwaches Lächeln zustande.

In der folgenden Nacht machte Gerald kein Auge zu. Die erste Stunde verharrte er bewegungslos, in Erinnerungen gefangen, an seinem Schreibtisch. Sein Kopf fühlte sich an, als stecke er in einem Schraubstock. Die Vorstellung, diesen Mann wiederzusehen! *Max! Max,* der ihm das Kostbarste geraubt hatte. Der Gedanke, ihn begrüßen und stundenlange Selbstbeweihräucherung über sich ergehen lassen zu müssen, war unerträglich. Gerald wußte, daß er das nicht durchstehen würde. Punkt drei Uhr morgens begann er rastlos zu schreiben. Um sechs Uhr morgens war er völlig ausgelaugt, und der Papierkorb quoll über, aber der Brief war fertig. Eine DIN-A4-Seite lang. Jedes Wort saß. Es war unmöglich, Max offen zu bitten, nicht zu erscheinen. Selbst damals ... selbst im Augenblick des größten Verrats ... hatte Gerald nicht um Gnade gewinselt. Und auch jetzt wollte er ihm diese Genugtuung nicht verschaffen. Niemals.

Gerald begann den Umschlag zu adressieren und glaubte plötzlich durch jeden Buchstaben den Atem des Mannes zu hören, das Aroma seiner Zigarre zu riechen, die strahlend blauen Augen im markanten, sonnengebräunten Gesicht zu sehen, den alten Zauber zu spüren.

Er las den Brief erneut durch. Niemand, der die Seelenqual ahnte, die eine solche Einladung unweigerlich hervorrufen mußte, würde sie annehmen. Dessen war er sicher.

Gerald klebte die Briefmarke aufs Kuvert, zog Schal und Mantel an und verließ das Haus. Als er in Richtung Briefkasten abbog, tauchte der Milchmann aus dem Dunkeln auf.

»So früh schon auf den Beinen, Mr. Hadleigh?« Der Mann deutete auf den weißen Umschlag in Geralds Hand. »Wollen wohl Ihren Lottoschein noch rechtzeitig loswerden, was?«

»Ganz recht.«

Gerald marschierte davon. Die prosaische Begegnung hatte seine Laune schlagartig gebessert. Der Alltag, vertraut und banal, hatte ihn wieder. Die Wirklichkeit hatte die Nacht, Brutstätte kranker Phantasien, verdrängt.

Er ging schneller, pumpte frische Winterluft in seine Lungen. Auf dem Rückweg zu seinem Cottage kamen ihm die endlosen Qualen der Nacht schon beinahe übertrieben vor. Max hatte ihn vermutlich längst vergessen. Und selbst wenn das nicht der Fall war, war kaum anzunehmen, daß er über fünfzig Kilometer fahren würde, nur um mit ein paar Amateurschriftstellern den Abend zu verbringen. Max war erfolgreich. Jeder neue Roman aus seiner Feder landete unweigerlich in den Top Ten der *Sunday Times.* Nein, je länger Gerald darüber nachdachte, desto unbegründeter erschienen ihm jetzt seine Befürchtungen.

Der Morgen graute mit einer Mischung aus Rosarot, Zitronengelb und Silber, als er die Haustür wieder aufschloß und Kaffeewasser aufstellte. Und als sich das erste scharlachrote Rund der Sonne über den Horizont schob, war er fast schon überzeugt, daß der Brief all die Zeit und Mühe nicht wert gewesen war. Die Wahrscheinlichkeit, daß Max erscheinen würde, war gleich Null.

Fast genau einen Monat nach dem Clubabend stand Laura an ihrer Küchentür. Ihr war klar, was passieren würde, und dennoch gab sie sich der Illusion hin, Herr ihrer Entscheidungen zu sein. In der Hand hielt sie ein verschlossenes Briefkuvert. Nur sie wußte, daß es leer war. Laura besaß keinen Hund und war nicht so naiv, in einem englischen Dorf im Dunkeln ohne offensichtlichen Grund herumzulaufen.

Bei ihrem letzten Ausflug (vor nicht einmal einer Woche) war sie schnurstracks dem Pfarrer Clewes in die Arme gelaufen, der seinen Basset Henry Gassi geführt hatte. Sie waren zusammen weitergegangen, und Laura hatte keine andere Wahl gehabt, als ihren Umschlag in den Briefkasten zu werfen. Anschließend hatte Clewes sie nach Hause zurück begleitet und aufgepaßt, bis sie in der Tür und in Sicherheit gewesen war. Danach hatte sie es nicht gewagt, noch einmal auszugehen, und sich bitter enttäuscht ins Bett gelegt. An diesem Abend jedoch war Henry mit seinem Herrchen schon eine halbe Stunde zuvor wieder auf dem Heimweg vorbeigekommen.

Laura knöpfte ihre dunkelblaue Matrosenjacke bis unters Kinn zu. Sie trug Jeans, dicke Lederhandschuhe, schwarze Stiefel und ein dunkles Kopftuch, unter dem sie ihre allzu bekannte, kupferrote Haarpracht verbarg. Dann trat sie in die stille Nacht hinaus, schloß die Tür, drehte den Schlüssel leise im Schloß und horchte einen Moment bewegungslos in die Dunkelheit.

Aus den Nachbarhäusern drang kein Laut. Nirgends wurden Katzen herein- oder hinausgelassen. Weder das Klirren von leeren Milchflaschen noch das Klappern von Mülleimern verriet irgendwelche Aktivitäten. Nirgends wurden Freunde an den Türen verabschiedet. Laura machte sich lautlos auf dicken Gummisohlen auf den Weg. An ihrer Gartenpforte wandte sie sich wie magisch angezogen nach links.

Sie ging schnell und hielt sich dicht neben den hohen Hecken ... für den Engländer die bescheidene gartenbauliche Variante der mittelalterlichen Wehrmauern. Plötzlich tauchte ein Mond wie aus knittrigem Silberpapier am Himmel auf, und Laura trat in den Schatten eines Baumes. Mauern aus Feuerstein und die gerade noch schwarzen Silhouetten der Bäume und Sträucher waren mit einem Mal in fahles Licht getaucht. Selbstvergessen nur auf ihr Ziel konzentriert, war Laura jetzt halb ohnmächtig vor Schreck, fühlte sich den Blicken ausgesetzt wie eine einsame Schauspielerin auf grell ausgeleuchteter Bühne.

Bis zum winzigen Postamt waren es noch etliche Meter. Der Briefkasten stand am Gartentor. Als Laura ihn erreichte, schob sich erneut eine Wolkenbank vor den Mond. Sie steckte den Umschlag hastig wieder in die Tasche und ging weiter. Hinter dem Postamt erwartete sie der gefährlichste Teil. Lief sie jetzt einem Bekannten in die Arme, war der Briefumschlag als Vorwand keinen Pfifferling mehr wert. Doch sie hatte Glück. Außer ihr war niemand unterwegs.

›Plover's Rest‹ war das letzte Haus, das direkt am Dorfplatz lag. Die Straße, die sich am Anfang der Grünanlage gegabelt hatte, führte hier wieder zusammen. Die Grundstücke ohne direkten Anschluß an den Park waren weniger wert. Bevor die Reihen mit preiswerteren Häusern begannen, kam eine Baulücke, ein verwildertes Grundstück von gut dreißig Metern Länge, auf dem Dornengestrüpp, wilde Schlehen und Holzapfelbäume wucherten. Für Laura war dieses Geviert ein Geschenk des Himmels, denn, wie die meisten Häuser direkt am Park, besaß auch ›Plover's Rest‹ einen Bewegungsmelder in Form einer grellen Halogenlampe, die sich bei Dunkelheit einschaltete, sobald sich jemand näherte.

Laura bahnte sich vorsichtig den Weg durch die Wildnis. Das, was sie antrieb, nahm ihr jede Angst. Schließlich trat sie gebückt und mit klopfendem Herzen aus dem dichten Gestrüpp, wandte sich nach links und zwängte sich durch eine Öffnung in einem hüfthohen Weidenzaun. Im nächsten

Augenblick war sie in Gerald Hadleighs rückwärtigem Garten.

Laura blieb einen Moment stehen und nahm ihre Umgebung aufmerksam in sich auf. Ihr Blick glitt über eine mächtige Birke, leere dekorative Gartenurnen, die schwach erkennbaren Umrisse einer Terrasse, deren Oberfläche frostig glitzerte. Der Himmel über ihr war voller Sterne. Sie mied den Kiesweg und schlich auf Zehenspitzen weiter. Ihr Atem kondensierte in der Kälte.

In der Küche brannte Licht. Als Laura näher kam, sah sie jedoch, daß der Raum leer war. Mutig starrte sie durchs Fenster. Im Spülbecken türmte sich schmutziges Geschirr. Eine halbe Flasche Rotwein und ein Glas standen auf einem Tablett. Laura verrenkte sich den Hals, so daß sie ein langes Board erkennen konnte, auf dem Gewürzgläser mit offenbar exotischem Inhalt standen.

Gerald hatte einmal erwähnt, daß er gern Japanisch kochte. Laura hatte daraufhin umgehend ihre Vorliebe für diese Küche beteuert und ihn praktisch gezwungen, eine vage Einladung auszusprechen. Danach hatte sie in einem Taumel des Glücks lange vergeblich auf die Konkretisierung dieser Einladung gewartet.

Als die Vorstellung, wie sie mit Gerald bei Kerzenlicht und warmem Sake zusammensitzen würde, allmählich zur Obsession geworden war, hatte sie ihn schließlich an sein Versprechen erinnert. Woraufhin er ihr versicherte, sein Versprechen nicht vergessen zu haben, und sie für den folgenden Donnerstag gegen sieben Uhr zu sich einlud.

Laura schwebte wie auf Wolken, gönnte ihrer Haut ein klärendes Dampfbad, bürstete sich das Haar und cremte ihre makellos schlanken Beine mit Parfümlotion ein. Donnerstag um Viertel vor sieben zog sie ihr maisgelbes Jasper Conran Jackett über ihre elfenbeinfarbene Seidenbluse und den schmalen pflaumenfarbenen Seidenrock. Karneolohrringe waren ihr einziger Schmuck. Sie sah einfach bezaubernd aus. Jeder sagte das ... die Cleweses, Rex, das alte Ehepaar aus ›Windy Hollow‹. Er hatte nämlich die halbe Straße eingeladen. Und für alle war es, wie man ihr versicherte, die erste Einladung gewesen.

Jeder andere hätte daraus seine Lehre gezogen. Laura jedoch, die sich in den Schlaf weinte, wachte in der Überzeugung auf, daß Gerald einfach nervös, in romantischen Dingen völlig aus der Übung gewesen sei. Beim ersten Mal hatte er die Zweisamkeit offenbar gescheut. Mittlerweile war gut ein Jahr verstrichen. Eine Einladung war nie wieder ausgesprochen worden.

Unglücklich bis zur Verzweiflung kämpfte Laura aus Selbstschutz mit Phantasien, in denen sich Gerald als miserabler Liebhaber, Langweiler, Pedant und Egozentriker entpuppte. Unter großem Energieaufwand gelang es Laura auch, diese tröstliche Fiktion gelegentlich über Tage aufrechtzuerhalten ... Bis sie ihn wiedersah.

Plötzlich Geräusche und Licht! In panischer Angst duckte sich Laura am Fenster vorbei und preßte sich flach gegen die Hauswand, so daß sich die gewölbten Mauersteine schmerzhaft in ihren Rücken bohrten. Die Geräuschquelle entpuppte sich als Volkswagen, der von Brian, Geralds nächstem Nachbarn, in die Einfahrt gefahren wurde. Die Lichtkegel der Scheinwerfer erloschen. Das Garagentor fiel zu. Sie hörte, wie Brian am Haus entlang- und hineinging. Ein Schloß rastete ein. Laura nahm an, daß Sue einen Gute-Nacht-Trunk mixen würde, und fühlte einen neidvollen Stich. Nicht, daß sie oder sonst jemand im Vollbesitz seiner geistigen Kräfte mit Brian verheiratet sein wollte. Gott bewahre! Trotzdem gab es zweifellos eine Art der Geborgenheit, die man nur zu zweit erreichte, und die das Leben als Single bestimmt nicht auf dem Zettel hatte.

Großer Gott, was mache ich eigentlich hier? Laura schlug mit der Faust gegen die Mauer, die Abschürfungen im Leder ihres Handschuhs hinterließ. Ich bin sechsunddreißig und eine erwachsene Frau. Ich bin attraktiv. Manch einer fand mich sogar schön. Ich habe einen erfolgreichen Antiquitätenhandel und ein hübsches Haus voller schöner Dinge. Kinder lächeln bei meinem Anblick. Katzen und Hunde mögen mich. Männer laden mich zum Essen ein. Warum also treibe ich mich wie eine Diebin in einer eiskalten Februarnacht in einem fremden Garten herum, nur um einen Blick auf einen Mann zu erhaschen, der sich nicht die Bohne für mich interessiert?

Liebe, die wie ein Blitz einschlägt. Sie hatte vorher nicht geahnt, wie wörtlich dieser Ausdruck zu nehmen war. Sie hatte ahnungslos Orangen im Dorfladen gekauft, war dabei aus Versehen einem Mann auf die Füße getreten. Einem großen Mann mit graumeliertem lockigen Haar und kühlen haselnußbraunen Augen. Im nächsten Moment hatte es sie getroffen wie ein elektrischer Schlag. Laura schloß die Augen und fühlte erneut die Macht dieses Augenblicks, der sie verzehrte.

Überzeugt, daß er verheiratet sein mußte, schwanden Laura vor Erleichterung beinahe die Sinne, als sie erfuhr, daß es sich um einen Witwer handelte. Seine Frau war nach kurzer Ehe an Leukämie gestorben, er nie darüber hinweggekommen. Und sie, überzeugt von ihrer Weiblichkeit, ihrer Anziehungskraft, war von dem missionarischen Eifer beseelt gewesen, ihn diese Tragödie endgültig vergessen zu machen.

Selbst neu in Midsomer Worthy war sie in der Hoffnung zum Erntedankfest gegangen, ihn dort anzutreffen. Doch er war nicht da gewesen. Dafür hatte sie erfahren, daß es im Dorf einen Literarischen Zirkel, einen Autorenkreis gab, dem er angehörte.

Diesbezüglich völlig untalentiert und uninteressiert, trat Laura dem Club umgehend bei. Zur Begründung schob sie den Besitz einer großen Anzahl von Briefen, Tagebüchern und Geschäftsunterlagen aus vergangenen Jahrhunderten vor, die sie in modernes Englisch zu übertragen vorgab. Als Mitglied des Autorenkreises konnte sie jedenfalls sicher sein, ihn mindestens einmal pro Monat zu sehen. Was bedeutete, daß sie ihn nicht nur von weitem anhimmeln mußte, sondern zwei, gelegentlich auch drei volle Stunden mit ihm in einem Raum verbringen konnte. Das allein zählte.

Ihm ihre Gefühle zu gestehen stand außer Frage. Sie war nicht im mindesten versucht, es zu tun. Die Wahrscheinlichkeit, damit alles unwiederbringlich zu zerstören, war einfach zu groß. Er konnte sich sogar gezwungen fühlen, aus dem Autorenkreis auszutreten. Das durfte sie nicht riskieren.

Laura zitterte vor Kälte. Ihre Füße waren trotz dicker Socken und Winterstiefel zu Eiszapfen erstarrt. Sie trat auf den Grasstreifen entlang des Hauses, wo sie lautlos mit den Füßen stampfen konnte, um die Blutzirkulation anzuregen. Ich muß verrückt sein, sagte sie sich. Ich sehe ihn sowieso in vierundzwanzig Stunden.

Plötzlich beäugte sie sich mit den Augen eines heimlichen Beobachters. Jeder mußte annehmen, sie sei eine Spannerin, ein weiblicher Voyeur. Und sie schwor sich, damit endgültig Schluß zu machen. Gleich morgen.

Ein Auto kam näher. Das Motorengeräusch wurde lauter, dröhnte in ihren Ohren. Das klang nicht nach Geralds Celica. Es schien ein größerer, schwerer Wagen zu sein. Eine Autotür öffnete und schloß sich mit sonorem ›Plopp‹. Laura hastete in den Schutz der Bäume auf der gegenüberliegenden Hausseite. Von dort aus schlich sie mit klopfendem Herzen weiter, um die Front des Hauses einsehen zu können.

Ein Taxi stand in der Einfahrt. Eine Frau bezahlte den Fahrer. Sie hatte Laura dabei den Rücken zugewandt. Als sie sich umdrehte, erkannte Laura ein schickes schwarzes Kostüm.

Der Schleier an ihrem kleinen Hut verbarg das Gesicht. Der Fahrer rief etwas. Die Frau klopfte an die Haustür. Als das Taxi davonfuhr, wurde die Tür geöffnet, und sie ging hinein.

Laura entfuhr ein Stöhnen. Sie hatte gar nicht gemerkt, daß sie die ganze Zeit über die Luft angehalten hatte. Jetzt schlug sie die Hände vor den Mund und wartete, starr vor Entsetzen, ob jemand sie gehört hatte. Doch nichts rührte sich.

Während sie noch den ersten Schock verdaute, regten sich in ihr bereits andere Gefühle: Schmerz, Eifersucht, eine lähmende Trauer und Wut angesichts der naiven Selbstgefälligkeit, mit der sie angenommen hatte, daß Gerald, weil er sich nicht für sie interessierte, auch für keine andere Frau Augen haben würde. Sie hatte sich auf fatale Weise von der Nummer des trauernden Witwers blenden lassen.

Ahnend, daß sie ihr Tun bitter bereuen würde, und doch unfähig, ihrem Schicksal zu entgehen, trat Laura aus dem schützenden Schatten der Bäume. Dabei verfing sich ein Ast in ihrem Kopftuch. Die Samtvorhänge im Wohnzimmer waren nicht vollständig zugezogen. Sie stand in der Rabatte und starrte angestrengt durch den Spalt. Mittlerweile war es ihr völlig gleichgültig geworden, ob man sie dabei beobachtete.

In ihrem Blickfeld befand sich das Bücherregal und der Teil der Anrichte, auf dem das Hochzeitsfoto mit Grace gnädigerweise nicht stand. Die Vase mit rosarotem Schneeball ragte nur zur Hälfte ins Blickfeld. Dann tauchte die Frau in Schwarz auf. Sie hielt ein Glas Rotwein in der Hand. Vermutlich stammte der Inhalt aus der Flasche Bordeaux in der Küche. Sie hatte ihren Hut abgelegt. Das volle Haar fiel in weichen Wellen über ihre Schultern. Ihr Make-up war tadellos. Trotzdem ist sie älter als ich, dachte Laura. Viel zu alt für ihn.

Die Frau hob ihr Glas, lächelte und sagte etwas. Dann nahm sie einen tiefen Schluck. Geralds Wein. Bei der Intimität dieser alltäglichen Geste stockte Laura der Atem. Tränen machten sie blind. Jedenfalls bemerkte sie den alten Mr. Lilley aus ›Laburnum Villas‹ nicht, der mit seinem Collie vorbeiging.

Amy erinnerte sich sehr deutlich an den Augenblick, als ihr klar geworden war, daß sie sich in die Sklaverei begeben hatte. Zu diesem Zeitpunkt lebte sie bereits mehrere Monate im Haus ihrer Schwägerin. Sie hatte von Anfang an versucht, sich nützlich zu machen, denn sie war sich nur zu schmerzlich bewußt, daß sie finanziell nichts zum Haushalt beitragen konnte.

Der fragliche Moment ereignete sich an einem sonnigen Nachmittag im Mai. Honoria hatte wie immer umgeben von Stammbäumen, Briefen und anderen Dokumenten über der Familiengeschichte der Lyddiards und den entsprechenden Wappenvorlagen an ihrem Schreibtisch gebrütet. Die Türglocke hatte geschrillt und Amy ihr Flickzeug beiseite gelegt, zu Honorias breiter Rückenfront hinübergesehen, sich halb vom Stuhl erhoben und gezögert. Doch Honoria hatte sich nicht einmal zu ihr umgedreht, sondern lediglich mit gereizter Geste und spitzem Zeigefinger in Richtung Haustür gedeutet.

Bis zu diesem Augenblick hatte Amy ihre ständig wachsenden täglichen Pflichten im Rahmen dessen akzeptiert, was sie unter ›Sich-nützlich-machen‹ verstand. Schon einen Monat nach ihrem Eintreffen in Gresham House hatte Amy das Einkaufen übernommen (Dorfladen täglich, Causton einmal die Woche), die Gartenarbeit, das Sammeln von Holz für den Badeofen, Waschen, Bügeln und Mithilfe bei Honorias Ahnenforschungen. Trotzdem: Es gab gewisse Dinge, die sie nicht tun durfte; Pflichten, die unter ihrer Würde waren. Wenn auch nur eine angeheiratete Verwandte, sie war immerhin eine Lyddiard und damit gab es Grenzen für ihre Einsatzmöglichkeiten. Für das sogenannte ›Grobe‹ kam einmal pro Woche Mrs. Bundy.

Waren Gäste im Haus, was selten genug vorkam, war es Amy sogar untersagt, den Tisch abzuräumen. »Gerade so«, hatte sie während einer der heimlichen Zusammenkünfte mit Sue geklagt, »als hätten wir ein Hausmädchen mit gestärkter Haube in der Küche versteckt.«

Sue hatte mitfühlend genickt und angemerkt, daß Honoria nun mal ein schrecklicher Snob sei.

Amy war da ganz anderer Meinung. Genausogut hätte man von Alexander dem Großen behaupten können, er sei etwas ›bossy‹ gewesen. Die geradezu hingebungsvolle Verehrung, die Honoria für die Rolle ihrer Familie in der englischen Geschichte empfand, war regelrecht pathologisch. Seit dem Tod ihres Bruders hatte Honoria all ihre Zeit darauf verwendet, die direkte Linie seiner Abstammung zu erforschen und jede ihrer Entdeckungen mit so viel Beweismaterial zu belegen, wie sie ... und jetzt auch Amy ... nur finden konnten.

Zahllose Schuhkartons voller Karteikartenbündel waren der schlagende Beleg für ihren Eifer. Ein großer weißer Kartonbogen lag – an allen vier Ecken beschwert – permanent auf dem Tisch. Darauf nahm allmählich der Stammbaum der Familie Gestalt an. Nach seiner Fertigstellung sollten sämtliche Details von einem echten Kalligraphen auf feinstes Pergament übertragen und mit Blattgold verziert, gerahmt und anschließend in der Eingangshalle aufgehängt werden.

Amy war der ganzen Sache längst überdrüssig. Sie begriff einfach nicht, weshalb Honoria so besessen von der Vergangenheit war. Jedenfalls war es nicht typisch für die Lyddiards. Ralph oder Rafe, wie seine Schwester ihn immer noch beharrlich nannte, hatte keinen Klassendünkel gehabt. Er war zu allen gleichermaßen zwanglos freundlich, also im Gegensatz zu seiner Schwester einfach ein Menschenfreund gewesen.

Honoria dagegen war der reinste Misanthrop. Besonders was die Mitglieder der unteren Schichten betraf. »Linke Bazillen! Vermehren sich wie die Karnickel!« lautete einer ihrer noch moderateren Sprüche. Ihr aristokratischer Dünkel bewegte sich in schwindelnden Höhen!

Ralph hatte sich darüber lustig gemacht und nicht verstanden, warum Amy es ihm nicht gleichtat. Aber diese hatte Honorias These vom ›natürlichen Adel des Blutes‹ alles andere als komisch empfunden. Für sie war eine solche Philosophie vom Herrenmenschen inhuman, wenn nicht gar kriminell.

»Hörst du mir überhaupt zu?«

»Ja, Honoria.«

Amy ging die Lüge leicht über die Lippen. Jeder Gedanke an ihren Mann pflegte sie in einen Strudel unglücklicher Erinnerungen zu reißen. Schon deshalb war sie froh, in die Wirklichkeit zurückgerufen zu werden. Sie schnitt ein Stück Plastikfolie ab und legte es über ein Tablett mit Snacks aus runden Vollkorncrackern mit Frischkäse und Spargelspitzen. Honoria schimpfte noch immer wegen des Spargels, obwohl die Büchse um den halben Preis heruntergesetzt gewesen war. Amy hatte ihren Kauf damit verteidigt, daß jeder zu Ehren des bekannten Gastautors etwas Besonderes beisteuern werde.

»Wofür haltet ihr eigentlich diesen Mann? Für die Reinkarnation von William Shakespeare?« hatte Honoria gewettert. »Falls von den Häppchen etwas übrigbleibt, sieh gefälligst zu, daß wir sie wieder mitnehmen.«

Amy machte ihr zweites Tablett fertig. Gurkensandwiches mit selbstgemachter Mayonnaise. Sie hätte viel lieber gekaufte Mayonnaise benutzt, die nicht nur milder im Geschmack war, sondern auch eine bessere Konsistenz hatte und damit verhinderte, daß die Sandwiches bald wie durchgeweichte Schuhsohlen aussahen. Aber in Gresham House galt Markenmayonnaise als unsinniger Luxus.

»Ich kann diese Aufregung wirklich nicht verstehen«, fuhr Honoria fort. »Laura will etwas aus dieser lächerlich teuren Patisserie besorgen, und Susan backt einen Kuchen. Sicher zaubert sie wieder etwas aus diesem unappetitlichen Hamsterfutter, von dem sich die ganze Familie zu ernähren scheint.«

»Sue macht eine glasierte Karottentorte.«

»Dieser Jennings kommt von High Wycombe.« Honoria hatte bereits ihren alten Barbour angezogen und setzte einen Tweedhut auf ihr kurzes, glattes und eisgraues Haar. »Und nicht vom Nordpol.«

»Wohin gehst du?« fragte Amy, die lediglich interessierte, wie lange die Schwägerin fort sein würde.

»Nur zu Laura.«

Käme Max Jennings vom Nordpol, würde er sich in Gresham House wie zu Hause fühlen, sinnierte Amy vor sich hin und fröstelte trotz dicker Pullover, Wolljacke, Strumpfhose, Fußwärmer und Winterstiefel.

Amy ging in die Bibliothek. Honoria, die ihr Tagespensum am Schreibtisch erledigt hatte, ließ das Feuer im Kamin ausgehen. Amy beugte sich über die grau-weiß glimmenden Reste und rieb sich die steifgefrorenen Finger. Sie überlegte, ob sie in den Keller gehen und dem altmodischen Heißwasserspeicher einen Tritt versetzen sollte. Der gefräßige Brenner mit Holzfeuerung sollte ein Röhrensystem mit warmem Wasser versorgen. Die einzige Alternative zu brutaler Gewalt waren drei Bedienungshebel. Leider zeigte keine Bedienungsvariante zufriedenstellende Ergebnisse. Das Röhrensystem hielt die Innentemperatur knapp über dem Gefrierpunkt, und das Wasser wurde gerade mal lauwarm.

Amy beschloß, die Heizung in Ruhe zu lassen. Die Zeit, die sie brauchte, um den Apparat im Keller zu bearbeiten, konnte sie besser zum Schreiben nutzen. Kein Tag ohne eine Zeile, das war Amys Devise, und sie versuchte, sich daran zu halten.

Ihr Roman *Rompers* lag sicher verwahrt in einer grünen Hutschachtel auf ihrem Schrank. Im Kreis der Clubmitglieder hatte sie ihn als Familiensaga bezeichnet. Einzelheiten jedoch blieben ein Geheimnis, das sie nur mit Sue teilte. Obwohl Liebe und Sex im Vergleich zu vielen modernen Bestsellern in durchaus harmloser Form behandelt wurden und Amy primitive Kraftausdrücke mit ›f‹ mied, waren die Zutaten in ihrem Geschichtengebräu doch explosiv genug, um Honoria so zu schockieren, daß sie zu der Ansicht kommen konnte, die unmoralische Person, die diese ›Unappetitlichkeiten‹ produzierte, sei es nicht wert, unter dem Dach der Lyddiards zu leben. Das jedoch durfte Amy nicht riskieren. Sie war vierzig Jahre alt, mittellos und ohne Beruf.

Ralph trug daran keine Schuld. Auch wenn sein Leben für Außenstehende nicht gerade von Erfolg gekrönt gewesen war. Er hatte seinen Dienst als Marinesoldat quittiert, als er sie kennengelernt hatte, um sie nicht allein zu lassen, was Amy rückblickend immer für einen Fehler gehalten hatte. Ralph war intelligent gewesen, hatte jedoch keine besonderen Begabungen gehabt und nie herausgefunden, wozu er eigentlich fähig gewesen wäre. Mit dem Erbe seiner Eltern – Honoria hatte das Haus und eine kleine Rente bekommen – hatte er zuerst ein Antiquariat aufgemacht. Was ebenso fehlgeschlagen war wie andere idealistische Unternehmungen, zum Beispiel eine Olivenplantage in Evvia und eine Rahmenwerkstatt in Devizes. Schließlich, nachdem das Geld fast aufgebraucht war, hatten sie ein kleines Haus in Andalusien mit einem großen steinigen Grundstück gekauft und sich als Selbstversorger abgemüht. Damals waren die ersten Symptome der Krebskrankheit aufgetreten, an der Ralph dann letztendlich gestorben war.

Amy mußte alle Willenskraft aufbringen, um die Erinnerung an den geliebten Mann, an das winzige, nur unzureichend ausgerüstete spanische Krankenhaus, Honorias wütenden Auftritt und den Alptraum des Heimflugs nach England zu verdrängen. Wollte sie sich aus ihrer gegenwärtigen, desolaten Situation mit diesem Buch herausschreiben, dann mußte sie aufhören, in der Vergangenheit zu wühlen.

Sie nahm die Hutschachtel vom Schrank, zog das Manuskript heraus und las die letzten drei Seiten noch einmal durch, um in die richtige Stimmung zu kommen. Unbefriedigend war die Lektüre durchaus nicht. Die Prosa war gut lesbar, und sie hatte sorgfältig darauf geachtet, jede Ironie zu vermeiden. Die Frage war nur, ob ihr Werk vor den Augen eines eiskalt kalkulierenden, geschäftstüchtigen Verlegers bestehen würde.

Zumindest bildeten diesmal (*Rompers* war bereits ihr dritter Versuch) die gesellschaftliche Ebene und der szenische Hintergrund eine harmonische Einheit. Sue hatte ihr auseinandergesetzt, daß es das sicherste Rezept sei, um mit einem Manuskript das schnelle Geld zu machen, wenn man die Story auf Liebe, Kommerz und Luxus aufbaute. Das hatte sie jetzt beherzigt. Hauptfigur war eine junge Managerin in Hongkong.

Amy kaute auf ihrem Stift. Die graue Theorie des Schreibens war ein Kinderspiel. Erst wenn man etwas zu Papier bringen sollte, begann der unerbittliche Kampf.

Sie sah auf die Uhr und hielt entsetzt den Atem an. Seit Honoria das Haus verlassen hatte, war bereits eine halbe Stunde vergangen, die sie ungenutzt mit traurigen Erinnerungen vergeudet hatte. Sie begann zu schreiben:

»Verdammt! Verdammt noch mal!« fluchte Araminta aus vollem Herzen, als sie mit bebenden Lippen nach Burgoynes letztem Fax griff.

Honoria radelte in hoheitsvoller entrückter Haltung am Park entlang. Ihr Mund verzog sich angewidert, als sie die Coladose unter der Bekanntmachungstafel der Gemeinde liegen sah.

Honoria hatte ihren ganzen Einfluß im Gemeinderat in die Waagschale geworfen, um das Aufstellen eines Papierkorbs in der näheren Umgebung der gepflegten Grünanlage zu verhindern. Wenn das Resultat allerdings diese primitive Entweihung des Ortes sein sollte, mußte sie ihre Haltung wohl noch einmal überdenken.

Zweifellos war das besagte Exemplar von einem Insassen der Sozialwohnungen so achtlos in die Botanik befördert worden. Diese Blocks lagen (nach Honorias Auffassung glücklicherweise) am äußersten Dorfrand, was die Schmarotzer, die sich dort eingenistet hatten, allerdings nicht daran hinderte, sich überall mit ihren lauten Motorrädern und plärrenden Radios breitzumachen und die Rasenfläche der Anlage geschmackloserweise bei schönem Wetter mit Beschlag zu belegen. Wäre es nach Honoria gegangen, hätte man die zwölf Mietshäuser durch einen hohen Zaun und Wachtposten abgeschottet.

Sie bog in die Auffahrt von Lauras Haus ein und sprang von dem Sitz ihres vorsintflutlichen Rades, lehnte es samt seines Weidenkorbs am Lenker gegen die Garagenwand und betätigte den Türklopfer.

Honoria kam nicht unangemeldet. Laura hatte sich erboten, nach einer Steinfigur Ausschau zu halten, die dem Laubengang von Gresham House die nötige Würde verleihen sollte. Nun war der Katalog einer bevorstehenden Auktion in Worcester eingetroffen, der entsprechend dekorative Objekte enthielt. Laura hatte Honoria am Vorabend telefonisch zur Teezeit eingeladen, ihn sich anzusehen.

Honoria klopfte energischer, doch es rührte sich nichts. Deshalb drückte sie die antike Messingtürklinke in der Form einer Löwenpranke herunter. Die Tür ging auf. Bis auf das Schlagen des Pendels von Lauras alter Großvateruhr aus Ebenholz war alles still. Honoria blickte kurz in die beiden winzigen Räume, die von der Diele abgingen, und lief dann auf dem dicken kirschroten Teppich lautlos zur Küchentür. Dahinter vernahm sie seltsame menschliche Geräusche.

Honoria zögerte. Nicht etwa aus Verlegenheit, sondern weil sie eine angeborene Aversion gegen alle Situationen hatte, die außerhalb unverfänglicher Konvention lagen. Davon abgesehen, haßte sie es, mit den Angelegenheiten ihrer Mitmenschen behelligt zu werden.

Sie öffnete die Tür aus diesem Grund nur einen Spalt breit, um sich gegebenenfalls den Rückzug offenzuhalten. Doch unglücklicherweise quietschte die Tür wenig dezent in den Angeln, so daß Laura, die am Küchentisch saß und den Kopf auf die Arme gelegt laut schluchzte, aufschreckte. Die beiden Frauen starrten sich an. Damit war Honoria der Rückzug verwehrt.

Honoria sah auf den ersten Blick, daß Laura bereits hektoliterweise Tränen vergossen haben mußte. Das normalerweise so sorgfältig geschminkte Gesicht mit den kühlen, distanzierten Augen war bis zur Unkenntlichkeit rot verquollen. Feuchte Haarsträhnen hingen ihr in die Stirn, und sie war auch noch um fünf Uhr nachmittags im Morgenmantel.

Pikiert suchte Honoria nach Worten. Sich mit einem schlichten ›Verzeihung‹ aus der Affäre zu ziehen stand außer Frage. Das wäre schlechtes Benehmen gewesen. Und obwohl Honoria ohne jedes menschliche Mitgefühl war, hatte sie nicht die Absicht, diese Szene hier an die große Glocke zu hängen. Also wirklich, dachte sie gereizt, wenn sich jemand schon so gehen lassen mußte, dann sollte er wenigstens soviel Anstand besitzen, um die Haustür abzuschließen.

»Meine Liebe«, begann Honoria. Die freundliche Anrede wirkte wie ein schlecht sitzender Zahn in Honorias Mund. »Was um Himmels willen ist denn passiert?«

Nach langer Pause antwortete Laura mit dem üblichen Klischee: »Nichts.«

Doch anstatt zu antworten ›Dann ist ja alles in Ordnung‹ und zu gehen, wie es eigentlich Honorias Wesen entsprochen hätte, stieg sie die zwei Steinstufen in die Küche hinunter, zog einen schönen alten Stuhl über die blauen Schieferplatten an den Tisch und setzte sich. »Kann ich irgendwie helfen?« erkundigte sie sich.

Laura verfluchte stumm ihre Nachlässigkeit, die Tür nicht verriegelt zu haben, nachdem der Postbote ein Einschreiben gebracht hatte. Und daß ausgerechnet Honoria Lyddiard jetzt in ihrer Küche saß, war doppeltes Pech. Daß sie ihrerseits sich lieber auf den Mond wünschte, war nicht zu übersehen.

»Nein, wirklich nicht.« Laura fingerte ein Kleenex aus einer fast leeren Schachtel, trocknete die Tränen, putzte die Nase und versenkte das feuchte Knäuel Zellstoff in einem Papierkorb. »Manchmal ist mir eben nach Heulen.«

»Oh.«

»Schätze, das geht jedem so.«

Honoria starrte sie fassungslos an. Sie war noch nach dem Grundsatz erzogen worden, daß eine Dame stets Haltung und Fassung zu bewahren habe. Honoria hatte nie geweint, nicht einmal beim Tod ihres geliebten Rafe, und dabei war sie an ihrem Kummer beinahe zerbrochen. Dennoch hatte sie keine Träne vergossen, nicht beim Begräbnis und auch nicht später.

»Soll ich uns Tee kochen?«

»Tee?« Die Vorstellung, die alte Hexe noch länger ertragen zu müssen, erfüllte Laura mit blankem Entsetzen.

»Danke, das wäre lieb.«

Honoria füllte Wasser in den Kessel und holte eine Packung Milch aus dem Kühlschrank. Die Teekanne, ein hübsches Stück mit blauem Blumenmuster, stand zu ihrer Erleichterung auf der Theke bereit. Sie haßte es, fremde Schränke und Schubladen öffnen zu müssen. Eine Silberdose enthielt Aufgußbeutel der Sorte Earl Grey.

»Haben Sie Kek …«

»Nein.« Lauras Trauer war in Gereiztheit umgeschlagen. »Ich esse sie immer gleich auf. Deshalb kaufe ich erst gar keine mehr.«

»Verstehe.« Honoria konnte dieses weitere Beispiel von Unbeherrschtheit kaum noch überraschen. »Was für eine hübsche Kanne«, fügte sie hinzu, während sie den Tee ziehen ließ. »Stammt wohl aus Ihrem Laden, wie?«

Laura putzte sich erneut geräuschvoll die Nase. Dann trank sie gierig einen Schluck Tee. Sie hatte seit dem Abendessen am Vortag nichts mehr zu sich genommen.

Tee, das Allheilmittel der Engländer, dachte Laura. Ob Unfall, Bankrott oder Todesfall, nach dem ersten Schock genehmigte man sich erst einmal eine Tasse Tee.

Sie nippte erneut an der aromatisch dampfenden Flüssigkeit. Diese Hinterlist! *Diese Gemeinheit!* Diese falsche Rechtschaffenheit! Spielt den trauernden Witwer, der sich seinem Schmerz in Würde und Abgeschiedenheit hingab, sich jeden Trost von außen verbat. Sein ganzes Leben war eine Lüge. Laura pfefferte klirrend ihre Tasse auf den Untersetzer.

Honoria saß ihr mit durchgedrücktem Rücken gegenüber, faßte ihre Handtasche auf dem Schoß fester und hielt sie wie ein Schutzschild vor sich. Um dem unwürdigen Schauspiel ein Ende zu machen, erinnerte sie Laura an den Grund ihres Kommens. »Natürlich ist das jetzt nicht mehr wichtig«, fügte sie hinzu. »Wir verschieben das auf ein anderes Mal.«

»Oh, nicht nötig!« Laura sprang mit wenig schmeichelhafter Hast auf. »Ich hole nur schnell den Katalog.«

Laura rannte kopflos in den ersten Stock, als ihr einfiel, daß sie den Katalog am Vorabend im Wohnzimmer durchgeblättert hatte. Sie fand ihn dort im Zeitschriftenregal.

»Ich habe die Seiten angestrichen, die Sie interessieren könnten«, erklärte Laura bei der Rückkehr in die Küche. »Sie können ihn vorerst behalten. Die Auktion findet erst in sechs Wochen statt.« Sie machte eine Pause. »Honoria?«

Honoria wandte ruckartig den Kopf. Sie wirkte wie in Trance. Dann stand sie auf und nahm den Katalog entgegen, ohne Laura anzusehen. Ihr verkniffener Mund war nur noch ein dünner Strich. Sie hatte hektische Flecken auf den Wangen, und in ihren Augen loderte ein kaltes Feuer. Laura war erleichtert, als sich die Haustür hinter ihr geschlossen hatte. Sie erwartete kaum, daß bei der ganzen Aktion etwas für sie herausspringen würde. Honoria war viel zu geizig, um fünf Pfund, geschweige denn fünfhundert Pfund für eine Gartenfigur auszugeben.

Erst als Laura wieder am Küchentisch saß, unschlüssig ob sie weiter heulen oder sich frischen Tee kochen sollte, fiel ihr Blick auf das Foto. Eine gute halbe Stunde vor Honorias plötzlichem Erscheinen hatte sie es aus dem Silberrahmen auf ihrem Nachttisch gerissen und in den Papierkorb in der Küche geworfen. Dort lag es seither, nur unvollkommen bedeckt von einer nicht unerheblichen Menge quatschnasser Papiertaschentücher. Gerald war deutlich erkennbar, wie er da so durch den feuchten, weißen Zellstoff lächelte.

Hatte Honoria das Foto gesehen? Hatte sie es erkannt, ihre Schlüsse daraus gezogen und den Grund ihres Kummers erraten? Laura ärgerte sich maßlos über ihre Nachlässigkeit. Warum hatte sie das Foto im Papierkorb nur vergessen? Und sie ärgerte sich über Honoria, die einfach so hereingeschneit war; und über Gerald, weil er Gerald war. Wütend und angeekelt schüttete sie den Inhalt des Papierkorbs in den Küchenofen, wo er ein Raub der Flammen wurde, und bereute es umgehend und bitterlich.

Rex war bereit, sich an seine Arbeit zu setzen. Er hatte Müsli und Zwetschgen gründlich gekaut, seinen Hund dreimal um den Block geführt, fünfzig Atemübungen am offenen Fenster gemacht und sich die Hände gewaschen. Letzteres war von besonderer Bedeutung. Rex hatte nämlich einmal ein Fernsehinterview mit einem berühmten Bühnenautor gesehen, in dessen Verlauf der Mann gestanden hatte, seinen Händen, den Werkzeugen seines Gewerbes, besonders sorgfältige Pflege angedeihen zu lassen. Abgesehen davon, daß er sie hoch versichert hatte ... ›wie die Beine von Fred Astair‹ ... wusch er sie jeden Morgen sorgfältig, stets mit der hochwertigsten, von Hand hergestellten Glyzerinseife. Erst wenn er seine Hände mit einem frischen weißen Handtuch abgetrocknet hatte, setzte er sich an seinen Computer.

Rex war von dem Glauben des Mannes an dieses Ritual so beeindruckt gewesen, daß er umgehend ein eigenes kreiert hatte. Die Bedeutung von Ritualen war ihm nicht unbekannt. Er hatte schließlich Handbücher wie ›Wie werde ich ein erfolgreicher Schriftsteller‹ gelesen. Es gab kaum einen Titel dieser Art auf dem Markt, der nicht in seinem Bücherregal stand. Rex begann stets Punkt elf Uhr mit der Arbeit. Keine Minute früher oder später. Zu diesem Zweck stand ein Radio auf seinem Schreibtisch. Sobald das Zeitzeichen ertönte, griff er zu seinem Stift. Wenn die Zeitansage zu Ende war, hatte er den ersten Satz geschrieben. Diese Prozedur war für ihn derart lebenswichtig, daß ein Nichteinhalten derselben geradezu ruinös für die Tagesarbeit war. Er schrieb trotzdem seine zweitausend Worte, kam jedoch nie so richtig in Fahrt.

Jetzt, um fünf Minuten vor elf, wurde an die Tür des Hauses ›Borodino‹ geklopft. Rex, der in diesem Moment in sein Arbeitszimmer getreten war, hörte es mit einer Mischung aus Ärger und Schreck. Handelte es sich um eine Angelegenheit, die er in fünf ... nein, er warf einen Blick auf seine Taschenuhr ... vielmehr in vier Minuten erledigen konnte? Oder stand da jemand, den er hereinbitten mußte?

Eines war sicher. Er hatte keine Chance, sich in seinem Arbeitszimmer unbeirrt ans Werk zu machen, während jemand draußen vor seiner Tür stand. Zum einen war er durchs Fenster deutlich zu sehen, zum anderen konnte er die Vorhänge jetzt nicht mehr zuziehen, ohne seine Anwesenheit zu verraten. Der Verdruß nahm seinen Lauf. Er öffnete die Tür. Draußen stand Gerald.

»Rex … entschuldigen Sie bitte.« Er trat ein. »Ich weiß, Sie fangen um diese Zeit zu arbeiten an …«

»Ja. Um elf Uhr eigen …«

»Ich muß unbedingt mit Ihnen reden.«

»Ist es wegen des Essens?« Rex wollte eine Schachtel Pralinen stiften, nachdem man ihn davon abgebracht hatte, eines seiner berühmten Curry-Gerichte zuzubereiten.

»Nein. Aber es ist wegen heute abend. Gewissermaßen … sozusagen.«

Zu Rex' großem Kummer steuerte Gerald geradewegs auf sein Allerheiligstes zu. Rauschte durch die Tür, nahm die Ausbeute des Vortags vom Sesselpolster, legte die Seiten auf den Boden und nahm Platz. Rex blieb nervös stehen. Er konnte sich nicht entschließen, sich hinter seinen Schreibtisch zu setzen, nur um seichte Konversation zu machen. Er wartete. Aber Geralds anfängliche Entschlossenheit schien plötzlich verpufft. Er starrte geistesabwesend in den Garten … ohne die Vögel am Vogelbecken oder Rex' großen Hund, Montcalm, wahrzunehmen, der selbstvergessen über gefrorene Kohlstrünke trottete. Rex beobachtete ihn verstohlen.

Gerald sah aus wie ein Gespenst. Er war nicht rasiert und wirkte ungewaschen. Seine Augen waren blutunterlaufen, seine Hände zuckten spastisch. Rex wurde von echter Sorge erfaßt und verdrängte alle Gedanken an *Die Nacht der Hyäne.* Er sagte: »Gerald, alter Junge. Sie sind ja völlig groggy. Tasse Kaffee gefällig?«

Gerald schüttelte den Kopf. Rex, der sich einen zweiten Sessel herangezogen hatte, roch seinen alkoholisierten Atem. Sie saßen sich einige Minuten schweigend gegenüber, bis Gerald zu sprechen begann.

»Muß erbärmlich klingen.« Es folgte eine lange Pause. »Ich weiß nicht, wo ich anfangen soll.« Er sah Rex zum erstenmal offen an. Er wirkte verzweifelt und verlegen zugleich. »Wie ich es auch drehe und wende ..., das Ganze muß Ihnen verdammt merkwürdig vorkommen.«

»Wieso das denn?« entgegnete Rex, der sich bereits für den verlorenen Arbeitstag entschädigt fühlte. Fand er sich doch plötzlich in der angenehmsten aller Situationen: Neugier hatte ihn gepackt, und er durfte hoffen, daß diese sogleich befriedigt werden würde.

Gerald hatte diesen Augenblick wieder und wieder hinausgezögert. Jetzt blieb ihm keine Zeit mehr. Und so tatterig und geschwätzig der gute alte Rex auch sein mochte, war er doch der einzige, an den Gerald sich wenden konnte. Die Frage war nur, wie er sich ihm verständlich machen sollte. Selbst wenn er sich auf die rudimentärsten Informationen beschränkte, stand er wie ein Idiot und Feigling da. Er legte die zuckenden Hände auf die Knie.

»Sie sagten, es sei wegen heute abend«, brachte Rex sich in Erinnerung.

»Ja.« Gerald machte den Eindruck eines Nichtschwimmers am Rand des Sprungbretts. »Tatsache ist, daß ich Max Jennings vor Jahren gekannt habe. Es gab gewisse Unstimmigkeiten, und wir sind im Bösen auseinandergegangen.«

»Das kommt vor.« Rex verbarg taktvoll seine Neugier für eine Geschichte, die pikante Enthüllungen zu versprechen schien. Nur sein aufrichtig mitfühlendes, freundliches Naturell hielt ihn davon ab, zu weit vorzupreschen.

»Mal ganz ehrlich ...«, fuhr Gerald fort. »Ich habe keine Sekunde damit gerechnet, daß er annehmen würde, wenn er meine Unterschrift unter der Einladung sieht.« Und auch die ganze Mühe mit den Formulierungen war für die Katz gewesen. »Ich kenne seine Beweggründe nicht. Er kann sehr ... unberechenbar sein. Der Punkt ist, Rex ...« Seine Stimme klang vor Nervosität ganz fremd. »... ich möchte auf keine Fall mit ihm allein sein.«

»Mehr brauchen Sie nicht zu sagen. Ist doch Ehrensache!« Rex' Augen glänzten. »Aber was kann ich da tun?«

»Ist eigentlich ganz einfach. Sie gehen nicht, bevor er nicht gegangen ist.«

»Kein Problem.« Rex zögerte. »Schätze, Sie wollen lieber nicht sagen ...«

»Nein, lieber nicht.«

»Geht in Ordnung.«

»Macht es Ihnen auch wirklich nichts aus, Rex?«

»Aber ich bitte Sie!«

»Es könnte immerhin ziemlich peinlich werden. Die Sache einfach auszusitzen, meine ich. Nachdem alle anderen gegangen sind.«

»Glauben Sie denn wirklich, daß es soweit kommt?«

»Ja.«

Natürlich hätte er nie schreiben dürfen. Das war sein größter Fehler gewesen. Er hätte der Gruppe einfach sagen müssen, er habe nachgefragt und eine abschlägige Antwort bekommen. Das hätte niemanden überrascht. Und wenn sie den Brief hätten sehen wollen, was üblich war, hätte er behaupten können, daß Mr. Jennings Sekretärin die Einladung telefonisch abgelehnt habe. Er hatte sich nur durch Brians Angebot, selbst zu schreiben, ins Boxhorn jagen lassen. Gerald merkte, daß Rex etwas sagte.

»Wie bitte?«

»Ich fragte, was ist, wenn er vor allen anderen auftaucht?«

»Unmöglich. Ich habe zwanzig Uhr statt neunzehn Uhr dreißig auf die Einladung geschrieben. Und sollte er trotzdem ...« Nicht einmal vor Rex konnte Gerald zugeben, daß er sich in diesem Fall so lange verstecken wollte, bis das erste Clubmitglied auftauchte.

»Schade, daß Sie mir das nicht früher gesagt haben, Gerald. Wir hätten uns auch woanders treffen können.«

»Das hätte nichts gebracht. Und auf diese Weise kann ich die Dinge wenigstens steuern. ...«

»Möchten Sie vielleicht bei mir übernachten ...?«

Gerald schüttelte heftig den Kopf. »Ist am besten, wir machen es so, wie ich gesagt habe. Einverstanden?«

»Einverstanden.«

Gerald stand steifbeinig auf und ging zur Tür. Und obwohl er wußte, daß er sich die Worte getrost hätte sparen können, fügte er hinzu: »Ich brauche wohl kaum zu betonen ...«

»Natürlich bleibt die Sache strikt unter uns. Soll ich dann um sieben zu Ihnen kommen? Ich meine nur für alle Fälle.«

»Ja. Gute Idee.« Gerald brachte ein humorloses Lächeln zustande. »Und ... Danke.«

Rex geleitete den Besucher den Gartenweg entlang und durch die Pforte. Montcalm, der annahm, daß ein Spaziergang bevorstand, sprang begeistert nebenher. Gerald ging mit schleppenden Schritten, die Schultern gebeugt. Nicht einmal Rex' Bemerkung, er habe gerade glücklicherweise den Besuch von Honoria Lyddiard verpaßt, die in diesem Moment auf ihrem Fahrrad in die entgegengesetzte Richtung davonfuhr, konnte ihn aufheitern. Zurück im Haus kochte Rex Kaffee und setzte sich an seinen Schreibtisch. Natürlich nicht, um zu arbeiten. Die Hyäne hatte für diesen Tag ihre Faszination verloren. Das wirkliche Leben war diesmal aufregender als die Abenteuer seines Helden. Ausgerechnet der gute alte Gerald ... hatte eine Vergangenheit. Wer hätte das gedacht?

Rex war versucht, sich zur nahen Telefonzelle zu schleichen, beherrschte sich jedoch eisern. Er mußte sein Versprechen halten. Zumindest bis der Abend vorbei war. Er sah auf die Uhr. Noch siebeneinhalb Stunden. Wie zum Teufel sollte er die überstehen?

Sue hatte nach dem Essen den Tisch abgeräumt und das Geschirr in die Spüle geschichtet. Jetzt deckte sie fürs Frühstück: glänzende braune Müslischüsseln, Eierbecher in der Form von Hasen, uneinheitliches Besteck und einen zerkratzten Plastikbehälter mit selbst gemischtem Müsli und einem von ihr entworfenen Etikett.

Über ihr dröhnte laute Musik, während Amanda angeblich Hausaufgaben machte. Wenn Sue an ihre Tochter dachte, dann nur unter dem Namen Amanda. Den Namen für das Kind aussuchen zu dürfen war eines der letzten Zugeständnisse gewesen, die Brian ihr gegenüber je gemacht hatte. Aber selbst in diesem Fall hatte er nicht soviel Anstand bewiesen, seine Ablehnung für sich zu behalten. Angeberisch, snobbistisch, affektiert, hatte es geheißen. Für Brian war das Baby vom Tag seiner Geburt an ›Mandy‹ gewesen. Und erst als Brian wirklich den Durchblick gekriegt hatte, was höhere linguistische Gesetzmäßigkeiten betraf, war Mandy zu ›Mand‹ mutiert.

Sue zündete den Gasboiler über der Spüle an. Sie wusch unter lautem Klappern das Geschirr, denn Brian saß in der unteren Toilette, die von der Küche abging, und ließ wieder einmal jedes Schamgefühl vermissen.

Schließlich ertönte das erlösende Rauschen der Toilettenspülung, und ein Fenster wurde geöffnet. Im nächsten Moment erschien Brian in der Tür und zog den Reißverschluß seiner Hose hoch. Er ging zum Tisch und ordnete pedantisch sein Schulmaterial. Sue, das Geschirrtuch in der Hand, zog heimlich eine Grimasse und starrte aus dem Fenster.

Brian hatte ihr den Rücken zugewandt. Dort, wo sich eigentlich sein Gesäß abzeichnen sollte, schlug seine Jeans nur leere Falten. Sie erinnerte sich daran, daß eine Freundin im Lehrerseminar sie immer vor Männern ohne Hintern gewarnt hatte.

Sie ging mit dem Brotbrett durch das Wohnzimmer, öffnete die Haustür und schüttete die Krümel in den Garten. Geralds Außenbeleuchtung brannte bereits. Sue ging den Gartenweg entlang und sah auf die Straße hinaus. In der Parkbucht vor ›Plover's Rest‹ stand ein silbergrauer Mercedes Sportwagen mit langgestreckter Motorhaube. Sie lief in die Küche zurück, wo Brian in den einzigen Sessel gesunken war und sich über das Kreuzworträtsel im *Guardian* hermachte.

»Brian ... Brian ...«

»Was ist denn los? Warum so aufgeregt?« fragte er blasiert.

»Max Jennings ist schon da.«

»Kann nicht sein. Es ist doch erst zehn nach sieben.«

»Wer sonst sollte es sein?«

»Wer sonst sollte was sein?«

»Na, der Wagen.«

»Deine Grammatik läßt noch mehr zu wünschen übrig als deine Kochkünste, Frau. Und das muß dir erst einmal einer nachmachen.« Brian lachte sein unangenehm wieherndes Lachen.

»Schau doch selbst nach.«

»Und ich habe wieder mal keinen Frieden, solange ich's nicht tue.« Brian seufzte, strich die Nummer des Kreuzworträtselbegriffs, bei dem er angelangt war, demonstrativ an, zog Wollhut und Handschuhe an, die auf dem Gasofen trockneten, und stolzierte in die kalte Nacht hinaus.

Draußen starrte er düster auf die deutsche Schönheit, die im fahlen Licht glänzte. Der Anblick war zutiefst unbefriedigend. Das war auch nicht im mindesten der Wagen, den man bei einem Kind aus ärmlichen, asozialen Verhältnissen mit einem Funken Anstand vermuten durfte. Brian hastete ins Warme zurück.

»Muß ganz schön unsicher sein, wenn er einen Wagen wie den nötig hat.« Brian griff nach seiner Zeitung, seufzte und strich sie glatt, obwohl niemand sie berührt hatte.

Sue trocknete den letzten Teller ab und hängte das Geschirrtuch auf. »Wir müssen bald los.«

»Es bleibt noch eine Viertelstunde Zeit. Wir lassen doch nicht alles stehen und liegen, nur weil irgendein zweitklassiger Schriftsteller meint, wir müßten nach seiner Pfeife tanzen.«

Sue stieg die Röte ins runde Gesicht. Über ihr dröhnte ›Take That‹ noch lauter. Amanda polterte in ihren Plateauschuhen die Treppe herunter, in die Küche hinein und zum Kühlschrank.

»Hallo, Mand.« Brian legte augenblicklich die Zeitung beiseite und starrte aufmerksam und interessiert auf den Rücken seiner Tochter. »Wie geht's, wie steht's?«

»Alles paletti.«

Mandy polterte mit einer Packung Apfelsaft aus dem Kühlschrank weiter in Richtung Keksdose.

»Willst du dein Abendessen nicht?« fragte Sue und deutete auf ein Tablett, über das eine Serviette gedeckt war.

Mandy haßte es, mit ihren Eltern zu essen. Seit ein paar Jahren hatte sie sich das Recht erstritten, die Mahlzeiten in ihrem Zimmer einzunehmen. Brian und Sue, ausnahmsweise einmal einer Meinung, hatten sich zwar anfangs energisch widersetzt, woraufhin Mandy jedoch das Essen eingestellt hatte. Drei Tage später hatten sie dann vor dem Schreckgespenst ›Magersucht‹ die Waffen gestreckt. Mandy griff sich drei Krapfen.

»Du sollst nicht …«

»Laß gefälligst das Kind in Ruhe!«

Mandy verschwand im Nebenzimmer und schaltete den

Fernseher ein. Sue wischte die Theke ab. Sie war mit ihren Gedanken bereits beim bevorstehenden Abend und Max Jennings. Es war immerhin das erste Mal, daß sie einem echten Schriftsteller begegnete.

Sie kletterte auf einen Schemel, öffnete das obere Schrankfach und nahm den glasierten Karottenkuchen heraus.

»Wozu eigentlich dieser ganze Aufstand!« Brian wäre entsetzt gewesen, hätte er gewußt, wie sehr sich seine Gefühle mit denen Honorias deckten. »Sein Geschreibsel reißt doch kaum jemand vom Hocker.«

»Seine Bücher werden gekauft.«

»Sie kaufen seine Bücher, weil sie sie nicht gelesen haben. Wenn sie sie gelesen hätten, wäre das eine andere Sache.«

»Hm. Ja.«

»Also wohin gehst du?«

»Mich zurechtmachen.«

»Wir sollen in fünf Minuten drüben sein. Okay?«

»Aber du hast doch gesagt ...«

»F Ü N F ... fünf!«

Brian blickte seiner Frau gereizt nach, als diese mit hängenden Schultern den Raum verließ. Als sie um Punkt neunzehn Uhr dreißig nicht wieder in der Küche erschien, setzte er seinen Hut auf, zog die Handschuhe an und verließ das Haus. Die Tür schlug er lautstark hinter sich zu.

Als Rex Max Jennings die Tür öffnete, war er sich augenblicklich sicher, daß Gerald sich umsonst Sorgen gemacht hatte. Der Mann verbreitete vom ersten Augenblick an eine angenehm freundliche Atmosphäre. Selbst als er sich einem völlig Fremden gegenübersah und eine gewisse Überraschung nicht verbergen konnte, blieb doch das sympathische Lächeln. Rex stellte sich vor.

»Gerald ist noch oben.« Er nahm dem Besucher den Kamelhaarmantel ab, der sich leicht und weich wie Seide anfühlte. »Ich habe allerdings die Erlaubnis, Ihnen was zu trinken anzubieten.«

»So ein Glück.« Max' Blick schweifte zum Barschrank hinüber. In der reichhaltigen Sammlung fehlte nur eine Flasche, wie Rex feststellte. »Mineralwasser, bitte.«

»Mit Eis und Zitrone?«

Rex, der sich fragte, ob … oder vielmehr hoffte, daß Max ein bekehrter Alkoholiker war, schwenkte die Silberzange.

Der Besucher schien sich schnell wie zu Hause zu fühlen. Er schlenderte im Zimmer umher, berührte Gegenstände, betrachtete Bilder, neigte den Kopf zur Seite, um die Titel auf den Buchrücken lesen zu können.

Rex' Neugier erhielt neuen Nährstoff, als er bemerkte, daß Geralds Hochzeitsfoto auf der Anrichte verschwunden war. Bis eine Zitrone gefunden, aufgeschnitten und eine Scheibe in Jennings Drink gegeben worden war, hatte er sich bereits eine Theorie für diesen Vorgang zurechtgelegt. Die Unstimmigkeiten der Vergangenheit, die Gerald angedeutet hatte, mußten irgendwie mit Grace zusammenhängen. Vielleicht hatten beide Männer sie geliebt, aber Gerald war der Auserwählte gewesen. Erst bei einem späteren, zufälligen Wiedersehen mit Max könnte der Funke dann übergesprungen sein und sich die Heirat mit Gerald für Grace als Fehler entpuppt haben. Möglicherweise hatte sie zu diesem Zeitpunkt nur noch kurze Zeit zu leben. Es war zu spät gewesen.

Rex' Mitgefühl war grenzenlos, als er ihm den Drink reichte. Die Crux war nur, daß er schweigen mußte, um das Spiel nicht zu verraten. Max hatte es sich inzwischen in einem Sessel bequem gemacht und betrachtete das reichhaltige Buffet, das auf dem Couchtisch aufgebaut war.

»Hoffentlich wird nicht erwartet, daß ich das alles esse.«

»Himmel, nein!« Rex lachte. »Die anderen müssen jede

Minute hier sein.« Dann fiel ihm ein, daß Max das Treffen um acht Uhr angesetzt hatte. Als Eingeweihter einer Verschwörung galt es, vieles zu beachten. Für einen flüchtigen Moment fühlte er sich seinem Helden, der Hyäne, sehr verbunden. Dabei kam ihm die Idee, die gegenwärtige Situation dazu zu nutzen, Jennings ein paar Fragen zu stellen.

»Ich schreibe Spionageromane«, begann er und setzte sich auf die Couch. »Was glauben Sie? Wieviel Platz sollte man soliderweise den Waffendetails widmen? Mich interessieren Panzerspähwagen ... vor allem Humber Hornet Eintonner. Ich habe grob zehn Seiten für die Beschreibung der faszinierenden technischen Einzelheiten veranschlagt. Ist das zuviel? Was meinen Sie?«

»Eigentlich schon«, antwortete Max. »Könnte mir vorstellen, daß es Ihre Leser viel eher interessiert, wie die Geschichte weitergeht.«

»Hm.« Rex wirkte verunsichert. »Genau da liegt bei mir der Hund begraben. Ich meine, der Plot, die Figuren, Dialoge und Naturbeschreibungen wollen mir nicht so recht von der Hand gehen. Alles andere ist kein Problem.«

Max nippte an seinem Glas, schien nachzudenken und bemerkte dann: »Haben Sie schon mal daran gedacht, Sachbücher zu schreiben? Zum Beispiel über Waffen? Sie scheinen auf diesem Gebiet ein Experte zu sein.«

In diesem Moment klingelte es an der Tür. Es war Laura. Kaum hatte sie ihren Mantel abgelegt, kamen Honoria und Amy.

Laura war von sich selbst überrascht, daß sie sich im letzten Augenblick doch noch dazu entschlossen hatte, an dem Abend in ›Plover's Rest‹ teilzunehmen. Seit Honorias Besuch hatte sie ihre Ansicht bezüglich eines Wiedersehens mit Gerald beinahe stündlich geändert. Der Gedanke, Gerald zu begegnen, war ihr ebenso unerträglich gewesen wie die Vorstellung, ihn nicht zu sehen. Jetzt war die Erleichterung, ihm nicht sofort gegenübertreten zu müssen, grenzenlos. Sie mußte sich hinsetzen, um nicht ohnmächtig zu werden. Als die Tür erneut aufging, war es allerdings nur Brian, dicht gefolgt von Sue, die völlig außer Atem zu sein schien.

Brian begnügte sich mit der Andeutung eines Nickens in Richtung des Gastes, während Sue mit scheuem Lächeln Jennings die Hand schüttelte. Sue hatte Mühe, ihre Überraschung zu verbergen. Sie hatte sich einen großen, korpulenten Mann in Tweed mit Pfeife vorgestellt. Max Jennings' Anzug jedoch war von feinster Qualität und maßgeschneidert, und er rauchte Zigarillos. Sein Alter war schwer zu schätzen, sein Haar zwar weiß, doch seine leicht gebräunte Haut fast faltenlos. Aber das Faszinierendste an ihm waren seine leuchtend blauen Augen, die an den marokkanischen Himmel oder Matisse-Blau erinnerten. Er war schlank und mittelgroß.

Brian, der einen Sitzplatz in Reichweite des Buffets gewählt hatte, schlug ein schlaksiges Bein über das andere und sah sich verächtlich um. Was für ein jämmerlicher Haufen! Aufgetakelt, als würde ein König Hof halten. Amy trug Spitzen, Rex seinen anthrazitfarbenen gestreiften Beerdigungsanzug, Honoria einen halbwegs anständigen Daks-Rock und heidefarbenen Pullover. Doch Laura schoß wieder einmal den Vogel ab in ihrem schmalen schwarzen Kleid mit Brokatjacke im chinesischen Stil. Was Sue anging …

An ihrer grobknochigen Gestalt schlotterte ein regenbogenfarbener langer Kaftan über einer limonengrünen schlecht sitzenden Jerseyhose. Das Haar trug sie auf der einen Seite geflochten, auf der anderen Seite offen (beim Zuschlagen der Haustür war sie in Panik geraten). Außerdem war sie zu grell geschminkt. Brian, der den Blick seiner Frau auffing, rollte mit den Augen, demonstrierte kopfschüttelnd seine Fassungslosigkeit. Dann, nachdem er annehmen durfte, daß seine vollkommene Gleichgültigkeit gegenüber dem Geschehen von allen registriert worden war, griff er sich ein Sandwich.

»Meinen Sie nicht, Brian«, dröhnte Honoria sofort so laut, als müsse sie sich in einem Saal Gehör verschaffen, »daß es die Höflichkeit gebietet, mit dem Essen so lange zu warten, bis wir vollzählig sind? Oder zumindest, bis Sie aufgefordert werden zuzugreifen?«

»Wer nicht wagt, der nicht gewinnt«, konterte Brian. Nachdem er auf diese Weise erneut seine geistige Unabhängigkeit unter Beweis gestellt hatte, stopfte er sich das Sandwich in den Mund und fragte: »Wo ist überhaupt Gerald?«

Eine Frage, die sich umgehend von selbst erledigte. Hastige Schritte kamen die Treppe herunter, und kurz darauf betrat der Gastgeber das Zimmer. Er ging geradewegs mit ausgestreckter Hand auf Max Jennings zu und entschuldigte sich, ihn nicht persönlich willkommen geheißen zu haben. Dann stellte er sich vor. Zweimal.

Rex war bitter enttäuscht. Den ganzen Nachmittag hatte er damit verbracht, sämtliche möglichen Varianten der Begegnung zwischen Gerald und Max Jennings durchzuspielen. Von Komik bis zur Dramatik und Absurdität hatte er nichts ausgelassen. Aber auf die Idee, Gerald könne einfach so tun, als seien sie sich noch nie begegnet, war er nicht gekommen.

Max erhob sich, schüttelte Geralds ausgestreckte Hand und wehrte die Entschuldigungen mit höflichen Worten als unnötig ab. Es sah so aus, als sei das Spiel bereits vorbei, bevor es überhaupt begonnen hatte. Rex' Enttäuschung wurde um so größer, als mit jeder verstreichenden Minute der Eindruck entstand, daß Max sich tatsächlich nicht mehr an den Vorfall erinnerte, der Gerald soviel Kummer gemacht hatte. Rex empfand das als irgendwie erniedrigend und tröstlich zugleich. Er bedeutete Gerald, an seiner Seite auf dem Sofa Platz zu nehmen, was Gerald auch tat. Rex stieg der Geruch von

Brandy in die Nase, woraufhin ihm die fehlende Flasche wieder einfiel.

Damit war die Gesellschaft vollzählig, und dem allgemeinen Durcheinander folgte nun eine peinliche Stille. Mit Ausnahme von Laura und Gerald starrten alle mit gespannter Erwartung auf Max Jennings. Dieser erwiderte die ihm erwiesene Aufmerksamkeit mit einem zögernden Lächeln. Sue fragte sich, ob er eine förmliche Einführung in ihren Kreis erwartete, was eigentlich der Höflichkeit entsprochen hätte. Aber niemand schien bereit, diese Rolle zu übernehmen. Max Jennings löste das Problem, indem er das Wort ergriff. Er hatte eine sonore, melodiöse Stimme und sprach mit einem Lokalkolorit, den sie nicht einzuordnen wußte.

»Wenn ich Ihnen sage, daß diese Situation hier für mich ungewohnt ist, dann entspricht das durchaus der Wahrheit und ist keine Koketterie. Ich habe so etwas einfach noch nie gemacht. Und deshalb habe ich mich auch nicht vorbereitet. Ich bin einfach nur so gekommen. Sagen Sie mir deshalb bitte, was Sie von mir erwarten. Und, wie ich Ihnen helfen kann.«

Einen Moment lang herrschte Schweigen. Die Anwesenden sahen sich unsicher an. Zum erstenmal saßen sie einem echten und erfolgreichen Profi gegenüber. Und ausgerechnet er bot ihnen seine Hilfe an. Damit hatten sie nicht gerechnet. Sie schienen überwältigt.

Schließlich schwang Brian ein Bein vom anderen, beugte sich vor und räusperte sich mit theatralischem Ernst ...

»Ich schreibe«, begann Honoria, »die Geschichte meiner Familie. Und die ist sozusagen auch die Geschichte Englands. Die Linie der Lyddiards geht ohne den Makel eines einzigen Fehltritts direkt zurück bis ...«

Brian, der innerlich kochte, weil Honoria ihn einfach kaltgestellt hatte, lehnte sich in seinem Sessel wieder zurück und demonstrierte Überlegenheit. Seine Körperhaltung signalisierte allen, daß er sich nicht ein zweites Mal das Wasser würde abgraben lassen. Honoria mußte sich hüten.

Er haßte den Adel allein schon deshalb, weil ihn seine Eltern als Kind stets gezwungen hatten, vor den Landjunkern die Mütze zu ziehen. Dabei verfiel er so sehr in selbstmitleidige Erinnerungen, daß er beinahe sein Stichwort verpaßt hätte.

»... in jeder Schlacht und im Leben gingen die Lyddiards immer aufs Ganze.«

Honoria machte den Fehler, eine Kunstpause einzulegen, um Luft zu holen und ihren Worten die nötige Wirkung zu verleihen.

Max sprang sofort in die Bresche. »Klingt wie ein lohnendes Unterfangen, Ihre Familiengeschichte. Und ...?« Er lächelte ermutigend in die Runde. »Was ist mit den anderen? Hm? Sind Sie nicht Amy?«

»Oh, ja.« Amy wurde rot, als sie so unerwartet angesprochen wurde, kramte in ihrer Tasche und förderte einen kleinen Zettel zutage. In Wirklichkeit brauchte sie die Gedächtnisstütze nicht. Sie kannte ihre Frage auswendig. »Man sagt uns immer, Mr. Jennings ...«

»Max, bitte.«

»Gut, also Max. Es heißt, man solle nur von Dingen schreiben, von denen man auch etwas versteht. Ich empfinde das als sehr restriktiv.«

»Aber ich bitte Sie! Das sollte man nicht so wörtlich nehmen. Man kann Dinge ... verrückte, fantastische Dinge ... auch aus der eigenen Phantasie schöpfen.«

»Sie meinen, wie in Science Fiction Romanen?«

»Ganz richtig.«

»Wenn ich eine Szene schreibe, fallen mir ständig Alternativen dazu ein ... Und dann weiß ich nicht, welche Variante die beste ist. Ich bin immer im Zweifel darüber, wofür ich mich entscheiden soll.«

»Ich fürchte, das gehört einfach zum Beruf. Schriftsteller werden ihr Leben lang vom Trauma verfolgt, die bessere Variante verworfen zu haben.«

Laura war von Max Jennings' einfühlsamen, taktvollen Art beeindruckt. Sie warf einen kurzen Blick auf Max' konzentriert wirkendes Profil, bevor sie ihre Aufmerksamkeit erneut Gerald zuwandte. Mit diesem stimmte ganz offensichtlich etwas nicht. Nie hatte sie ihn so erlebt. Er saß auf der äußersten Sofakante, jeder Muskel seines Körpers gespannt wie bei einem sprungbereiten Raubtier. Sein zur Schau gestellter Gleichmut kostete ihn offenbar eine fast übermenschliche Anstrengung, wie seine hervortretenden Halssehnen bewiesen. Zwar war sein Kopf in Richtung Max Jennings gewandt, doch Laura bemerkte, daß er den Blick starr auf einen Punkt über Max' Schulter an der Wand fixiert hatte. Die Spitze seines eleganten handgenähten Schuhs mit den ingwergelben Schnürbändern tippte unablässig und nervös auf den Teppich.

Während Laura ihn so betrachtete, erinnerte sie das vertraute Brennen in der Magengegend daran, daß sich für sie nichts geändert hatte. Sein Verrat hatte den Zauber nicht gebrochen. Sie stand noch immer in seinem Bann. Es blieb ihr nichts anderes übrig, als sich mit der Blondine abzufinden. Vermutlich würde sie so enden wie die Frau des Barons in Balzacs *Cousine Bette,* die am Liebesentzug in ihrem Schlafzimmer zugrunde ging, während sich ihr Mann ein Stockwerk tiefer mit der Dienstmagd vergnügte. Als Laura sich mühsam von Geralds Anblick losriß, wurde ihr bewußt, daß Max Jennings sie mit aufmerksamem Blick taxierte. In diesem flüchtigen Moment war ihr klar, daß er offenbar sofort erkannt hatte, welche Gefühle sie für Gerald hegte. Sie fühlte sich ertappt und strafte ihn mit unverhohlener Mißbilligung.

Amy stellte währenddessen ihre letzte Frage nach den wichtigsten Eigenschaften eines Schriftstellers.

»Das wichtigste ist stets ein wacher Geist. Und Beharrlichkeit. Nie aufgeben, das muß unsere Devise sein.«

»Soviel ich weiß, hat Sie der Erfolg doch von Anfang an geküßt!« warf Brian mit unverhohlener Geringschätzung ein.

»Ja, ich hatte eben Glück. Aber bei jedem neuen Buch fängt man wieder von Null an. Und natürlich schafft man sich mit dem Erfolg auch Feinde. Die Kritiker schießen scharf. Meine historischen Romane haben etliche Breitseiten abgekriegt.«

»Was mich interessiert ...« Sue holte tief Luft, hatte ihre Stimme jedoch nicht recht unter Kontrolle. »Haben Sie Erfahrung mit Kinderbüchern?«

»Leider nein.«

»Ich male, wissen Sie. Bilder.«

Bilder? Na, was denn sonst! Brians Gedanken standen ihm gemeinerweise nur zu klar ins Gesicht geschrieben, als er nachdrücklich den Blickkontakt mit dem Gast suchte. »Ich habe ihr geraten«, begann er laut, »mit Kurzgeschichten oder einem Gedicht anzufangen. Aber davon hält sie nichts.«

»Womit sie völlig recht hat. Das Genre verkauft sich praktisch überhaupt nicht.« Er lächelte Sue aufmunternd zu. »Wovon handeln denn Ihre Bilder?«

»Von einem Drachen namens Hector.«

»Der Menschen frißt?«

»Nur dünne Menschen. Er ist auf Diät.«

»Wunderbar!« Max lachte laut auf, und Sue erlebte einen kurzen Moment der Selbstbestätigung. Bei den Kindern der Spielgruppe waren Hectors Abenteuer zwar regelmäßig ein Erfolg, aber Brian behauptete stets, Kindern könne man alles vorsetzen. Sue sah ihren Mann an. Brian klopfte sich mit dem Zeigefinger rhythmisch gegen das Knie und bewegte leicht die Lippen. Sue kannte die Anzeichen. Brian bereitete eine spektakuläre Entgegnung vor. Als er sich vorbeugte, lief ihm Honoria allerdings erneut den Rang ab.

»Ich weiß nicht, wie es den anderen geht ... Ich jedenfalls habe Hunger. Und ich bin sicher, Mr. Jennings auch.«

Alle nickten betreten. Amy reichte dem Gast einen Teller und eine Serviette. Gerald erwachte plötzlich aus seiner Starre. »Kaffee! Kaffee!« murmelte er und stürmte gefolgt von Rex in die Küche.

Honoria, die sich flink die unterschiedlichsten Köstlichkeiten auf den Teller gehäuft hatte, kehrte zu ihrem Sessel zurück und sagte, als sie an Brian vorbeikam, laut: »Mund zu!«

Brian, wütend darüber, erneut um seinen Auftritt betrogen worden zu sein, klappte die Kinnlade zu. Der Kreis um Max Jennings löste sich auf. Laura entfernte sich, um beim Kaffeekochen zu helfen. Sie fand Rex und Gerald in ein ernstes Gespräch vertieft. Die beiden Männer fühlten sich durch sie so offensichtlich gestört, daß sie umgehend den Rückzug antrat.

Im Wohnzimmer hatten einige mittlerweile ihre Sitzplätze gewechselt. Amy und Sue waren näher an Max Jennings herangerückt, der an einem Käsekräcker knabberte. Beide hatten offenbar noch Fragen, die sie vor den anderen nicht zu stellen gewagt hatten. Laura warf einen Blick auf die Reste des Buffets, konnte jedoch nichts entdecken, das ihr Appetit gemacht hätte. Außerdem war ihr leicht übel. Und aus Erfahrung wußte sie, daß sich das erst legen würde, wenn sie ›Plover's Rest‹ verlassen hatte. Sie schnitt sich eine dünne Scheibe von Sues Karottenkuchen ab und wandte den Blick dann hastig von Rex' Pralinen, die so aussahen, als hätten sie Jahrzehnte in einer warmen Schublade vor sich hingeschmort.

Brian, der sich noch längst nicht geschlagen gab und nur auf eine günstige Gelegenheit lauerte, saß mit je einem gut gefüllten Teller auf den Knien in seinem Sessel und beschränkte sich aufs Zuhören. Hielt Max eine regelmäßige Arbeitszeit ein? (Von neun bis fünf.) Schrieb er viel? (Alles und immer.) Begann er mit dem Plot oder mit den Figuren? (Nicht zu trennen. Die Figuren sind der Plot.) Recherchierte er viel? (So wenig wie möglich. Er verließ sich meistens auf sein Urteil, was sich oft als falsch erwies.)

In diesem Augenblick kamen Gerald und Rex mit frischem Kaffee und heißer Milch aus der Küche. Tassen und Unterteller standen schon bereit. »Na, endlich!« rief Honoria, als seien die beiden säumige Kellner.

Amy stand auf, um Max Jennings eine Tasse Kaffee zu holen. Brian erkannte seine Chance. Er wechselte zu Amys Stuhl und begann von seiner Theater-AG in der Schule zu sprechen.

»... wir schreiben kein Stück vom grünen Tisch aus, sondern versuchen uns eines zu erarbeiten. Sowieso ist der Begriff eigentlich ›outissimo‹. Überholt. Um nicht zu sagen elitärer Unsinn.«

»Welcher Begriff?«

»Wie bitte?«

»›Erarbeiten‹, ›schreiben‹ oder ›Stück‹?«

»›Schreiben‹ natürlich.«

»Aha.«

»Wir arbeiten nach einem ganz lockeren, rein inspirativen Konzept. Es wird gerapt, improvisiert, frei assoziiert. Da sind schnelle, intelligente Reaktionen gefragt. Da muß man schon auf Zack sein, wenn man in meinen Proben bestehen will. Andernfalls ist man ›out‹. Einfach O.U.T. Out.«

»Klingt anspruchsvoll.«

»Je von Mike Leigh gehört?«

»Natürlich.«

»Was halten Sie von *Naked*?«

»Grausam, überheblich und rührselig.«

Brian stand das blanke Entsetzen ins Gesicht geschrieben. Er starrte Max Jennings sprachlos an.

»Und außerdem viel zu lang.«

»Kaffee steht auf der Theke! Bedient euch!« rief Rex quer

durch den Raum, und alle kamen seiner Aufforderung nach. Amy brachte Honoria Kaffee, die dem Gast gerade eine letzte Frage stellte.

»Was meinen Sie?« begann sie und beugte sich breitbeinig vor. »An welchen Verlag soll ich mich wenden, wenn meine Familienbiographie fertig ist? Welches ist der beste? Und es sollte unbedingt ein Haus mit großer Tradition sein.«

»Ich fürchte, dafür bin ich nicht der richtige Ansprechpartner, Miß Lyddiard. Meine Kontakte beschränken sich auf die Unterhaltungsliteratur.«

»Ach wirklich?« Honoria klang verblüfft und verärgert zugleich. »Wir dachten, Sie hätten einen etwas weiteren Horizont.« Sie betrachtete die letzten Krümel des Käsekräckers auf Max Jennings' Teller mit einem bohrenden Blick, der den Eindruck vermittelte, daß sich der Gast unter Vorspiegelung falscher Tatsachen ein Abendessen erschlichen hätte.

»Hatte ich eigentlich auch angenommen«, warf Brian hastig ein. Er hatte die Nase gestrichen voll von diesen sogenannten Promis! Dieser aufgeblasene, selbstgefällige Windbeutel! Er leerte auch den zweiten Teller, indem er beide Florentiner gleichzeitig in den Mund schob, und sprang auf. »Sue!«

»Ja.«

»Komm! Wir gehen!«

»Aber ich habe doch erst ...«

»Bitte, wie du meinst. Dann bleib, wenn du willst. Ich für meinen Teil ...«

»Nein, nein.« Ihr Verbleiben hätte zu Hause nur ein Nachspiel gehabt, und das war die Sache einfach nicht wert. »Schon gut.« Sie stellte ihre noch volle Kaffeetasse ab.

Gerald brachte Sues Umlegetuch und Brians karierte Windjacke aus der Garderobe. Dann ging er zurück, um die Sachen der anderen zu holen. Damit war klar, daß er den Abend als beendet betrachtete.

Laura sah, daß sich der Gast ebenfalls in der Absicht zu gehen erhoben hatte. Wie schlecht es um Gerald bestellt war, erkannte sie daran, daß er, der Schriftführer des Autorenkreises, offenbar die Absicht hatte, Max Jennings ohne ein Wort des Dankes zu verabschieden. Laura fühlte sich daher verpflichtet, eine kleine Ansprache zu halten. Sie versicherte Jennings, wie hilfreich und unterhaltsam der Abend für sie gewesen sei, und Rex, Sue und Amy pflichteten ihr mit lautem Applaus bei.

Als Gerald die Haustür öffnete, wehte ein eisiger Wind durchs Haus. Amy und Honoria zogen ihre Schals tiefer ins Gesicht und eilten, gefolgt von Brian und Sue, in die Dunkelheit hinaus. Laura drehte sich auf der Eingangstreppe noch einmal um und blickte zu Gerald auf, der ungeduldig die Hand an der Türklinke hatte. Sie sah ihm prüfend in die Augen. Nie hatte sie weniger gewußt, wer er war und was in ihm vorging. Und in diesem Moment wurde ihr mit schrecklicher Gewißheit klar, daß sie ihm nie näherkommen würde. Sie streckte die Hand aus und berührte seinen Arm. Er fühlte sich an wie ein Stück Holz.

»Gerald, was ist denn los? Was ist passiert?«

»Nichts.« Ärgerlich und schmallippig entzog er ihr seinen Arm und vermied es, sie anzusehen.

»Es stimmt doch irgendwas nicht.«

»Blödsinn!«

»Sie haben doch Angst!«

»Ich bitte Sie, Laura! Was ist nur heute abend in Sie gefahren?«

»Und ich habe doch recht.« Er wollte die Tür schließen, das sah sie. Einem plötzlichen Impuls folgend, stellte sie sich auf die Zehenspitzen und gab ihm einen Kuß.

Mit dem Ausdruck fassungslosen Erstaunens trat Gerald daraufhin hastig einen Schritt zurück und schloß energisch die Tür. Er zitterte noch immer, als er ins Wohnzimmer zurückkehrte.

Max hatte seinen eleganten Kamelhaarmantel über eine Stuhllehne gelegt und saß auf dem Sofa. Rex räumte Kaffeetassen zusammen. Gerald ging wortlos in die Küche.

Wenige Minuten später kam Rex mit beladenem Tablett hinterher. Die beiden Männer starrten sich an. Dann formte Rex mit vor Erregung leuchtenden Augen die Lippen zu den Worten: *Keine Sorge.* Laut sagte er ebenso unpassend: »Soll ich Ihnen beim Abwasch helfen, Gerald?«

»Mrs. Bundy kommt um zehn.«

Er brachte das in ganz normalem Tonfall vor, aber Rex, der seine Rolle mittlerweile liebgewonnen hatte, deutete heftig in Richtung Wohnzimmer, machte Spülbewegungen und blickte dann mit Nachdruck auf die Küchenuhr.

Gerald schloß daraus, Rex wolle andeuten, daß sie sich beim Abwaschen Zeit lassen sollten, damit Max Jennings des Wartens müde wurde und von selbst ging. Gerald seinerseits wünschte nichts sehnlicher, als beide so schnell wie möglich loszuwerden. Er wünschte, die Sache würde Rex nicht halb soviel Spaß machen. Er wünschte, seine Kopfschmerzen würden endlich verschwinden.

»Darf ich Sie noch um eine Tasse Kaffee bitten?« Gerald und Rex fuhren zusammen. Sie hatten ihn nicht gehört. »Damit ich auf der Heimfahrt nicht einschlafe.«

»Selbstverständlich.« Gerald lächelte maskenhaft und setzte all seine Hoffnungen auf das Wort ›Heimfahrt‹.

»Du auch noch eine Tasse, Rex?« erkundigte er sich pointiert.

»Unbedingt.«

Sie standen zu dritt hölzern in der Küche herum, bis frischer Kaffee aufgebrüht war, und kehrten dann erst ins Wohnzimmer zurück. Entgegen seiner Ankündigung schien Max nicht gerade an einen raschen Aufbruch zu denken, sondern begann vielmehr einen längeren Diskurs über Geld- und Währungsfragen, die Auswirkungen von Kursschwankungen bei Pfund und Dollar auf Tantiemen aus dem Ausland, den Schwierigkeiten mit Geldern aus osteuropäischen Ländern, den Nachteilen der italienischen Lira, den Vorteilen der Deutschen Mark und den nervösen Schwankungen des Yen.

Rex hörte zu und fragte sich dabei, wie lange er sich wohl noch aufrecht würde halten können. Normalerweise schlief er um zehn Uhr bereits tief und fest, denn Montcalm weckte ihn jeden Morgen pünktlich um halb sechs. Dann registrierte er schon halb ohnmächtig vor Müdigkeit, daß Max Gerald eine Frage gestellt hatte und mit dem Ausdruck höflichen Interesses auf eine Antwort wartete.

»Hauptsächlich Kurzgeschichten.« Gerald studierte eingehend die Stoffstruktur der Vorhänge hinter dem Rücken des Gastes. »Bislang unveröffentlicht. Um Ihrer Frage zuvorzukommen.« Seine Nasenflügel waren weiß.

Um die peinliche Stille zu überbrücken und sich wach zu halten, berichtete Rex von seinen Bemühungen, in einer Reihe von Kurzgeschichten die abenteuerliche Geschichte des Vorderladers zu erzählen. Seine Backenmuskeln schmerzten bereits, und seine Haut begann zu jucken. Dann, als erneut gähnendes Schweigen drohte, stand Max plötzlich auf und verkündete, daß er jetzt wirklich gehen müsse.

»War wirklich ein sehr angenehmer Abend.«

»Nett, daß Sie gekommen sind.« Gerald schien die ihm entgegengestreckte Hand geflissentlich zu übersehen.

In der Diele versuchte Rex Geralds Blick aufzufangen, hoffte auf eine stumme Verständigung unter Verschwörern. Ein bedeutsamer Blick vielleicht? Hochgezogene Augenbrauen? Ein zufriedenes Nicken für den erwiesenen guten Dienst? Fehlanzeige. Gerald begleitete sie nicht einmal bis zur

Tür, sondern blieb im hinteren Teil der Diele stehen, wo er selbstvergessen das Barometer an der Wand studierte. Er sagte nicht einmal ›Gute Nacht‹, geschweige denn ›Danke‹.

Rex öffnete die Tür und trat über die Schwelle. Max folgte, doch sagte dann plötzlich: »Meine Handschuhe!«, ging ins Haus zurück und machte Rex die Tür vor der Nase zu. Drinnen wurde ein Riegel vorgeschoben. In Bruchteilen einer Sekunde war exakt das eingetreten, was Rex um jeden Preis hatte verhindern sollen.

Eine halbe Stunde später befand Rex sich in seinem Schlafzimmer. An Schlaf war allerdings nicht zu denken. Der Schock hatte ihn wachgerüttelt. Aber von seinem Schlafzimmerfenster aus konnte man unter anderem die Hausfront und den Garten von ›Plover's Rest‹ überblicken. Der silbergraue Mercedes parkte noch da. Der Wind hatte inzwischen aufgefrischt, und es regnete.

Nach dem heimtückischen Manöver, mit dem er von Max ausgetrickst worden war, hatte Rex noch etliche Minuten unschlüssig vor dem Haus gestanden und schließlich am Schlüsselloch gehorcht. Aber was hatte er denn zu hören erwartet? Die Geräusche eines Kampfes? Anzeichen dafür, daß Gerald den ungebetenen Gast gewaltsam aus dem Haus werfen würde? Doch drinnen blieb es mucksmäuschenstill. Nicht einmal Stimmengemurmel war zu hören.

Nach einer Weile war sich Rex reichlich dämlich vorgekommen. Eigentlich wollte er nix wie nach Hause. Aber was, wenn die da drinnen nur darauf warteten, daß er verschwand, um sich ungestört unterhalten zu können? Doch dann fiel ihm ein, daß jeder Passant sehen mußte, wie er vor dem Haus herumschlich. Was wäre nun, wenn jemand die Polizei rief? Diese mehr als beunruhigende Vorstellung und die Tatsache, daß er dringend auf die Toilette mußte, veranlaßten ihn schließlich, den Ort seiner Schmach zu verlassen und die Gartentür laut und vernehmlich hinter sich zuzuschlagen.

In seinem Schlafzimmer kamen ihm allerdings erneut Zweifel, ob er das Richtige getan hatte. Die Eindringlichkeit, mit der Gerald ihn um Hilfe gebeten hatte, wollte ihm einfach nicht aus dem Kopf. Hatte sich dieser doch so verhalten, als ginge es um Leben und Tod. In Rex wuchs die Einsicht, daß er zu schnell aufgegeben hatte.

Jemand hatte von innen den Türriegel vorgeschoben, was mehr als verdächtig war. Rex zweifelte nicht daran, daß Max dahintersteckte. Alles war so schnell gegangen, daß Gerald gar nicht die Chance gehabt hatte, die Tür noch rechtzeitig zu erreichen. Er durfte dem nicht tatenlos zusehen.

Rex hatte es plötzlich sehr eilig, zu Geralds Haus zurückzukehren. Er nahm sich nicht einmal die Zeit, einen Mantel anzuziehen, wählte jedoch aus seiner Sammlung schöner englischer Spazierstöcke ein Exemplar mit Silberknauf in der Form eines Büffelkopfes aus, setzte seine Schildmütze auf und befestigte sie mit einem Wollschal, den er unter dem Kinn zuband.

Die Gartentür zu ›Plover's Rest‹ stand jetzt halb auf. Mutig schritt er den Gartenweg entlang. Er hatte vor, an die Haustür zu klopfen und um etwas Milch für einen Schlaftrunk zu bitten. Ein ziemlich durchsichtiges Manöver zugegeben, aber wenn es seinen Zweck erfüllte, sollte ihm das gleichgültig sein.

In der Küche brannte kein Licht mehr, aber die innere Küchentür stand auf, so daß Rex durch den Spalt einen Teil des Wohnzimmers und Max sehen konnte, der in einem Sessel saß. Er redete und gestikulierte freundlich und offenbar ohne jeden Groll. Dann fiel er in Schweigen. Seine Haltung änderte sich abrupt. Er schüttelte heftig den Kopf, beugte sich vor und hörte zu. Sein Profil verriet tief empfundenes Mitgefühl. Er wirkte – Rex suchte nach dem passenden Ausdruck – bewegt. Ja, das war es. Tief bewegt. Und bemüht wie ein Samariter.

Wenn er nur Gerald hätte sehen können! Rex verrenkte den Hals, preßte eine Wange gegen die Glasscheibe und versuchte, einen Blick auf Max Jennings' Gesprächspartner zu erhaschen. Vergeblich. Er richtete sich wieder auf. Seine Nackenmuskeln schmerzten. Drinnen schien alles in bester Ordnung zu sein. Der gute alte Gerald hatte sich also offenbar umsonst Sorgen gemacht. Andererseits hatte er, Rex, ihm ausdrücklich versprochen …

Genau in diesem Augenblick des Zögerns überkam Rex plötzlich das unangenehme Gefühl, nicht mehr allein zu sein, einen bohrenden Blick zwischen seinen Schulterblättern zu spüren. Er drehte sich um.

Hinter ihm säumten hohe Bäume und dichte Büsche die Grundstücksgrenze. Rex faßte seinen Stock fester und ging auf den Zaun zu. Angestrengt versuchte er, die dunklen Schatten mit Blicken zu durchdringen und rief:

»Hallo? Wer da?« Stille. Nichts regte sich. »Ist da jemand?«

Rex hörte nur den Wind und den eigenen Atem. Aber er wußte und fühlte so sicher wie den gefrorenen Boden unter seinen Füßen, daß sich dort jemand oder etwas verborgen hatte … und ihn beobachtete.

Midsomer-Wahn

Tom Barnaby vermißte seine Tochter. Cully war mit *Viel Lärm um Nichts* auf Tournee in Osteuropa. Die Kulturbehörde sponserte das ganze Unternehmen. Cully spielte die Beatrice, während Nicholas, seit achtzehn Monaten ihr Ehemann, für die interessante, aber wesentlich kleinere Rolle des Don John besetzt war. Nach einem Jahr bei der Royal Shakespeare Company waren die Rollenangebote ausgeblieben, von denen er insgeheim träumte.

Noch am Abend vor der Abreise war das junge Paar bei den Barnabys gewesen. Tom, der Nicholas gut und seine Tochter natürlich sehr gut kannte, hatte bereits Wolken am jungen Ehehimmel aufziehen sehen. Nicholas war hin- und hergerissen zwischen dem Stolz auf den Erfolg seiner Frau einerseits und der Enttäuschung über die unterschiedliche Entwicklung ihrer Karrieren andererseits. Was die Sache noch komplizierte, war die Tatsache, daß Cully erst vor kurzem *The Crucible,* eine anspruchsvolle BBC-Produktion, abgedreht hatte, die während ihres Aufenthaltes in Osteuropa gesendet werden sollte.

Natürlich hätte Nicholas *Viel Lärm um Nichts* ablehnen, in London bleiben und auf ein besseres Angebot warten können. Aber er wollte, wie er seinem Schwiegervater anvertraute, Cully auf keinen Fall mit einem halben Dutzend Schauspielern durch halb Europa reisen lassen. Nicholas und Barnaby hatten dabei im Wintergarten gesessen und eine Flasche guten Rotwein getrunken. Und Barnaby hatte die Bedenken des Gatten seiner bezaubernden Tochter nur zu gut verstanden.

Vieles war dabei keine Frage des Vertrauens, sondern lag eher in Nicholas' Unsicherheit begründet, der sein Glück mit Cully noch immer kaum fassen konnte.

Mittlerweile waren die beiden fast zwei Wochen unterwegs, hatten den Barnabys allerdings ein Memento hinterlassen - in Person eines entzückenden Russisch-Blau-Kätzchens mit Namen ›Kilmowski‹. Cully und Nicholas hatten sich den kleinen Kater vor dem Tourneeangebot zugelegt. Während zumindest Joyce über den neuen Gast im Haus entzückt war, betrachtete Barnaby das Tier als eine verschärfte Zumutung. Er konnte sich nirgendwo mehr setzen, keine Tür mehr öffnen, ohne daß seine Frau laut aufschrie, weil er sich nicht vergewissert hatte, daß Kilmowski in Sicherheit war. Am Vortag hatte er vom *Independent* auf dem Türvorleger nur Fetzen vorgefunden. Die Krönung war jedoch gewesen, daß zu guter Letzt wundersamerweise noch Katzenpisse darauf gelandet war.

So als wären die Abwesenheit seiner Tochter und die Gegenwart des jugendlichen Katerrowdys nicht schon genug gewesen, mußte Barnaby sich zu allem Überfluß darüber hinaus mit einer Diät herumquälen. Vom Naturell her immer schon ein Schwergewicht, hatte er vor einigen Jahren auch noch seine Liebe zum Kochen entdeckt. Zuerst war das eigentlich aus purer Notwehr entstanden, denn die Kochkünste seiner Frau waren wirklich haarsträubend. Es war sogar schon vorgekommen, daß sich zum Essen geladene Freunde ihre Mahlzeit lieber selbst mitgebracht hatten.

Barnaby war seither der Kochkunst verfallen wie die Ente der Orangensoße. Dabei hatte er nach Jahren des Konsums von Undefinierbarem in Begleitung mit Magentabletten festgestellt, daß er den Gaumen eines Königs besaß. Sein Pech nur, daß sein Appetit ebenfalls königlich war.

Auch ein Mann mit dem Gardemaß von einem Meter neunzig schleppt nicht ungestraft hundert Kilo mit sich herum. Bei seinem letzten Arztbesuch hatte man ihn gewarnt, er müsse mindestens fünfzehn Kilo abspecken. Woran er nun allen Ernstes arbeitete. Doch es gab wirklich leichtere Übungen. An diesem Morgen zum Beispiel knabberte er tapfer an einer Scheibe Toast, nachdem er sein gekochtes Ei in zwei Bissen erledigt hatte.

Joyce, die gerade die Wärmekanne verschloß, hielt derweil nach dem Postboten Ausschau. Sie hoffte auf eine Karte oder einen Brief aus Polen, wo *Viel Lärm um Nichts* zwei Wochen auf dem Spielplan stand. Cully allerdings war, gelinde gesagt, schreibfaul. Deshalb erschien es wahrscheinlicher, daß Nicholas den Kontakt zu den Schwiegereltern aufrechthielt. Joyce sorgte sich um beide. Obwohl vernünftigerweise kaum anzunehmen war, daß die Kulturbehörde eine englische Theatergruppe in ihr Verderben schickte. Für Joyce blieb Osteuropa dennoch ein unsicheres Pflaster.

Ein wütender Aufschrei riß sie aus ihren Gedanken. Sie drehte sich um und sah, wie ihr Mann den kleinen Kater am Nackenfell packte und in die Luft hob.

»Was zum Teufel fällt dir ein!« Joyce rannte durchs Zimmer. »Gib ihn mir gefälligst. Und zwar sofort! Tom!« Kilmowski wechselte die Personen. »Wie kannst du nur so gemein sein!«

»Er ist gerade durch meine Marmelade gewatet.«

»Er ist doch noch so klein. Was erwartest du von ihm?« Joyce küßte das samtige Schnäuzchen. »Nicht wahr?« Der Kater blinzelte sie an. »Armer kleiner Schnuck.«

Sie setzte Kilmowski sanft auf dem Teppich ab, worauf dieser nichts besseres zu tun wußte, als mit den Vorderpfoten nach der Ecke der Tischdecke zu angeln, um erneut auf den Tisch zu klettern.

»Sieh dir das an!«

»Laß ihn bloß in Ruhe. Möchtest du frischen Kaffee?«

»Nein danke.« Barnaby warf einen Blick auf die Uhr. Es war fast halb zehn. »Muß gehen.« Als er seinen Mantel anzog, klingelte das Telefon. »Hebst du ab, Liebling? Sag, ich bin schon unterwegs.«

»Könnte doch auch mal ausnahmsweise für mich sein.« Joyce klang eingeschnappt. »Ich habe viele Freunde. Soll schon vorgekommen sein, daß mich einer anruft.«

»Ja, klar.« Barnaby kam in seinen dicken Wintermantel gehüllt ins Zimmer zurück und zog die Handschuhe an. Er küßte Joyce auf die kühle Wange. »Bin so gegen sechs wieder da.«

Als er sich zum Gehen wandte, warf Barnaby noch einen mißbilligenden Blick auf Kilmowski, der würdevoll und elegant hingestreckt mitten auf seinem Frühstückstablett lag. Während der Kater Barnabys Blick standhielt, entfuhr ihm ein kleiner Pups!

Der Tag begann unerfreulich. Nach nächtlichem Regen waren die Temperaturen unter den Gefrierpunkt gesunken und hatten die Straßen in Eisbahnen verwandelt. Barnaby lenkte seine blaue Limousine langsam und vorsichtig über die Landstraßen. Er brauchte für die Strecke doppelt so lange wie sonst. Als er dann den Wagen im Fußgängertempo durch die Einfahrt zum Parkplatz des Präsidiums navigierte, wurde er beinahe von einem Mannschaftswagen des Einsatzkommandos gerammt, der mit Karacho vom Parkplatz raste und um die nächste Ecke bog.

Drinnen hob die Polizeibeamtin am Empfangstisch den Kopf. »Morgen, Sir. Wir haben schon versucht, Sie zu Hause zu erreichen. Gibt Arbeit.«

Barnaby hob nur lässig die Hand und steuerte umgehend sein Büro an. Im überdachten Übergang, der vom Präsidium zum Hauptquartier der Kripo führte, kam ihm sein Wasserträger entgegen. Gavin Troy trug einen langen Ledermantel mit Gürtel, dessen Saum bei jedem Schritt geräuschvoll gegen seine Stiefel klatschte. Troy hatte sein kupferrotes Haar unter einer dunklen Mütze verborgen. Außerdem glänzte auf seiner Nase die Brille mit Stahlfassung, die er stets zum Autofahren aufsetzte. Alles in allem sah er aus wie jemand von einer Sturmtruppe.

Da Barnaby wußte, wie seinem Untergebenen ein derartiger Vergleich schmeicheln würde, verkniff er sich eine entsprechende Bemerkung. Außerdem verbreitete Troy an diesem Morgen schon von weitem schlechte Laune.

»Morgen, Sergeant.«

»Hallo, Chef! Mord steht auf dem Stundenplan.« Troy machte auf dem Absatz kehrt und ging im Gleichschritt neben seinem Boß her. »Liegt alles auf Ihrem Schreibtisch.«

»Na, das ist ja mal was ganz Neues.«

»Tatort: Midsomer Worthy. Viel mehr wissen wir noch nicht. Die Frau, die die Leiche gefunden hat, eine Mrs. Bundy, war vollkommen hysterisch. War wohl nichts Vernünftiges aus ihr rauszubekommen.« Troy eilte voran, um Barnaby die Bürotür aufzuhalten. »Das Einsatzkommando ist gerade raus.«

»War nicht zu übersehen. Hätten mich beinahe über den Haufen gefahren.«

»Doc Bullard ist bereits vor Ort.«

»Schon?«

»Er wohnt im Nachbardorf. Charlecote Lucy.«

»Richtig.« Barnaby setzte sich hinter seinen Schreibtisch und griff nach dem Polizeibericht.

»Opfer männlich«, begann Troy. »Lag im Bett …«

»Danke, das reicht. Ich kann selbst lesen.«

Troy zuckte mit den Schultern. Er wartete; ungeduldig

zwar, aber er gab sich keine Blöße, während Barnaby am Schreibtisch schaltete und waltete. Mit zwei langen Telefonaten delegierte und organisierte er die bevorstehende Arbeit.

Barnaby hatte Mantel und Schal erst gar nicht abgelegt. Die Behaglichkeit, die sich dadurch in seinem Büro kurzfristig einstellte, täuschte. Draußen traf ihn der eisige Wind um so erbarmungsloser. Seine Lungenflügel verkrampften sich. Seine Lippen, kalt und trocken, klebten fast zusammen.

Im Wagen zog Troy seine schwarzen Autohandschuhe an, drehte die Heizung maximal auf und steuerte den Funkwagen durch die Causton High Street. Er war ein außergewöhnlich guter Fahrer, neigte jedoch leicht zur Selbstüberschätzung und spektakulären Fahrmanövern. Zwar ging er im Dienst keine unnötigen Risiken ein, aber Barnaby machte sich gelegentlich Gedanken über das außerdienstliche Verkehrsverhalten seines Sergeants. Im Augenblick jedoch lenkte dieser den Wagen in seinem Ruf durchaus zuträglicher Weise über die A 4007. Von seiner Übellaunigkeit zeugte nur noch ein beleidigter Zug um den Mund.

»Was ist eigentlich heute morgen mit Ihnen los?«

»Mit mir ist alles in Ordnung, Sir.«

Das Problem bestand in Troys Cousin Colin - dem Sohn der Schwester seiner Mutter. Colin war Troy schon seit Jahren ein Dorn im Auge. Er bestand Examen mit Leichtigkeit, die Troy Blut, Schweiß und Tränen kosteten. Der sarkastische Colin mit der spitzen Zunge hatte zudem stets nur Spott für das übrig, was Cousin Troy heilig war. Jedenfalls schien er Troy für eine Art Witzfigur zu halten, was diesen begreiflicherweise kaum erheitern konnte. Am Vorabend war er aus demselben Grund wie Troy bei seiner Tante Betty erschienen: nämlich, um ein Geburtstagsgeschenk abzuliefern. Wieder einmal hatte der arbeitslose Akademiker sich auf Troys Kosten über die Polizei lustig gemacht und ihm nachhaltig die Laune versalzen. Troys

Hände packten bei der Erinnerung daran das Lenkrad so fest, daß die Nähte seiner Lederhandschuhe zu platzen drohten.

Barnaby verfolgte den Grund für Troys schlechte Laune nicht weiter. Gavin, von Natur aus unsicher, wollte gern bewundert werden. Ein Bedürfnis, das angesichts des gegenwärtigen Stellenwertes der Polizei in der Öffentlichkeit kaum Gefahr lief, befriedigt zu werden.

Ein heftig knurrender Magen lenkte den Chefinspektor endgültig von den Problemen anderer ab. Er hatte das Gefühl, als rotierten die solitäre Scheibe Frühstückstoast und das kleine gekochte Ei wie in einem Tümmler durch die sphärische Leere seines Magens.

»Dort drüben, Chef.«

Troy fuhr um eine Grünanlage herum. Hier war Sand gestreut worden. Barnaby entdeckte einen Panda, den Mannschaftswagen des Einsatzkommandos und George Bullards blauen Viva, die gemeinsam die Einfahrt zu einem stilvollen Cottage verbarrikadierten. Troy hielt einige Meter dahinter am Straßenrand an.

Draußen herrschte dörfliche Stille. Von den Enten, die über ihren gefrorenen Teich schlitterten, kam gereiztes Quaken, und irgendwo sangen Vögel. Troy begriff nicht, was sie an einem solchen Tag überhaupt zum Singen veranlaßte. Er verinnerlichte den Anblick der halbmondförmig angeordneten teuren, exzellent gepflegten Bausubstanz entlang der Grünanlage. Nur die deutlich sichtbaren Alarmanlagen verschandelten das Weihnachtspostkartenidyll. Auf dem Weg zu ›Plover's Rest‹ hallten die Schritte der beiden Männer im harten Stakkato auf dem Straßenbelag wider.

Am Gartentor versuchte ein Polizeibeamter in Uniform die Menge der Schaulustigen zur Heimkehr zu bewegen.

Der erste Kriminalbeamte empfing Barnaby und Troy an der Haustür. »Erster Stock links, Sir.«

Eine unnötige Information, denn Barnaby war der Geruch von geronnenem Blut bereits in die Nase gestiegen. Und der wurde in Richtung Treppe immer intensiver. Barnabys in letzter Zeit kaum verwöhnter Magen revoltierte.

Das kleine Schlafzimmer war voller Menschen. Den Neuankömmlingen bot sich die gewohnte Tatortszenerie: drei Männer und eine Frau, Hände und Füße in Plastiküberzügen, ein Polizeifotograph und zwischen Bett und Schrank auf dem Fußboden die Leiche eines Mannes im Frotteebademantel. Seine Füße zeigten in Richtung Tür, der Kopf oder vielmehr das, was davon übrig war, lag direkt neben der überhängenden Daunenbettdecke.

»Tatwaffe?« Barnaby stand auf der Schwelle. Er berührte weder die Tür, noch ging er weiter ins Zimmer hinein. Ein schwerer blutverschmierter Kerzenleuchter, an dem Haare klebten, wurde im etikettierten und beschrifteten Plastikbeutel hochgehalten. »Wo ist der Doktor?«

»In der Küche, Chefinspektor«, antwortete der Fotograph, ein junger Mann mit lockigem Haar und breitem Lachen, den sein Job jedenfalls nicht aus dem seelischen Gleichgewicht zu bringen schien.

Kaum erschien Barnaby im Türrahmen der Küche, sprang George Bullard auf. Er hatte mit einer Frau am Küchentisch gesessen und drängte Barnaby und Troy hastig in den Gang zurück.

»Da drinnen können wir nicht reden. Die Frau ist in miserabler Verfassung.« Im schmalen Korridor war für drei kaum Platz. Der Türknauf einer Gästetoilette bohrte sich schmerzhaft in Troys Rücken. »Bevor Sie fragen … zwischen elf Uhr gestern abend und ein Uhr heute morgen. Könnte auch ein bißchen später gewesen sein. Aber Genaueres kann ich im Moment dazu noch nicht sagen. Der Täter muß verdammt wütend gewesen sein und mit einem kräftigen Schlag sein

Opfer direkt zwischen die Augen getroffen haben. Könnte durchaus sein, daß er sofort tot war. Trotzdem hat der Täter wie im Rausch noch mehrmals auf ihn eingeschlagen.«

»Schon gut, George. Hab's gesehen. Sie standen sich also gegenüber?«

»Absolut. Hinterhalt ist ausgeschlossen.« Bullard hielt einen Becher Tee in der Hand. Jetzt trank er ihn aus und reichte ihn Sergeant Troy. Dann griff er nach seinem Mantel, der über dem Treppengeländer hing. »Einen Kampf hat es meiner Ansicht nach nicht gegeben.«

In der winzigen Diele wurde es ebenfalls eng, als das Videoteam von der Spurensicherung eintraf. George Bullard hatte Mühe, sich bis zur Tür zu kämpfen. Barnaby und Troy zogen sich in die Küche zurück. Die unglückliche Frau, die das Opfer gefunden hatte, wurde dort von einer Polizistin betreut. Dicker Zigarettenrauch hing in der Luft, und Troys Nasenflügel bebten begierig.

Mrs. Bundy entsprach ganz und gar nicht dem Bild, das Barnaby sich von ihr gemacht hatte. Mit einer Matrone in gestärkter weißer Schürze und Häubchen hatte die hagere Dreißigjährige im rosa-weiß karierten Polyesterkittel, den Leggings und weißem Pullover so gar keine Ähnlichkeit.

Sie hatte die Arme vor der Brust verschränkt, so als fröstele sie, und ihre Mundwinkel zuckten verräterisch. Barnaby setzte sich an den Tisch. Troy blieb im Hintergrund stehen und legte sein Notizbuch auf die Arbeitsfläche neben dem Spülbecken.

»Mrs. Bundy ...« Sie starrte auf den geschmolzenen Zuckersatz in der Kaffeepfütze ihrer Tasse. »Ich verstehe sehr gut, daß das hier ein furchtbarer Schock für Sie gewesen sein muß.«

Es entstand eine längere Pause. Schließlich formten ihre sorgfältig geschminkten Lippen ein leises »Ja«. Sie hüstelte, nickte und sagte im Flüsterton: »Ich habe vorher noch nie einen Toten gesehen.«

»Mein Beileid«, erklärte Barnaby. Er zählte stumm bis fünf. »Sind Sie schon wieder in der Verfassung, um mir zu helfen? Und einige Fragen zu beantworten?«

»Ich weiß nicht.« Sie streckte die Arme aus und griff nach der Zigarettenschachtel, die neben dem halbvollen Aschenbecher lag. Sie zündete sich eine Zigarette an und inhalierte tief und mit geschlossenen Augen. »Nach oben gehe ich jedenfalls nicht mehr.« Ihre Stimme wurde schrill. »Nicht in dieses Zimmer. Auf keinen Fall.«

Troy rollte hinter ihrem Rücken mit den Augen.

»Müssen Sie ja auch nicht«, versicherte Barnaby hastig. »Mich interessiert sowieso viel mehr, was passiert ist, bevor Sie Mr. Hadleigh gefunden haben.«

»Oh!« Sie schien erleichtert und verunsichert zugleich. »Meinen Sie auf meinem Weg hierher? Ich komme mit dem Bus.«

»Nicht unbedingt. Aber wie ist es denn gewesen, als Sie zum Haus gekommen sind, Mrs. Bundy? Ist Ihnen überhaupt was Ungewöhnliches aufgefallen?«

»Was Ungewöhnliches? Inwiefern?«

Wenn wir das wüßten, Dummchen, würden wir ja wohl nicht fragen, dachte Troy genervt. Er starrte sehnsüchtig auf das Päckchen Zigaretten.

»Also die Gartentür stand sperrangelweit auf«, fuhr Mrs. Bundy nach kurzer Überlegung fort. »Das bedeutet, daß der Postbote schon da gewesen sein muß. Er hat die Pforte nämlich nie zugemacht. Auch nicht, nachdem Mr. Hadleigh ein Schild mit der entsprechenden Bitte drangehängt hatte. Deshalb hab ich sie hinter mir geschlossen, bin den Gartenweg runtergegangen und … also wenn Sie wissen wollen, was ungewöhnlich war … die Vorhänge waren noch zugezogen. Unten im Wohnzimmer und in Mr. Hadleighs Schlafzimmer, meine ich. Das war nicht normal. Und dann wollte ich die Tür aufschließen ...«

»Sie haben einen Schlüssel?«

»Natürlich.« Und stolz fügte sie hinzu: »Alle Leute, für die ich arbeite, geben mir ihre Schlüssel. Aber die Tür war von innen verriegelt. Ich wußte zuerst nicht, was ich machen sollte. Dann bin ich zum Kücheneingang marschiert. Die Tür hat kein ordentliches Sicherheitsschloß, sondern nur einen soliden Riegel. Oben und unten. Sie war offen. Da bin ich einfach reingegangen.«

»Die Tür ließ sich ohne weiteres öffnen?«

»Ja. Ich bin in die Diele gegangen und habe gerufen.«

»Haben Sie dort Post gesehen, Mrs. Bundy?«

»Nein ... Jetzt, wo Sie fragen ... Nein.«

»Fahren Sie fort.«

»Ich habe meine Kittelschürze angezogen ...«

»Hatten Sie die dabei?«

»Nein, die hängt an meinem Haken im Besenschrank ... zusammen mit einem Kopftuch ... gegen den Staub.« Sie strich über ihr weißblondiertes, von zahllosen Dauerwellenbehandlungen strapaziertes, schaumgefestigtes Haar.

»Schließlich habe ich bemerkt, daß Mr. Hadleigh nicht gefrühstückt hatte. Nicht mal der Tisch war gedeckt. Ich habe wieder an die geschlossenen Vorhänge gedacht, und plötzlich kam mir die Idee, daß er vielleicht krank ist. Da saß ich in der Zwickmühle. Raufgehen wollte ich nicht ... konnte ja sein, daß er noch im Bett liegt ... Mein Mann ist in solchen Dingen komisch. Andererseits konnte ich auch nicht so mit der Arbeit anfangen. Ich mußte mich doch vergewissern, ob jemand da ist. Verstehen Sie?«

»Verstehe«, antwortete Barnaby. »Absolut.«

»Tja ...« Es war soweit. Der kritische Höhepunkt ihrer Geschichte war erreicht. Sie verschränkte erneut die Arme vor der Brust. »Ich bin also in sein Zimmer gegangen ...«

»Die Tür stand auf?«

»Ja.«

»Brannte Licht?«

»Ja«, schrie Mrs. Bundy und schlug sich mit den Fäusten gegen die Stirn. »Ich könnte mich ohrfeigen, daß ich da rein bin! Der Geruch ... *dieser Geruch* ... er hätte mich warnen müssen. Warum bin ich nur nicht wieder runtergegangen und habe jemanden angerufen? Aber man denkt in so einer Situation einfach nicht nach, stimmt's?«

»Natürlich nicht, Schätzchen«, beruhigte sie die Polizistin.

»Den Anblick vergesse ich nicht. Nie. Bis ans Ende meiner Tage nicht.«

Barnaby hatte dem nichts entgegenzusetzen. Pech für Mrs. Bundy.

»Haben Sie etwas angefaßt? Im Zimmer meine ich?«

»Sind Sie bekloppt?« Mit dem Ärger kehrten ihre Lebensgeister zurück. »Ich bin gerannt! Gerannt als sei der Teufel hinter mir her.«

»Haben Sie gesehen ...«

»Ich habe *ihn* gesehen! Das hat mir gereicht! Ein Blick, und weg war ich. Kapiert?«

Barnaby sah, daß sie nahe daran war, entweder auf ihn loszugehen oder in Tränen auszubrechen.

»Kapiert, Mrs. Bundy. Danke.« Seine Stimme klang übertrieben ruhig. Er sah zu der jungen Polizistin hinüber. »Ich finde, wir könnten jetzt alle ...«

Während Tee gekocht wurde, hielt Mrs. Bundy sich an ihren Zigaretten fest. Neun Kippen mit Lippenstiftspuren lagen bereits im Aschenbecher. Troy vermied es, dorthin zu sehen.

Der Sergeant war frustriert. Im Büro konnte er nicht rauchen. Im Auto konnte er nicht rauchen. Im Dienst konnte er ebenfalls nicht rauchen. (Jedenfalls nicht während der Tagesschicht.) Und nachdem die Gefahren des Passivrauchens mittlerweile so nachhaltig bewiesen worden waren, mußte er sich auch verdammt gut überlegen, wann und wo er zu Hause rauchen wollte. Talisa Leanne, sein ganzes Glück und die beste Daseinsberechtigung, die ein Mann sich vorstellen konnte, zählte gerade mal zwei Jahre. Und kleine Lungen waren offenbar sehr verwundbar. Troy hatte sich erst an diesem Morgen dabei ertappt, daß ihm seine Zigarette nach dem Frühstück auf der Toilette nicht nur nicht geschmeckt, sondern daß er den Rauch sogar aus dem Fenster geblasen hatte. Ich gehöre zu einer bedrohten Spezies, überlegte er und griff zu der erbärmlichen Ersatzdroge, einer Tasse starken Tee.

»Sie sind also vermutlich in die Küche gerannt, Mrs. Bundy«, bemerkte der Inspektor leichthin, so als plaudere er übers Wetter.

»Richtig«, stimmte Mrs. Bundy zu.

»Und was passierte dann?«

»Ich habe erst mal gekotzt.« Sie sah in Troys Richtung. »Ins Spülbecken.«

Troy rückte mit seinem Notizblock unwillkürlich vom Spülbecken ab. Dabei blitzte dasselbe längst wieder vor Sauberkeit.

»Danach habe ich Don bei der Arbeit angerufen, und er hat die Polizei alarmiert. Er ist sofort hergekommen, aber sie wollten ihn nicht reinlassen.«

»Nein, das ist gegen die Vorschriften. Tut mir leid«, bedauerte Barnaby. »Aber ich halte Sie keine Minute länger als unbedingt nötig auf.« Er trank einen Schluck Tee, der köstlich schmeckte. »Steht ja 'ne Menge Geschirr auf dem Abtropfgitter. Hatte Mr. Hadleigh häufig Gäste?«

Sie schüttelte den Kopf. »Sehr selten. Aber es gibt da eine Gruppe im Dorf, die sich hier regelmäßig trifft. Einmal im

Monat. Sie schreiben ... Geschichten und so weiter.« Sie lächelte zum ersten Mal. »Die Welt ist bunt, was?«

»Kann man wohl sagen.« Barnaby lächelte ebenfalls, spürte instinktiv, daß Troy etwas sagen wollte, und hob abwehrend die Hand. »Könnten Sie mir vielleicht die Namen der Mitglieder dieser Gruppe nennen, Mrs. Bundy?«

»Wer genau gestern abend hier war, kann ich Ihnen nicht sagen. Aber Mr. und Mrs. Clapton von nebenan kommen gelegentlich.« Sie deutete nach links. »Und die Lyddiards aus ›Gresham House‹. Das liegt sechs Grundstücke weiter am Park. Ein riesiger alter Kasten. Auf den Torpfosten stehen Ananasfrüchte aus Stein. Ich mache dort auch sauber.«

»Ein Ehepaar?«

»Nein, zwei Frauen. Miß Honoria und ihre Schwägerin. Sie ist sehr nett, Mrs. L., meine ich. Sie tut mir leid. Im Haus gibt's nicht mal 'nen Fernseher.«

»Arbeiten Sie schon lange für Mr. Hadleigh?«

»Fast zehn Jahre. Seit er das Haus gekauft hat. Einmal die Woche donnerstags. Seine Wäsche gibt er in die Wäscherei.«

»Sie kennen ihn also ziemlich gut?«

»Das kann man nicht unbedingt sagen. Er war sehr zurückhaltend. Nicht wie einige meiner Damen. Die schütten mir andauernd ihr Herz aus. Mr. Hadleigh war da anders. Eigentlich habe ich ihn in den zehn Jahren überhaupt nicht richtig kennengelernt.«

»Wie war er als Arbeitgeber?«

»Sehr eigenwillig. Hatte ziemlich genau Vorstellungen von meiner Arbeit. Bücher und Bilder durften nie verrückt oder verstellt werden. Aber er hat mich bei der Arbeit in Ruhe gelassen, was auch nicht selbstverständlich ist.«

»Eine Mrs. Hadleigh existierte also nicht?«

»Er war Witwer. Das Hochzeitsfoto steht auf dem Buffet im Wohnzimmer. War immer mit einem frischen Blumenstrauß geschmückt. Fast wie auf einem Altar. Traurige Geschichte. Eigentlich hätte er allmählich drüber weg sein müssen.«

»Wissen Sie, wann genau Mrs. Hadleigh gestorben ist?«

»Nein, keine Ahnung.«

»Können Sie sich einen Grund vorstellen, warum jemand ...«

»Nein, kann ich nicht! Und jetzt will ich nach Hause!« Ihre Stimme bebte.

»Wir sind gleich fertig«, bemerkte Barnaby. »Ich möchte Sie nur noch bitten, sich hier und im Wohnzimmer umzusehen und uns zu sagen, ob etwas fehlt.«

»Hier ist alles in Ordnung.« Sie stand auf und sah die Polizeibeamtin an. »Würde Sie mit mir ...« Gemeinsam verließen sie die Küche und kehrten nach wenigen Minuten zurück.

»Das Foto ist weg. Das Hochzeitsfoto.«

»Sonst nichts?«

»Mir fällt jedenfalls nichts auf.«

»Gut, Mrs. Bundy. Läßt sich vermutlich leider nicht vermeiden, daß wir uns noch einmal mit Ihnen unterhalten ...«

»Aber nicht hier. Auf keinen Fall. Ich setze keinen Fuß mehr in dieses Haus. Nicht, solange ich lebe.«

»Keine Sorge. Wir kommen zu Ihnen ... oder Sie kommen zu uns. Allerdings muß ich Sie um Ihre Fingerabdrücke bitten ... nur um Eventualitäten auszuschließen.«

Die Polizistin half Mrs. Bundy in den Mantel.

Auf der Treppe ertönten schwere Schritte. Gerald Hadleigh verließ sein Haus für immer. Wenige Minuten später folgte Mrs. Bundy in Begleitung der Polizistin. Die Polizei hatte ›Plover's Rest‹ ganz für sich allein.

»Der obere Stock gehört Ihnen, Tom.« Aubrey Marine stand in der Tür, noch immer Plastiküberzüge an Händen und Füßen. »Wir machen unten weiter.«

Die Fenster in Hadleighs Schlafzimmer standen weit auf. Trotzdem hing der unangenehme Geruch von geronnenem Blut noch immer in der Luft. Auf dem geblümten Axminsterteppich prangte ein häßlicher, klebriger dunkler Fleck. Er allein zeugte von dem brutalen Mord, der hier stattgefunden hatte. Auch der mikroskopisch kleinste Knochensplitter, jede Zelle Gehirnmasse, jedes Hautpartikel war sorgfältig mit der Pinzette entfernt worden, um, hoffentlich mit Erfolg, im Labor analysiert zu werden.

Das spärlich möblierte Schlafzimmer bestand aus teuren, aber ziemlich langweiligen Reproduktionen von Antiquitäten. Ein schweres Eichenbett und ein großer Schrank schienen in die Regency Periode zu passen. Die zwei Nachttische waren mit zierlich vergoldeten Schubladengriffen versehen. Auf der Nußbaumkommode, Barnaby tippte auf auslaufendes neunzehntes Jahrhundert, standen zwei Staffordshire Löwen und ein einzelner Bronze-Kerzenleuchter - das exakte Pendant zur Mordwaffe. Auf dem Nachttisch, an der der Leiche abgewandten Bettseite, befanden sich eine Karaffe mit Wasser, über die ein leeres Glas gestülpt war, ein Reisewecker im Lederetui und ein Schlüsselbund. Letzteren nahm Barnaby an sich.

»Er hat einen Celica gefahren.«

»Hübscher Wagen.«

Troy öffnete die Doppeltür des Schrankes. Zwei Drittel des Schrankraums nahmen Anzüge, Jacketts, Hosen mit scharfen Bügelfalten, ein Burberry-Mantel und ein Krawattenhalter ein. Der Rest bestand aus acht englischen Fächern, in denen Oberhemden in durchsichtigen Plastikhüllen, Unterwäsche, Socken und teure Pullover aus Kaschmir und Lambswool lagen. Troy nahm ein Hemd heraus und betrachtete das makellos weiße, tadellos gebügelte Kleidungsstück fasziniert. Ein Aufkleber verriet, daß die Wäscherei Brown Bird dem Herrenoberhemd die exzellente Pflege angedeihen ließ. Die beinahe militärische Ordnung und hygienische Sauberkeit erwärmten Troys Herz. Er selbst verließ allmorgendlich einen perfekten Haushalt. Und gnade Maureen Gott, wenn es anders gewesen wäre.

Bei einer der seltenen Gelegenheiten, da Troy mit dem Chef nach dem Dienst mal ein Bier getrunken hatte, war von Barnaby der Verdacht geäußert worden, sein Sergeant habe sich der Aufklärung von Mordfällen nicht verschrieben, weil er Brutalität gegen Menschen haßte, sondern weil sie einfach seinem ausgeprägten Ordnungssinn widersprachen. Troy hatte sich durch diese Einschätzung tief verletzt gefühlt, unterstellte sie ihm doch fehlendes Moralempfinden. Aber Selbsterkenntnis war nun einmal Troys Stärke nicht, und er unterdrückte Grübeleien dieser Art sofort, wann immer sie aufkommen wollten. So auch jetzt. Er erledigte seinen Job und sonst nichts. Troy durchsuchte schnell und geschickt die Taschen sämtlicher Kleidungsstücke. Der aufregendste Fund war ein Taschentuch.

»Sehen Sie sich die mal an, Sergeant.«

Barnaby stand neben dem Bett. Die Spurensicherung hatte die Bettwäsche abgezogen. Auf der blanken Matratze lag eine gestreifte Pyjamahose. Troy trat pflichtschuldig neben seinen Chef.

»Hübsches Muster«, kommentierte er hilflos.

»Die Frage ist nur, warum er sie nicht anhatte?«

»Das verstehe ich jetzt nicht.«

»Hadleigh hatte sich doch ausgezogen. Aber statt seinen Pyjama anzuziehen, entschied er sich lieber für den Bademantel.«

»Vermutlich wollte er ein Bad nehmen.«

Barnaby brummte Unverständliches und schlenderte langsam in das spartanisch eingerichtete Badezimmer hinüber. Eigentlich sah es wie eine Mini-Sauna aus. Wände, Badewannenumrandung und Decke waren holzgetäfelt. Auf der Ablage über dem Waschbecken unter dem zweiteiligen Spiegel lagen eine Seifenschale aus Holz, eine Haarbürste mit Elfenbeingriff und ... eine Rolex Oyster. Barnaby öffnete die Jalousietür des Apothekerschränkchens. Es enthielt das übliche Sortiment an Schmerztabletten, Pflaster, Mullbinden, Augentropfen und ein Deodorant. Der Spiegel war nicht beschlagen, und kein Wassertropfen perlte an der Wand. Aber das war nach zwölf Stunden und bei diesen Temperaturen auch nicht zu erwarten gewesen. Der Autopsiebericht würde darüber Aufschluß geben, ob Hadleigh vor seinem Tod gebadet hatte. Wenn er nur die Absicht gehabt hatte, war das labortechnisch natürlich nicht mehr festzustellen.

Troy, der die Durchsuchung des Schranks mit einer Schachtel voller Kragen- und Manschettenknöpfen und anderen Alltagsutensilien beendet hatte, rief: »Hier ist Fehlanzeige. Mach' mich mal über die Kommode her.«

»Gut«, antwortete Barnaby, der wußte, wie oberflächlich ihre Bemühungen im Vergleich zu den Ergebnissen der Spurensicherung sein mußten, die er am nächsten Tag in Form von Berichten auf seinem Schreibtisch vorfinden würde.

»Chef!« Barnaby schlenderte ins Schlafzimmer zurück. »Hier fehlt 'ne ganze Menge.«

»Sieht so aus.«

Barnaby beugte sich hinab und starrte in die vier Kommodenschubladen ... zwei kleine über zwei größeren. Alle waren sorgfältig mit gewachstem Schrankpapier ausgelegt, was für forensische Analysen nicht gerade von Vorteil war. Sämtliche Fächer waren gähnend leer. »Wie komisch«, murmelte er.

»Was ist denn daran komisch, wenn jemand bei diesem Sauwetter Kleidung klaut? Jeder Pennbruder wäre über zusätzlich wärmende Klamotten heilfroh.«

»Und wenn die Kommode gar keine Kleidungsstücke enthielt? Und woher wollen wir denn wissen, daß wir's mit einem Gelegenheitsverbrecher zu tun haben? Im Badezimmer liegt eine Rolex Oyster.« Troy pfiff durch die Zähne. »Auch der dümmste Dieb läßt keine Uhr liegen ... ob er ihren Wert nun kennt oder nicht.«

»Stimmt«, pflichtete ihm der Sergeant bei. »Schade, daß die Hintertür nicht verschlossen war. Jetzt läßt sich nicht mehr feststellen, ob der Mörder unter normalen Umständen hätte einbrechen müssen.«

»In jedem Fall scheint er keinen Krach gemacht zu haben. Sonst hätte Hadleigh was gehört und wäre runtergegangen.«

»Vielleicht wollte er ja gerade runterlaufen. Hat nach dem Ausziehen möglicherweise was Verdächtiges gehört, sich deshalb schnell den Bademantel geschnappt ... aber dann ist ihm der Mörder zuvorgekommen. Würde auch erklären, warum er keinen Pyjama getragen hat.«

Barnaby trat auf den Treppenabsatz hinaus und von dort in das zweite Schlafzimmer. Es war noch kleiner und wurde offenbar als Abstellraum genutzt. Barnaby entdeckte Farbeimer, Farbwalzen und eine Leiter. An einem Bügelbrett lehnte ein Staubsauger. In einer Ecke lagen zwei abgeschabte Lederkoffer derselben Marke. Der eine war kaum größer als eine Aktentasche, der andere mittelgroß. Barnaby nahm sich vor, Mrs. Bundy zu fragen, ob es möglicherweise noch einen dritten Koffer gegeben hatte.

Der Chefinspektor zog den beigen Samtvorhang zurück und sah auf den Gemeindepark hinunter. Ein Lastwagen hatte bereits den Baucontainer angeliefert, in dem die Polizei vor Ort ihr Büro aufschlagen würde. Er stand neben dem Ententeich. Ein paar der Schaulustigen vor dem Haus zogen bereits in diese Richtung ab. »Ich gehe jetzt runter«, rief Barnaby und lief zur Treppe.

Troy, der die schöne und elegante Rolex anprobiert hatte,

legte das teure Stück hastig wieder beiseite. Dabei streifte er mit seiner blütenweiß gestärkten Hemdmanschette die graue Puderschicht auf der Ablage. Leise fluchend rannte er hinter seinem Chef her.

›Plover's Rest‹ wimmelte noch immer von Polizisten. Mehrere Leute von der Kripo arbeiteten in der Küche. Die Tür daneben, die in die Garage führte, stand auf. Barnaby machte unter vielen anderen den flachen, reptilienartigen Schädel von Inspektor Meredith aus, der angestrengt in einen Besteckkasten starrte. Meredith war ein rotes Tuch für ihn. Ein Großteil der Leute von der Spurensicherung arbeitete auch im Garten. Am Rand des benachbarten Waldstreifens standen ebenfalls Schaulustige.

Barnaby betrat einen großen Raum rechts der Haustür, wo, so nahm er jedenfalls an, das Treffen des Autorenkreises stattgefunden hatte. Wie das Schlafzimmer wirkte auch der Wohnraum merkwürdig nichtssagend. Er enthielt eine große und eine kleine Couch, dazu drei tiefe Sessel, deren Bezüge aus Chintz-Hussen in verwaschenen Pastelltönen und aufdringlichen Blumenmustern bestanden. Die bodenlangen Vorhänge waren aus hellbraunem Samt, die Wände eintönig weiß. Auch hier hingen nur langweilige Genrestücke, Stilleben, Jagdszenen und ein Druck der Kathedrale von Salisbury in viel zu pompösem Rahmen. Der Raum strahlte die anonyme Pseudogemütlichkeit eines Herrenklubs aus.

Barnaby fiel automatisch Mrs. Bundys Bemerkung über Gerald Hadleighs verschlossenes Wesen ein. Alles im Haus sprach für die Richtigkeit ihrer Beobachtung. Aber konnte Hadleigh, ja konnte überhaupt ein Mensch so nichtssagend und charakterlos sein, wie die Inneneinrichtung des Hauses und seine Garderobe zu vermitteln schienen? Barnaby hoffte inständig, daß seine kommenden Ermittlungen das Gegenteil beweisen mochten.

An einem hellen Eichenschreibtisch an der Rückfront des Zimmers saß Sergeant Ian Carpenter. Er sah auf, als Barnaby neben ihn trat.

»Guten Morgen, Sir.«

»Was Interessantes gefunden?«

»Kaum. Versicherungspolicen für Auto und Haus. Bankauszüge. Die üblichen Rechnungen ... Wasser, Telefon, Strom. Sind alle bezahlt.«

»Keine Korrespondenz?«

»Nichts Persönliches. Bis auf das hier.« Er hob ein gerahmtes Foto hoch, das mit der Bildfläche nach unten in der Schreibtischschublade gelegen hatte. Barnaby trat damit ans Fenster.

Es handelte sich um ein Hochzeitsfoto. Das Paar stand im Portal einer offenbar sehr alten Kirche. Sie trug ein cremefarbenes Kleid und eine kleine perlenbestickte Pillbox. An dieser war ein weiter, schulterlanger Schleier befestigt, den die Braut sich aus dem Gesicht hielt. Sie trug Handschuhe und hatte einen kleinen Strauß Nelken in der einen Hand.

Gerald Hadleigh, der Bräutigam, im dunklen Anzug, eine aprikotfarbene Rose im Knopfloch, hielt die andere Hand fest umfaßt. Die Braut war wesentlich kleiner als er. Sie hatte den Kopf in den Nacken gelegt, um ihm in die Augen schauen zu können. Dabei lachte sie glücklich. Das Profil des Bräutigams wirkte ernst, konzentriert und entschlossen.

Barnaby bedauerte, daß Hadleigh nicht frontal in die Kamera blickte. Er hätte sich den Mann gern genauer angesehen, versucht, seine Gedanken und Gefühle zu erraten. Hadleigh war ein ausgesprochen attraktiver Mann gewesen ... was man von dem Toten nicht mehr hatte behaupten können. Er war mit einem gut geformten Kopf, einer geraden Nase und einem kantigen energischen Kinn gesegnet gewesen. Rein vom Äußeren her, wirkte er wie ein Angehöriger des Militärs oder ein Mann der Kirche.

Das Interessante an diesem Foto war natürlich die Tatsache, daß es nicht an seinem Platz auf dem Buffet neben der Vase duftenden Schneeballs gestanden, sondern versteckt in der Schublade gelegen hatte. Barnaby war begierig darauf, die Antwort auf dieses Rätsel zu finden, und freute sich bereits auf die vor ihm liegende Arbeit.

Jeder Fall versetzte ihn in seiner Anfangsphase, wenn weder medizinische noch laborwissenschaftliche Erkenntnisse vorlagen, in eine unerklärliche Hochstimmung. Allein auf dem weitem Feld unbekannter Grenzen und ohne erkennbare visuelle Anhaltspunkte blieb Barnaby stets die Gelassenheit selbst.

Das war freilich nicht immer so gewesen. Und aus diesem Grund hatte er auch durchaus Verständnis für die diametral entgegengesetzte Reaktion seines Sergeants. Troy litt sehr stark unter dem, was Barnaby insgeheim als das ›Panik-Syndrom‹ bezeichnete. Er meinte damit die unerklärliche Angst, im Meer der Informationen nicht schnell genug Tritt zu fassen, die Furcht, daß ein Fall nicht rasch seine Geheimnisse preisgab, immer ein Buch mit sieben Siegeln blieb. Troy gierte geradezu nach einem Anhaltspunkt, an den er sich klammern konnte. Ob Fakt oder Gegenstand, eine Liste, eine Tasche, eine Brieftasche, das war ihm gleichgültig; Hauptsache, es war greifbar und deutlich zu erkennen. In diesem Moment zum Beispiel angelte er sich die Reste einer Zigarre und schnupperte daran. Barnaby dagegen hatte zu oft erlebt, wie aus scheinbar unfehlbaren Spuren und Beweisen die falschen Schlüsse gezogen worden waren, um sich davon noch verleiten zu lassen.

»Das«, bemerkte Troy und rollte den eleganten, schmalen zylinderförmigen Stumpf mit der Goldbandage zwischen den Fingern, »nenne ich eine erstklassige Zigarre. Absolute Spitzenqualität.«

»Muß einer der Gäste geraucht haben«, bemerkte Barnaby und ging zum Bücherregal in der Nische. »Hadleigh war Nichtraucher. Das riecht man.«

Der Chefinspektor neigte den Kopf zur Seite und versuchte die Buchtitel zu lesen. Es handelte sich ausschließlich um Sachbücher. Architektur, Reisen, Essen und Trinken. Etliche über die Kunst des Schreibens. Die strenge Ordnung stand im krassen Gegensatz zu dem wilden Durcheinander, das in Barnabys eigenen Bücherregalen herrschte, wo weder nach Titeln noch nach Größe oder Dicke sortiert wurde. Außerdem lag permanent ein Stapel neuer Taschenbücher auf dem Fußboden neben Joyces' Sessel und mindestens zwei Bücher auf ihrem Nachttisch. In Hadleighs Regal dagegen standen die Buchrücken aufgereiht wie die Tiller-Girls: die größten links und rechts außen, die kleinsten in der Mitte. Die meisten steckten in brandneu aussehenden Hochglanzumschlägen, die allerdings durch die Behandlung der Spurensicherung mit Fingerabdruckpulver etwas gelitten hatten. Barnaby streckte die Hand aus, und mit einer Genugtuung, die er durchaus als kindisch erkannte und doch weidlich auskostete, stieß er eines der Bücher mit dem Finger außer Reih und Glied. »Anale Charakterzüge«, murmelte er dabei.

»Hatte er?« fragte Troy und riß sich von der Betrachtung rosiger Äpfel und toter Fasanen los. »So ein Schmutzfink.«

Barnaby ging hinaus, wo er erneut auf Aubrey Marine traf, der mittlerweile seinen Plastikschutz abgelegt hatte und eine versiegelte Metallbox in der Hand hielt.

»Der Celica ist nicht da, Tom.«

» Sieh mal einer an! Ist die Garagentür aufgebrochen worden?«

»Nee. War alles ordnungsgemäß verschlossen. Vielleicht hat unser Täter ja Hadleighs Schlüssel benutzt und wieder zurückgelegt. Oder der Wagen steht irgendwo in der Werkstatt.

Nur ein kleines Problem von vielen.« Er grinste und ging den Gartenweg hinunter.

Der Chefinspektor und sein Sergeant folgten ihm. Der eiskalte Wind kam direkt von vorn. Barnaby fröstelte und machte das Fehlen einer soliden Nahrungsgrundlage für seine Empfindlichkeit verantwortlich. Überzeugt, sein Mittagessen mittlerweile schon um Jahrzehnte verpaßt zu haben, warf er einen Blick auf die Uhr. Es war nicht einmal zwölf.

»Zeit, den Nachbarn unsere Aufwartung zu machen«, schlug Barnaby vor. »Was hat Mrs. Bundy noch gleich gesagt, wie heißen sie? Crampton?«

»Clapton, Chef.«

»Was würde ich nur ohne Ihr Gedächtnis machen, Sergeant?« Das war nicht einmal sarkastisch gemeint. Sein Erinnerungsvermögen wurde tatsächlich täglich schlechter. »Vielleicht gibt's da ein Täßchen Tee für uns.«

»Möglich ist alles. Wir könnten Glück haben ...«

»Und kriegen auch noch ein paar Kekse.«

Draußen vor dem Garten hatte sich die Menge der Neugierigen hinter der Absperrung inzwischen noch vergrößert. Junge Mütter mit Kleinkindern, Schulkinder, alte Männer und Frauen kämpften mit heißen Getränken aus Thermosflaschen tapfer gegen die Kälte an.

Barnaby und Troy gingen mit großen Schritten an ihnen vorbei.

»Was gibt's denn?« Barnaby, die Hand bereits an der Gartentür von ›Trevelyan Villas‹, wurde vom Ruf eines Mädchens aufgehalten, das ein dick eingepacktes Baby mit Rotznase im Arm hielt. »Da ist niemand zu Hause. Er ist Lehrer an der Gesamtschule Causton, und Sue leitet die Kinderspielgruppe im Dorf.«

»Wissen Sie vielleicht, wann Mrs. Clapton zurückkommt?«

»Normalerweise so gegen eins.«

»Danke.«

Ohne die neugierigen Blicke der Schaulustigen zu beachten, wandte sich Barnaby zum Gehen, und Troy hastete hinter ihm her.

»Wollen Sie's bei den Lyddiards versuchen, Chef?«

»Warum nicht?«

Die Torpfostenaufsätze in Form von Ananasfrüchten vor ›Gresham House‹ waren in erbärmlichem Zustand. Die eine Frucht hatte keine Blätter mehr, an der anderen bröckelte der Boden weg. Die Sandsteinsäulen darunter hätten ebenfalls ein paar Kellen Mörtel gebrauchen können, und das meterhohe, verschnörkelte schmiedeeiserne Tor rostete still vor sich hin.

Das Haus selbst war ein Monstrum aus drei Stockwerken, einem plumpen Turm, spitzen Zinnen und abblätternden grauen Fassaden. Portal und Fensterrahmen mußten einmal weiß gewesen sein, waren jetzt jedoch nur schmutzig grau. Auch hier blätterte die Farbe ab. Im Frühjahr und im Sommer vielleicht, wenn blühende Kletterpflanzen und Töpfe mit Geranien den Anblick des Verfalls milderten, mochte das Anwesen durchaus einen gewissen Charme entwickeln. Gegenwärtig jedoch, dachte Troy, erinnerte es an Schloß Drakula.

Barnaby dagegen entdeckte vieles, was seine Bewunderung hervorrief. Beim Anblick der zahlreichen seltenen Bäume und Sträucher zu beiden Seiten der Einfahrt schlug sein Gärtnerherz höher: bunte Stechpalmen voller frostig glitzernder Spinnweben, ein wachsroter Hartriegel; zwei blühende Gewürznelkensträucher und darunter ein dichter Teppich aus gelben Winterlingen und Winteriris; Mahonien, deren dicke gelbe Blütenstände schweren Honigduft verbreiten, und mehrere Strauch-Veronikas. Er erkannte die widerstandsfähige ›Mrs. Winder‹, deren schmale, lanzettförmigen Blätter im grauen Winterlicht purpurfarben glänzten. Und … sollte das etwa tatsächlich Cotoneaster sein? … Sicher nicht? …

»Großer Gott! Es ist eine Rothschildiana.«

»Ach ja?« Troy starrte verständnislos auf die kleinen cremefarbenen Blüten.

»Was für ein Juwel. Ich besitze die Exvuriensis. Auch hübsch. Aber damit natürlich nicht zu vergleichen.«

»Nein, selbstverständlich nicht. Ganz unmöglich.« Troy suchte krampfhaft nach einer intelligenten Antwort. Er haßte es, sich eine Blöße zu geben. Dann kam ihm ein Geistesblitz. »Sind die nicht reich, Chef? Die Rothschilds, meine ich? Millionäre oder so?«

»Sie haben einen großartigen Park in Hampshire. Exbury. Mit Pflanzenverkauf.«

Troy nicke nichtssagend. Sein Interesse an den blauen Blüten, das noch nie überwältigend gewesen war, erlosch nun abrupt. Er besaß nicht die Spur gärtnerisches Talent. Eine seiner ersten Handlungen nach dem Einzug in sein kleines Reihenhaus war die Asphaltierung des Vorgartens gewesen.

»Der Eingang sieht nicht gerade vielversprechend aus«, bemerkte Barnaby. Vor dem Eingangsportal über einer Treppenflucht mit ziemlich verfallenen Stufen hatte sich ein Wall von trockenen Blättern und Ästen gebildet. »Die Tür scheint seit Jahren nicht mehr geöffnet worden zu sein.«

Während sie um das Haus herumgingen, sagte Troy nur halb im Scherz: »Bettler und Hausierer zum Hintereingang.«

An der Seite des Hauses entdeckten sie eine Art Schuppentür, die aus groben Brettern zusammengenagelt war und schief in den Angeln hing. Das war der einzige Eingang, den sie entdecken konnten. Barnabys lautes Klopfen blieb allerdings ohne Reaktion.

Er wartete einige Minuten und wollte es gerade erneut versuchen, als Troy seine Hand festhielt. Eine Frau hatte ein winterlich kahles Gemüsebeet durchquert und kam jetzt über den mit Platten ausgelegten Hinterhof auf sie zu. Sie war groß, ungefähr fünfzig und trug über einem formlosen Wollrock eine uralte Barbourjacke und einen Südwester. Sie hatte sich einen alten Lederbeutel um den Hals gehängt, der über der schroffen Brüstung ihres Busens hin und her baumelte wie der Futtersack eines Pferdes. Ihr flächiges Gesicht mit den dunklen, buschigen Augenbrauen und einen Mund, der an eine Kaninchenfalle erinnerte, wirkte blasiert. Sie war, wie Troys Vater gesagt hätte, so häßlich wie die Nacht finster.

»Hab ich's mir doch gleich gedacht«, murmelte Troy, bevor sie in Hörweite kam. »Drakulas Mutter ist im Anmarsch.«

Zur Verblüffung der beiden Polizisten ging die Frau an ihnen vorbei, ohne sie eines Blickes zu würdigen, schob den Holzriegel beiseite und schlug ihnen die Tür vor der Nase zu. Barnaby kochte vor Wut. Er donnerte umgehend mit der Faust gegen die klapprige Holzkonstruktion, woraufhin die Tür kurz darauf von innen wieder aufgerissen wurde.

»Was erlauben Sie sich? Können Sie nicht lesen?« Das Ungeheuer deutete auf ein verwittertes Metallschild mit der Aufschrift: ›Hausieren Verboten! Keine Wurfsendungen!‹ »Verschwinden Sie gefälligst. Und zwar ein bißchen plötzlich! Sonst rufe ich die Polizei.«

»Die Polizei sind wir«, entgegnete Barnaby, und sein Hilfssheriff grinste heimlich über den schlagfertigen Konter.

»Warum haben Sie das nicht gleich gesagt?«

»Weil Sie uns ja nicht haben zu Wort kommen lassen.« Barnaby griff in die Manteltasche und zückte seinen Dienstausweis. »Chefinspektor Barnaby. Kriminalpolizei Causton.«

»Was wünschen Sie?«

»Wir haben ein paar Fragen an Sie. Sie sind Miß Lyddiard, nehme ich an?«

»Fragen worüber?«

»Dürften wir kurz reinkommen?«

Honoria Lyddiard sog gereizt die Luft ein, trat jedoch dann einen Schritt zurück. Barnaby und Troy betraten einen Art Mehrzweckraum mit der Grundfläche eines größeren Bungalows. Er war vollgestopft mit Möbeln, einer alten Wäschemangel, Gartenutensilien, Sportgeräten - Crocket- und Tennisschläger sowie Netz - plus einem Fahrrad. An einer Seite stand eine große Werkbank, auf der Dahlienknollen und Blumenzwiebeln zwischen anderen Gartengerätschaften trockneten.

Hier könnte eine fünfköpfige Familie spielend unterkommen, überlegte Sergeant Troy, während er schweigend hinter den anderen herging. Was allerdings längst nicht bedeutete, daß er ein Herz für Heimat- und Obdachlose hatte.

Am anderen Ende des Raumes befand sich eine wesentlich solidere Tür mit einem Drahtglasfenster. Honoria stieß sie auf, und sie standen plötzlich in der Küche. Auch das war ein geradezu hallenartiger Raum mit hoher Decke, schäbig möbliert und eiskalt.

Hier waren sie allerdings mit einem Mal zu viert. Eine kleine, rundliche Frau in ausgebeulter Hose und mehreren Pullovern unter einer mit Schmetterlingen bestickten Jacke knetete Teig an einem uralten Backtisch. Sie hielt stumm bei ihrer Arbeit inne, als sie hereinkamen, wirkte verlegen und etwas ängstlich, so als fühlte sie sich ertappt.

Barnaby, der nicht wußte, ob sie die Schwägerin, die Köchin oder jemand ganz anders war, wartete darauf, vorgestellt zu werden. Vergeblich.

»Wir ermitteln in einem Todesfall, der nach einem Verbrechen aussieht.« Er wandte sich an beide Frauen gleichzeitig. »Es handelt sich dabei leider um einen Ihrer Nachbarn, Mr. Hadleigh.«

Der Chefinspektor registrierte, daß ihn beide Frauen ungläubig, aber kaum überrascht anstarrten. Es war die altbekannte Reaktion, die er bis zum Ende des Tages sicher noch mehrfach erleben würde. Niemand fand sich leicht damit ab, daß ein Mensch, den man kurz zuvor wohlauf und lebendig gesehen hatte, plötzlich tot sein sollte. So etwas passierte normalerweise nur anderen, Menschen mit unbekanntem Namen aus der Zeitung, einem fremden Gesicht auf dem Fernsehschirm.

Die Frau in der dicken Wolljacke war leichenblaß geworden. Sie hatte ein hübsches Gesicht, dem Glück und Freude viel besser gestanden hätte als das Entsetzen, das sich jetzt darin abzeichnete.

»Gerald? ... Aber wir sind doch erst ... O mein Gott!«

»Herrgott, Amy. Du vergißt dich! Du bist nicht irgend jemand!« Honoria ergriff den Arm ihrer Schwägerin und drückte sie unsanft auf den nächsten Stuhl. »Wir sind nicht allein.«

»Entschuldigung.« Amy sah sich hilflos um.

»Hier muß ein entsetzlicher Irrtum vorliegen«, erklärte Honoria kategorisch. Es klang wie: Was nicht sein darf, kann nicht sein.

Barnaby konnte sich gut vorstellen, wie dieser weibliche Feldmarschall an der Küste stand und den Wellen verbat, an den Strand zu spülen.

»Ich fürchte, leider nein, Miß Lyddiard. Mr. Hadleigh ist vorige Nacht getötet worden.«

»Getötet? Wollen Sie behaupten ...?«

»Ermordet. Ja. Leider.«

Amy brach umgehend in Tränen aus. Honoria verschlug es offenbar die Sprache. Ihre Miene war völlig ausdruckslos geworden. »Verstehe«, brachte sie schließlich hervor.

»Soviel ich erfahren habe, fand in seinem Haus gestern abend ein Treffen statt. Und Sie beide waren anwesend.«

»Einfach furchtbar.«

»Kann man wohl sagen.«

»Und das in Midsomer Worthy! Ich habe die Leute immer wieder gewarnt. Aber auf mich hört ja keiner.« Ihre grauen Augen waren direkt auf Barnaby gerichtet. Der Chefinspektor fröstelte unwillkürlich. Selten hatte er einen Gesichtsausdruck gesehen, der eine derartige Kälte ausstrahlte. »Die Barbaren sind auf dem Vormarsch!«

»Ich bin sicher, Sie möchten uns helfen ...«

»Was haben wir mit dieser schrecklichen Sache zu schaffen? Ich bin eine Lyddiard, wie die Frau meines Bruders. Unser Name ist der Stoff, aus dem England gemacht ist. Wir sind über jeden Verdacht erhaben.«

Heiliger Strohsack, seufzte Troy innerlich. Statt seine Mütze abzunehmen, schob er sie nur in den Nacken und sah sich unverhohlen geringschätzig im Raum um. Sein Blick erfaßte rissige Farbe an den Wänden, freistehende altmodische Schränke, und einen riesigen Electrolux-Kühlschrank, der schon aus der Mode gewesen war, bevor Adam ins Apfelgeschäft eingestiegen war. Er würde Maureen nicht mal zumuten, ihre Joghurt da reinzustellen. Wenn ich mir nichts Besseres als das hier leisten könnte, würde ich mich erschießen, dachte Troy mit herzerwärmender Überheblichkeit.

»... und daher begreifen Sie es sicher als Ihre Pflicht, uns in jeder erdenklichen Weise behilflich zu sein«, fuhr Barnaby gerade fort. Er machte eine Pause und überlegte, ob er mit dem Wort ›Pflicht‹ den Bogen nicht etwas überspannt hatte. Offenbar nicht.

»Natürlich wollen wir alles tun, um diese Mißgeburt der gerechten Strafe zu überführen. Falls es das heute überhaupt noch gibt.«

Barnaby schloß aus dem sehnsuchtsvollen Unterton, daß Honoria die Zeiten herbeisehnte, als man jemanden noch öffentlich aufknüpfen konnte, nur weil er den Hund seines Herrn gestreichelt hatte. »Können Sie uns vielleicht sagen, wer an Ihrem Treffen gestern abend noch teilgenommen hat? Wir brauchen Namen und Adresse«, sagte er laut. Troy notierte die Details. »Und wie oft treffen Sie sich eigentlich normalerweise?«

»Einmal im Monat.«

»Und gestern hat eine der üblichen Zusammenkünfte stattgefunden?«

»Nein, das war kein übliches Treffen. Wir hatten einen Gastredner geladen.« Sie klang ungeduldig und gereizt. »Aber was haben wir denn damit zu tun, daß jemand eingebrochen ist und Gerald überfallen hat?«

»Niemand ist eingebrochen, Miß Lyddiard.« Barnaby wußte, daß er diese Information preisgeben mußte, wenn seine Fragen Sinn machen sollten.

»Sie meinen ...« Amy starrte ihn ungläubig an. »Gerald hat also die Tür aufgemacht und seinen Mörder selbst reingelassen?«

»Eine Tür aufmachen«, erklärte Honoria so pointiert und übertrieben artikuliert, als sei Amy nicht nur geistig zurückgeblieben, sondern auch noch taub, »ist nicht dasselbe wie jemanden reinzulassen. In diesem Dorf wird man ständig rausgeklingelt«, wandte sie sich wieder an Barnaby. »Sie versuchen einem dümmliche Zeitschriften anzudrehen, betteln um Almosen oder wollen Altkleider ...«

»Mitten in ne Nacht?«

Troy übertrieb bewußt seinen West-Londoner Slang. Er hätte sich die Mühe sparen können. Honoria würdigte ihn keines Blickes, sondern starrte ungerührt auf ihre Schuhspitzen, so als habe sich ein widerliches Hündchen mitten auf ihrem kostbaren Aubusson Teppich erleichtert.

»Ein Gastredner?« erinnerte Barnaby sie.

»Eine herbe Enttäuschung. Max Jennings. Irgendein Romanschreiber.«

Der Name kam Barnaby irgendwie bekannt vor. Allerdings sicher nicht aus persönlicher Erfahrung. Er las nämlich keine Romane. Es las eigentlich überhaupt nicht. Er malte lieber, kochte oder arbeitete in seiner Freizeit im Garten.

»Die Folge war natürlich, daß wir später fertig wurden als sonst. So gegen halb elf.«

»Und dann sind Sie alle gegangen?«

»Alle bis auf Rex St. John. Und Jennings.«

»Geradewegs nach Hause?«

»Selbstverständlich!« fuhr Honoria ihn an und fügte hinzu: »Es war stockfinster und stürmisch.«

»Und Sie haben das Haus nicht noch einmal verlassen?« Sie sah ihn an, als habe er nicht alle Tassen im Schrank. »Sie sind nicht zufällig aus irgendeinem Grund nach ›Plover's Rest‹ zurückgekehrt?«

Troy reimte ›Plover‹ heimlich auf Rover.

»Auf keinen Fall.«

»Und ... Sie?« Barnaby wandte sich der jüngeren Frau zu. »Tut mir leid, ich weiß nicht ...«

»Mrs. Lyddiard ... Amy. Nein, ich habe das Haus auch nicht mehr verlassen.«

»Haben Sie sich sofort zurückgezogen?« erkundigte sich Barnaby.

»Ja«, antwortete Honoria. »Ich hatte Kopfschmerzen. Man hatte dem Gast nämlich das Rauchen gestattet. Eine abscheuliche Angewohnheit. Unter meinem Dach wäre das nicht in Frage gekommen.«

»Und Sie, Mrs. Lyddiard?« Barnaby lächelte aufmunternd.

»Nicht sofort. Zuerst habe ich uns was zu trinken gemacht ... Kakao ...«

»Die Herren interessieren sich nicht für unsere familiären Gewohnheiten, Amy.«

»Entschuldige, Honoria.«

»Da kannst du ihnen gleich noch erzählen, wieviel Zucker wir nehmen und welches Porzellan.«

Amys Unterlippe begann zu zittern, und Barnaby strich die Segel. Nachdem Honoria klargemacht hatte, was sie von Klatsch und Tratsch hielt, hatte es kaum Sinn, weiter in sie zu dringen. Er hatte noch viele Personen zu befragen, und einige mußten sich erfahrungsgemäß als kooperativ erweisen. Außerdem konnte er sich jederzeit noch einmal an Mrs. Lyddiard wenden ... vorzugshalber dann, wenn sie allein war. Aber Troy machte Barnaby einen Strich durch die Rechnung. Er griff sich an die Krawatte und zeigte dabei demonstrativ seine nikotingelben Fingerspitzen. »Was für ein Typ Mann war Mr. Hadleigh?« erkundigte er sich.

»Ein Gentleman.«

Damit war das Thema erledigt. Audienz beendet. Barnaby setzte den Damen auseinander, daß die Polizei ihre Fingerabdrücke brauche. Honoria wies dieses Ansinnen vehement von sich. Eine derartig erniedrigende Prozedur kam für sie nicht in Frage. Als Amy die Herren hinausbegleitete, hörten sie, wie sie laut schimpfte: »Dahergelaufene Wichtigtuer.«

Ein Gentleman. Troy stieß so heftig mit der Fußspitze in den Kies, daß dieser aufspritzte. Sie gingen zum rostigen Tor zurück. Natürlich wissen wir alle, was das bedeutet, schimpfte er stumm. Der Rahm auf der Milch des Lebens. Er zündete sich eine Zigarette an. Clubmitglied. Richtige Krawatte. Richtiger Akzent. Richtige Einstellung. Das richtige Geld. Rechter Flügel (Troy selbst war politisch extrem rechts, aber vom entgegengesetzten sozialen Ende der Fahnenstange her und aus völlig anderen Gründen). Und natürlich blaues Blut.

»Solchen Leuten kann man doch nicht glauben, oder?« Er machte das Tor auf und ließ Barnaby den Vortritt. »Nicht in diesen Zeiten. Wetten, daß die in ihrem Leben noch nie gearbeitet hat? Ekelhafte Schmarotzer.«

»Jetzt aber mal halblang.« Barnabys Stimme klang scharf und gereizt. Er blieb abrupt stehen. Sein Rücken schmerzte vom langen Stehen. »Ihre Vorurteile sind normalerweise Ihre Privatsache, Gavin. Aber wenn sie Ihre Arbeit beeinträchtigen, gehen sie auch mich was an. Unser Job ist es, Informationen zu sammeln und die Leute dazu zu zwingen, sich eine Blöße zu geben. Alles, was uns dabei behindert, ist ärgerliche Zeitverschwendung. Die anderen werfen uns genug Prügel zwischen die Beine. Das brauchen wir nicht noch selbst zu tun.«

»Sir.«

»War das deutlich genug?«

»Ja. Alles klar.« Der Sergeant kaute wütend auf seinem Glimmstengel. »Die gehen mir nun mal gewaltig auf den Wecker.«

»Niemand erwartet von Ihnen, Sympathien vorzutäuschen. Das wäre genauso fehl am Platz wie die Haltung, die Sie gerade an den Tag legen. Ihre Gefühle sind völlig unwichtig. Oder sollten es vielmehr sein. Selbstbeweihräucherung kann in unserem Job tödlich sein. Wir müssen rausschauen und nicht in uns rein.«

»Klar doch«, pflichtete ihm Troy erneut bei. »Tschuldigung, Chef.«

Das Schlimme war natürlich, daß Barnaby recht hatte. Außerdem liebte Troy seinen Job und wollte ihn gut machen. Er beschloß also, sich fortan richtig Mühe zu geben. Höflichkeit bis zum Abwinken, hieß die Losung des Tages. Ein bißchen Freundlichkeit kostete nichts. Aber keine Arschkriecherei. Nein, Arschkriecherei war nicht drin.

Mittlerweile hatten sie die kleine Grünanlage fast überquert. Kitty Fosse, eine dunkelhaarige, attraktive junge Frau, Reporterin beim *Causton Echo*, kam ihnen entgegen.

»Hallo, Chefinspektor. Was ist passiert?«

»Hallo, Kitty.« Er ging weiter. Die Reporterin versuchte mit ihm Schritt zu halten und stolperte dabei über einen Grasbulben. Troy kam ihr zu Hilfe und faßte sie am Arm.

»Jemand von den Schaulustigen hat behauptet, sie hätten einen Toten rausgetragen«, sagte sie, während sie Troy ihren Arm zu entziehen versuchte.

»Das ist richtig. Ja.«

»Und war es der Mann, der dort gewohnt hat? Ein gewisser ...« Sie warf einen Blick in ihr Notizbuch. »Gerald Hadleigh?«

»Mr. Hadleigh wurde heute tot aufgefunden. Es besteht Mordverdacht.«

»Gegen wen?« Sie entwand Troy endgültig ihren Arm. »Wie wurde er getötet?«

»Sie kennen doch das Prozedere, Kitty. Später gibt es eine offizielle Verlautbarung unserer Pressestelle.«

Damit marschierte der Chefinspektor davon. Troy wandte sich dagegen an Kitty. »Warum trinken wir nachher nicht was zusammen? Vielleicht habe ich etwas für Sie.«

»Auf den Trick falle ich nicht mehr rein!« Kitty warf ihm einen vernichtenden Blick zu.

»Wie?«

»Vor achtzehn Monaten. Im Jolly Cavalier?« Sie hatte sich naiverweise in der Hoffnung einladen lassen, auf diese Weise spezielle Informationen zu bekommen. Gekriegt hatte sie jedoch bloß unsittliche Anträge, auf die sie getrost verzichten konnte.

»He ... stimmt.« Er grinste, als er sich endlich erinnerte. »Dann vielleicht ein andermal?«

»Würde nicht damit rechnen.«

Als nächstes hatte Barnaby einen Besuch bei Rex St. John im Sinn. Hatten er und Jennings sich tatsächlich als die letzten verabschiedet, dann war es wichtig, den genauen Zeitpunkt und die Reihenfolge zu erfahren. Das Haus mit den verwitterten Schindeln war nicht schwer zu finden. Lag es doch beinahe direkt gegenüber ›Plover's Rest‹. Auf ihr Klingeln reagierte nur ein Hund. Und das in einer Weise, wie die beiden Polizisten es nie erlebt hatten.

Nachdem sie ›Borodino‹ schnellstens hinter sich gelassen hatten, machten sie sich auf den Rückweg zu Hadleighs Cottage. Dabei entdeckte Barnaby eine Frau mit Fahrrad vor der nachbarlichen Gartentür. Offensichtlich war sie von einem der Schaulustigen darüber aufgeklärt worden, daß man sie bereits gesucht hatte, denn sie sah mit besorgtem Gesicht in Barnabys Richtung. Der Chefinspektor kramte nach seinem Dienstausweis und ging auf sie zu.

»Mrs. Clapton?«

»Ja. Was ist los?« Ihr Ausdruck war ängstlich, aber nicht abweisend. Ein erfreulicher Kontrast zu Barnabys letzter zwischenmenschlichen Begegnung.

»Könnten wir drinnen weiterreden?«

»Selbstverständlich.«

Durch die Haustür betrat man ein kleines, mit einer Kokosmatte ausgelegtes Viereck. Von hier aus führte eine schmale steile Treppe in den ersten Stock. Das Treppenhaus war preußischblau gestrichen und mit zahllosen Sternen verziert. Sue führte sie in ein unordentliches Wohnzimmer, wo Barnaby dankbar in einen tiefen Sessel sank. Troy setzte sich an einen Tisch, der nur einen Mittelfuß hatte und so stark wackelte, daß sich Troy entschloß, sein Notizbuch lieber auf einem Knie zu balancieren.

»Ist es wegen Gerald?« Ihr Atem ging schnell, und ihre Augen hatten sich ängstlich geweitet. »Die Leute vor dem Haus haben alles mögliche behauptet. Daß er einen Unfall hatte …, daß er gestorben sei.«

»Leider ist das richtig, Mrs. Clapton. Aber es war kein Unfall. Mr. Hadleigh ist ermordet worden.«

Alle Farbe wich aus ihrem Gesicht. Dann senkte sie den Kopf. Ein Haarvorhang verbarg ihr Antlitz. Nach wenigen Minuten richtete sie sich wieder auf. Sie wirkte einigermaßen gefaßt.

»Aber wir waren doch gestern noch alle zusammen ... wir vom Autorenkreis. Wir hatten so einen wunderbaren Abend.« Das klang verständnislos und irgendwie verärgert darüber, daß sie die schönen Stunden nicht gegen das Unglück hatten immun machen können.

»Sie treffen sich regelmäßig, wie ich höre?«

»Ja. Jeden Monat.« Sie starrte auf ihre Clogs. Klobiges Schuhwerk mit Blümchen bemalt. Darin trug sie dicke Wollsocken. »Gerald ... *Gerald* ...«

»Sie wissen auch nicht, wer Mr. Hadleigh Böses gewollt haben könnte?«

»Wie meinen Sie das?« Sie sah verdutzt von einem zum anderen. »Das wird doch wohl ein Einbrecher gewesen sein, oder? Bei ihm ist eingebrochen worden?«

»Natürlich gehen unsere Ermittlungen auch in diese Richtung.« Barnaby gab sich keine Blöße. »Wie lange sind Sie schon Nachbarn?«

»Seit wir hier eingezogen sind. Ungefähr seit fünf Jahren.«

»Dann haben Sie Mr. Hadleigh also ganz gut gekannt?«

»Das würde ich nicht sagen. Er war immer freundlich und hilfsbereit. Ein angenehmer Nachbar ... er hat schneegeschippt, als Brian vergangenen Winter den Bandscheibenvorfall hatte. Aber er lebte sehr zurückgezogen.«

»Trotzdem haben Sie sich sicher häufig bei Einladungen gesehen?«

»Nur innerhalb des Literaturkreises. Sonst nie. Brian wäre dagegen gewesen.«

»Warum denn das?«

»Er mag diese ... diese Art Leute einfach nicht.«

Aha, dachte Troy unwillkürlich, damit wären wir also wieder beim Thema. Nach dem Rüffel durch Barnaby versuchte er unverbindlich höflich zu bleiben. »Was für eine ›Art Leute‹ meinen Sie damit, Mrs. Clapton?« erkundigte er sich.

»Den Kasernenhofadel, wie Brian immer sagt. Dabei war Gerald gar kein Offizier. Soviel ich weiß, war er Regierungsbeamter. Brian nennt sie nur so. Er ist Sozialist.« Sie straffte die Schultern und reckte mutig das Kinn. »Die Leute hier nehmen's ihm nicht übel.«

»Wie haben sich die Mitglieder Ihres Kreises untereinander vertragen?«

»Gut. Meistens wenigstens.«

»Keine Sympathien und Antipathien? Gelegentliche Meinungsverschiedenheiten? Eifersüchteleien, weil ein Mitglied mehr Erfolg als das andere hat?«

»O nein. Das handhaben wir ganz professionell.«

Touché, dachte Barnaby und merkte erst dann, daß die Antwort durchaus arglos gemeint war. »Haben Sie alle an unterschiedlichen Projekten gearbeitet?«

»Ja. Gerald hat Kurzgeschichten geschrieben. Amy arbeitet an einem Roman ...«

Während Barnaby zuhörte, ließ er seine Blicke schweifen. Zwei Wände waren in einem glühenden Orangerot, eine terracottafarben, die vierte in derselben Farbe wie das Treppenhaus gestrichen, zwar ohne die Sternennebel, aber dafür mit einer majestätischen Palme geschmückt. Alles erinnerte Barnaby irgendwie an einen Ausflug mit seiner Frau nach Knossos. In einer Ecke stand ein Kleiderständer aus Holz, über dem mehrere Bündel getrockneter Blumen und Kräuter hingen. Der Teppichboden hatte die Farbe von Müsli. Sue redete unaufhörlich weiter.

»... *Nacht der Hyäne.* Die Zusammenhänge sind mir unklar. Gewehre, Bomben, Raketen ... alles Männersache, finden Sie nicht? Einfach albern ... ausgenommen im wirklichen Leben, wenn sie Menschen aus Fleisch und Blut umbringen.«

»Haben Sie sich immer bei Hadleigh getroffen?« fragte Sergeant Troy.

»Ja. Lauras Haus ist winzig, bei Rex herrscht immer Chaos, Brian wollte die Leute nicht hier haben, und Honoria war es zuviel Arbeit. Amy meint sogar, sie sei nur zu geizig, um Kaffee und Gebäck zu spendieren ... Oh! Bitte verraten Sie mich nicht ...«

»Keine Sorge, Mrs. Clapton«, beruhigte Troy sie mit einem Lächeln.

Sue erwiderte die Geste scheu. Sie nahm die verhaßte Brille ab und legte sie in den Schoß. Die Gläser waren so dick wie der Boden einer Milchflasche. Sue hatte immer von einem Film geträumt, den sie einmal gesehen hatte. Darin nahm der Held, nachdem er der Heldin das Haar gelöst hatte, ihr die Brille ab und sagte ›Weißt du was? Mit Brille siehst du viel besser aus.‹

»Soviel ich weiß, hatten Sie gestern einen Gast«, bemerkte Barnaby.

»Ja, ein seltenes Vergnügen. Sie glauben ja nicht, wie schwierig es ist, einen interessanten Schriftsteller herzulocken. Dabei sind wir nicht mal eine Stunde von der Londoner City entfernt.«

»Aber diesmal hatten Sie Glück?«

»Ja. Alle waren überrascht, als er angenommen hat. Und er war so nett. Überhaupt nicht arrogant. Hat uns alle möglichen Ratschläge und Tips gegeben. Und er hat uns tatsächlich zugehört, verstehen Sie?«

»Der Abend war also ein Erfolg?« Sie nickte heftig.

»Spannungen oder Streitereien hat es nicht gegeben?«

»Nein. Nur Gerald war so merkwürdig.« Bei der Erinnerung daran änderte sich ihr Ausdruck schlagartig. »Er hat kaum ein Wort gesprochen. Das war ungewöhnlich. Ich dachte, er würde massenweise Fragen stellen. Er wollte doch unbedingt Erfolg haben. Ständig hat er an seiner Prosa gefeilt.«

»War er denn gut?« wollte Troy wissen.

Sue zögerte. Die Konvention, von Toten nicht schlecht zu reden, widersprach ihrer angeborenen Ehrlichkeit. Die Wahrheit konnte niemandem schaden. Am wenigsten Gerald.

»Rein vom Zuhören klangen Geralds Geschichten ganz gut. Er hatte aus all seinen literarischen Ratgebern viel gelernt. Aber sobald er mit dem Vorlesen fertig war, konnte ich mich an keinen Satz mehr erinnern.« Nach diesem vernichtenden Urteil stand sie abrupt auf.

»Aber ich hätte Ihnen längst Tee anbieten müssen«, verkündete sie und zupfte an den regenbogenfarbenen Spitzen ihrer Weste.

»Das wäre wirklich sehr nett von Ihnen, Mrs. Clapton.« Barnabys sehnsüchtiger Wunsch nach Keksen wurde mehr als erhört. Eine ganze Keksdose machte die Runde, und er wurde mehrfach aufgefordert, sich zu bedienen.

»Warum stellen Sie eigentlich so viele Fragen über unseren Arbeitskreis?« erkundigte sich Sue und verteilte Kaffeebecher.

»Nur um eine Vorstellung von der ganzen Situation zu bekommen. Soviel ich gehört habe, ist Mr. Jennings überraschenderweise geblieben, als Sie gegangen sind?«

»Ja, richtig ... das war wirklich seltsam. Brian hat sich als erster verabschiedet. Woraufhin Gerald für alle die Mäntel geholt hat, so daß es aussah, als sei der Abend beendet. Doch dann, als wir anderen halb aus der Tür heraus waren, hat sich Max Jennings wieder häuslich niedergelassen.«

»War das ein abgekartetes Spiel? Was meinen Sie?« wollte Troy wissen.

»Glaube ich nicht. Hat sich vermutlich einfach so ergeben.«

»Einen weiten Heimweg hatten Sie ja nicht gerade, Mrs. Clapton«, bemerkte Barnaby. Sue Clapton schwieg, betrachtete ihn jedoch mit ängstlich prüfendem Blick. Wie eine Quizkandidatin in Erwartung der Fangfrage, dachte er. »Haben Sie das Haus danach noch einmal verlassen?«

»Nein.«

»Keiner von Ihnen?« Sie runzelte die Stirn und hielt die Hand vor die Augen, so als müsse sie nachdenken. Es war eine schnelle Geste, aber sie erfolgte nicht schnell genug. Barnaby sah einen Ausdruck in ihren Augen, der schwer zu deuten war. Erschrecken? Vielleicht sogar Angst?

»Dazu war es doch viel zu spät.«

»Vielleicht mußten Sie ja noch mal mit dem Hund raus«, bemerkte Troy und beugte sich vor. Ihm war nicht entgangen, daß sie nahe dran waren, fündig zu werden.

»Wir haben keinen Hund.«

Daraufhin erzählte Sue Clapton hastig und ein wenig zusammenhanglos, daß Brian sofort ins Bett gegangen sei, während sie noch etwas für die Spielgruppe am nächsten Morgen vorbereitet habe. Außerdem hätte sie noch Mandys Abendbrotgeschirr abgewaschen. Brian habe wie ein Stein geschlafen, als sie ins Bett gekommen sei. Sie allerdings habe nicht so recht einschlafen können. Der Abend habe sie aufgewühlt. Brian dagegen hätte immer einen gesunden Schlaf ... Und so weiter und so fort. Sie redete unentwegt um den heißen Brei herum.

Barnaby beobachtete sie nicht ohne Mitgefühl. Ihr Dilemma war ihm nicht unbekannt. Unbescholtene Menschen, die etwas zu verbergen hatten, und sei dies noch so harmlos, schwiegen entweder oder redeten sich ohne Not um ihr Leben. Um der Qual ein Ende zu machen, unterbrach er sie.

»Als Sie so lange wach in Ihrem Bett lagen ... Haben Sie da zufällig gehört, wie Mr. Jennings abgefahren ist?«

»Ja.« Das klang wie ein Stoßseufzer. »Ja, das habe ich.«

»Wissen Sie auch zufällig noch, wann das gewesen ist?«

»Nein. Leider nicht. Im Dunkeln verliert man jedes Zeitgefühl ...«

»Sind Sie denn sicher, daß es auch Mr. Jennings Wagen war?« wollte Troy wissen.

»Wer sonst sollte es denn gewesen sein? Der Wagen hatte einen starken Motor. Er heulte auf ... Es klang so, als sei das direkt unter unserem Fenster gewesen.«

»Hinausgesehen haben Sie aber nicht?«

»Nein.«

»Tja, Mrs. Clapton ...« Barnaby versuchte sich aus den tiefen, weichen Polstern des Sessels zu erheben und lieferte dabei eine slapstickreife Nummer ab. »Danke, danke. Es geht schon«, wehrte er keuchend jede Hilfe ab.

Troy hatte Mühe, ernst zu bleiben. »Wir sind bei Mr. St. John gewesen«, begann er, um sich abzulenken. »War leider niemand zu Hause.«

»Heute ist Markttag ... Da ist Rex in Causton. Er holt dort seine Pension ab, macht Einkäufe und geht anschließend in die Bibliothek. Um neun Uhr morgens fährt er weg und kommt mit dem Vier-Uhr-Bus zurück. Laura treffen Sie bestimmt ebenfalls nicht zu Hause an. Sie öffnet ihren Laden um zehn. Bestimmt hatte sie das Haus bereits verlassen, bevor hier der Trubel losging.«

»Was denn für einen Laden?« fragte Sergeant Troy nach und klappte sein Notizbuch zu.

»Das ›Spinning Wheel‹. Sie handelt mit Antiquitäten. In der Causton High Street.«

Barnaby, der endlich wieder sicher auf den Füßen stand, kannte das Geschäft. Er hatte dort mal einen astronomisch teuren viktorianischen Fußschemel für Joyce zum Geburtstag erstanden.

»Leider brauchen wir Ihre Fingerabdrücke, Mrs. Clapton. Aus rein erkennungsdienstlichen Gründen.«

»Ach herrje!« Ihr Blick verdüsterte sich. Ohne die starken Gläser ihrer Brille wirkten ihre Augen klein und blank wie die eines Kaninchens. »Das wird meinem Mann aber gar nicht gefallen. Er ist nämlich ein strenger Verfechter des Datenschutzes.«

»Ihre Fingerabdrücke kommen nicht in die Akten. Sie werden sofort vernichtet, sobald unsere Ermittlungen abgeschlossen sind. Sogar in Ihrer Gegenwart, falls Sie das wünschen.«

»Verstehe.«

Mittlerweile hatten sie die Haustür erreicht. An der Holztäfelung hing das Bild eines Drachens, der den Schwanz um den Körper gewunden und die Schwanzspitze verschämt über die Nüstern gelegt hatte. Über seinem massigen Schädel stand in den drei Grundfarben: ›DANKE, DASS SIE IN UNSEREM HEIM NICHT RAUCHEN!‹

Die Mischung aus Schuldgefühl und verschämter List im Blick des Drachens, die durch die witzige Körperhaltung noch verstärkt wurde, erinnerte stark an ein Kind, das zwar Angst vor der Entdeckung hatte, aber gleichzeitig wußte, daß man ihm vergeben würde. Troy mußte unwillkürlich grinsen, und Barnaby lachte laut auf.

»Wer hat das gemalt?«

»Ich. Das ist Hector.«

»Einfach fabelhaft.«

»Danke.« Sie errötete glücklich. »Alle meine Geschichten drehen sich um Hector.«

»Verkaufen Sie Ihre Bilder, Mrs. Clapton?« erkundigte sich Troy.

»Ohhh ... also ...« Sie verstummte hilflos.

»Meine kleine Tochter ... wäre bestimmt begeistert. Würde gut in ihr Zimmer passen.«

»Ich könnte ... Ich nehme an ... Ja.«

»Prima. Ich melde mich bei Ihnen.«

Mittlerweile waren sie auf den Treppenabsatz vor der Tür getreten. Als sich Barnaby und Troy gerade zum Gehen wandten, stürmte Kitty Fosse in Begleitung eines Fotographen und einer Kollegin mit strohgelber, wehender Mähne den Gartenweg entlang. Die Polizeibeamten machten dem Dreiergespann bereitwillig Platz. Es war unschwer zu erraten, daß ihr Interesse diesmal allein Sue Clapton galt.

»Also«, begann Barnaby im Weitergehen. »Was halten Sie von der Geschichte, Sergeant?«

»Sie deckt ihn, oder?«

»Sieht ganz so aus. Frage mich, wo Mr. C. wirklich gewesen ist, als er gestern nacht angeblich schon ›wie ein Stein‹ geschlafen hat.«

»Lohnt sich vermutlich, mit ihm darüber zu reden, bevor sie ihn warnen kann.«

Barnaby warf einen letzten Blick zurück auf ›Trevelyan Villas‹. Die Reporter waren im Haus verschwunden. »Wenn wir es in den nächsten zwanzig Minuten zur Gesamtschule Causton schaffen, haben wir eine gute Chance. Ihre Fahrkünste sind gefragt.«

»Auf diesen Straßen?« Sie hatten den Wagen erreicht. Troy riß an der Fahrertür. Sie war festgefroren. Troy grinste. »Sollte kein Problem sein.«

In der Turnhalle der Gesamtschule Causton hielt Brian seine Theater-AG ab. Alle bis auf Denzil hatten sich auf dem honigfarbenen Parkett verteilt. Sie saßen Rücken an Rücken im Schneidersitz oder lagen – einen Arm aufgestützt – auf der Seite. Denzil allein hing mit dem Kopf nach unten an den Ringen. Die Adern an seinem Hals traten deutlich hervor, und Schweißtropfen glitzerten an seinen Ohrläppchen.

»Komm jetzt runter, Denzil!« rief Brian. »Wir können anfangen.«

Doch Denzil reagierte nicht. Und Brian hatte auch nichts anderes erwartet. Schließlich hatte er jedem, der es hören oder nicht hören wollte, erklärt, sein *modus operandi* sei demokratisch und unkonventionell. Er vertrat die Theorie, daß Gruppendynamik und Gruppenidentität nur zu erreichen sei, indem er die offiziellen schulischen Strukturen aufbrach und durch eine eigene ersetze. Ihre Zusammenkünfte sollten nicht nach dem normalen Muster einer Konfrontation Lehrer/Schüler ablaufen, sondern eine Zeit experimenteller Abenteuer werden, in denen sie zueinander finden und spontan ihre Träume, Sehnsüchte und Frustrationen miteinander teilen würden. Die Ergebnisse dieser Sitzungen wollte Brian zu einem Theaterstück ordnen und formen, dem er den Arbeitstitel *Slang-Mix Für Fünf Stumme Stimmen* gab.

Aufführungstermin war Ende des Winterschuljahres – was Brian bereits einige Magenschmerzen verursachte. Obwohl die Gruppenmitglieder viel Sinn für dramatischen Ausdruck hatten (vorausgesetzt sie kamen erst einmal in Fahrt) und sich mit Temperament und Phantasie auf Improvisationen einließen, waren sie schlichtweg nicht daran interessiert, Texte auswendig zu lernen. Vergeblich trug Brian die Tonbänder von den Proben nach Hause, schnitt die Obszönitäten heraus, faßte den Rest zu einem halbwegs logischen Kontext zusammen und tippte den Text in Mandy's Computer. Die Gruppe nahm die Textseiten zwar entgegen, ließ sie jedoch stets mit entmutigender Nachlässigkeit auf Nimmerwiedersehen in den Taschen ihrer Jeans verschwinden.

Auch dieses Mal erkundigte sich Brian, ob jemand Zeit gehabt habe, die Zusammenfassung ihrer Arbeit der vergangenen Woche durchzulesen. Denzil, der sich aufreizend langsam aus luftiger Höhe herunterhangelte, entgegnete: »Yeah.«

»Und was für ein Feeling hattest du?«

»War packend, Mann. Ein absoluter Knockout.«

Mittlerweile schwebte er nur noch wenige Zentimeter über dem Fußboden. Seine Oberarmmuskeln beulten sich wie Kokosnüsse unter ungesund talgiger Haut aus. Dann ließ er sich geräuschlos zu Boden gleiten. Die anderen applaudierten. Denzil legte gespielt spöttisch eine Hand aufs Herz und beugte den kahlrasierten Schädel. Eine fette Spinne saß in dem marineblauen tätowierten Netz, das seinen Kopf bedeckte und bis in den Ausschnitt seines T-Shirts reichte. Die Worte ›Hier durchschneiden‹ prangten an seiner Kehle. Er schlenderte gemächlich zu den anderen hinüber. »Schätze, ich hätte Trapezkünstler werden können ... mit 'm bißchen Glück.«

»Okay! Zeit zum Aufwärmen, Leute!« rief Brian mit gehetzter Stimme. Er begann auf der Stelle zu treten, Arme und Beine zu schütteln und den Kopf kreisen zu lassen.

Denzil baute sich breitbeinig vor Edie Carter auf, mimte einen Rockgitarristen, wobei er sein Becken dicht vor ihrem Gesicht rhythmisch kreisen ließ. Lässig erhoben sich zwei weitere Mitglieder der Gruppe. Collar, ›der Kragen‹, so genannt, weil er keine Berührung an seinem Hals duldete, begann mit Schattenboxen. Der kleine Boreham, ein Fliegengewicht im Olympiadress, machte ein paar halbherzige, unsichere Liegestützen.

Edie und ihr Bruder blieben Rücken an Rücken sitzen. Sie wirkten wie filigrane, prächtig verzierte Buchstützen. Im Profil waren sie kaum zu unterscheiden (sie waren am selben Tag geboren). Lediglich Toms Kinnpartie war ausgeprägter. Beide hatten langes, lockiges orangefarbenes Haar, zierlich geformte Nasen und eine hohe, marmorweiße, leicht geäderte Stirn wie die Kinder auf den Bildern aus der Tudorzeit.

Brian wartete täglich voller Spannung auf die erste Begegnung mit den Carter-Zwillingen. Sie veränderten ständig Frisur und Aufmachung, sahen niemals gleich aus. Ihre durchscheinende Haut, zart getönt wie Schlagsahne, schien geradezu nach künstlerischer Verzierung zu schreien, so als wäre sie nackte Leinwand. Edie und Tom zogen sich an wie Kinder, die völlig sich selbst überlassen waren Sie liebten das bunte Durcheinander der gegensätzlichsten Materialien. An diesem Tag trug Edie ein scharlachrotes Tutu, besetzt mit Fetzen von Seide und Spitze, dazu ein bananenfarbenes durchlöchertes T-Shirt. Tom war in blaßblauen Jeans und einer amerikanischen Bomberjacke erschienen, die ausgeflippte Comicfiguren und eine brennende Stadtsilhouette schmückten.

»Los, ihr beiden! Bewegt euch!« forderte Brian sie auf.

Edie öffnete ihre vollen blutroten Lippen, ließ ihre Zunge herausschnellen, machte den Mund wieder zu und lächelte. Brian wandte sich hastig ab und begann mit Collar schattenzuboxen, was letzterem ganz und gar nicht behagte.

Ganz zu Anfang, als die Gruppe gerade gebildet worden war, hatte Brian, auf dem Trip der non-verbalen Kommunikation, alle aufgefordert, einen Kreis zu bilden und sich mit geschlossenen Augen an den Händen zu halten. Danach hatten die unterschiedlichsten gymnastischen Übungen auf dem Programm gestanden, die zu einem gemeinsamen Work-out führten. Dieses Konzept hatte er dann allerdings verworfen, als er bei einem spaßhaften Ringkampf mit Collar versehentlich dessen Hals berührt und sich einen mächtigen Fausthieb gegen die Schläfe eingehandelt hatte.

»Okay. Hinsetzen, Leute.«

Brian ließ sich schnell auf dem Boden nieder. Die Zwillinge wandten sich ihm zu und lächelten. Brian, halb ohnmächtig vor Erregung und Verlangen, erwiderte das Lächeln. Er konnte sich nicht entscheiden, welchem Zwilling er den Vorzug geben sollte. Er war beiden gleichermaßen verfallen.

»Also«, begann er mit rauher Stimme. »Wo waren wir letzte Woche stehengeblieben?«

Niemand hatte eine Ahnung. Brian nickte jedem einzelnen fragend zu, was Collar, wie er später behauptete, fatal an den dämlich mit dem Kopf wackelnden Hund auf der Autoablage einer Mutter erinnerte.

»War es nicht ...« Boreham zog die Augenbrauen zusammen. »... der Teil, in dem Denzil die Schlägerei mit dem Pakistani hat?«

»Nein«, wehrte Brian kurz angebunden ab. Er war sich der ethnischen Unausgewogenheit seiner Gruppe durchaus bewußt und hatte vergeblich versucht, Abhilfe zu schaffen. Leider hatte sich bisher kein farbiger Schüler für eine Mitarbeit interessiert. Der Grund war vermutlich Denzil, der jeden Samstag auf der Causton High Street stand und voller Enthusiasmus das *British Nationalist Magazine* feilbot.

»War 'ne dufte Szene. Wiederholungsbedürftig.«

»Nein, durchaus nicht.« Bei Brian kam Niedergeschlagenheit auf. Sämtliche Improvisationen, so friedlich sie auch beginnen mochten, arteten stets in brutale Handgreiflichkeiten aus. Schlägereien waren offenbar allseits beliebt. Und obwohl diese eine durchaus wirkungsvolle Ausdrucksform waren, hatte selbst der als Regisseur und Dramaturg völlig blauäugige Brian begriffen, daß sich tumultartige Szenen mit ruhigen Phasen abwechseln mußten, wenn nicht alles im absoluten Chaos enden sollte.

»Jetzt weiß ich es wieder«, meldete sich Edie und schwenkte zu ihm herum, die Beine gespreizt, die Ellbogen auf die aufgestellten Knie gestützt. »Ich meine, meinen Part ... von letzter Woche.«

»Sie erinnert sich glatt, Bri«, sagte Tom stolz, zwinkerte ihm dabei zu und klappte ein mit roten und blauen Blümchen verziertes Augenlid herunter.

»Ausgezeichnet. Also, wie war die Situation? Hört mal alle zu.« Brian klatschte in die Hände.

»Ich war doch die Frau, die stockwütend auf ihren Mann geworden ist.«

»Und weißt du auch noch weshalb, Edie?«

»Klar doch. Weil er mit mir verheiratet ist, aber eine andere Tussie bumst.«

»Aha.«

»Das ging so: ›Friß Scheiße, du Arschloch. Verpiß dich zu der alten Fotze. Ist mir doch egal. Und nimm deinen stinkenden Hund mit.‹ Er hatte doch den Pitbull, wissen Sie noch?«

»Bor könnte den Hund spielen«, schlug Collar vor.

»Hast du sie nicht alle?«

»Klein genug ist er ja.« Denzil grinste. »Das Problem ist nur, daß er nie jemanden beißen würde. Dazu isser viel zu feige, was Bor?«

»Nein!« Boreham verdrehte die Augen und legte die Arme um seinen Kopf.

»Feigling ... Feiges kleines Hühnchen! Gack, gack, gack!« Denzil und Collar tanzten von einem Bein auf das andere, bewegten sich im Kreis, schlugen mit den Armen auf und ab und gackerten dabei wie Hühner. Dabei schossen aus ihren halbgeschlossenen Augen Blicke in alle Richtungen. Die zeitlupenhafte Präzision ihrer Bewegungen in den schweren Stiefeln und monströsen Turnschuhen war um so höher zu bewerten, wenn man wußte, daß sich ihre Kenntnisse über Hühner auf Tiefkühlware aus dem örtlichen Supermarkt beschränkten.

Brian kam schwerfällig aus seinem Schneidersitz hoch. Er klatschte erneut in die Hände und rief: »Okay! Aufhören. Das reicht.« Doch die Wirkung blieb wie immer aus.

Das Hühnerspiel hatte sich verselbständigt. Als Boreham merkte, daß er längst nicht mehr Mittelpunkt des Spotts seiner Kumpane war, beschloß er, doch noch die Rolle des Pitbulls zu übernehmen. Er rannte auf allen vieren zu Brian und zerrte knurrend an dessen Hosenbeinen.

»Ach, nun hör bloß auf damit, Boreham! Sei nicht so albern.« Brian flüchtete sich in einen jovialen Ton, um den Status quo wiederherzustellen. »Nun mach schon Platz, Junge.« Der kleine Boreham hob das Bein.

Tom und Edie waren sitzen geblieben und verfolgten das ganze Geschehen ungewöhnlich passiv, aber mit sichtbarem Genuß. Die Art und Weise, wie sie Brian beobachteten, sein Dilemma deutlich erkannten, machte ihn unruhig. Er glaubte Mitleid und Vergnügen in ihren Blicken zu lesen. Zur Hälfte hatte er tatsächlich recht.

»He, alle mal herhören!« Er legte ein freundschaftliches Lachen in seine Stimme. Bor fühlte sich dadurch nur weiter ermutigt und versetzte ihm einen extra kumpelhaften Stoß von hinten. Woraufhin Brian vornüber stürzte und krachend zu Boden fiel.

In diesem Augenblick wurde die Schwingtür aufgestoßen, und Miß Panter, die Schulsekretärin, kam gefolgt von zwei Männern herein. Der eine war groß und schwergewichtig, trug einen Tweedmantel. Der zweite war gertenschlank und ganz in schwarzes Leder gehüllt. Brian hatte als einziger keinen blassen Schimmer, was das für Störenfriede waren.

»Mr. Clapton?«

»Ja?«

Der Ältere hielt Brian einen Dienstausweis unter die Nase. »Chefinspektor Barnaby. Kriminalpolizei Causton. Wir hätten Sie gern einen Moment gesprochen.«

»Selbstverständlich.« Brian kam hastig auf die Beine. »Worum geht es denn?«

»Warten wir, bis wir allein sind.«

Der Jüngere hielt die Tür auf. Brian folgte den beiden. Was er nicht ahnte, war, daß seine Aktien, die bei der Theatertruppe auf dem absoluten Tiefpunkt gesunken waren, in diesem Moment beachtlich in die Höhe schnellten.

Die Dreiergruppe marschierte in Richtung Direktorat. Brian, den die beiden anderen rein zufällig in die Mitte genommen hatten, wirkte fast wie ein Verbrecher auf dem Weg zum Schafott.

Troy war etwas unsicher über die Schwelle seiner Alma Mater geschritten. Weder nostalgische Gefühle noch Stolz wollten sich einstellen. Er hatte die Schule gehaßt. Während er jetzt über den fleckigen braunen Filz durch altbekannte Korridore lief, murmelte er: »Mein Gott, wie ich diesen Ort hasse.«

Barnaby hatte seine Schulzeit in den frühen Fünfzigern absolviert, aber seine Tochter hatte die Gesamtschule durchlaufen und dabei schließlich ein Stipendium für Cambridge ergattert.

»Cully ist doch hier zur Schule gegangen, oder Chef?«

»Richtig«, erwiderte Barnaby schroff. Er hatte sich nie an die leicht sehnsuchtsvolle Lüsternheit in den Männerstimmen gewöhnen können, wenn sie den Namen seiner Tochter aussprachen.

Der Direktor hatte für sie sein Büro geräumt, und Miß Panter führte sie in das Allerheiligste. Brian setzte sich hinter den Schreibtisch und ignorierte die Sitzecke mit Sofa. Barnaby, der seinen mühevollen Kampf mit Sue Claptons Sessel nicht wiederholen wollte, ließ sich auf der Sofakante nieder. Miß Panter kam mit Tee und einer Schale Garibaldi-Keksen zurück. Troy schenkte drei Tassen ein.

»So, jetzt dürfen Sie loslegen, Mr. Clapton.«

»Worum geht es denn eigentlich?«

Barnaby hielt die Verwirrung des Mannes für echt. Die Mittagsnachrichten hatten den Mord noch nicht gebracht, und wenn man der Sekretärin glauben durfte, hatte Brian am Vormittag keinen Anruf erhalten. Troy nutzte die Gesprächspause, um so viele der köstlichen Kekse wie möglich zu vertilgen, ohne aufzufallen. Er war halb verhungert. Und verdurstet. Und, was wohl kaum erwähnt werden muß, gierte nach einer Zigarette. Er fing den Blick seines Chefs auf und legte daraufhin Garibaldi Nummer Fünf auf den Keksteller zurück.

»Köstlich«, erklärte er und schlug sein Notizbuch auf. »Platte-Fliegen-Kekse haben wir sie immer genannt.«

»Ich fürchte«, begann Barnaby, als Brian seine Teetasse absetzte, »wir haben schlechte Nachrichten.«

»Mandy!« Die Tasse knallte klirrend auf den Unterteller. Tee spritzte auf den Schreibtisch.

»Nein, nein«, beruhigte ihn Barnaby hastig. »Mit Ihrer Tochter hat unser Besuch gar nichts zu tun.«

Troy beobachtete, wie wieder Farbe in Brians Backen wanderte. Mir ergeht es sicher genauso, dachte er, wenn Talisa Leanne erst zur Schule kommt. Dann habe ich keine ruhige Minute mehr. Diese Vorstellung verursachte ihm jetzt schon Magenschmerzen. Während er versuchte, seine negativen Gedanken zu verdrängen, erklärte Barnaby dem gespannten Brian den Grund für ihr Kommen.

»Gerald!« Verblüffung verwandelte sich umgehend in erregte, beinahe genußvolle Neugier. Schadenfreude war ebenfalls erkennbar. »Ich persönlich bin erst gestern noch bei ihm gewesen«, teilte Brian wichtigtuerisch mit.

»Das wissen wir, Mr. Clapton.« Barnaby konnte falsche Trauer ebensowenig ertragen wie Sensationslüsternheit. »Könnten Sie uns sagen …«

»Es war ein sehr seltsamer Abend.«

»Wirklich? Inwiefern?«

»Spannungen. Unterschwellige Spannungen.« Brian warf sein langes, schütteres Haar zurück. »Aber für einen sensiblen Menschen durchaus spürbar. Und sensibel muß man als Schriftsteller schließlich sein.«

Barnaby nickte aufmunternd und versuchte, eine etwas bequemere Sitzposition zu finden. Die Unterredung versprach zu dauern.

»Ich bin hier für die Theatergruppe verantwortlich...«, begann Brian.

Wie so viele Leute, die nicht wissen, was zu verschweigen sich lohnen würde, erwies er sich als ausgesprochen mitteilungsbedürftig. Troy legte seinen Stift beiseite. Es gelang ihm geschickt, zwei weitere Kekse zu vertilgen, bevor der Chefinspektor wieder auf das Thema ›unterschwellige Spannungen‹ zurückkam. Könnte Mr. Clapton das deutlicher ausführen?

»Gerald hat sich merkwürdig verhalten. Er war ungewöhnlich schweigsam. Außerdem konnte er es kaum erwarten, uns loszuwerden.«

»Und wie haben sich die anderen verhalten?«

»Die waren vollauf damit beschäftigt, unserem ›prominenten‹ Gast die Füße zu küssen. Der Herr entpuppte sich als einer dieser ewig Gestrigen. Keinen Schimmer vom zeitgenössischen Theater. Kaum überraschend bei dem Mist, den er schreibt.«

»Sie haben für Mr. Jennings Romane nichts übrig?«

»Hab sie nie gelesen. Weiß besseres mit meiner Zeit anzufangen.«

»Erinnern Sie sich, von wem der Vorschlag, ihn einzuladen, ursprünglich kam?« Barnaby beobachtete, wie sich Brians Miene veränderte. Es war ihm deutlich anzusehen, daß er es nicht wußte, was er jedoch nicht zugeben wollte. Andererseits riskierte er, bei einer Lüge ertappt zu werden und damit ein für alle Mal sein Gesicht zu verlieren.

»Da muß ich nachdenken, Inspektor.« Brian strich sich über seinen struppigen Bart, der von ihm, sobald er das Alter erreicht hatte, wachsen gelassen worden war, um darunter glänzende rosafarbene Warzen zu verbergen, die sein Kinn verunzierten.

Troy, der Brians Komödie ebenfalls durchschaut hatte, spitzte die Lippen.

»Haben Sie im Lauf des Abends mit Mr. Hadleigh gesprochen?« wollte Barnaby wissen. »Haben Sie herausgefunden, weshalb er nicht ganz bei der Sache war?«

»Nein, eigentlich nicht. Die Unterhaltung mit diesem Autor verlief sehr oberflächlich. Aber das hatte ich ja bereits erwähnt.« Er warf einen nervösen Blick auf die Uhr.

»Haben Sie eine Vorstellung, wer für Mr. Hadleighs Tod verantwortlich sein könnte?«

»Ich?« Brians feuchte Lippen formten ein erstauntes O inmitten der struppigen Bartlandschaft. »Wie meinen Sie das?«

»Ich dachte, die Frage sei klar und deutlich, Sir«, murmelte Troy.

»Aber Sie sind doch sicher nicht … Ich meine …«

Jetzt haben wir dich, frohlockte Troy innerlich und stibitzte den letzten Keks. Und jetzt alle gemeinsam: eins, zwei drei – Einbruch, Einbruch! War das denn kein Einbruch? Und Brian enttäuschte ihn nicht.

»Es gab keine Anzeichen für ein gewaltsames Eindringen«, erwiderte Barnaby und ließ die Tatsache der offenen Küchentür vorerst unter den Tisch fallen. »Würden Sie Mr. Hadleigh als einen vorsichtigen Mann bezeichnen?«

»Inwiefern?«

»Nun, war er jemand, der auch spät nachts noch jedem die Tür geöffnet hätte?«

»Das bezweifle ich. Sie wissen doch, wie die sind … die Reichen. Zuerst raffen sie mehr Zeug zusammen, als je ein Mensch in einem Leben braucht, und dann leben sie in der panischen Angst, ein anderer könne sich eine Scheibe davon abschneiden.« Troy schnaubte verächtlich. »Er hatte eine Sicherheitskette, Fenstersicherung, Alarmanlage. Die ganze Palette. Wie übrigens alle, die direkt am Park wohnen.«

»Bei den gegenwärtigen Zuständen erscheint mir das durchaus vernünftig«, entgegnete Barnaby trocken.

»Aber dieser ganze technische Schnickschnack muß doch für einen einigermaßen ausgeschlafenen Jugendlichen geradezu eine Herausforderung sein!« brauste Brian auf. »Das habe ich den Herrschaften schon x-mal erklärt. Aber auf mich hört ja keiner.« Die Unbelehrbarkeit der Bourgeoisie entlockte ihm einen Stoßseufzer. »Sie sollten erst mal Laura Huttons Hütte sehen ... schon dagewesen?« Barnaby schüttelte den Kopf. »Die Bastille ist nichts dagegen.«

»Sie besitzt vermutlich 'ne Menge Wertgegenstände«, warf Troy ein. »Als Antiquitätenhändlerin. Ist halt ihr Metier.«

»Schönes Metier! Rentnern ihre alten Sachen erst für 'n Apfel und 'n Ei abspenstig zu machen und das Zeug dann mit fünfhundert Prozent Gewinn zu verkaufen.«

»Trotzdem ... eine attraktive Frau«, murmelte Barnaby in Erinnerung an Joyces Geburtstagsgeschenk.

»Wenn man im Geld schwimmende rothaarige Eisberge mag.« Wenn? dachte Troy. *Wenn!* Der Typ hatte einen Knall. »Ich persönlich fand ihre Art jedenfalls von Anfang an schrecklich gekünstelt.«

»Sie waren Mr. Hadleighs nächster Nachbar ...«

»Nur vom geographischen Standpunkt aus. Wir hatten sonst nichts miteinander zu tun.«

»Soviel ich weiß, war er Witwer. Haben Sie eine Ahnung, ob er zum Zeitpunkt seines Todes ... ehm ... sagen wir ... gefühlsmäßig an jemanden gebunden war?«

»Warum fragen Sie nicht gleich, ob er jemanden gebumst hat?« erkundigte sich Brian verächtlich. »Das meinen Sie doch, oder? Die Antwort lautet nein. Jedenfalls niemand in Midsomer Worthy.«

»Weshalb sind Sie sich da so sicher, Mr. Clapton?« erkundigte sich Troy.

»In einem Dorf scheinen Sie jedenfalls nicht zu leben. Die Hälfte der Leute hat nichts besseres zu tun, als aus dem Fenster zu starren und andere Leute zu beobachten ... vorausgesetzt, sie haben das Kreuzworträtsel der *Times* gelöst und die Börsennachrichten gehört. Denen entgeht rein gar nichts.«

»Und wie steht's mit Mr. Hadleighs Vergangenheit? Können Sie uns darüber etwas sagen?«

»War ein Beamter. Frühpensioniert. Wir wissen ja wohl alle, was das heißt. Ein vergoldeter Händedruck und eine fette Pension, alles aus der Tasche des Steuerzahlers. Für Leute dieses Schlages habe ich nichts übrig.« Er fing den Blick des Chefinspektors auf und verstummte. Dann fügte er verlegen hinzu: »Tut mir natürlich leid, daß er tot ist.«

»Sicher«, sagte Barnaby. »Kommen wir auf gestern abend zurück. Wann genau haben Sie ›Plover's Rest‹ verlassen?«

»Viertel nach zehn.«

»Und dann?«

»Bin ich nach Hause. Was sonst? Habe noch ein paar Aufsätze korrigiert und bin ins Bett gegangen.«

»Gut geschlafen?«

»Kann man wohl sagen. *Anständige* Arbeit ist eben das beste Ruhekissen.«

Sein Blick unterstrich den tieferen Sinn seiner Worte. Barnaby nahm die Spitze gelassen hin. Troy dagegen nahm sie persönlich. Er reagierte so, als habe ihn etwas gestochen.

»Nur, um das noch mal zu rekapitulieren«, Barnaby kam einer bissigen Bemerkung seines Sergeants zuvor. »Sie sind nach Hause gegangen, haben ein paar Aufsätze korrigiert und sich dann ins Bett gelegt?«

»Ja, ja.« Brian schob den Ärmel zurück und warf einen Blick auf die Uhr. Dabei erweckte er geschickt den Eindruck, als sei er der einzige im Raum, dessen dichter Terminkalender ihn zur Eile nötigte, weil alle Welt nur auf ihn wartete.

»Mit anderen Worten, Sie haben das Haus nicht mehr verlassen?«

»Nein.« Stille. Brian griff sinnlos nach seiner Tasse und stellte sie wieder ab. Hustete. Putzte sich geräuschvoll die Nase.

»Mrs. Clapton schien im Gegensatz zu Ihnen große Mühe mit dem Einschlafen zu haben«, meinte Sergeant Troy nachdenklich. »Sie lag bis in die frühen Morgenstunden wach. Hat noch gehört, wie Max Jennings abgefahren ist.«

»Ach wirklich?«

»Ja, wirklich.«

Es entstand eine noch ausgedehntere Gesprächspause. Die beiden Polizeibeamten tauschten vertrauliche, amüsierte Blikke, die dem Befragten nicht entgingen und auch nicht entgehen sollten. Vor allem Troy genoß die Situation weidlich, denn er hatte die schwärzere Seele.

Brian nahm seine unvorteilhafte Brille ab und putzte die Gläser.

»Ist Ihnen klar, weshalb wir diese Frage stellen, Mr. Clapton?« meldete sich Barnaby schließlich zu Wort.

»Ehm ...«

»Mr. Hadleigh wurde zwischen elf Uhr abends und den frühen Morgenstunden ermordet.«

Barnaby stemmte sich von der Sofakante hoch, baute sich in voller Größe und Breite vor dem Schreibtisch auf und sah väterlich auf Brian herab. Er lächelte hoffnungsvoll und mußte nicht lange warten.

»Oh!« Brian schlug sich mit der Hand gegen die Stirn. »Ich war doch noch mal draußen. Bin nur noch einmal um den Park gelaufen. Um mich ein bißchen auszulüften, wie es so schön heißt.« Er sah auf; halb argwöhnisch, halb beifallheischend. Er lachte wiehernd.

»Und haben Sie jemanden gesehen?«

»Nein«, erwiderte Brian. Um jedes Mißverständnis auszuschließen, fügte er hinzu: »Keine Menschenseele.«

»Das wär's dann wohl«. Nachdem er bekommen hatte, was er wollte, genehmigte sich Barnaby ein zufriedenes Lächeln. »Fürs erste jedenfalls.«

»Danke«, meinte Brian.

Als sie das Direktorat verließen, rief Miß Panter: »Mr. Clapton? Ihre Frau hat vorhin angerufen. Sie sagte, es sei dringend. Bitte melden Sie sich doch bei ihr. Sie können meinen Apparat benutzen.«

»Ich sterbe vor Hunger.« Troy, der mit Barnaby und dem Funkwagen im verwirrenden Einbahnstraßensystem von Causton in der Falle saß, lenkte das Auto im Kriechtempo am Marktplatz vorbei. Dort waren Dutzende von Ständen aufgebaut, an denen Händler ihre Sonderangebote anpriesen.

»*Sie haben* Hunger?« Barnaby machte kein Hehl aus seiner Gereiztheit. Die Veranlagung seines Sergeants, Unmengen von Kalorien zu inhalieren, ohne auch nur ein Gramm Fett anzusetzen, war für Barnaby schon lange ein Ärgernis. »Sie haben doch gerade die Hälfte von Miß Panters Keksvorrat verdrückt. Wie können Sie da schon wieder Hunger haben?«

»Könnten wir nicht in der Kantine ein bißchen auftanken?« Troy bog nach rechts ab und drängte sich mit dem Wagen aggressiv in die Schlange auf der High Street, wo der Verkehr praktisch zum Erliegen gekommen war. »Sobald wir mit Mrs. Hutton gesprochen haben, versteht sich. Ah, wenn man vom Teufel spricht ...«

Der Wagen blieb genau vor dem Schaufenster des Antiquitätenladens stehen. Hinter der Glastür prangte das Schild »GESCHLOSSEN«. Die Schaufensterdekoration bestand aus einem riesigen Wandteppich, auf dem sich eine typische Brueghelsche Szene haltloser Vergnügungssucht abspielte. Rotbackige Bauern stemmten schäumende Bierkrüge an rohen Holztischen. Dralle Frauen mit weißen Hauben platzten fast aus ihren Miedern. Kinder stopften sich große Stücke Brot in die Münder, und ein Mann lag auf dem Rücken ausgestreckt im Schlamm. Troy betrachtete das Bild nachdenklich.

»Erinnert mich fatal an unsere Weihnachtsfeiern«, kommentierte er.

Barnabys Reaktion blieb aus. Dann eben nicht, dachte sich Troy. Kann mir meine Witze auch sparen. Ich sollte einen von Mrs. Claptons Drachen fürs Rückfenster kaufen. DANKE, DASS SIE IN UNSEREM WAGEN NICHT LACHEN.

»Komisch, daß der Laden ausgerechnet am Mittwoch geschlossen hat. Am Markttag müßten die Geschäfte doch besonders gut gehen.«

»Vermutlich hat sie von Hadleighs Tod erfahren. Die Buschtrommel dürfte mittlerweile auch den letzten erreicht haben. Vielleicht ist sie ja noch im Laden. Da drüben ist eine schmale Einfahrt ...«

Troy riß das Steuer herum.

»Ich sagte, schmal!«

»Okay, okay.« Troy reagierte wie immer gereizt auf jede noch so kleine Kritik an seinem Fahrstil. Hat noch eine ganze Hand dazwischen gepaßt. Mindestens.

Er hielt auf dem großen asphaltierten Parkplatz an, der zu den Geschäften gehörte. Direkter Nachbar des Antiquitätenladens war ein Büchergeschäft, vor dem bereits ein Ford Transit und ein nagelneuer Porsche parkten. Über der soliden Hintertür des Antiquitätenladens war eine supermoderne Alarmanlage angebracht. Die Tür selbst war durch zwei BKS-Schlösser gesichert. Die beiden rechteckigen, schmalen Fenster auf der rechten und linken Seite zierten massive Gitter. Barnaby klopfte zuerst vorsichtig, dann immer lauter. Nichts rührte sich. Er preßte ein Ohr gegen das Schlüsselloch. Drinnen blieb alles still. Troy steckte die Hand zischen die Fenstergitterstäbe und pochte gegen die Scheibe.

»Es ist jemand da, Chef. Ich höre Schritte.« Er nahm seine Kopfbedeckung ab, strich sich das Haar glatt und setzte die Mütze in keckerem Winkel wieder auf. Dann schlug er den Mantelkragen hoch und krönte seine Verwandlung mit einem, wie er hoffte, unwiderstehlichen, weltmännischen Lächeln, das seine Lippen umspielte. Ein Schatten tauchte hinter der Glasscheibe auf, und eine Stimme, die für Troys Ohren ein vielversprechend rauchiges Timbre hatte, fragte: »Wer ist da?«

»Kriminalpolizei, Mrs. Hutton«, antwortete Barnaby. »Wir möchten mit Ihnen sprechen.«

Ein Riegel wurde zurückgeschoben, dann ein zweiter. Letzterer hätte einen Tropfen Öl dringend nötig gehabt. Troy hielt den Atem an, merkte, daß ihm dabei sein gewinnendes Lächeln abhanden gekommen war, und setzte es hastig wieder auf.

»Gib dir keine Mühe, Gavin.«

»Wie bitte?«

»Sie ist zu alt für dich.«

Das Lächeln verschwand. Troy wirkte beunruhigt. Der Grund jedoch war weniger die Tatsache, daß sein Chef wieder einmal seine Gedanken gelesen hatte – darin war er gut, für Gavins Geschmack sogar viel zu gut –, sondern vielmehr die unterschwellige Andeutung, daß jemand, der mehr Geld hatte, als er verbrauchen konnte, überhaupt noch ein Rendezvous zu vergeben hatte.

»Kommen Sie rein.«

Laura Hutton stand hinter der Tür. Ihr Gesicht hatte sie abgewandt. Barnaby zückte seinen Dienstausweis. Sie würdigte ihn keines Blickes, sondern ging in ein winziges Büro, das man durch hohe Glaswände von einem großen Lagerraum abgetrennt hatte.

Barnaby sah sich um. Er kam sich vor wie in der Requisite

von Joyces' Laienschauspieltruppe. Überall standen stapelweise Mobiliar, Nippes, Auktionslose mit altem Besteck und andere Haushaltsutensilien. An den Wänden lehnten in Dreierreihen hintereinander unzählige Gemälde.

Auf Lauras zierlichem antikem Schreibtisch befanden sich ein Macintosh-Rechner, Telefon, Faxgerät und Anrufbeantworter. In der Luft hing der Duft von Seife. Barnaby schloß daraus, daß Laura bereits sein erstes Klopfen gehört und sich umgehend das Gesicht an dem hübschen geblümten Waschbecken gewaschen hatte, bevor sie an die Tür gekommen war. Sollte das allerdings der Versuch gewesen sein, die Spuren ihrer Tränen auszulöschen, war dieser ... jämmerlich ... fehlgeschlagen.

Als Barnaby sich für den unangemeldeten Überfall entschuldigte, glänzten bereits neue Tränen in ihren Augen. Zumindest eine Person schien um Gerald Hadleigh zu weinen.

»Entschuldigen Sie.« Sie wischte sich die Tränen, die ihr wieder über die Wangen rannen, mit einem Seidentaschentuch ab. »Es war einfach ein Schock ...«

Oh, weit mehr als nur das! Der Chefinspektor betrachtete ihre zuckenden Mundwinkel. Viel mehr als das.

»Sie wissen demnach schon, weshalb wir hier sind, Mrs. Hutton?«

»Ja. Ich kann es einfach nicht fassen. Kann nicht ...« Ihre schmalen Schultern bebten, und sie legte die Hand über die Augen.

»Ich hätte Sie nicht reinlassen sollen. Ich dachte, ich könnte ganz normal darüber reden.«

Barnaby zögerte. Er war unentschlossen, ob er die Unterhaltung fortsetzen sollte. Und das nicht nur aus Mitgefühl. Der Chefinspektor hatte zwar ein großes Herz, aber das hatte ihn nie davon abgehalten, in gewissen Situationen hart zu bleiben. Was ihn jetzt zögern ließ, war vielmehr die Befürchtung, daß Laura Hutton völlig die Fassung verlieren könnte. Und damit war ihm auch nicht geholfen. »Sollen wir lieber ein andermal wiederkommen?« fragte er deshalb.

»Nein. Wenn Sie schon mal hier sind ... Bringen wir's hinter uns.« Laura knipste die Schreibtischlampe aus. Im gedämpften Licht schien sie sich wohler zu fühlen. Sie setzte sich in ihren gepolsterten Drehstuhl, der einzigen Sitzgelegenheit im Raum. Troy legte sein Notizbuch auf den Aktenschrank. Barnaby lehnte sich gegen die Tür. »Allerdings weiß ich nicht recht, was Sie von mir erwarten?«

»Nur ein paar Auskünfte ... zum Beispiel über den gestrigen Abend.«

»Verstehe.« Offenbar verstand sie gar nichts. Aber das schien sie nicht weiter zu beunruhigen.

»Zum Beispiel, wie Ihr Treffen vom Autorenkreis verlaufen ist.«

»Das Treffen? Aber was hat das mit ...« Sie brachte es scheinbar nicht über sich, seinen Namen auszusprechen.

»Ist Ihnen an Mr. Hadleigh vielleicht etwas aufgefallen? War er irgendwie anders als sonst?«

»Durchaus. Er hat kaum ein Wort mit uns gesprochen. Und das war gar nicht seine Art. Er ist zwar nie besonders redselig gewesen, aber über die Schriftstellerei hat er sich immer gern unterhalten. Ich hatte erwartet, daß er die Gelegenheit nutzen würde, um Fragen zu stellen.«

»Hatten Sie den Eindruck, daß seine Zurückhaltung irgendwie mit der Person des Gastes zusammenhing?«

»Nein, eigentlich nicht. Obwohl ... Merkwürdig, daß Sie darauf zu sprechen kommen. Als Max Jennings' Name zum erstenmal fiel, hat er ...«

»Ja?«

»Hat Mr. Hadleigh ganz entsetzt reagiert ... Die Kaffeetasse ist ihm sogar aus der Hand gefallen.«

»Er ist also gegen diese Idee gewesen?«

»Nicht unbedingt. Aber er hielt unsere Bemühungen für Zeitverschwendung. Wir haben schon oft bekannte Autoren eingeladen und uns meistens einen Korb geholt. Aber letztendlich war er doch bereit, die Einladung zu formulieren.«

»Warum, Mrs. Hutton? Was meinen Sie, hat ihn dazu veranlaßt?« wollte Sergeant Troy wissen.

»Er war der Schriftführer.«

»Eine einsame Beschäftigung ... die Schriftstellerei, meine ich«, bemerkte der Chefinspektor. »Womit genau beschäftigen Sie sich?«

»Ich versuche, Dokumente aus vergangenen Jahrhunderten in eine moderne Sprache zu übertragen. Ich habe die Unterlagen auf einer Auktion in Aylesbury ersteigert. Es handelt sich dabei um Rezepte und Haushaltsbücher aus der Zeit der Tudors. Kräutermedizin ...« Laura hielt inne, als ihr klar wurde, daß die Lüge sich überlebt hatte. Sie war sinnlos geworden.

»Sie meinen ein zweites ›*Tagebuch einer Lady aus dem Zeitalter König Edwards*‹?« Laura zuckte mit den Schultern. »Sind Sie gestern abend alle gleichzeitig nach Hause gegangen?«

»Alle bis auf Rex. Was ein bißchen merkwürdig war.«

»Inwiefern, Mrs. Hutton?« erkundigte sich Troy. Er lächelte, aber diesmal ohne Berechnung. Selbst in diesem Licht war ihm klargeworden, daß sie nicht nur viel zu alt für ihn, sondern angesichts ihres offensichtlichen Kummers für einen Flirt absolut tabu war.

»Normalerweise geht Rex sofort. Gelegentlich sogar vor allen anderen. Er will seinen Hund nicht lange allein lassen.«

Troy, der Hunde liebte und einen jungen deutschen Schäferhund besaß, nickte verständnisvoll. Dann fragte er Mrs. Hutton, ob sie nach dem Treffen direkt nach Hause gegangen sei, was diese bejahte.

»Und wann sind Sie zu Hause gewesen?« mischte sich Barnaby ein.

»Kurz vor halb elf. Ich wohne nicht weit weg.«

»Und danach haben Sie Ihr Haus nicht mehr verlassen?« Sie schüttelte den Kopf. »Mr. Hadleigh ... ist er im Dorf eigentlich beliebt gewesen?«

»Da bin ich wirklich überfragt. Dorfgeschichten interessieren mich nicht.«

»Er war doch Witwer, oder?«

»Ganz recht ... Der ewig trauernde Witwer.« Ihre Stimme versagte ihr. Barnaby war der zynische Unterton nicht entgangen. Er sah, wie sich ihre Hände zu Fäusten ballten und sie mühsam um Beherrschung rang. Sie starrte auf den Monitor ihres Computers. »Ich soll in einer halben Stunde in Gerrards Cross sein ... Auktionsbesichtigung. Ich muß Sie daher bitten, jetzt zu gehen.«

»Da steckt mehr dahinter«, bemerkte Troy. »Meine Mutter ist ganz begeistert von diesen Haushaltsaufzeichnungen der Lady aus Edwards Zeiten. Ob zu Weihnachten oder zum Geburtstag ... alles, was sie sich wünscht, ist altes Zeug. Geschirrtücher, Holzbrettchen, Eierbecher, Kannenwärmer ... sie hat mittlerweile fast alles. Die Familie ist schon ganz verzweifelt. Bald bleibt uns nur noch das Buch.

»Wahrlich ein Grund zur Verzweiflung.«

»Gehen wir jetzt was essen, Chef?«

»Unbedingt! Keine Frage!«

Es war fast drei Uhr, und die Kantine war gähnend leer. Barnaby trug das Tablett getreu seines 500-Kalorien-Diätplans mit einem Sandwich aus magerem Rindfleisch und Diätmayonnaise an einen Einzeltisch, um sich den Anblick von Troys hemmungsloser Schlemmerei zu ersparen.

Später fuhren sie nach Midsomer Worthy zurück. Es war

fast dunkel, als sie erneut vor den Toren des Hauses ›Borodino‹ parkten. Fünf Minuten später hielt der Vier-Uhr-Bus nur wenige Meter entfernt. Mehrere Personen stiegen aus. Einige entschwanden im Park, andere entfernten sich in entgegengesetzter Richtung. Nur zwei Passagiere näherten sich dem parkenden Wagen der beiden Polizisten. Es waren eine junge Frau, die einen Buggy schob, und ein großer hagerer Mann mit schlaksigem Gang. Er war mit Einkäufen beladen. Die schwerste Last schien ein altmodisches Einkaufsnetz zu sein, das blutbefleckte Zeitungspapierpäckchen enthielt. Über der Schulter trug er einen Stapel Bücher. Sein silbergraues Haar umwehte ihn flauschig wie weiche Daunen, und er lächelte still vor sich hin. Als er das Gartentor öffnete, stieg Barnaby aus und ging mit Troy zu ihm.

»Mr. St. John?«

»Ja.« Er sah von einem zum anderen. Dabei lächelte er halb hoffnungsvoll, halb neugierig.

»Wir sind Kriminalbeamte«, Barnaby zückte seinen Ausweis. »Haben Sie einen Moment Zeit, Sir?«

»Du meine Güte! Kommen Sie rein! Kommen Sie rein.«

Sie standen alle auf dem Gartenweg, als Rex sich umdrehte, um das Gartentor zu schließen, und dabei den Container der Polizei inmitten der Grünanlage entdeckte. »Nun sehen Sie sich das mal an! Honoria wird außer sich sein. Sie haßt Zigeuner. Ich persönlich bin ja für ›Leben und leben lassen‹. Sind Sie deshalb da?«

Barnaby schüttelte nur den Kopf. Er wollte mit der schlechten Nachricht warten, bis sie im Haus waren. Rex zog einen großen Eisenschlüssel unter der Fußmatte hervor und steckte ihn in das passend große Schlüsselloch. Ein Keramikschild mit der Aufschrift CAVE CANEM war an der Tür befestigt. »Bitte zurückbleiben!« rief Rex über die Schulter, als er die Tür geöffnet hatte und eintrat.

Sie hörten kehliges Hundegebell und ein lautes Plumpsen, so als sei etwas schweres auf den Fußboden gefallen. Dann ertönte heftiges Poltern, und im nächsten Moment schlitterte ein riesiges graues Ungetüm die Treppe hinunter und überschlug sich mehrfach, bevor es mit einem Satz auf Rex zustürzte, sich auf die Hinterbeine stellte und ihn mit den Vorderpfoten umarmte.

Troy war beeindruckt. Er hatte ja schon einige Hunde gesehen und besaß selbst einen Hund. Aber was sie hier sahen, war ein einmaliges Exemplar mit den Maßen eines kleinen Esels. Die lange rosige Zunge des Tieres glitt jetzt liebevoll über Rex' Gesicht, wanderte weiter über dessen Kleidung, bis zu seinem eigentlichen Ziel, dem großen Einkaufsnetz.

»Da sind seine Knochen drin«, erklärte Rex entschuldigend. »Ich muß ihm zuerst einen geben. Sonst haben wir keine Ruhe.«

Troy nickte. Er hatte verstanden. Was man von Barnaby dagegen nicht unbedingt behaupten konnte. Wie bereits erwähnt, interessierte er sich für Tiere eigentlich nur, wenn sie hübsch proportioniert in leckeren Saucen auf Servierplatten angerichtet lagen.

Rex öffnete eine Tür, die von tiefen Schrammen verunziert war, und bedeutete ihnen Platz zu nehmen. Der Hausherr verschwand, dicht gefolgt von seinem sabbernden, erwartungsvoll knurrenden Hund.

Barnaby nahm auf einer alten Ledercouch Platz. Troy wanderte interessiert umher. In den zahlreichen Regalen waren Bleisoldaten mit Musketen oder Kanonen in den unterschiedlichsten Gefechtsstellungen aufgereiht. Dazwischen standen Tabletts mit Uniformknöpfen und Epauletten. Glasvitrinen enthielten massenweise Orden und Abzeichen, Gasmasken und Mobilmachungsvereinbarungen aus dem Ersten und Zweiten Weltkrieg.

Auf einem riesigen, langen Tisch mit grüner Filzauflage war die Nachstellung einer Schlacht aufgebaut. Eine Phalanx dunkelhäutiger Soldaten mit merkwürdigen Kopfbedeckungen und in fremdartiger Kleidung rückte wellenweise mit Geschützwagen gegen eine große graue Mauer vor. Aus den Geschützrohren hingen kleine Wattebällchen. Über allem lag reichlich Staub.

Rex kehrte mit einer Flasche ›Tizer‹ und drei ineinandersteckenden Plastikbechern zurück und stieß die Tür mit dem Fuß hinter sich zu: »Wird sonst zu laut«, erklärte er.

Er sollte recht behalten. Der Krach war einfach furchterregend. Sie hörten das Splittern von Knochen, mahlende Kaugeräusche und sonores genußvolles Knurren. Vor der Tür schien eine Art hündisches Gelage stattzufinden. Mit der freien Hand klappte Rex die Schreibfläche eines häßlichen, fleckigen Schreibtischs herunter. Die Polizisten betrachteten erstaunt das Sortiment an Knabberzeug, das sich dahinter auftat. Von Crackern über Schokoriegel, Käseplätzchen und Bonbons war so ziemlich alles vertreten, was das Herz begehrte. Zwischendrin stand sogar ein Glas mit eingelegten Perlzwiebeln. Rex schenkte ›Tizer‹ aus und verteilte die Becher.

»Bitte ...« Er deutete mit der Hand auf die reichhaltige Kollektion an Leckerware. »Was darf ich Ihnen anbieten?«

»Nichts, danke«, wehrte der Chefinspektor ab.

»Die Auswahl ist groß«, pries er seine Schätze beharrlich an. »Von pikant bis süß ... Da bleiben keine Wünsche offen. Ich habe auch Eis. Der ganze Kühlschrank ist voll. Erdbeer oder Vanille? Das Nußparfait ist leider ausgegangen.«

»Wirklich nicht.«

»Ich habe auch klassisch gute Nüsse zu bieten.« Als dieses Angebot ebenfalls auf Ablehnung stieß, ging Rex zu einem alten, abgeschabten Sessel. Auf halbem Weg blieb er kurz vor einem Kleiderständer stehen, um die Falten eines Capes zu ordnen und die Krempe eines kleinen runden Hutes zurechtzubiegen.

»Das sind Montcalms Sachen. Er trägt sie bei jedem neuen Manöver. In seiner Eigenschaft als Regimentsmaskottchen.«

Den beiden Polizeibeamten fielen fast die Pappbecher aus der Hand.

Rex deutete auf den großen grünen Tisch. »Das zeigt die Belagerung Konstantinopels. Eine verdammt spannende Sache ... wenn auch mit schrecklichem Ausgang. Das Ende des byzantinischen Reiches. Nur viertausend Tote ... aber fünfzigtausend landeten in der Sklaverei. Ahh ...« Er schloß beide Männer in sein liebenswertes, friedliches Lächeln ein. »Damals wußte man eben noch, wie man Kriege führt. Ich frage Sie ... wo liegt der Spaß, wenn man nur noch auf Knöpfe drücken muß?« Er ließ sich in seinem Sessel nieder. »Aber Sie wollen mir jetzt sicher erklären, weshalb Sie hier sind.«

Barnaby schilderte es ihm. Vor der Kulisse eines Modellkriegs mit Spielzeugsoldaten und Geschützfeuer aus Wattebäuschchen berichtete der Chefinspektor von Gerald Hadleighs sehr realistischem unfreiwilligem Ableben.

Die Wirkung auf Rex St. John war durchschlagend. Er starrte lange mit offenem Mund gegen die Wand. Dann preßte er die Hände über seine Ohren, als könne er damit auslöschen, was er gerade gehört hatte, schüttelte heftig den Kopf und schrie: »Das ist nicht wahr! Das darf nicht wahr sein ...« Er begann zu zittern.

Barnaby ging durchs Zimmer und legte dem alten Herrn die Hand auf die Schulter. »Ist mit Ihnen alles in Ordnung, Sir?«

»Ich hab's getan. O Gott ... ich bin es gewesen ...«

»Augenblick, Mr. St. John.« Barnaby zog seine Hand zurück. Troy kam hastig auf die Beine. »Wollen Sie den Mord an Gerald Hadleigh gestehen? Wenn ja, dann ist es meine Pflicht, Ihnen zu sagen, daß alles, was ...«

»Es war meine Schuld! Er hat mich gebeten, ihn zu beschützen, und ich habe versagt.« Rex rang die Hände. »Was habe ich nur getan! Gerald ... ohhh ...«

Barnaby stellte einen der Eßtischstühle neben den Sessel, setzte sich und bat: »Jetzt erst mal der Reihe nach. Und lassen Sie sich Zeit. Kein Grund zur Eile.«

Dann sprudelte Rex wie aus der Pistole geschossen alles heraus. Es war so, als könne er nicht erwarten, das Schreckliche endlich loszuwerden. Die Worte sprangen aus seinem Mund wie die bösen Geister aus der Dose der Pandora. Nur allmählich kristallisierte sich das Wesentliche heraus: Daß er von Gerald angefleht worden war, ihn nicht mit Max Jennings allein zu lassen. Daß Rex ihm versprochen hatte zu bleiben, bis der Mann das Haus verlassen hatte, dann aber auf dessen Trick hereingefallen war. Daß er daraufhin nach Hause gegangen und wieder zurückgekommen war und im Regen gestanden hatte. Daß er Angst bekommen, sich beobachtet gefühlt hatte und erneut nach Hause geflohen war. Dann brach er in Tränen aus.

»Bitte beruhigen Sie sich, Sir. Es ist viel zu früh, sich Vorwürfe zu machen. Wir wissen ja nicht mal, ob Mr. Jennings etwas mit der ganzen Sache zu tun hat.«

»Aber das liegt doch auf der Hand ...« Rex zückte ein großes khakifarbenes Taschentuch mit einem aufgestickten Bären und einer im Wind flatternden Fahne, dem Regimentszeichen der Royal Warwickshires. Er trocknete sich die Augen.

»Die Unterhaltung mit Mr. Hadleigh, von der Sie uns gerade erzählt haben ... Wann hat die stattgefunden?«

»Gestern morgen. Es war ihm schrecklich peinlich. Ich hatte den Eindruck, daß er das Anliegen so lange wie möglich hinausgezögert hat.«

»Hat er Ihnen gesagt, weshalb er mit Jennings nicht allein sein wollte?«

»Nur andeutungsweise. Offenbar kannten sich die beiden von früher her, hatten sich jedoch entzweit. Es habe da ›gewisse Unstimmigkeiten‹ gegeben, das waren Geralds Worte. Außerdem hat er mir gestanden, daß die von ihm verfaßte Einladung eher abschreckend hätte wirken müssen.«

»Weshalb hat er diese dann überhaupt geschrieben?« warf Troy fragend ein.

»Als Gerald sich geziert hat, wurde Brian bissig und bot an, den Brief selbst zu schreiben. Schätze, Gerald wollte wenigstens die Fäden in der Hand behalten.«

»Wissen Sie noch, wer Mr. Jennings als erster vorgeschlagen hat?«

»Leider nein.«

»Hatte Hadleigh vor der Begegnung Angst? Was meinen Sie?«

Rex runzelte die Stirn. Er tat sich schwer mit der Antwort. »Ist verlockend, hinterher alles besser zu wissen, was? Aber wenn ich ehrlich sein soll … Er war schon besorgt. Aber Angst … nein, das wäre mir zu stark.«

»Auch während des Abends hat er diesen Eindruck nicht erweckt?«

»Eigentlich nicht. Er war eher schweigsam und in sich gekehrt. Max dagegen entpuppte sich als eine sehr umgängliche und freundliche Person. Natürlich kann er Dinge gesagt haben, Boshaftigkeiten, meine ich, die vielleicht nur Gerald verstanden hat.«

»Sie haben beschrieben, was passiert war, nachdem Sie das Haus verlassen hatten. Weshalb sind Sie so sicher, daß Jennings derjenige war, der die Haustür von innen verriegelt hat?«

»Weil Gerald die Tür nie so schnell erreicht hätte. Er stand am hinteren Ende der Diele.«

»Und Sie sind dann nach Hause gegangen?«

»Ja«, flüsterte Rex und ließ den Kopf hängen.

»Das war um wieviel Uhr?«

»Habe leider nicht auf die Uhr geschaut. Aber ich weiß, wann ich zurückgegangen bin. Das war fünf nach zwölf ... also nach Mitternacht. Und da habe ich auch Brian gesehen ... Mr. Clapton.«

»Ach ja?«

»Er kam aus dem Dorf zurück.«

»Sind Sie da ganz sicher, Mr. St. John?« hakte Sergeant Troy nach. »Daß er aus dieser Richtung und nicht von einem Spaziergang um den Park zurückgekommen ist?«

»Ganz sicher. Dann bin ich zur Rückseite des Hauses gelaufen ...«

»Wo Sie das Gefühl hatten, beobachtet zu werden?«

»Jemand muß sich hinter den Bäumen am Rand des Wäldchens versteckt haben. Ich hatte Gänsehaut ... dieses unheimliche Gefühl ... Es war stockdunkel. Ich bekam es mit der Angst zu tun ... und habe meinen Posten deshalb verlassen.«

»Gehen Sie nicht so hart mit sich ins Gericht, Mr. St. John«, bemerkte Barnaby.

»Aber so ... weibisch zu sein!«

Weibisch, dachte Troy. Da sollte er bloß mal ein paar von den Weibern kennenlernen, mit denen ich schon zu tun hatte. Die verschlingen ihn glatt zum Frühstück. »Warum glauben Sie, hat Hadleigh sich gerade an Sie um Hilfe gewandt?« fragte Troy.

»Da bin ich mir nicht sicher.« Schamröte stieg Rex in die noch tränenfeuchten Backen, als er sich an die Sensationsgier erinnerte, die ihn bei Geralds Ausführungen erfaßt hatte.

»Sie waren also nicht besonders eng befreundet?«

»Enge Freunde hatte Gerald offenbar nicht. Aber ich eigentlich auch nicht. Ist alles auf dem Schlachtfeld der Zeit geblieben. Ich habe ihn mal eingeladen, nachdem er eingezogen war. Das war im Jahr 1983, als in einer Botschaft im Libanon eine Bombe hochging. Die Einladung geschah aus reiner Höflichkeit, versteht sich. Er kam, war angenehm kultiviert, aber dennoch hat sich daraus nichts ergeben. Schätze, ich habe ihn mit meinen Kriegsspielchen einfach gelangweilt.«

»Hat er je von seiner Vergangenheit gesprochen?«

»Eigentlich nicht. Er hat nur gesagt, daß er Witwer sei und hierhergezogen wäre, weil er nicht mehr leben könne, wo seine Frau gestorben sei.«

»Hat er erzählt, wo er mit ihr gelebt hatte?«

»Ich glaube, irgendwo in Kent. Er war Regierungsbeamter und Frühpensionär.«

»Regierungsbeamter in welchem Fachbereich? Und wo?«

»Könnte das Ministerium für Landwirtschaft und Fischerei gewesen sein. Aber so heißt das heute gar nicht mehr. Es war auf jeden Fall in London. Das weiß ich, weil er mal erwähnt hat, wie anstrengend die Fahrerei immer gewesen sei.«

»Irgendeine Vermutung, wann seine Frau gestorben ist?«

»Kurz vor seinem Einzug hier. Muß also neun ... nein zehn Jahre her sein.«

»Und wissen Sie, ob Mr. Hadleigh seither irgendeine Beziehung hatte?«

»Beziehung?« Rex wirkte verblüfft.

»Eine Affäre mit einer Frau«, half Troy nach. Armer Teufel! War bei ihm vermutlich schon so lange her, daß er nicht mal mehr wußte, wie man das nannte.

»Oh! Nein, ausgeschlossen. Obwohl ...«

In diesem Augenblick unterbrach sie ein heftiges Kratzen an der Tür. Das Geräusch war so laut, daß die Polizeibeamten fürchteten, der Hund würde jeden Moment durch die Tür brechen.

»Ist bloß Montcalm. Er ist mit seinem Nachmittagsgedeck

fertig.« Barnaby hatte plötzlich die Vision von einem Hund, der mit einer Serviette um den Hals an einem Tisch saß und in seiner Pfote ein Gurkensandwich hielt, an dem er stilvoll herumknabberte. »Ich muß ihn reinlassen.«

»Wir sind sowieso gleich fertig, Mr. St. John.«

»Aber er mag es nicht …« Rex verstummte und neigte den Kopf zur Seite. Draußen war es still geworden. Montcalm trabte davon. Dann, nach kurzer Pause, hörten sie ihn wiederkommen. Diesmal im verschärften Galopp, der in einem fulminanten Krachen endete. Die Tür bebte in den Angeln.

Rex sagte »'tschuldigung« und ließ den Hund herein. Montcalm trottete zweimal im Kreis herum, wackelte dabei freudig mit dem haarigen Schwanz und beförderte mehrere Bleisoldaten in die militärische Umlaufbahn. Dann kletterte er seinem Herrn auf den Schoß und legte seinen Kopf gegen dessen Backe.

»Wir sprachen gerade über …« Barnaby verstummte verwirrt. Er sah sich plötzlich zwei intelligenten, fragenden Augenpaaren gegenüber. Das eine gehörte dem Hund, das andere Rex St. John.

»Eventuelle Liebesbeziehungen«, kam ihm Sergeant Troy zu Hilfe. »Ich hatte den Eindruck, Ihnen ist doch noch was eingefallen?«

»Ach wirklich?«

»Sie sagten ›obwohl‹«, erinnerte ihn der Chefinspektor.

»Obwohl was?«

Barnaby betete stumm um Geduld. Troy zwinkerte dem Hund zu. Der öffnete das große Maul zu einem alles verschlingenden Gähnen.

»Ach ja«, entsann sich Rex schließlich. »Ich habe mich immer gefragt, ob Laura nicht amouröse Gefühle für ihn hege.«

»Gab es irgendeinen besonderen Grund für diese Annahme?«

Während Barnaby die Frage stellte, ließ sich Troy den Ausdruck ›amourös‹ auf der Zunge zergehen und beschloß, ihn an Wachtmeisterin Brierley auszuprobieren.

»Sie hat ihn jedenfalls mit den Augen verschlungen ... Wenn Sie wissen, was ich meine«, erwiderte Rex. »Fast wie Montcalm, wenn ich eine Packung Leckerli aufmache.«

Als feststand, daß Rex St. John dem nichts mehr hinzufügen konnte, stand Barnaby auf. Er bedankte sich und bat Rex darum, gelegentlich seine Fingerabdrücke abzugeben. Rex schien das als willkommene Abwechslung zu begreifen.

»Wer will schon alt werden«, sinnierte Barnaby, als sie den Gartenweg entlanggingen.

»Ihm geht's doch gut«, entgegnete Troy. »Er hat seine Soldaten. Diese ganzen Orden. Ganz zu schweigen von den ›klassisch‹ guten Nüssen.«

»Was ist das überhaupt für ein Hund, den er da hat?«

»Ein Irish Wolfhound.«

»Würde einen verdammt großen Fußabtreter ergeben.« Er marschierte über die Grünfläche und kletterte in den Polizeicontainer. Drinnen war es gemütlich warm, und es roch nach frischem Kaffee.

Barnaby rief das Revier von Amersham an und bat die Kollegen, ihm Max Jennings' Adresse aus dem Wahlregister herauszusuchen. Während er wartete, schenkte er sich heißen Kaffee ein. Es dauerte keine zehn Minuten, bis Amersham sich wieder meldete.

»Das Problem ist, daß die Leute nach einem Mord eine völlig andere Sichtweise haben«, dozierte Troy, während er auf die A 413 einbog.

»Sie meinen in bezug auf das Opfer?«

»Das auch. Aber vor allem was ihre eigenen Verhaltensweisen betrifft. Nehmen wir St. John zum Beispiel ... er drückt sich vor Hadleighs Hinterausgang rum, um angeblich Wache zu halten. Jetzt behauptet er, vom Wäldchen aus habe ihn jemand beobachtet. Die Frage ist nur ... hat er das gestern nacht wirklich geglaubt?«

»Möglich, daß er sich das bloß einredet«, erwiderte der Chefinspektor. »Sozusagen als Rechtfertigung. Weil er einfach verduftet ist.«

»Und wir haben keine Chance, die Wahrheit herauszubekommen ... der Regen und die vielen Schaulustigen haben sämtliche Spuren vernichtet.«

Barnaby schwieg. Er haderte stumm mit den bösen Schicksalsgöttinnen, die Gerald Hadleighs Mord unmittelbar vor dem Markttag in Causton hatten geschehen lassen. Hätte er früher mit Rex sprechen können ... hätte er schneller über die Verbindung des Toten mit dem Gastautor Bescheid gewußt. Natürlich hatte er vorgehabt, mit Jennings zu sprechen ... Aber lediglich, um den Zeitpunkt festzustellen, wann er ›Plover's Rest‹ verlassen hatte. Und das war ihm nicht so dringend erschienen. Er fluchte leise.

Dann schweiften seine Gedanke wieder zu Laura Hutton. In Anbetracht des Zustandes, in dem sie die Frau angetroffen hatten, war Rex' Andeutung von ›amourösen Gefühlen‹ eine glatte Untertreibung. Es lag vielmehr die Vermutung nahe, daß sie den Mann geliebt hatte ... offenbar ohne auf Gegenliebe zu stoßen. Was sonst sollte die zynische Bemerkung: ›Richtig ... der ewig trauernde Witwer‹ bedeuten?

Laura Hutton hatte ihren Ausrutscher umgehend bedauert und die Unterredung beendet, um nicht noch mehr preiszugeben. Aber war ihre Bitterkeit nur der Ausdruck einer zurückgewiesenen Frau? Oder wußte sie etwas über Hadleighs Privatleben, das seine Trauer als Farce hatte erscheinen lassen? Jedenfalls war es bestimmt nicht das letzte Gespräch mit Laura Hutton gewesen.

Dann riß ihn jäh die Erkenntnis aus seinen Gedanken, daß sie mittlerweile mit dem Wagen offenbar abgehoben hatten. Er hatte den Eindruck zu fliegen.

»Um Himmels willen, Gavin? Wollen Sie uns beide ins Leichenschauhaus bringen?«

»Die Straßen sind jetzt wieder frei, Sir.«

Troy bremste auf 80 Stundenkilometer herunter, verkniff sich jeden weiteren Kommentar über dieses erneute Beispiel an ungerechter Kritik. Noch nie hatte er einen Unfall gehabt, geschweige denn einen verursacht. Sein Können am Steuer eines Wagens auszuspielen war Balsam für seine Seele. Der fließende Übergang zwischen Kupplung und Schaltung, die sensible Handhabung des Steuerrads, die Landschaft, die an einem vorbeiflog, und die ständige visuelle Konzentration, das alles beflügelte ihn. Leider hatte Troy keine Geduld. Und das hinderte ihn letztendlich daran, so gut zu sein, wie er zu sein glaubte. Besonders unduldsam war er gegenüber der übertriebenen Vorsicht seines Chefs. Aber was durfte man auch anderes von einem Mann erwarten, der einen Wagen mit Automatik fuhr? Fahren konnte man das sowieso nicht nennen. Man bewegte sich lediglich in einem fahrbaren Untersatz vorwärts.

Dann erfaßten die Scheinwerferkegel bereits den Außenbezirk von Warren D'Evercy. Troy prüfte die Hausnummern auf der rechten und Barnaby achtete auf die auf der linken Seite. Letzterer entdeckte schließlich die gesuchte Einfahrt. Das Tor war hoch und aus Schmiedeeisen. Es ähnelte dem von ›Gresham House‹, befand sich jedoch in einem weitaus gepflegteren Zustand. Ein goldenes ›M‹ in der Mitte jedes Torflügels war von einem Kranz Lorbeerblätter umgeben. Auf den Sandsteinsäulen, in denen das Tor hing, thronten die verwitterten Skulpturen zweier blasiert dreinschauender Greifvögel. In die rechte Säule waren diskret ein Klingelknopf und der Lautsprecher einer Sprechanlage eingelassen, in den Barnaby hineinsprach. Nach einer von Knacken begleiteten Konversation mit einer Stimme hörbar ausländischen Akzents öffnete sich das Tor automatisch.

Die pompöse Auffahrt wurde von viktorianischen Straßenlaternen hell erleuchtet. Es gab Rabatten voller Winterblühern und geometrisch angeordnete Hecken und Sträucher. Alles wirkte sehr geschmackvoll, aber völlig unpersönlich. Es erinnerte ein wenig an einen öffentlichen Park.

Das Haus war groß und den Herrenhäusern der amerikanischen Südstaaten nachempfunden, was nicht unbedingt auf Originalität schließen ließ. Treppenaufgang und Säulenportal an der Hausfront waren aus Marmor. Troy pfiff bewundernd durch die Zähne. Barnaby war weniger beeindruckt. Die kalte, anonyme Pracht war nicht nach seinem Geschmack.

Noch während er nach einer Klingel suchte, schwang ein Türflügel nach innen auf, und ein kleiner, dunkelhäutiger Mann trat auf die Schwelle. Er war barfuß und trug ein enges weißes Sporttrikot unter seinem Hawaihemd und mehrere Goldkettchen um den Hals. Sein dunkles, lockiges Haar glänzte feucht.

Barnaby hielt ihm seinen Dienstausweis unter die Nase. »Mr. Jennings?«

»Stavros. Ich bin der Butler.«

»Kriminalpolizei Causton. Wir hätten gern mit Ihrem Arbeitgeber gesprochen.«

Stavros trat ins Haus zurück und machte ihnen ein Zeichen, ihm zu folgen. Die Kriminalpolizisten betraten ein hohes, kreisförmiges Entree mit Kuppeldecke. In der Mitte hing ein riesiger venezianischer Kronleuchter.

Der Butler bog in einen Korridor ein. Barnaby und Troy folgten seiner Spur nasser Fußabdrücke durch einen Gang, dessen Wände mit elfenbeinfarbener Seide bespannt waren. Rechts und links hingen abwechselnd vergoldete Spiegel und

Ölbilder. Über ihnen baumelten noch mehr Kronleuchter, deren Kristalle bei jedem ihrer Schritte melodisch klirrten. Sie passierten einige Türen, bevor Stavros vor einer unterteilten Spiegelfläche stehenblieb. Er drückte auf einen Knopf, und mit sanftem Klicken klappte die Spiegelfläche auf wie ein Wandschirm.

Sie betraten ein riesiges tropisches Gewächshaus mit hohem schmiedeeisernen Kuppeldach und wassergrüner Verglasung. Hier standen dichtgedrängt exotische Pflanzen – Palmen, tropische Gewächse, Bananen – und Ananasstauden, armdicke Schlingpflanzen mit haarigen Stengeln, gigantische Kakteen und Orchideen, deren dichte Blütenstände einen betäubenden Duft verströmten. Wassertropfen perlten in der feuchtwarmen, dunstigen Luft beständig von der Grünmasse und stürzten zu Boden.

Nachdem Stavros sich wortlos zurückgezogen hatte, gingen Barnaby und Troy geduckt weiter über einen Teppich aus Gras, dessen leuchtend smaragdgrüne Farbe nur unecht sein konnte. Diskret verborgen zwischen all diesem üppigen Grün standen Sportgeräte unterschiedlichster Art und schimmerten wie scheue Dschungelbewohner durch das Blattwerk. Aus unsichtbaren Lautsprechern erscholl gedämpft der unverkennbare Sound von Herb Alperts Tijuana Brass Band.

Barnaby und sein Sergeant umrundeten mehrere künstlich angelegte Blumenbeete, vermieden es dabei tunlichst, auf schlangenartig sich über ihren Weg windende Schläuche zu treten, bevor sie schließlich zu einem Vorhang aus zartem, glänzenden Farn gelangten. Dahinter ertönte rhythmisches Plätschern. Troy schob den Vorhang zur Seite, machte einen Schritt vorwärts und hielt die Luft an.

Vor ihm lag ein langer, schmaler Pool, der mit türkisen Kacheln ausgekleidet war, so daß das Wasser wie flüssiger Lapislazuli leuchtete. Weil Blumen und Bäume bis dicht an den

Pool heranreichten, sah es so aus, als würde die Frau, die dort langsam ihre Bahnen zog, in einer verwunschenen, natürlichen Grotte auf irgendeiner tropischen Insel schwimmen. Ihr kupferfarbener Körper steckte in einem weißen, einteiligen Badeanzug. In diesem Moment drehte sie sich auf den Rükken, und ihr Haar umfloß auf sanften Wellen schaukelnd ihr Gesicht.

Troy war wie in Trance. Das konnte nur Hollywood sein; Hollywood, Beverly Hills und Dallas, Texas, gleichzeitig. Dem Sergeant entfuhr ein wohliger, sehnsuchtsvoller Seufzer. Dann entstieg die Amazone dem Pool. Wasser perlte über ihre breiten, bronzefarbenen Schultern und endlos langen, eleganten Beine. Sie drehte sich um und entfernte sich, wobei sie bei der Bewegung ihres linken Knöchels und Halses ein wahres Blitzlichtgewitter entfachte. Mein Gott, die geht glatt mit ihrem Schmuck schwimmen, dachte Troy. Sie schwimmt in wahrsten Sinne in ihren Juwelen!

Er wischte sich den Schweiß von der Stirn, zog sein Jackett aus und hielt es keusch über sein eigenes Blitzlichtgewitter. Dann folgte er dem Chefinspektor, der sich vorsichtig über den falschen Turf tastete.

Schließlich holten sie die Schöne in einer Dschungellichtung mit einladenden Liegen und Korbsesseln ein. In der folgenden Unterhaltung blieb das Mobiliar jedoch nur Staffage, denn keiner von ihnen wurde zum Sitzen aufgefordert. Dann gab es da noch einen Servierwagen mit Getränken, an dem sich die Dame im weißen Badeanzug bediente. Sie füllte mit einer Silberzange Eisstücke in ein großes Wasserglas, gab einen kräftigen Schluck Gin darüber und garnierte das Ganze mit einem Spritzer Zitronensaft aus einer Plastikzitrone.

»Mrs. Jennings?« begann Barnaby.

»Ja.«

»Eigentlich wollten wir mit Ihrem Mann sprechen.«

»Oh!« Sie leerte das Glas Gin mit einem Schluck und griff erneut nach der Flasche. »Worüber denn?«

Ihre Worte klangen fast wie Schluckauf: ›Wo-ü-be‹. Sie erklomm mit Mühe einen Barhocker und betrachtete gelangweilt die beiden Besucher.

»Ist er denn zu Hause?« wollte der Chefinspektor wissen und versuchte insgeheim, das Alter der Frau zu schätzen. Ihre Gesichtshaut wirkte im Vergleich zu den Muskeln an ihren Waden und der Innenseite ihrer Schenkel unnatürlich straff. Die Handrücken waren von dicken Adern durchzogen, und ihre Augen, obwohl in faltenfreier Umgebung angesiedelt, hatten den müden, illusionslosen Blick eines Menschen, für den das Leben nichts mehr bereithielt.

»Nein.« Ohne das weiter auszuführen, trank sie ungerührt weiter.

»Und wann erwarten Sie ihn zurück, Mrs. Jennings?« Troys Erregung flaute allmählich ab, als er die kleine Fettrolle um die Taille seiner Göttin entdeckte. Der müde, abgebrühte Ausdruck ihrer Augen gab ihm den Rest.

»Nicht die leiseste Ahnung«, erwiderte sie mit leichtem Zungenschlag.

»Können Sie uns dann vielleicht sagen, wann er gestern nacht nach Hause gekommen ist?«

»Habe mir gestern drei Traumpillen reingeworfen. Ich hätte nicht mal den Weltuntergang gemerkt vorige Nacht.«

»Diese Versammlung, bei der er gewesen ist … in Midsomer Worthy?« Sie antwortete nicht, sondern musterte Barnaby nur aus schmalen Augen, so als nähme sie ihn erst jetzt richtig wahr. »Hat er mit Ihnen überhaupt darüber gesprochen?«

»Nein.« Sie schaufelte mehr Eis nach, ersäufte es in Gin und krönte das Gebräu mit einem Hauch aus der Plastikzitrone. Gluck-gluck-gluck, machte es.

»War aber nicht so, oder?«
»Wie bitte?«
»Gestern nacht.«
»Was denn, Mrs. Jennings?«
»Der Weltuntergang.«
»Nein.«
»Mein beschissenes Glück. Wie immer!«
»Haben Sie einen Tip für uns, wo wir Ihren Mann erreichen könnten?« fragte Troy. Sie schien die Frage überhaupt nicht zu verstehen. Die entzauberte Göttin konnte bei ihm keinen Blumentopf mehr gewinnen. Übertrieben laut fuhr er fort: »Wo ist er denn hin?«
»Finnland.«
»Finnland!«
»Bücher signieren.«
»Wie lange?«
»Fragen Sie seine sogenannte Sekretärin. Die dralle Barbara. Sind wie Pech und Schwefel die beiden.«
»Wissen Sie, wann er abgereist ist?«
»Fragen Sie lieber Stavros. Ohne ihn geht hier gar nichts. Warmes Frühstück, hübsche saubere Klamotten, perfekte Pool-Pflege. Ein Jammer, daß er so eine verdammte Niete im Bett ist.«
Sie wandte ihnen den Rücken zu. Barnaby bedankte sich, machte auf dem Absatz kehrt, köpfte dabei eine feuerrote Blüte und ging.
»Kein Wunder, daß er sich abgesetzt hat«, bemerkte Troy, als sie sich auf die Suche nach dem Butler machten. Der Sergeant hatte für neurotische Frauen nichts übrig. Genausowenig wie für neurotische Männer, wie man fairerweise hinzufügen muß. Troy mochte schlichte, unkomplizierte Zeitgenossen.
»Dieses Heckmeck« – er meinte damit das Signieren von

Büchern – »komische Art, 'ne Fliege zu machen? Bißchen überspannt, oder?«

»Wenigstens hat er sich in ein Land abgesetzt, mit dem wir ein Auslieferungsabkommen haben.« Barnaby lief der Schweiß in Strömen übers Gesicht. Seine Kleidung klebte am Körper. »Dem Himmel sei Dank, daß wir aus diesem Sumpf endlich raus sind!«

Sie entdeckten den Butler schließlich in einer Küche, die an Perfektion nicht zu überbieten war. Es war kaum vorstellbar, daß dieser High-Tech-Raum allein zur Vorbereitung von Mahlzeiten dienen sollte.

Stavros saß an einem Tisch aus rostfreiem Stahl und las die *Taxythromos.*

»Mr. Stavros?« begann Troy.

»Stavro.«

»Wie bitte?«

»Ich heiße Stavros Stavro.«

»Oh, ja richtig. Also, Mr. Stavro, wir möchten gern mit Ihnen reden.«

»Bin ganz legal hier.« Der Grieche stand hastig auf und klappte seine Illustrierte zu. »Visum, Papiere, alles, für sechs Monate. Ich zeige Ihnen ...« Er wollte die Küche aufgeregt verlassen.

»Darum geht es gar nicht«, hielt ihn Barnaby zurück. Wir haben nur ein paar Fragen über Mr. Jennings. Zum Beispiel ... waren Sie hier, als er letzte Nacht nach Hause gekommen ist?«

»Ich warten immer, bis er zu Hause ist. Das Tor wird von innen geöffnet.« Stavros rollte das R.

»Und wann würden Sie sagen, ist das gewesen?«

»Gegen ein Uhr.«

»Und in welcher Verfassung war er?« Stavros schwieg perplex. »Glücklich? Traurig?«

»Aha ... traurig. Ja. Wortkarg und traurig.«

»Hat er etwas über den Abend gesagt? Wie er gewesen ist?«

Stavros schüttelte den Kopf. »Wir reden nicht wie ... wie ...«

»Freunde?« warf Troy ein.

»*Ne ... filos*, Freund. Er sagen nur die Zeit, wann aufwekken, dann ins Bett.«

»Was für ein Mensch ist er? Guter Arbeitgeber?« Stavros zuckte mit den Schultern.

»Was ist mit Mrs. Jennings?«

Troy konnte sich die Frage nicht verkneifen. Obwohl seine Sympathie für die Dame des Hauses gelinde gesagt mehr als flüchtig gewesen war, konnte er den Gedanken nicht ertragen, daß dieser kleine, schmierige Zitronenpflücker sein Ding zwischen diese zimtfarbenen Schenkel gekriegt hatte. Laut sagte er:

»Erzählen Sie uns von heute morgen, Mr. Stavro.«

»Wovon heute morgen?«

»Von allem.«

»Ich habe Mr. Jennings geweckt ... halb sieben, mit Tee ... und habe das Bad eingelassen. Dann habe ich gepackt ...«

»Was haben Sie gepackt?«

»Sachen für eine Reise aufs Land ... warme Jacken, Hemden. Er hat seinen Lieblingsanzug getragen.«

»Das war nicht zufällig derselbe, den er schon gestern abend getragen hatte, oder?« wollte Barnaby wissen.

»Doch.« Stavros betrachtete ängstlich Barnabys düstere Miene. »War das falsch?«

»Wann ist er abgereist?«

»Halb zehn Uhr.«

»Hat er Ihnen mitgeteilt, wohin er wollte?«

»Heathrow.«

»Und was genau hat er mitgenommen?«

»Zwei große Koffer und eine Handtasche.«

»Eine was?« Troys Augen wurden groß.

»Er meint ›Aktentasche‹, Sergeant. Stellen Sie sich nicht dümmer an, als Sie sind.« Barnabys Laune verschlechterte sich zusehends. »Hat Mr. Jennings hinterlassen, wann er wieder zurückkommt?«

»Nein. Er wollte anrufen.«

»Wo sind die restlichen Sachen, die er gestern nacht getragen hat? Hemd, Socken, Unterwäsche?«

»In der Maschine.«

»Zum Waschen?«

»Ja.«

»Da ist sie hin und nie mehr kehrt sie wieder ...«

Stavros wirkte völlig verunsichert.

»Hat Mr. Jennings Sie gebeten, die Sachen umgehend zu waschen?«

»Nein. Ich machen das immer am Morgen.«

»War Blut dran?« fragte Troy.

»Blut! *Mitera tou theo* ...«

»Schon gut, beruhigen Sie sich. Beruhigen Sie sich.« Blöde Ausländer. Er kam sich vor wie mitten in einer Opera buffa.

»Wir brauchen die gewaschenen Sachen, Mr. Stavro«, erklärte Barnaby. »Mit den Schuhen, die Mr. Jennings gestern abend anhatte ... falls vorhanden. Die Schuhe sind doch noch nicht geputzt, oder?«

»Nein.« Stavros war jetzt hochgradig besorgt. »Ich will keine Schwierigkeiten.«

»Schwierigkeiten, Sunnyboy?« versetzte Sergeant Troy. »Was echte Schwierigkeiten sind, merken Sie erst, wenn Sie der Polizei nicht bei ihren Ermittlungen helfen.«

Troy hätte dem Butler noch gern gesagt, daß er sich in diesem Fall sein kostbares Visum sonst wohin stopfen könne, widerstand jedoch der Versuchung. Der Chef erlaubte Drohgebärden nur im Ernstfall.

»Morgen kommt jemand von unserer Spurensicherung, um das Zeug abzuholen«, sagte er laut. »Erklären Sie ihm alles. Da ist noch was ...«

Troy notierte sich Kennzeichen und eine detaillierte Beschreibung von Max Jennings Mercedes.

Stavros brachte sie bis zum schmiedeeisernen Tor. Er schwitzte vor Erleichterung.

»Wie man so leben kann, ist mir schleierhaft!« sagte Barnaby mit einen zornigen letzten Blick zurück auf das Haus. Er kurbelte das Fenster einen Spalt breit herunter. Ein lungenentzündungsverdächtiger Luftzug blies ins Wageninnere. »Von diesem Westentaschen-Odysseus will ich erst gar nicht reden.«

Troy wußte nicht, was er darauf entgegnen sollte. Er schwieg und fröstelte. Das Haus hatte ihm mit allem drum und dran prima gefallen.

Ungefähr zu dem Zeitpunkt, als Barnaby und Troy in Richtung Warren d'Evercy rasten, bereitete Sue Clapton, nachdem sie das Geschirr gespült und aufgeräumt hatte, die Frühstücksboxen ihrer Familie für den nächsten Tag vor. Sie schnitt ballaststoffhaltigen Sellerie und Rotkohl klein, fügte Rosinen als Kraftspender hinzu, bevor sie Walnüsse (Linolsäure- und Vitamin B-haltig) darüber gab. Dann fügte sie die hausgemachte Zitronenmarinade in einem kleinen Schraubglas hinzu. Sie gab sich wie immer große Mühe, ohne zu ahnen, daß Mandy frischen Salat und selbstgebackene Brötchen jeden Tag gegen Coca-Cola und Marsriegel eintauschte.

Sues Tochter und Ehemann waren beide spät nach Hause gekommen. Brian war nach der Schule von zwei Kollegen in ein Pub abgeschleppt worden. Dort hatte er ihre Bitte, ihnen alles über das Drama zu erzählen, gründlich mißverstanden und sie stundenlang mit einer erbarmungslos detaillierten

Schilderung von ›Slang-Mix Für Fünf Stumme Stimmen‹ tödlich gelangweilt.

Amanda, die in der Schule nur ganz beiläufig erzählt hatte, daß sie wie ein Murmeltier geschlafen habe, während im Nachbarhaus ein Mord passiert war, fand sich plötzlich zum ersten Mal in ihrem Leben im Mittelpunkt des Interesses wieder. Der absolute Heuler war, daß in der Folge die ausgekochte Haze Stitchley, Boß einer eigenen Gang, Mandy nach der Schule auf einen Imbiß mit Video (Vampir Sex Sklaven) eingeladen hatte.

Weder Brian noch Mandy war natürlich auf die Idee gekommen, Sue Bescheid zu sagen, die sich verständlicherweise große Sorgen gemacht hatte. Mandy, mit unverkennbarer Alkoholfahne, war sich bei ihrer Rückkehr keiner Schuld bewußt. Brian dagegen, der sich vermutlich an die Schrecksekunde im Direktorat erinnerte, fühlte sich durchaus schuldig. Und Schuldgefühle äußerte er, indem er ausrastete. Jedenfalls rührte keiner von beiden das Abendessen an, einen köstlichen Zwiebelauflauf mit Ingwersauce, so daß Sue sich allein zu Tisch setzte und jeden Bissen aus purer Wut hinunterzwang. Jetzt gab sie gerade einen Apfel in Brians Box und legte eine reife Banane in Mandys Salatschüssel.

Im Nebenzimmer dröhnte der Fernseher. Brian lachte so gezwungen und aufdringlich wie immer, wenn er Mandy imponieren wollte, ohne selbst eigentlich amüsiert zu sein. Sue lauschte den Versuchen der beiden, sich gemeinsam totzulachen. Daddy und sein kleines Mädchen! Ein reizendes Pärchen. Sue verstand die beiden nicht. Immerhin war ihr unmittelbarer Nachbar auf bestialische Weise ermordet worden.

Von all dem Krach bekam Sue Kopfschmerzen. Seltsamerweise konnten die Kinder der Spielgruppe soviel Lärm machen, wie sie wollten, ohne je diese Wirkung auf Sue zu erzielen. Sie legte einen Schal um, trat hinters Haus und machte die

Tür zu. In windstiller Dunkelheit sang eine Amsel im alten Apfelbaum. Der Kontrast zwischen diesem Gesang und dem häßlichen Radau in ihrem Wohnzimmer trieb ihr die Tränen in die Augen.

Schließlich wurde der Fernseher ausgeschaltet, und Mandy ging zum Zähneputzen ins Badezimmer. Sue konnte ihre Gestalt hinter dem Milchglas erkennen. Schließlich knallte Mandy die Tür wieder hinter sich zu, und nur Sekunden später dröhnte ›Nirwana‹ durch sämtliche Ritzen ihres Schlafzimmerfensters. Die Amsel streckte die Waffen. Brian kam heraus.

»Ich muß mit dir reden«, erklärte er ernst und hielt die Küchentür für sie auf. Sue fühle sich wie ein Kind, das eine Abreibung erwartete, und ging hinein.

Nachdem sie sich gesetzt hatten, schien Brian, gespannt wie eine Feder, nicht in der Lage anzufangen. Er trommelte gegen den Kühlschrank und fummelte an den Magnetbuchstaben der Seitenwand herum, so daß aus Hallo ›Holal‹ wurde. Dann saugte er die Backen ein und spielte an seinem Bart. Sue kannte die Anzeichen. Er wollte sie fertigmachen, wußte nur noch nicht genau, womit er günstigerweise anfangen sollte. Sue begann mit Beruhigungsübungen. Einatmen und bis zehn zählen, ausatmen bei zwölf, Hände fest im Schoß verschränkt halten.

»Ich fasse es nicht. Nein, es ist einfach nicht zu fassen!«

»Was denn, Brian?«

»Der Mord an Gerald ist doch gleich heute morgen entdeckt worden, stimmt's? Korrigiere mich, wenn ich falsch liegen sollte.«

»Nein, das stimmt. Die arme Mrs. Bundy hat ihn gefunden.« Eines Tages, überlegte sie, korrigiere ich dich tatsächlich, mein Lieber, und dann fällst du vor Schreck tot um.

» So gegen zehn Uhr?«

»Ungefähr.« Und ich vermutlich dann auch.

»Und ... und ...« Aber es funktionierte nicht. Seine Fassungslosigkeit überwältigte ihn sichtlich. Brian mußte innehalten und den Kopf schütteln, bevor er fortfahren konnte: »Und du hast mich tatsächlich schon um *drei* Uhr angerufen, um es mir zu sagen?«

»Ich habe dir doch schon erklärt, daß ...« Sie stellte sich eine Insel mit weißem Sand und leise plätschernden Wellen unter stahlblauem Himmel vor.

»Fünf Stunden später?«

»Ja. Ich war ...« Da gab es auch noch einen wunderschönen Paradiesvogel mit Schwanzfedern in allen Regenbogenfarben.

»Wir haben doch Telefon, oder? Ich erinnere mich ganz genau, schon mehrere exorbitant hohe Rechnungen bezahlt zu haben.«

»Und wer verursacht die wohl? Ich war erst um ein Uhr von der Spielgruppe wieder zu Hause, Brian. Die Polizei ist gekommen ... und dann sind die Reporter aufgetaucht ...« Sues Stimme bebte. Wolken zogen sich am tropischen Blau zusammen. »Sie haben sich einfach ins Haus gedrängt.«

»Na, das hätten sie mal bei mir probieren sollen!« brüllte Brian los und fummelte weiter an den Magnetbuchstaben herum. »Bezahlte Manipulateure der öffentlichen Sensationslust.«

»Ich habe dich angerufen, sobald sie gegangen waren, aber ...«

»Aber, aber. Aber zu diesem Zeitpunkt waren das Walroß und sein Sergeant, diese Karikatur eines Sturmbannführers, schon bei mir in der Schule und haben sich benommen wie in einer dieser blödsinnigen Fernsehserien. Großer Gott, ich hätte schon im Schlaf bessere Dialoge geschrieben.«

Ich fand den Sergeant gar nicht faschistoid. Ich fand ihn

nett. Er hat eine kleine Tochter, die unbedingt ein Bild von Hector habe möchte.

»Die müssen einen heißen Reifen hingelegt haben, um rechtzeitig bei mir in der Schule zu sein. Alles, damit wir nicht miteinander sprechen konnten. Haben versucht, mich auszutricksen.«

»Dich auszutricksen, Brian?« Sue war im ersten Moment so perplex, daß ihr jede Ironie abhanden kam. »Inwiefern denn?«

»Na, ich bitte dich ...!« Brian sah seine Frau forschend an und schwieg lange. Sein Problem war mehr als kompliziert. Wie fand man heraus, was jemand wußte, ohne zu fragen, wieviel er wußte? Große Kacke.

»Ich meine ... all diese dämlichen Fragen. Um wieviel Uhr sind wir nach Hause gekommen? Wann sind wir ins Bett? Sind wir noch mal ausgegangen? Haben wir den Wagen abfahren gehört? Ich weiß nicht, was du ihnen erzählt hast.«

»Daß ich um Viertel vor elf ins Bett gegangen bin, nicht einschlafen konnte und den Mercedes abfahren gehört habe.« Sue sah auf. »Was hast du ihnen denn gesagt, Brian?«

»Was soll das heißen, du konntest nicht schlafen? Du warst doch längst jenseits von Gut und Böse, als ich raufgekommen bin. Hast gesägt wie ein ganzes Sägewerk.«

Sue, die sich schlafend stellte, wann immer Brian im Schlafzimmer auftauchte, zuckte resigniert mit den eckigen Schultern.

»Du hast ihnen also nicht gesagt, daß ich noch auf einen Spaziergang rausgegangen bin?«

»Nein. Bist du das denn?«

»Nachdem ich die Hausarbeiten korrigiert hatte. Einmal um den Park. Einfach nur um mich auszulüften ...« Brian ordnete die Buchstaben am Eisschrank zu ihrer ursprünglichen Stellung. »Herrgott, das ist wieder mal typisch für dich. Verdammt typisch.«

Sue begann zu weinen. Brian wiederum griff nach dem *Guardian,* stieß auf die Werbung für einen Schriftstellerkurs und reagierte seinen Zorn ab, indem er diese Annonce ausschnitt und Jeffrey Archer schickte.

In jener Nacht kam Midsomer Worthy erst spät zur Ruhe. In der Kneipe The Old Dun Cow umlagerten Profi-Journalisten und krankhaft neugierige Glücksjäger die Einheimischen. Zündende Dialoge wie ›Schätze, wenn Sie hier leben, müssen Sie ihn gekannt haben‹ und ›... Oh, sorry, was darf ich Ihnen bestellen?‹ machten die Runde.

Kein Dorfbewohner ließ sich lange bitten. Doppelstöckige flossen mit Lichtgeschwindigkeit durch die Kehlen. Die Leute erzählten, was sie wußten, und erfanden frei improvisierend, wovon sie keine Ahnung hatten. Und obwohl niemand auch nur annähernd die Wahrheit traf, wäre der Verblichene doch erstaunt über die schillernde Vielfalt ihrer Phantasie gewesen. Zur Sperrstunde verließen schließlich alle gemeinsam das gastliche Haus, müde und aufgewühlt, aber in dem Bewußtsein, ihr Geld wert gewesen zu sein und den Job gut erledigt zu haben.

Einige von ihnen kamen schwankenden Schritts an ›Plover's Rest‹ vorbei, das, wenn auch mittlerweile versiegelt, zur Sicherheit zusätzlich von der Polizei bewacht wurde. Auch der Polizeicontainer stand noch an seinem Platz. Troy war nach Hause gefahren, aber Chefinspektor Barnaby saß in seinem Inneren, las die Berichte des Tages, trank Kaffee und wartete auf den Rückruf der Flughafenpolizei von Heathrow. Er war fertig mit der Welt und nahe daran aufzugeben, als endlich das Telefon klingelte.

Der Anrufer entschuldigte sich für die Verspätung. Um die späte Stunde hätten die Büros der Fluglinien bereits geschlossen gehabt. Deshalb habe es einige Zeit gedauert, bis sie an die gewünschte Information gekommen seien. Demnach wäre ein Max Jennings am Achten des Monats auf keiner Passagierliste der Flüge aufgetaucht, die Heathrow mit dem Ziel Finnland verlassen hatten.

Die Frau in Schwarz

Barnaby erschien am nächsten Morgen schlecht gelaunt und unausgeschlafen im Präsidium. Er hatte eine unruhige Nacht hinter sich. Nach Atem ringend und mit einer scheinbar tonnenschweren Bettdecke kämpfend, war er aus einem Alptraum erwacht.

Daraufhin hatte er sich um sechs Uhr, noch in tiefster winterlicher Dunkelheit, aus dem Bett gequält, den Wecker ausgestellt und Tee gekocht. Danach, während Joyce noch schlief, hatte er dem Getränk ein köstliches, unheimlich ungesundes Frühstück mit Gebratenem folgen lassen und dem gierig dreinschauenden Kilmowski schadenfrohe Grimassen geschnitten. Der Postbote kam, während er zu Tisch saß. Zwei Gartenkataloge und die Telefonrechnung waren die Ausbeute.

Barnaby stellte das Geschirr in die Spüle, kochte frischen Tee und brachte Joyce eine Tasse ans Bett. Als er wieder herunterkam, spürte er die ersten Anzeichen sich ankündigender Verdauungsstörungen, und Kilmowski saß vor dem Kühlschrank und miaute kläglich.

»Hast schnell begriffen, hinter welcher Tür das Schlaraffenland liegt, was?« Er zog Mantel und Schal an. »Brauchst dich hier erst gar nicht häuslich einzurichten. In zwei Wochen sind die Deinen wieder da.«

Im Büro behandelte Troy seinen Boß wie ein rohes Ei. Daß die Zeichen auf Sturm standen, erkannte er sofort. In dieser Stimmung konnte der Sergeant ihm absolut nichts recht machen. Selbst wenn er nur dastand und gar nichts tat oder sagte, nahm er ihm seine Gedanken übel. Oder die Art wie er angezogen war. Oder wie er sein Haar gekämmt hatte. Oder wie er sein linkes Bein hielt. Troy hätte sich genausogut umbringen können. Jetzt allerdings setzte er erst mal die Tasse mit großer Vorsicht auf den Unterteller.

»Was soll das sein?«

»Kaffee, Sir.«

»Er ist kalt.«

»Aber ich habe ihn gerade erst ...«

»Widersprechen Sie mir nicht!«

»Nein, Sir.« Troy zögerte. »Soll ich anderen Kaffee holen?« Ein braunes Röhrchen wurde aufgeschraubt und altbekannte Tabletten herausgenommen. Zwei wurden achtlos mit dem kochend heißen Kaffee hinuntergespült. Barnaby quollen die Augen aus den Höhlen, und Schweißperlen traten auf seine Stirn.

»Ein Glas Wasser gefällig, Chef?« Troy traf ein vernichtender Blick.

»Finden Sie das witzig?«

»Überhaupt nicht. Ich wollte nur ...« Eine geballte Faust schoß durch die Luft, und Troy suchte auf Zehenspitzen das Weite.

Draußen im Korridor war seine Niedergeschlagenheit augenblicklich verflogen. So viel das Leben im Präsidium der Polizei von Causton auch zu wünschen übrig lassen mochte, gab es doch eine Person, die alle Defizite auf einen Schlag wettmachen konnte. Und ausgerechnet sie kam Troy jetzt entgegen: die appetitliche Blondine Audrey Brierley, Inbegriff aller physischen Freuden.

Troy deutete auf die Tür, aus der er gerade geflohen war, machte eine warnende Grimasse und fuhr sich in eindeutiger Gestik mit dem Daumen über die Kehle. Audrey verengte ihre baby-blauen Augen und maulte: »Nichts als leere Versprechen!« Dann ließ sie ihn stehen.

Barnaby setzte sich derweil an seinen Schreibtisch, schloß die Augen, stützte den Kopf in die Hände und versuchte seine Gedanken zu ordnen. Die Tagesbesprechung war für halb elf angesetzt. Er machte sich ein paar Notizen und stand wieder auf.

Der Chefinspektor versuchte, sein Team demokratisch zu leiten. Wenn es seine Zeit erlaubte, hörte er jedem zu, sprach mit jedem. Denn er war sich durchaus bewußt, daß intelligente Einsichten auch bei den unteren Chargen in der strengen Polizei-Hierarchie zu finden waren. Wurde er tatsächlich fündig, gab er Ehre wem Ehre gebührte. Diese keineswegs weitverbreitete Haltung bedeutete, daß er von der Mehrzahl seiner Leute respektiert (wenn auch nicht immer geliebt) wurde.

Zwei Ermittlungsteams waren eingeteilt. Das erste, dem mehrere zivile Bürokräfte angehörten, bediente im Präsidium Telefone und Computer, sammelte und koordinierte die Informationen. Das zweite Team, das sogenannte Fußvolk, schwärmte in die Umgebung aus, sah sich um, hörte zu, stellte Fragen. Dreißig Personen verstummten und paßten auf, als Barnaby am Beginn der Besprechung zum vorderen Ende des Raumes schritt.

Er stellte sich vor eine Pinwand, die stark an Knäckebrotscheiben erinnerte. An dieser hingen Fotos und Vergrößerungen aus dem Video, das am Tatort gedreht worden war. Barnaby begann damit, daß er den Fall als sehr chaotisch bezeichnete, und alle wußten, was er meinte. Eine Vergrößerung von Hadleighs Hochzeitsfoto wurde ebenfalls gezeigt, zusammen mit Aufnahmen der Mordwaffe. Barnaby rekapitulierte das bislang gesammelte Informationsmaterial nur ganz knapp, denn alle Beteiligten verfügten über Ablichtungen der Gespräche und Vernehmungen vom Vortag.

»Wir wissen mittlerweile, daß Jennings weder nach Finnland noch sonstwohin geflogen ist ... zumindest nicht von Heathrow aus. Andere Flughäfen werden heute überprüft. Außerdem sind sämtliche Seehäfen informiert. Vielleicht kommt dabei was raus. Die Tatsache, daß er verschwunden ist, ohne sein wahres Ziel preiszugeben, erscheint natürlich verdächtig. Andererseits dürfen wir nicht vergessen, daß er, nachdem er Hadleigh verlassen hat, nach Hause gefahren und ins Bett gegangen ist. Erst am Morgen hat er sich von seinem Butler die Koffer packen lassen und vor der Abreise sogar noch in Ruhe gefrühstückt. Was nicht gerade darauf hindeutet, daß der Mann es eilig hatte.

Falls er Hadleigh getötet hat, konnte er am Morgen unmöglich wissen, daß die Leiche noch nicht entdeckt worden war. Rex St. John hatte schließlich aus seiner Rolle als Bewacher kaum ein Hehl gemacht. Jennings mußte also annehmen, daß sich St. John, sobald er abgefahren war, vergewissern würde, ob mit Hadleigh auch alles in Ordnung ist. Und in diesem Fall wäre der Mord sofort entdeckt, die Polizei benachrichtigt, St. Johns Geschichte erzählt und Jennings vernommen worden. Außerdem müssen wir die Tatumstände in Betracht ziehen. Das brutale Blutbad deutet auf eine Tat im Affekt, also nicht auf einen sorgfältig geplanten Mord. Wobei ich nicht allzuviel Energie auf diese Theorie verschwenden möchte. Denn ein Mord kann natürlich eiskalt geplant und doch voller Emotionen ausgeführt werden. Trotzdem sollten Sie diesen Punkt im Kopf behalten.

Das Haus war unverschlossen. Also ist nicht auszuschließen, daß jemand rein zufällig eingestiegen ist. Einbruchsdiebstähle sind, wie wir wissen, nichts Ungewöhnliches. Dennoch halte ich es in diesem Fall eher für unwahrscheinlich. Die Zugehfrau ist sicher, daß im Parterre nichts gestohlen wurde. Unseeligerweise weigert sie sich, den ersten Stock noch einmal zu betreten. Ich habe gestern abend ein weiteres Mal mit ihr gesprochen. Demnach scheint ein großer brauner Koffer aus dem kleinen Schlafzimmer zu fehlen. In der Vorwoche ist er offenbar noch dagewesen. Wir dürfen also annehmen, daß derjenige, der den Inhalt der Kommode mitgenommen hat, dafür diesen Koffer benutzte. Ich hoffe, daß die Spurensicherung uns Hinweise darauf geben kann, was sich wirklich in der Kommode befunden hat.«

»Dann gehen wir also doch von einem Raubmotiv aus, Sir?« erkundigte sich ein junger Kriminalbeamter beflissen.

»Zum jetzigen Zeitpunkt schwer zu sagen, Willoughby. Auf die Idee mit dem Diebstahl könnte der Täter auch erst nach dem Mord gekommen sein. Trotzdem halte ich diesen Punkt für sehr wichtig. Immerhin ist eine wahnsinnig teure Uhr zurückgelassen worden. Und laut Mrs. Bundy war die Kommode stets fest verschlossen.«

Inspektor Meredith, der dem Vortrag bisher mit entrückter Miene schweigend gefolgt war, meldete sich zu Wort: »Daß der Koffer als Transportmittel benutzt wurde, kann doch nur bedeuten, daß der Mörder nicht erwartet hatte, zu finden, was er dann gefunden hat. Sonst hätte er doch gleich ein Transportmittel mitgebracht. Ich meine, soviel Krempel stopft man sich doch nicht einfach in die Taschen.«

»Das ist völlig richtig, Ian«, erwiderte Barnaby, dem nicht entgangen war, daß jemand hinter seinem Rücken scharf die Luft einsog. Schließlich wußte er um die Antipathie seines Sergeants für Meredith, ja er teilte sie sogar.

Troy verfolgte Inspektor Ian Meredith, den Leiter des Außendienst-Teams, seit dessen ersten Tag in der Abteilung mit neidvollem Mißvergnügen. Der angebliche Überflieger und Bramshill Absolvent trug seine akademischen Titel wie ein Markenzeichen vor sich her. Er war schneller Sergeant geworden, als andere denken konnten, hatte bereits nach vier

Jahren seinen Inspektor gemacht, und, das Ärgerlichste von allem, hatte Beziehungen zum Polizeipräsidenten und nicht den Anstand, Bescheidenheit zu demonstrieren.

»Trotzdem«, fuhr Barnaby fort, »sagt einem der gesunde Menschenverstand, daß Koffer oder Reisetaschen in jedem Haushalt vorhanden sein dürften. Also sollten wir diesen Punkt auch nicht überbewerten.«

Troys Miene drückte Genugtuung aus. Barnaby hatte es Meredith gegeben. Der Sergeant griente den Inspektor gehässig an und war verwirrt, als der Mann auch noch zustimmend nickte. Manche Leute kapierten einfach nicht, wann sie verloren hatten.

»Wir ermitteln weiter nach den Autos. Ich schätze, daß Hadleighs Wagen irgendwo in einer Werkstatt steht. Zur Routine-Inspektion. Was den Mercedes angeht ... tja, das ist noch die Frage ...«

»Um welches Modell handelt es sich?«

»Das sollte eigentlich in Ihren Unterlagen stehen, Inspektor Meredith.«

»Ein 500 SL, Sir«, warf Wachtmeister Willoughby ein.

»Ach so. Weiß Bescheid.«

Merediths lässige Handbewegung vermittelte den Eindruck, als sei das Modell in seinem weiteren Freundes- und Verwandtenkreis ein häufig gefahrener Wagen. Und das war auch nicht einmal unwahrscheinlich. Laut erklärte Barnaby: »Ich möchte, daß Sie alles über Hadleigh herausfinden. Gerede, Gerüchte und Aktenkundiges. Angeblich war er mit einer ›Grace‹ verheiratet. Nachname unbekannt. Gewohnt haben sie möglicherweise in Kent. Dort ist sie an Leukämie gestorben. Er soll Regierungsbeamter, vermutlich im Landwirtschaftsministerium, gewesen sein. Aber das sind alles noch ungesicherte Informationen. Ich erwarte, daß Sie sich alle damit vertraut machen. So das wär's für heute.«

Merediths Team verabschiedete sich in den Außendienst. Der Rest setzte sich wieder an Schreibtische und Bildschirme. Barnaby marschierte in sein Büro, wo er in Ruhe und Frieden telefonieren konnte.

Er besaß die Nummer von Max Jennings Verleger und hatte bereits zweimal erfolglos dort angerufen. Mittlerweile war es Viertel vor zehn. Er griff zum Hörer, um den dritten Versuch zu starten. Das Rufzeichen ertönte endlos. Barnaby verzog geringschätzig den Mund. Langschläfer waren ihm zuwider. Endlich meldete sich eine Frau.

Barnaby sagte seinen Vers auf und wurde zur Presseabteilung durchgestellt. Dort erkundigte er sich arglos, ob Mr. Jennings sich gegenwärtig auf einer PR-Tour durch Finnland befände, um Bücher zu signieren. Und löste damit ganz unfreiwillig am anderen Ende der Leitung große Heiterkeit aus.

»Entschuldigen Sie, wenn wir uns hier kaputtlachen«, bat die Dame. »Aber wir kriegen Max ja nicht mal dazu, im Buchladen seines Dorfes auch nur ein Taschenbuch zu signieren, geschweige denn auf die Ochsentour mit Häppchen und Sekt. Da muß Sie jemand gründlich auf den Arm genommen haben.«

»Sieht ganz so aus«, entgegnete Barnaby leicht verärgert. »Ich frage mich ... haben Sie vielleicht irgendwelche Unterlagen über Mr. Jennings, die Sie mir zukommen lassen könnten? Lebenslauf, Titel seiner Bücher usw.?«

»Hm.« Sie wandte sich einen Moment vom Telefon ab, und er hörte, wie sie sich leise mit jemandem unterhielt. »Wir haben so eine Art Lebenslauf, den wir verschicken. Ist auf dem neuesten Stand. Den könnte ich Ihnen faxen.« Als er ihr die Nummer durchgab, wurde am anderen Ende erneut gemurmelt, und seine Kontaktperson bemerkte: »Es wäre vielleicht am besten, wenn Sie mit Talent sprechen.«

»Mit wem?«

»Talent Levine, von seiner Agentur. Schreiben Sie sich die Nummer auf.« Barnaby notierte mit. »Viel Glück.«

Barnaby bedankte sich, legte auf und lehnte sich auf seinem Stuhl zurück. Jetzt, da er die anstrengende Mannschaftsbesprechung hinter sich hatte, verspürte er plötzlich Hunger … oder vielmehr Lust auf eine Kleinigkeit. Das Frühstück lag schließlich bereits zwei Stunden zurück. Und da er sich damit beruhigte, daß er das Mittagessen jederzeit ausfallen lassen konnte, schlenderte er in den Korridor hinaus, um nachzusehen, was der Automat dort an Schmackhaftem für ihn bereithielt.

Doch wie die meisten Automaten dieser Art, spuckte auch dieser nur grell und luxuriös verpackte Kalorienbomben aus. Barnaby wählte ein mit kandierten Kirschen reich verziertes Blätterteigteilchen und warf Geld ein.

Am anderen Ende des Korridors trat Troy in einer Nikotinaura aus der Herrentoilette. Seit dem 1. Januar war das Rauchen in den Büroräumen untersagt. Was zur Folge hatte, daß sich die Toiletten gegen Dienstschluß nur noch geringfügig von Dantes Inferno unterschieden.

Troy bewegte sich mit schnellen, elastischen Schritten. Die Aussicht auf spannende Zeiten beflügelte ihn. Der Fall kam allmählich ins Rollen und versprach viel Außendienst und wenig Schreibtischarbeit. Dann entdeckte er den Chefinspektor und setzte eine weniger selbstzufriedene Miene auf. Rein prophylaktisch versteht sich.

»Hätte gern einen Kaffee dazu.« Barnaby schnappte sich das bunte Päckchen aus der Automatenausgabe und war im Nu in seinem Büro verschwunden.

»In Ordnung, Chef.«

Als Troy mit dem Kaffee kam, war Barnaby bereits wieder am Telefon. Der Sergeant stellte die Tasse ab. Übertriebene Vorsicht schien ihm nicht mehr angebracht. Die Laune des

Chefs hatte sich offenbar gebessert. Ja, er bekam sogar ein Dankeschön zu hören. Öfter mal was Neues.

Barnaby lauschte der Stimme am anderen Ende genußvoll. Sie klang nach Zigarrenrauch, Herrenclub, Portwein, Nüssen und Armagnac, dem verlockenden Rascheln großer Geldscheine und riskanten Geschäften.

»Das einzige, was Max Jennings je signiert hat, sind Verträge«, klärte Talent Levine ihn auf. »Worum genau geht es denn eigentlich?«

»Wir ermitteln in einem Todesfall. Mr. Jennings war einer der letzten, die den Verstorbenen gestern abend noch lebend gesehen haben.« Barnaby erklärte die Umstände ausführlicher.

»Er soll mit Amateurschriftstellern irgendwo in der englischen Pampa geredet haben? Das glaube ich einfach nicht!«

Barnaby versicherte ihm, daß es daran nichts zu deuteln gebe, und fragte sich insgeheim, ob die Bewohner von Midsomer Worthy mit der Bezeichnung ›englische Pampa‹ für ihr Dorf zufrieden gewesen wären.

»Wir sind ziemlich sicher, daß Mr. Jennings den Mann recht gut kannte, der die Einladung ausgesprochen hatte. Hat er jemals den Namen Gerald Hadleigh erwähnt?«

»Nicht, daß ich wüßte.«

»Müßte schon ein paar Jahre her sein.«

»Nie gehört. Tut mir leid.«

»Wir kriegen Material über Mr. Jennings von seinem Verlag ...«

»Weshalb?« wurde Barnaby schroff unterbrochen. »Ich muß schon verdammt viel mehr wissen, Chefinspektor, bevor ich Fragen über meinen Klienten ohne dessen Einverständnis beantworte.«

»Na gut. Das sind die Fakten: Mr. Hadleigh ist gestern nacht ermordet worden. Soweit uns bekannt ist, war Ihr Klient der letzte, der ihn lebend gesehen hat. Seit dem Morgen danach ist Mr. Jennings spurlos verschwunden.«

Es gibt solche Pausen und solche Pausen. Diese war kugelsicher. Schließlich verkündete die Stimme am anderen Ende: »Heiliger Strohsack!«

»Haben Sie vielleicht eine Ahnung, wo er sein könnte?«

»Absolut nicht.«

»Falls er sich bei Ihnen meldet ...«

»Ich muß mich da erst schlaumachen, Chefinspektor. Ich rufe Sie wieder an. Vielleicht noch heute.«

»Wäre Ihnen sehr verbunden, Mr. Levine ... ehm Verzeihung ... Miß Levine.«

Er legte auf und murmelte vor sich hin: »Wird ja immer schöner.«

Troy schwieg. Barnaby wandte sich wieder seinem Kaffeegebäck zu. Die kandierten Kirschen, die unter der Zellophanverpackung so verführerisch gewirkt hatten, waren reine Plombenzieher, so daß Barnaby schon beim ersten Biß das Gefühl hatte, sich einen Zahn ausgebissen zu haben. Er schleuderte den Rest weit von sich.

»Es ist was faul im Staate Dänemark, Gavin.«

»Nicht nur in Dänemark, Sir«. Troy griff nach dem leeren Plastikkaffeebecher und warf ihn zusammen mit dem Gebäck in den Mülleimer. »Maureen weigert sich, Nachrichten zu sehen.«

Er zückte ein blütenweißes Taschentuch, wischte damit die Kuchenbrösel in seine linke Handfläche und kippte sie hinterher. Dann wischte er sich sorgfältig die Hände ab.

»Wenn Sie mit der Hausarbeit fertig sind, Gavin«, sagte Barnaby, der die Sauberkeitspsychose seines Sergeants noch immer recht unterhaltsam fand, »möchte ich, daß Sie sich noch mal Clapton vornehmen. Und setzen Sie ihn ruhig mehr unter Druck. Finden Sie raus, was er Dienstag nacht wirklich gemacht hat, als er angeblich einmal um den Park gegangen ist.«

»Ich bin so froh, daß du gekommen bist.«

»Ja, ich hatte Glück.«

Sue gab Teebeutel in die Steingutbecher. Kamille für sich selbst und Darjeeling für Amy. Dazu aßen sie Haferplätzchen. Alles stand auf dem alten Lederpuff vor dem Kamin.

Amy nahm ihren Teebecher und murmelte zum wiederholten Mal: »Was für ein schrecklicher Tag.«

»Ja, wirklich. Furchtbar. Einfach furchtbar.«

Sie hatten bereits endlos darüber gesprochen. Amy begann schon damit, kaum daß sie ihren Mantel ausgezogen hatte.

Es war jetzt vierundzwanzig Stunden her, daß die Polizei in ›Gresham House‹ gewesen war. Nach diesem Besuch und seinen schrecklichen Enthüllungen hatte Amy erwartet, daß sie und Honoria sich zusammensetzen und ihre Fassungslosigkeit gemeinsam besprechen ... den ersten Schock bei einem warmen, tröstenden Getränk gemeinsam überwinden würden. Aber Honoria hatte sich lediglich darauf beschränkt, eine weder originelle noch fundierte Schimpfkanonade über den gesellschaftlichen Niedergang Englands und die Schlechtigkeit der Welt im allgemeinen loszulassen.

Amy und Sue hatten beide etwas geweint, wie sie das auch jeder für sich allein am Vortrag getan hatten. Sue hatte geweint, nachdem die Nachrichtengeier sie schließlich in Frieden gelassen hatten. Amy während der kurzen Augenblicke, die sie in der Kapelle St. Chads nach dem Besuch an Ralphs Grab allein verbracht hatte.

Sue gab löffelweise Blütenhonig in ihren Tee. »Ich wollte Laura und Rex mit einladen«, berichtete sie. »Als ich wußte, daß du kommst. Aber Laura war wirklich sehr kurz angebunden, und Rex schien überhaupt nicht zu Hause zu sein.«

»Na auch gut.« Amy war nicht unbedingt enttäuscht. Sie liebte es, mit Sue in diesem Zimmer zu sitzen, wenn das Feuer im Kamin knackte und Schatten an die dunkelroten Wände warf. Sie fühlte sich dann wie in einer gemütlichen Höhle.

Die beiden Frauen waren beinahe zwangsläufig Freundinnen geworden, hatten zueinander gefunden wie zwei einsame Engländerinnen in einem fremden Land, die sich in ihrer Isolation aneinander geklammert, instinktiv das verwandte Wesen der anderen gespürt hatten.

Sie spendeten sich gegenseitig Trost, Mut und Rat. Gelegentlich ließen sie auch Dampf ab, beklagten wütend das Benehmen ihres jeweiligen Unterdrückers. Aber meistens bemühten sie sich um humorvolle Distanz.

Sie hinderten sich gegenseitig, sich in Selbstmitleid oder unnötigen Schuldgefühlen zu ergehen. Zu Anfang ihrer Freundschaft hatte vor allem Sue im Übermaß Schuldgefühle gegenüber Brian gehabt. Aber Amy hatte sie ihr gründlich ausgetrieben.

Natürlich hatten sie auch einen Fluchtplan. Sue sollte eine berühmte Illustratorin von Kinderbüchern werden und ein kleines Haus kaufen, in dem auch Mandy Platz hatte, vorausgesetzt, sie wollte bei ihrer Mutter bleiben. Es sollte einen Garten besitzen, der groß genug für Enten und Hühner war. Amy würde ihren Roman verkaufen und ein Haus in der Nähe erwerben. Es sollte geräumig, luftig und modern sein, denn sie hatte genug von klappernden Heizungen, eiskalten Steinfußböden und muffig schimmeligen Schränken.

Wenn sie sich dann trafen, wollten sie ihre Gespräche in aller Ruhe und ohne den ständigen ängstlichen Blick zur Uhr führen.

»Ich wünschte«, erklärte Sue – sie sprachen noch immer über den Mord – »daß ich auf die Uhr geschaut hätte, als Max weggefahren ist.«

»Sie wüßten damit genau, wann Gerald noch am Leben gewesen ist.«

»Ich dachte, das könne man bei einer Obduktion feststellen.«

Bei dem Wort ›Obduktion‹ erschauderten beide.

»Schätze, sie müssen mit ihm reden ... mit Max, meine ich. Es ist alles so peinlich. Schließlich haben wir ihn da mit reingezogen.«

»Hätte aber auch noch schlimmer kommen können.«

»Wie denn das?«

»Wenn wir Forsyth eingeladen hätten.«

Sie lächelten beide mit einer Mischung aus Scham und Erleichterung. Dann wechselte Sue das Thema. »Gestern ist was Nettes passiert. War bei euch auch der Polizist mit den roten Haaren?«

»Ja.«

»Er will ein Bild von Hector kaufen. Für seine Tochter.«

»Das ist doch toll! Wieviel willst du verlangen?«

»Keine Ahnung!«

»Zwanzig Pfund!« Sue schüttelte ungläubig den Kopf. »Mindestens. Er kriegt schließlich einen echten Clapton. Sag ihm, daß er eines Tages ein Vermögen wert sein wird.«

Amy wußte, daß sie sich die Bemerkung hätte sparen können. Sue würde die Zeichnung verschenken oder nur eine Spende für Green Peace verlangen.

»Methuen hat noch immer nichts von sich hören lassen.«

»Aber das ist doch gut.« Sue hatte vor fast drei Monaten einige ihrer illustrierten Kindergeschichten eingeschickt. »Wenn sie nicht interessiert wären, hättest du dein Manuskript schon zurück.«

»Meinst du?«

»Natürlich. Es geht eben durch viele Hände. Wird von allen Seiten beleuchtet. Verlaß dich drauf.«

»Amy.« Sue lächelte ihrer Freundin zu. »Was würde ich nur ohne dich machen?«

»Dasselbe.«

»Und wie geht's mit *Rompers*?« erkundigte sich Sue. »Konntest du schon weiterschreiben?«

Sie fragte das nicht nur aus Höflichkeit. Der barocke, ausschweifende Aufbau von Amys Roman beeindruckte Sue sehr. Sie verfolgte jede unvorhersehbare Wendung und Verwicklung der Geschichte fasziniert. Sie war sicher, daß *Rompers* ein großer Erfolg werden würde ... vorausgesetzt, Amy konnte sich genug heimliche Zeit stehlen, um ihn zu Ende zu bringen.

»Ob du's glaubst oder nicht. Nach der Schreckensnachricht habe ich gestern nacht noch sechs Seiten geschrieben.«

»Auf welcher Seite bist du denn jetzt?«

»Zweiundvierzig. Und ich habe nichts weiter als eine ausschweifende Geschichte.«

»Aber Amy, das ist der Stoff, aus dem Bestseller gemacht werden.«

»Wirklich?«

»Du gibst doch nicht auf, oder?«

»Großer Gott, nein! Genausowenig wie du!«

Amy stand auf und sah wie schon mehrfach seit ihrem Eintreffen aus dem Fenster. Honoria war auf der Post, um ein Paket mit Büchern von der London Library abzuholen. Diesmal hatte sie die Aufgabe selbst in die Hand genommen, da die dringende Notwendigkeit bestand, Mr. und Mrs. Sandell tüchtig die Meinung zu sagen. In ›Gresham House‹ war ein Brief mit leicht beschädigtem Umschlag zugestellt worden. Ob Honoria sich mit einer zehnminütigen scharfen Rüge zufriedengeben oder sich auf einen halbstündigen Vortrag einlassen würde, war ungewiß. Die Länge der Warteschlange hinter ihr jedenfalls hatte darauf keinen Einfluß.

Amy begriff selbst nicht, weshalb sie sich derart von Honoria terrorisieren ließ. Schließlich war sie keine Gefangene. Aber selbst bei den vielen Pflichten, die sie außerhalb des Hauses erledigte, war sie sich ständig bewußt, daß diese Zeit nicht ihr allein gehörte.

Honoria schien über eine Art eingebautes Radar zu verfügen, das jede ihrer Bewegungen exakt registrierte. Machte Amy ihre Erledigungen schnell und gut und entsagte dabei jedem zwischenmenschlichen Kontakt, war alles in bester Ordnung. Gestattete sie es sich jedoch, auch nur einmal kurz innezuhalten, um übers Wetter zu sprechen, einen Hund zu streicheln oder jemandem nach seinem Befinden zu fragen, bekam sie gleich hinter der Haustür zu hören: »Wo bist du so lange gewesen?«

Honoria hatte keine Ahnung von Amys Treffen mit Sue. Wüßte sie davon, würde sie diesen Zusammenkünften sofort ein Ende bereiten. Das war ihr klar. Wie, das wagte Amy kaum, sich vorzustellen. Aber sie würde es tun. Gerade wenn Honoria erkannte, wieviel sie einander bedeuteten.

»Da ist sie!«

Amy zuckte vom Fenster zurück. Sie war blaß geworden. Sue kam mühsam auf die Beine. Sie haßte es, wenn Amy so offen ihre Unterwürfigkeit zeigte. Denn im Unterbewußtsein ahnte sie, daß Amy in solchen Momenten nur ein Spiegel ihrer selbst war.

Als Amy hastig zur Tür lief, rief Sue aufgeregt hinterher: »Das Holz! Du hast das Holz vergessen.«

»Himmel, ja!«

Sue rannte in den Hinterhof, wo bereits ein Bündel Zweige bereitlag. Amys Ausrede für den ausgedehnten Spaziergang. Sie verabschiedeten sich hastig, und Sue beobachtete, wie Amy davonrannte.

Sue ging ins Haus zurück. Erst als sie ihre Frühstücksbox für die Spielgruppe packte, fiel ihr ein, daß sie das Wichtigste vergessen hatte. Sie hatte mit Amy gar nicht über die Frage gesprochen, die sie am meisten bewegte. Wenn Brian in der Nacht von Geralds Tod nur einmal schnell um den Park gelaufen war, warum war er dann eine geschlagene Dreiviertelstunde unterwegs gewesen?

Brians Theatergruppe verlief nicht nach Wunsch. Er hatte die erste Viertelstunde damit zugebracht, sie vom Thema Mord abzubringen. Nachdem alles mit Fragen über Gerald begonnen hatte, uferte die Unterhaltung bald in die Themen Serienkiller, Kettenmassaker, Vampirkult und Nekrophilie aus.

Mühsam hatte er das Aufwärmtraining durchgeboxt. Kaum war es vorüber, waren sie wieder beim Thema.

»Wo Sie nun mal sein Freund waren ... haben die Bullen Sie doch bestimmt die Leiche sehen lassen, oder?«

»Ich wollte nicht ...«

»Das heißt, sein Schädel ist nur noch Mus gewesen.« Borehams Augen glänzten. »Wetten, daß ihm sein Gehirn rausgefallen ist?«

»Könnte dir ja nicht passieren«, erklärte Collar. »Auch wenn sie dir eine Abreibung mit dem Vorschlaghammer verpassen würden ... dein Gehirn würde nicht rausfallen.«

»Warum denn nicht, Collar?« erkundigte sich der kleine Bor pflichtschuldig.

»Weil du deinen Grips im Arsch hast.«

»Okay, ihr Racker!« dröhnte Brian. Er klatschte in die Hände und setzte seine ›Theater ist alles‹-Miene auf. »Machen wir weiter. Habt ihr euer Manuskript?«

Alle starrten ihn mit ausdrucksvoller Verständnislosigkeit an. Er seufzte. – Es war ein wohlbekannter Augenblick. Und wie rosig hatte sich alles am ersten Tag angelassen. Da hatten sie sich versammelt, sein Rohmaterial. Und da war er gewesen, der begabte Guru, bereit Talent und Begeisterung freizusetzen, das ein unbewegliches, autoritäres Schulsystem verschüttet hatte. Unter seiner behutsamen leitenden Hand sollten sie wachsen und gedeihen. Alles mit dem Ziel, ihr Leben, grenzenlos bereichert, mit dem seinen zu verknüpfen. Sie wollten nicht mehr länger Lehrer und Schüler, sondern Freunde sein.

Brian akzeptierte dabei keine unterschiedlichen Motive. Er gab, sie nahmen. Das Geld, das er damit verdiente, spielte keine Rolle. Ah, diese herrlich kritischen, beängstigenden Momente, wenn eine Improvisation aus dem Ruder lief und Gewalt in der Luft lag. Brian hatte übrigens eine herzlich sentimentale Einstellung zur Gewalt. Vor allem wohl, weil er nie erlebt hatte, wenn es richtig zur Sache ging.

In Wahrheit stürzten jene Augenblicke der Gewalt ihn in eine beunruhigende Erregung. Immer unterdrückt, nährten sie seine Träume, die in geilem Chaos gipfelten. Erst vergangene Nacht ... Brian, bemüht die ihn verzehrende Erinnerung zu unterdrücken, merkte, daß die Carter-Zwillinge direkt in seinem Blickfeld saßen. Heute trug Tom eine Kampfjacke der Nordirischen Armee und eine hautenge Schlangenlederhose. Außerdem hatte er sich einen Button angesteckt, auf dem ein Polizeihelm über dem Slogan ›VERNICHTET DIE BUCKELIGEN SCHWEINE‹ prangte.

Edie entwuchs einem Zirkel aus ungesäumtem Filz wie eine Blume einem schmuddeligen schwarzen Kelch. Der Rock war bis zur Taille geschlitzt und wurde über einem winzigen weißen Höschen aus gestreiftem Fellimitat getragen. Brians Teint verdunkelte sich noch weiter beim ersten Blick auf diese liederliche Erregung öffentlicher Fleischeslust. Er holte tief Luft, setzte sich auf den Fußboden und sagte: »Was ich wirklich will, ist, daß dieses Stück bei dem endet, was in der Branche als ›Ku dö thäatre‹ bekannt ist.«

»Von dem hatten wir auch einen«, sagte der kleine Bor. »Aber ein Rad is' abgebrochen.«

»Das ist Französisch und heißt Knalleffekt.«

»Klingt wunderbar«, meinte Edie.

»Aber sowas muß man sich gründlich erarbeiten. Und, ganz offen gesagt, bin ich nicht sicher, daß wir schon alle Teile beherrschen.«

»Tatsache ist, Bri«, warf Denzil ein, ›100 % Britisch‹ nach der Schrift auf seiner Stirn, »daß wir eben wahnsinnig gern was selbst machen würden.«

»Richtig«, stimmte Collar begeistert zu. »Wetten, dann wären wir unschlagbar.«

»Glaube ich kaum.« Brian fühlte sich ausgeschlossen und verletzt, daß sie so etwas überhaupt in Erwägung zogen. »Erst mal hättet ihr gar nicht die nötige Disziplin.«

Protestgeschrei erhob sich.

»Na gut. Und wo sind die Computerausdrucke, die ihr bei unserer letzten Probe versprochen habt zu lernen?«

»Wir könnten's doch versuchen, Brian«, meldete sich Edie zu Wort. »Oder?«

»Wenn ihr unbedingt wollt.« Er konnte ihr einfach nichts abschlagen. »Aber ich muß euch daran erinnern, daß die Zeit langsam knapp wird. Ich weiß, die Unterbrechung gestern war nicht eure Schuld. Aber auch bevor die Polizei kam, haben wir nichts geschafft. Wie Hühner rumzuhüpfen hilft nicht, einen Text zusammenzustellen.«

»Verstehe nicht, warum Hühner nicht in einem Theaterstück vorkommen sollen«, bemerkte Collar. »Der Mensch muß schließlich essen.«

»Was halten Sie eigentlich von Gavin Troy, Brian?« fragte Denzil.

»Von wem?«

»Von dem rothaarigen Bullen in der Lederkluft.«

»Schien ganz okay zu sein.«

»Er ist ein Schwein«, erklärte Collar.

»Hat Denzil fast den Arm gebrochen.«

»Großer Gott!«

»Der macht Sie fertig, bevor Sie wissen, was los ist, dieser Troy«, berichtete Denzil. Und dann: »Mich hätte er letzte Woche beinahe erwischt.«

»Was hattest du denn …«

»Er hatte unseren Duane«, unterbrach ihn Collar. »Und der hat auch nichts gemacht. Nur zufällig bei der Pommesbuden-Tussie auf dem Marktplatz gestanden …«

»Die fette Leslie?«

»Yeah … Jedenfalls hatte sie Zoff mit 'nem Kerl. Duane ist in den Wagen geklettert, um da Ruhe reinzubringen … und da ist der Rotarsch mit seiner Alten vom Einkaufen gekommen. War sofort mit einem Satz über der Theke. Und Duane landete mit dem Gesicht auf der Kochplatte.«

Brian starrte ihn an, fasziniert und entsetzt zugleich, und fragte sich, wieviel davon wohl stimmen mochte.

»Hat er versucht, ein Geständnis aus Ihnen rauszupressen, Bri?«

»Selbstverständlich nicht. Ich habe ja nichts getan.«

»Ist denen doch egal«, warf Edie ein. Sie machte ihre Beine breit und gewährte Brian noch tiefere Einblicke in die Tigermusterlandschaft. Sie stemmte ihre Doc Martens energisch aufs Parkett und legte die Hände auf die Knie. »Der bleibt an Ihnen dran. Macht Sie fertig.«

»Sie waren sehr höflich.«

»Ja, bei Ihnen. Alles Mache!«

»Alles Mache«, wiederholte der kleine Bor scheu.

»Sollten ihn mal bei uns erleben«, sagte Denzil. »Bei jedem Vorwand heißt es, stehenbleiben und Leibesvisitation.«

»Geht einem bei jeder Gelegenheit an die Wäsche«, fügte Edie hinzu, und Brians Herz zuckte wild vor Erregung. Sie zwinkerte ihm zu, und auf dem Augenlid glitzerte Silberlamé in der Farbe reifer Pflaumen. »Wurden Sie aufs Revier bestellt?«

»Noch nicht.« Brian war sich seiner Unkenntnis im Umgang mit der Polizei schmerzlich bewußt. »Sagen sie es einem, wenn sie einen noch mal sprechen wollen?«

»Nein«, widersprach Tom. »Normalerweise nicht. Sie tauchen einfach wieder auf.«

In genau diesem Augenblick gingen die Schwingtüren auf, und Sergeant Troy hatte seinen Auftritt.

Diesmal unterhielten sie sich ohne stärkende Erfrischung in einem kleinen Raum neben dem Chemielabor. Er war ungeheizt, und es roch aus dem Abfluß des Waschbeckens in der Ecke. Die Kälte kroch sogar durch Brians dicke Holzfällerjacke, durch seinen Norwegerpullover und die Weste.

Troy stand am Fenster. Er hatte seinen Stift auf das Fensterbrett gelegt und nahm jetzt lässig ein Notizbuch aus der Tasche. Er blätterte es auf und legte es neben den Stift. Dann öffnete er die Gürtelschnalle seines Ledermantels, nahm die Mütze von seiner feuerroten Mähne. Erst jetzt drehte er sich zu Brian um, der auf einem Laborhocker hinter einem Tisch voller Instrumente und Reagenzgläser saß.

»Tut mir leid, daß ich Sie zum zweiten Mal aus Ihren Proben holen muß, Mr. Clapton.«

»Schon in Ordnung.«

»Geht alles nach Plan?«

»Oh, ja ... sehr gut sogar.«

»Wie heißt noch mal das Stück, das Sie aufführen?«

»Slang-Mix Für Fünf Stumme Stimmen.«

Troy nickte und machte ein sehr interessiertes Gesicht, ohne jedoch etwas zu sagen.

»Ein sehr schwieriges Projekt. Ich verlange viel von den jungen Leuten. Und natürlich auch von mir.« Brian entspannte sich etwas. »Sie sind ein prima Team. Besonders die Carter Zwillinge.« Er mußte ihren Namen einfach aussprechen. Nur einmal. »Edie und Tom. Sind wirklich ungewöhnlich.«

»Kann man wohl sagen, Sir«, erwiderte Troy, der Edie fünf Jahre zuvor zum erstenmal begegnet war. Sie war aufs Revier gebracht worden, als ihre Mutter, in Begleitung des Kindes, beim Ladendiebstahl erwischt worden war. Edie hatte einen langen Mantel aus Teddyfell getragen, und die zahllosen Taschen im Innenfutter waren so voller Zigarettenpackungen und Süßigkeiten gewesen, daß man damit einen Kiosk hätte eröffnen können. Ein gerissenes kleines Früchtchen.

»So talentiert. Und dabei ist alles im Leben gegen sie. Aber dennoch geben sie nie auf.«

»In diesem Punkt muß ich Ihnen recht geben, Mr. Clapton«, sagte Troy und dachte: Der Idiot ist völlig blind. Die beiden hatten ihn offenbar total eingewickelt.

»Das Mädchen macht einen besonders intelligenten Eindruck auf mich.« So, das mußte jetzt aber wirklich das letzte Mal gewesen sein, dachte Brian. Das allerletzte Mal. Na, wenigstens hatte er ihren Namen nicht wiederholt. War besser zuzuhören, bevor es zu spät war.

Troy lächelte nur. Brians zuckender Adamsapfel, der schnelle Atem und die sexuellen Doppeldeutigkeiten waren ihm nicht entgangen. Das also war es. Brian spielte etwas mit dem Feuer. Und sie war minderjährig. Böse, böse, böse.

Troy stellte nun ein paar Fragen über das Unterrichten im allgemeinen. Brian antwortete, indem er im allgemeinen und im besonderen von sich sprach, und Troy ließ ihn ein wenig schwadronieren. So machte es sein Chef auch, wenn er noch einen besonders fiesen Trumpf im Ärmel stecken hatte. Die Leute an der langen Longe führen, nannte er das.

Erster Schritt: Isoliere die Maus. Tu alles, damit sie sich entspannt und unvorsichtig wird. Zeig ihr den besten Käse. Laß sie daran schnuppern. Gestatte ihr einen kleinen Biß und dann ...

Brian, mittlerweile so entspannt, daß er beinahe die Puschen angezogen hätte, erzählte, wie er Cambridge als zu elitär abgelehnt und statt dessen die Pädagogische Hochschule in Uttoxeter gewählt hatte. Seine blassen Augen hinter der Schubert-Brille glänzten. Selbst sein schmutzig brauner, schütterer Schnurrbart plusterte sich vor Selbstgefälligkeit auf, als die Worte über seine stolze Karriere nur so aus ihm herausperlten.

Troy, dessen Mutter ihm stets eingehämmert hatte, Eigenlob stinke, langweilte das Ganze tödlich.

»Das ist ja alles sehr interessant, Mr. Clapton«, log Troy freundlich. »Aber vielleicht kommen wir jetzt mal zum Thema.«

»Oh!« Brian hatte den Grund ihres Gesprächs fast vergessen. »Ja, gut.«

»Nur eine kleine Sache.« Troy blätterte in seinem Notizbuch, so als suche er eine Eintragung. »In der Nacht, als Mr. Hadleigh starb ... Sie haben uns da erzählt ...« Erneutes Rascheln der Seiten seines Notizbuchs. »... daß Sie das Haus ungefähr um ... warten Sie ... Viertel vor elf verlassen, sich dann nach rechts gewandt haben und einmal um den Park gegangen sind, um ... – ich glaube, Sie drückten sich so aus – ›um sich auszulüften‹.«

»Ja«, bestätigte Brian nach kurzem Zögern.

»Und das ist korrekt?«

»Selbstverständlich. Wenn ich ja sage, dann meine ich ja, Sergeant. Jeder, der mich kennt, kann Ihnen das bestätigen.«

»Tja, wir haben da leider einen Zeugen, Mr. Clapton, der Sie kurz nach Mitternacht zurückkommen gesehen haben will. Aber genau aus der entgegengesetzten Richtung.«

Brian sah so aus, als habe ihm gerade die Friedenstaube persönlich auf den Kopf geschissen. Er starrte den Mann fassungslos an, der gerade noch vor einer Minute so interessiert seiner Lebensgeschichte gelauscht hatte. Troy lächelte. Oder zumindest verzog er die Lippen. Seine spitzen Zähne schimmerten.

»Ahhhh … tatsächlich? Ich weiß ja nicht, wer diese Person ist, aber vielleicht sollte man ihr mal einige Fragen stellen. Zum Beispiel, wieso sie sich um diese nächtliche Stunde hinter Hecken herumdrückt, um andere Leute auszuspionieren.«

»Hinter Hecken herumdrückt?«

»Schließlich habe ich keine Menschenseele gesehen.«

»Komisch. Denn Sie wären mit Sicherheit an ihm vorbeigekommen, wenn Sie wirklich einen Spaziergang um den Park gemacht hätten.«

Schweigen im Walde. Brian traten Schweißperlen auf die Stirn. Er schloß die Augen und wirkte schlagartig um dreißig Jahre gealtert.

»Ist Ihnen klar, Sir, daß es sich hier um einen Mordfall handelt?«

»Ja, ja, natürlich. Ich helfe, so gut ich kann. Keine Frage.«

Troy stand bewegungslos, einen Arm über seinem Notizbuch, den anderen in die Hüfte gestützt. Im Gegenlicht vor dem Fenster wirkte seine rote Haarmähne wie der leuchtende Heiligenschein eines Inquisitors.

Brian dämmerte langsam die Erkenntnis, wozu sein Gegenüber fähig war. Die Geschichte mit dem Gesicht, das er auf eine Herdplatte gedrückt haben sollte, gewann zunehmend an Wahrscheinlichkeit.

»Also … neulich nachts … Ihr Zeuge könnte doch recht haben. Oder Ihre Zeugin, natürlich. Näheres weiß ich ja nicht …« Er hüstelte.

»Fahren Sie ruhig fort, Sir.« Troy zückte den Kugelschreiber und schlug eine neue Seite in seinem Notizbuch auf.

»Gut möglich, daß ich ins Dorf gegangen bin. Jetzt, da Sie

es erwähnen, fällt mir ein, daß ich am Briefkasten vorbeigekommen sein muß. Der steht in Richtung Dorf. Okay, okay ... ich bin eben ins Dorf spaziert.« Pause. »Keine Ahnung, warum ich gesagt habe, daß ich eine Runde um den Park gedreht habe. Muß wohl irgendwie etwas durcheinander gewesen ein. Geralds Tod ...«

»Eine durchaus verständliche Reaktion, Mr. Clapton.«

»Finde ich auch.« In Brians Backen kam wieder Farbe.

»Haben Sie denn auf Ihrem Spaziergang jemanden gesehen?«

»Keine Menschenseele. Es war ja auch eine scheußliche Nacht.«

»Ja, das habe ich gehört. Mich hätten vermutlich keine zehn Pferde aus dem Haus gebracht. Nicht in einer solchen Nacht.«

»Ich habe doch gerade erklärt ...«

»Ein paar Minuten draußen im Hinterhof hätten mir gereicht. Ich für meinen Teil wäre danach wunderbar ausgelüftet gewesen.«

Troy notierte sich etwas. Dann fragte er: »Wie lange sind Sie an der frischen Luft gewesen, Sir? Insgesamt, meine ich?«

»Ohhh ... ähhh ... ungefähr eine Stunde.«

»Bei dem Wetter?«

»Ja.«

»Einfach so? Ganz ohne triftigen Grund?«

Der Sergeant senkte den Kopf, so daß die Sonne Brian direkt ins Gesicht schien. Er kletterte von seinem Hocker, blieb dabei mit dem Fuß in einer Verstrebung hängen, rettete sich stolpernd aus dem gleißenden Licht und schleppte den Hokker hinter sich her.

»Sie waren nicht zufällig auf dem Weg zu einem Rendezvous?« Troy ließ sich das französische Wort auf der Zunge zergehen.

»Rendezvous?« Röte breitete sich in Brians Gesicht aus wie

ein häßlicher, fleckiger Ausschlag. Unter seinem linken Auge zuckte plötzlich ein Nerv. »Selbstverständlich nicht.«

»Dann sage ich Ihnen jetzt mal, wie es gewesen sein könnte, Mr. Clapton. Ich glaube, Sie haben das Haus mit der Absicht verlassen, nach rechts abzubiegen ... deshalb die falschen Angaben aus der ersten Aussage ... Im letzten Moment haben Sie jedoch gemerkt, daß Sie aus nächster Nähe beobachtet wurden. Daher haben Sie sich zunächst links gehalten und sind dann umgekehrt, sobald die Luft rein war.«

»Luft rein? Rein wofür?«

»Für Ihre Rückkehr nach ›Plover's Rest‹ natürlich.«

»Um mit Emma Ententopf zu sprechen«, sagte Sergeant Troy, der seit kurzem die väterlichen Freuden des Vorlesens entdeckt hatte. »Fünf Minuten, und ich konnte ihm das Fell über die Ohren ziehen.«

Er saß im Präsidium, beschrieb Barnaby die Szene im Laborraum und kreiselte dabei selbstzufrieden auf seinem Drehstuhl. Troy fühlte sich wohlig entspannt. Was kein Wunder war, nach der Mahlzeit aus Spaghetti Bolognese, einer doppelten Portion Pommes frites, Kuchen, Karamelcreme und mehreren Tassen Tee, die er in der Polizeikantine konsumiert hatte, während er offiziell noch in der Gesamtschule Causton hätte sein müssen.

»Er hat zugegeben, seinen Spaziergang genau in die entgegengesetzte Richtung gemacht zu haben. Hat mir vorgeflunkert, daß er durcheinander gewesen sei. Er bleibt allerdings bei der Version von einem Spaziergang, ›um sich auszulüften‹. Woraufhin ich ihm auf den Kopf zusagte, daß er das Haus in der Absicht verlassen habe, nach ›Plover's Rest‹ zurückzukehren, sich beobachtet gefühlt und deshalb zunächst die andere Richtung eingeschlagen habe, um es später noch einmal zu versuchen und ... den Mord zu begehen.«

»Ach ja?« fragte Barnaby amüsiert. »Und wie hat er darauf reagiert?«

»Ist fast aus den Latschen gekippt.«

»Was Sie natürlich genossen haben, Sergeant.«

»Ich habe nur meinen Job getan, Sir.«

»Richtig. Können wir ihm denn glauben? Was meinen Sie?«

»Eigentlich schon«, erwiderte Troy. »Kaum anzunehmen, daß er in der Lage ist, einem Mann den Schädel einzuschlagen. Auf der anderen Seite schien er ein verdammt schlechtes Gewissen zu haben, der Gute. Aber er ist nun mal der Typ, der schon Gewissensbisse kriegt, wenn ihn ein Polizist um Feuer bittet.«

»Trotzdem hat er uns eine abgefeimte Lüge aufgetischt. Was bedeuten kann, daß er nicht nur einen Verdauungsspaziergang gemacht hat.«

»Schätze, daß er sich in der Nähe von Quarry Cottages herumgetrieben hat.«

»Dem Haus der Carters?«

Troy nickte. »Er konnte sich gar nicht vollmundig genug über die Zwillinge äußern. Wurde dabei ganz aufgeregt. Clapton ist der Typ, der durch Schlafzimmerschlüssellöcher guckt.«

»Da könnten Sie freilich recht haben«, stimmte der Chefinspektor zu. »Unser Brian wäre allerdings gut beraten, den Carters ja nicht zu nahe zu kommen. Die drehen seine Familienstücke sonst nämlich durch den Fleischwolf.«

»So er denn überhaupt welche hat«, bemerkte Troy respektlos. »Was ihn umgehauen hat, war …«, fuhr der Sergeant fort, »… die Tatsache, daß mir die Zeichnungen seiner Frau gut gefallen haben und ich ein Bild von ihr kaufen wollte. Da war er platt wie 'ne Flunder.«

»Hm. Zwei Teilnehmer dieses literarischen Abends haben demnach ihre Häuser noch einmal verlassen. St. John hat uns sicher die Wahrheit gesagt. Seine Selbstvorwürfe klingen echt. Bei Clapton sieht das schon anders aus. Ihre Vermutung bezüglich der Carters könnte stimmen. Dabei sollten wir es jedoch nicht belassen. Geben wir ihm etwas Zeit, sich zu regenerieren. Und sobald er sich wieder sicher fühlt, legen wir ihm die Daumenschrauben an. Haben wir inzwischen seine Fingerabdrücke?«

»Er will heute auf dem Heimweg vorbeikommen.« Troy lachte. »Clapton überschlägt sich förmlich vor Hilfsbereitschaft. Ist denn viel passiert, während ich unterwegs war?«

»Einiges. Miß Levine hat sich gemeldet. Von dieser Seite ist keine Hilfe zu erwarten, was mich allerdings auch nicht überrascht. Bei den Kollegen in Uxbridge ist am Abend vor dem Mord ein Anruf von Hadleigh eingegangen. Und zwar um Punkt halb elf. Er hat damit seinen Wagen als gestohlen gemeldet, den er in der Silver Street geparkt hatte. Bis jetzt ist er noch nicht wieder aufgetaucht. Nächsten Dienstag findet die Gerichtsverhandlung zur Feststellung von Hadleighs Todesursache statt. Sein Hausarzt ist bereit, die Leiche zu identifizieren. Außerdem ist der Obduktionsbericht da. Steht nichts drin, was wir nicht schon geahnt haben. Hadleigh starb durch einen brutalen Schlag auf den Kopf. Er muß sofort tot gewesen sein. Ob der Mörder das wußte und nur nicht aufhören konnte, oder ob er's nicht wußte und bloß auf Nummer Sicher gehen wollte, das können wir zu diesem Zeitpunkt nur vermuten. Hadleigh hatte kaum feste Nahrung, aber dafür um so mehr Whisky intus. Das paßt zu dem, was die anderen erzählt haben. Ermordet wurde er zwischen elf Uhr abends und zwei Uhr morgens. Außerdem hat man zusammen mit all dem Blut und Schleim große Mengen von Tränenflüssigkeit gefunden.«

»Wie? Noch mal.«

»Er hat geweint, Sergeant.«

»Was ... Sie meinen, als er ...«

»Dann oder kurz davor.«

Troy starrte aus dem Fenster. Für weinende Männer hatte er nichts übrig. Männer mußten tapfer sein. Männliche Heulsusen waren ihm ein Greuel. Hatte sich Hadleigh deshalb nicht gewehrt? Und war er deswegen zu verachten? Troy war in der Zwickmühle.

Barnaby hatte die Bemerkung des Pathologen ebenfalls betroffen gemacht. Der knappe Zweizeiler aus dem Obduktionsbericht hatte ihn sogar tiefer erschüttert als die Fotos vom Tatort. Im Gegensatz zu Troy jedoch spielten bei ihm männliche Vorurteile keine Rolle.

Barnaby fürchtete sich keineswegs vor Gefühlen. Aber wie alle Polizisten, versuchte er, bei seinen Ermittlungen sachliche Distanz zu wahren. Was ihm allerdings nicht immer gelang.

Das Telefon klingelte. »Chefinspektor Barnaby«. Er hörte zu. »Ja, stellen Sie durch.«

»Sind Sie für den Mord an dem armen Mr. Hadleigh zuständig?« fragte eine Stimme am anderen Ende der Leitung.

»Jawohl, Sir. Mit wem spreche ich?«

Troy schnappte sich einen Block und begann zu schreiben. Barnaby hatte auf Konferenzschaltung gestellt. Der Anrufer war deutlich zu verstehen.

»Ich war ja nicht sicher, ob es wichtig ist. Als Ihre Leute an die Tür kamen, wollten sie nur alles über den Montag wissen, und das, was mir aufgefallen ist, war am Abend davor passiert. Aber ich habe mit Elsie, meiner Frau, gesprochen, und die meinte, ich solle es lieber loswerden. Deshalb rufe ich an.«

»Ein richtiger Entschluß, Mr. Lilley.«

»Es war schon ziemlich spät ... so gegen Mitternacht, meine ich. Ich habe Buffy, unseren Collie, noch mal Gassi geführt. Und als wir an ›Plover's Rest‹ vorbeigekommen sind, habe ich jemanden im Vorgarten gesehen.«

»Aha ... Hatte sich die Person dort versteckt?«

»Nein, die Halogenbeleuchtung über der Tür brannte. Sie hat dicht vor dem Fenster gestanden ... und reingesehen.«

»Sie?«

»Na diese Antiquitätentante. Wohnt drüben neben der ›Old Dun Cow‹.«

»Sind Sie sicher?«

»Die Haarfarbe würde ich überall erkennen. Schien mich nicht bemerkt zu haben. Nachdem ich vorbei war, habe ich mich umgedreht und zurückgeschaut. Sie war's. Zweifel ausgeschlossen.«

Barnaby wartete ab, doch Mr. Lilley hatte dem nichts mehr hinzuzufügen. Der Chefinspektor dankte ihm und legte auf.

»Nicht überrascht, Chef?« erkundigte sich Troy.

»Nein, nicht unbedingt. Nach ihrer Reaktion gestern war mir klar, daß da 'ne Menge Gefühle im Spiel sind. Zumindest ihrerseits.«

»Hm ...« Troy trommelte mit den Fingern gegen seine Nase. »Und seinerseits?«

»Allgemein herrscht die Ansicht vor, daß sie ihn völlig kalt gelassen hat. Und verschmähte Liebe ...«

»Kann leicht ins Gegenteil umschlagen.«

»Falls sie ihm nachspioniert hat ... und es sieht ganz danach aus ... frage ich mich, ob sie's getan hat, weil sie ihm nahe sein wollte? Oder hat sie erwartet, ihn mit einer anderen Frau zu erwischen?«

»Vielleicht hatte sie ihn ja bereits ertappt. Da war doch die spitze Bemerkung über den ›ewig trauernden Witwer‹.«

»Was hatte St. John noch gleich gesagt?« Troy runzelte die Stirn. »Daß ihn jemand in der Mordnacht vom Wäldchen aus beobachtet habe?«

»Ja, richtig.«

»Und angenommen, daß das keine Einbildung war ... Das würde doch völlig neue Möglichkeiten eröffnen.«

»Sie meinen, es könnte Laura Hutton gewesen sein?«

»Warum nicht? Die Frage ist nur, hat sie dort gewartet, bis Jennings abgefahren ist? Und ist sie danach ins Haus gegangen?«

»Und wenn nicht, hat sie dann möglicherweise gesehen, wer es getan hat?«

»Ganz recht.« Barnaby hievte sich vom Stuhl und ging zum Garderobenständer. »Wir reden heute nachmittag noch mal mit ihr.«

»Soll ich vorher anrufen?«

»Lieber nicht. Ich habe erst mal Hunger. Kommen Sie mit?«

»Nein. Gehen Sie mal ruhig.« Troy gab sich ganz selbstlos. »Ich halte hier die Stellung. Für den Fall, daß was Wichtiges reinkommt.«

Der Chefinspektor knöpfte seinen Tweedmantel zu und starrte seinen Wasserträger ungläubig an. »Sie haben sich doch schon in der Kantine gütlich getan, stimmt's?«

»Ich?« Troy hielt dem Blick stand.

»Ja, Sie! Verdammter Heuchler!« Er zog die Handschuhe an. »Ich krieg's raus. Verlassen Sie sich drauf.«

Das war ihm zuzutrauen. Gemeiner Kerl. »Ich hatte nur ein Sandwich zwischen Tür und Angel.«

»Wer's glaubt wird selig«, murmelte Barnaby, während er die Tür hinter sich schloß.

Laura putzte sich vorsichtig die Nase. Nase und Kehle waren vom tagelangen Weinen völlig wund. Zuerst hatte sie aus Verzweiflung über Geralds Verrat Tränen vergossen, dann aus Trauer über seinen Tod. Und wer behauptete, Tränen seien heilsam, der hatte keine Ahnung. Mittlerweile fühlte sie sich elender als zu Beginn des Dramas.

Sie schwang die Beine aus dem Bett, stand auf und strich

den farbenfrohen Azteken-Überwurf glatt. Ihr ganzer Körper schmerzte. Die Erkenntnis, *ihn* nie wiederzusehen, durchfuhr sie erneut wie ein Messerstich.

NIE MEHR! NICHT beim Einkaufen im Dorfladen. NICHT beim Vorlesen seiner nichtssagenden Geschichten. NIE WIEDER SEIN LÄCHELN. NIE MEHR; NIE WIEDER.

Der Türklopfer dröhnte. Laura fluchte unterdrückt, als ihr einfiel, daß sie ihren Wagen draußen am Straßenrand geparkt hatte. Am Morgen war sie in der törichten Annahme nach Causton gefahren, arbeiten zu können. Doch nur eine Stunde später hatte sie bereits wieder zu Hause mit einer Schlaftablette im Bett gelegen. Sedierte Tage folgten sedierten Nächten. An der Tür wurde immer lauter geklopft.

Laura trat ans Fenster. Im Dämmerlicht erkannte sie deutlich ein fremdes blaues Auto, das in ihrer Auffahrt stand. Sie schleppte sich die Treppe hinunter, hängte die Sicherheitskette aus und öffnete die Tür.

»Guten Abend, Mrs. Hutton.«

»Ach Sie sind's!«

»Dürfen wir Sie noch mal belästigen? Es gibt noch einen Punkt zu klären?«

»Kommen Sie rein.«

Barnaby trat als erster ein und sah sich um. Das Haus ähnelte einem Schatzkästchen. Türen, Regale und Treppengeländer waren weiß gestrichen. Tiefe Teppiche bedeckten Fußboden und Treppenstufen. Im Wohnzimmer waren die Wände mit gelber Seide bespannt. Die einzige Lichtquelle war eine Lampe in der Form eines chinesischen Drachen, deren Schirm einem chinesischen Strohhut nachempfunden war.

Barnaby nahm vorsichtig auf einem zierlichen Korbsofa Platz. Der Kartentisch an seiner Seite war eine chinesische Lackarbeit mit Perlmuttintarsien, worauf ein Schachspiel aus Jade stand. Troy ließ sich auf einem alten Chorgestühl nieder.

Laura bot ihnen einen Drink an. Als die beiden ablehnten, schenkte sie sich ein Glas Whisky aus einer antiken Karaffe ein. Sofort füllte das herzerwärmende, weiche Aroma von bestem Whisky den Raum. Laura sprach der goldgelben Flüssigkeit hemmungslos zu, gab sich nicht einmal den Anschein der Zurückhaltung.

Barnaby fühlte sich an Mrs. Jennings erinnert. Offenbar war es in Mode gekommen, seinen Kummer in teuren Kristallgläsern zu ersäufen. Wobei er durchaus zugeben mußte, daß diese Angewohnheit auch ihre Vorteile hatte. Nichts löste die Zunge so nachhaltig wie harte Spirituosen. Und Laura Hutton war mittlerweile bereits bei ihrem zweiten Glas.

»Ich weiß wirklich nicht, was es da noch zu klären gibt, Chefinspektor.« Sie hatte ihr Whiskyglas auf den Marmorsims des Kamins gestellt und drehte ein kostbares Riechfläschchen zwischen den Fingern. »Das Wenige, das ich weiß, habe ich Ihnen gestern schon gesagt.«

»Vielleicht doch nicht ganz, oder?«

»Was soll das heißen?«

Das hatte ausgesprochen aggressiv geklungen. Kein gutes Zeichen für den Einstieg in ein fruchtbares Gespräch. Barnaby war auf alkoholisierte, sorglose Enthüllungen aus. Beschwipste Trotzreaktionen brachten ihm überhaupt nichts.

»Bitte verstehen Sie mich nicht falsch, Mrs. Hutton. Ich will damit keineswegs sagen, daß Sie uns etwas Wesentliches verschwiegen haben. Aber ich muß Sie jetzt doch fragen, welcher Art Ihre Beziehung zu Mr. Hadleigh gewesen ist.«

Schweigen. Sie vermied es tunlichst, ihn anzusehen. Ihr Blick hüpfte unstet von Gegenstand zu Gegenstand.

»Sie sind gesehen worden, Mrs. Hutton«, griff Troy ein. »Spät nachts ... als Sie in seinem Garten herumgeschlichen sind.«

Der Sergeant nahm das fast unmerkliche Kopfschütteln seines Vorgesetzten eine Sekunde zu spät wahr und zog sich sofort in die Schmollecke zurück. Trotzdem hatte er mit seiner offenbar unerwünschten Bemerkung ins Schwarze getroffen. Laura Hutton war zusammengezuckt wie unter einem schweren Schlag.

»Großer Gott!« Laura war entsetzt. »Sie werden sich im Dorf den Mund über mich zerreißen. Zum Glück ist Honoria verschwiegen.«

»Mrs. Lyddiard wußte ...?«

»Honoria ist am Mordtag unangemeldet hier reingeplatzt. War sehr pikiert, als sie mich gegen elf Uhr morgens noch im Morgenmantel und in Tränen aufgelöst vorgefunden hat. Wer ist diese andere Person ...?«

»Ein Hundebesitzer, der mit seinem vierbeinigen Freund unterwegs war. Er wollte anonym bleiben«, log Barnaby.

»Ach, und so jemandem glauben Sie? Reizend.« Ihre Aggressivität war verpufft. Sie wirkte erschöpft und hielt sich mit einem weiteren stärkenden Schluck von gebranntem Getreide aufrecht.

»Es war in der Nacht bevor Mr. Hadleigh starb, Mrs. Hutton. Und zwar ziemlich spät nachts.«

»Oh, ja.«

Barnaby streckte seine Beine auf dem taubenblauen Teppich aus. Es fehlte nur etwas mehr als ein Meter, und er hätte die gegenüberliegende Wand berührt. Er wartete und vertrieb sich die Zeit mit der Vorstellung, daß seine Gliedmaßen wie bei Alice im Wunderland plötzlich zu wachsen anfangen würden.

»Ich bin geschieden, wissen Sie.« Das klang so patzig, als habe er sie gerade eine alte Jungfer genannt. »Ehe geschlossen, Ehe geführt, Ehe geschieden. War nicht besser und nicht schlimmer als leichte Zahnschmerzen. Ich hatte keine Ahnung, was Liebe eigentlich ist, bis ich Gerald getroffen habe. Und ich verfluche den Tag, an dem ich hier eingezogen bin.«

Diesmal schenkte sie sich etwas weniger Whisky nach. Barnaby hielt den Blick besorgt, ja mitfühlend auf ihr Gesicht gerichtet. Es war nicht zu übersehen, daß sie reden wollte. Und wäre sie erst einmal in Fahrt gekommen, würde sie bestimmt nicht mehr zu bremsen sein. Aber noch zögerte sie. Er fing ihren Blick auf und lächelte aufmunternd, doch sie schien ihn gar nicht wahrzunehmen.

»Es hat mich getroffen wie der Blitz. Die Liebe, meine ich. Auf den ersten Blick, wie bei einem Teenager. Ich konnte an nichts anderes mehr denken. Überall verfolgte mich sein Gesicht. Lag auf meinem Bett und habe von ihm geträumt. Habe ihm Briefe geschrieben und sie wieder verbrannt. Er hatte einmal erwähnt, daß er die Farbe Gelb mag. Daraufhin habe ich mir massenweise gelbe Klamotten angeschafft und furchtbar darin ausgesehen. Ich habe sogar die Wände hier gelb bespannen lassen … Für den Fall, daß er mal herkommen sollte. Ich war überglücklich, als ich erfuhr, daß er Witwer war. Natürlich habe ich seine Zurückhaltung bemerkt, aber gedacht, daß ich das ändern könne. In dieser Beziehung war ich Niederlagen einfach nicht gewöhnt.«

Für Barnaby klang das alles sehr glaubhaft. Selbst ungeschminkt und vom Kummer der vergangenen Tage gezeichnet, war Laura Hutton mit dem tizianroten Haar noch ausgesprochen attraktiv.

»Ich habe mich schließlich mehr oder weniger zum Essen bei ihm eingeladen, *à deux,* wie ich dachte. Nach allen Regeln der Kunst aufgetakelt bin ich bei ihm aufgetaucht. Die halbe Straße war versammelt.« Sie lachte humorlos. »Aber ich habe nicht aufgegeben, sondern mir vielmehr eingeredet, daß er schüchtern sei und deshalb beim ersten Mal die Verstärkung brauche. Ein paar Wochen später habe ich's dann wieder versucht. Er hatte gesagt, daß er Gemälde aus der viktorianischen Zeit mag. Ich hatte da ein kleines Ölbild im Laden … eine ziemlich sentimentale Kaminszene, spätes achtzehntes Jahrhundert. Ich habe es eingepackt und bin damit am Nachmittag zu ihm gegangen. Zur Teezeit.

Als er mir die Tür aufmachte, war mir sofort klar, daß ich einen Fehler gemacht hatte. Er führte mich in die Küche, betrachtete das Bild, bewunderte es, aber erklärte, daß er leider keinen Platz mehr an der Wand dafür habe. Wir machten gequält Konversation, bis jemand an seiner Tür klingelte. Es war Honoria, die Stechwindenranken für die Kirche brauchte. Gerald war über diese Unterbrechung so grenzenlos erleichtert, daß es schon fast komisch anmutete. Er ist mit ihr in den Garten gegangen und hat Grünzeug abgeschnippelt, was nach einer längeren Aktion aussah.

Ich wollte nicht in den oberen Stock, aber plötzlich fand ich mich dort wieder. Vermutlich hielt ich es für eine Chance, mehr über ihn zu erfahren. Wo er schlief, welche Seife er benutzte ... lauter Unsinn. Ich weiß noch, daß ich seinen Pyjama unter dem Kissen vorgeholt und ihn an meine Wange gedrückt habe. Danach öffnete ich seinen Schrank, betastete seine Kleidung. Zwischendurch bin ich ständig zum Fenster gelaufen, um nachzusehen, ob die beiden noch draußen beschäftigt waren. In einer Kommodenschublade habe ich schließlich eine Schuhschachtel voller Fotos entdeckt. Ich habe eines herausgenommen. Ganz von unten, damit er es nicht merkt. Als ich es gerade in meinem BH steckte, hörte ich ihre Stimmen näher kommen. Ich bin runtergerannt, habe mein Bild gepackt, ›Wiedersehen‹ gerufen und bin durch die Küchentür verschwunden.« Sie hielt inne und drehte ihr Glas zwischen den Handflächen.

»Danach habe ich es aufgegeben. Nicht, ihn zu lieben ... wenn ich das mal bloß gekonnt hätte. Aber den Versuch, Zweisamkeiten zu erzwingen. Ich hatte Angst, er würde den Autorenkreis verlassen, wenn ich zu aufdringlich wurde. So ging das monatelang. Dann schöpfte ich wieder etwas Hoffnung. Ich wußte natürlich von Grace und wie glücklich sie gewesen waren, aber niemand kann ewig trauern. Und die Annahme, daß er nicht nur mich verschmähte, sondern sich auch für keine andere Frau interessierte, tröstete mich ungemein. Ein falscher Trost allerdings, wie sich leider herausstellte.«

Es war lange still im Zimmer. Barnaby verhielt sich passiv. Schließlich nahm Laura den Faden wieder auf.

»Ich hatte mir angewöhnt, um sein Haus herumzuschleichen. Es war wie ein Zwang. Eine Droge. Nach Einbruch der Dunkelheit war ich wie versessen darauf, durch eines der Fenster einen Blick auf ihn zu erhaschen. Ich wußte, daß mich früher oder später jemand dabei sehen mußte. Aber ich konnte es einfach nicht lassen. Ich wurde das Gefühl nicht los, daß es noch eine andere Seite an ihm geben mußte ... Kein normaler Mensch kann immer nur förmlich und diszipliniert sein ... völlig ohne Gefühle auskommen. Tja, und schließlich habe ich dabei tiefere Einblicke gewonnen, als mir lieb sein konnte.« Ihre Stimme klang brüchig.

»In der Nacht vor dem Mord habe ich mal wieder in die Küche geschaut, mich für mein würdeloses Benehmen wie immer gehaßt und plötzlich gehört, daß vor dem Haus ein Wagen vorfuhr. Daraufhin bin ich zur Baumgruppe am Rand des verwilderten Grundstücks gerannt. Das Auto war ein Taxi, aus dem eine Frau stieg. Sie bezahlte den Fahrer und klopfte an die Haustür. Die öffnete sich, und sie ging hinein. Ich war am Boden zerstört. Ich habe sie durch eine Öffnung in den Wohnzimmervorhängen beobachtet. Sie wirkte sehr elegant in ihrem schwarzen Kostüm und mit dem langen blonden Haar. Er hatte ihr Wein eingeschenkt, und sie hat ihm zugeprostet, *ihm zugeprostet ...*«

Lauras Hand mit dem Glas schoß in die Höhe, so daß der Whisky nach allen Seiten schwappte und bis an den Wandspiegel spritzte. Einige Tropfen trafen auch ihr Gesicht. Sie sah sich orientierungslos im Zimmer um. Unter ihren starren Augen zeichneten sich dunkle Ringe ab. Barnaby merkte, daß sie einer Ohnmacht nahe war, stand hastig auf und ergriff ihren Arm.

»Kommen Sie, setzen Sie sich, Mrs. Hutton«. Er mußte den Arm um sie legen, denn sie schwankte stark, nachdem sie den Kaminsims losgelassen hatte. Er führte sie zu einem tiefen, breiten Sessel. »Sollen wir Ihnen einen Kaffee kochen?«

»... Kaffee ...«

Barnaby machte seinem Sergeant ein Zeichen. Woraufhin sich Troy widerwillig auf die Suche nach der Küche begab. Dort angekommen, dauerte es eine Weile, bis er die zum Kaffeekochen nötigen Utensilien zusammengesucht hatte.

Schlichte Becher schienen hier Mangelware zu sein. Immerhin hingen einige Tassen an einem Haken unter dem Regalbrett über der Anrichte. Troy plazierte sie vorsichtig auf die Theke. Die zierlichen Henkel hatten die Form von Harfen, und auf dem Tassenboden prangten Aprikosen, Walnüsse und blaßgrüne, zart geäderte Blätter. Das Porzellan selbst war hauchdünn. Troy hielt eine Tasse gegen das Licht, bevor er sie auf die passende Untertasse stellte.

Im Wohnzimmer begann Laura Hutton sich bereits wieder zu erholen. Barnaby beobachtete interessiert, wie sie sich abmühte, Haltung zu bewahren. Es war nicht zu übersehen, daß sie ihre voreiligen Enthüllungen, die Entblößung ihres romantischen Herzens bereits bereute. Für den Chefinspektor war das nichts Neues. Als Barnaby sich schließlich erkundigte, ob sie auch gesehen habe, wie Hadleighs Besucherin das Haus wieder verlassen habe, bekam er die barsche Antwort: »Wofür halten Sie mich? So schnell wie an diesem Abend bin ich noch nie wieder zu Hause gewesen.«

»Und Sie haben das Haus danach nicht mehr verlassen, Mrs. Hutton?«

»Selbstverständlich nicht.«

Barnaby ließ die Angelegenheit einige Minuten auf sich beruhen. Er sah sich schweigend im Raum um. Die perfekte Kulisse für ein klassisches Drama. Nur die Kostüme stimmten nicht. Schließlich redete Laura Hutton weiter.

»Ich habe mich vorübergehend damit getröstet, daß sie eine Prostituierte sein müsse. Eine dieser ›Hostessen‹, wie sie sich mittlerweile nennen. Ich meine ... um diese nächtliche Stunde in einem Taxi aufzukreuzen ...«

»Das halte ich für durchaus wahrscheinlich, Mrs. Hutton.«

»Oh? Meinen Sie wirklich?« In Laura Hutton war wieder Leben gekommen. »Ich weiß, es klingt unwahrscheinlich ... aber sie hat mich an jemanden erinnert.«

»Aha?« Barnaby sah abrupt auf. »Und an wen?«

»Zuerst ist es mir nicht eingefallen. Ich habe mir den Kopf zerbrochen, bis ich es schließlich wußte.« Sie lächelte zum ersten Mal und deutete über Barnabys linke Schulter. »An den jungen Mann dort.«

Barnaby stand auf und drehte sich um. Hinter ihm an der Wand hing ein Ölgemälde ... das Porträt eines Knaben. Seine aufwendige Kleidung verriet den mittelalterlichen Prinzen.

Der Maler hatte den jungen Mann neben einen Tisch mit einem Astrolabium gestellt. Den Hintergrund bildete eine Landschaft mit waldigen Hügeln und einem Wasserfall in der Mitte. Ein Engel schwebte mit glitzernden Flügeln am Himmel. In der unteren rechten Ecke fanden sich die Initialen ›H.C.‹

»Ich habe es vor zwölf Jahren in Dublin erstanden«, erklärte Laura. »Bei einer Auktion für Möbel im Landhausstil. Hat mich meine gesamte Barschaft gekostet, aber ich dachte, es würde sich irgendwann lohnen. Letztendlich konnte ich mich allerdings nie überwinden, mich von ihm zu trennen.«

Sie war neben Barnaby getreten, streckte den Arm aus und

legte die Hand auf die mit kostbaren Ringen geschmückten Finger des Knaben. Das ganze Bild war von feinen Haarrissen überdeckt, und spinnwebenfeine Adern durchzogen auch die Haut des Prinzen.

»Sieht er nicht traurig aus?«

»Sehr traurig, ja.«

Der Knabe trug seine schweren Kleider mit Anmut. In seinem weit auseinanderstehenden grünen Augen lag sehnsuchtsvolle Trauer, und ein melancholischer Zug spielte um den schön geschwungenen Mund. Barnaby hatte plötzlich das Gefühl, daß seine Blässe von Tränen herrühre, die er gerade vergossen hatte.

»Für wie alt schätzen Sie ihn?« wollte Laura wissen.

»Ich hätte auf fünfzehn getippt ... wenn die nicht wären.« Er deutete auf die wohlgeformten, kräftigen Hände. »Die gehören einem jungen Mann.«

»Ja. Er ist mir ein Rätsel. Ich habe alle möglichen Theorien über ihn. Mal bilde ich mir ein, er sei von den Eltern zu einer Vernunftheirat mit einer verhaßten Frau gezwungen worden; mal, daß er Herrscher über ein Land ist, in dem die Pest wütet; daß er mit einem bösen Zauber belegt wurde ... Jedenfalls macht er auf mich den Eindruck eines Mannes, der an einem gebrochenen Herzen leidet.«

Aber das, dachte der Chefinspektor, als er leises Klappern aus der Küche hörte, ist noch nicht alles. Mrs. Hutton schien das entgangen zu sein. Nur Augenblicke später kam Troy mit einem Tablett herein.

Der Kaffee war köstlich, wenn auch lauwarm, da der Filter nicht auf die Tassen gepaßt hatte und Troy ihn über jede Tasse hatte halten müssen, bis der Kaffee durchgetropft war. Er reichte Mrs. Hutton die Tasse, die er zuletzt gebrüht hatte.

Während sie tranken, versuchte Barnaby noch einmal auf jenen Sommernachmittag zurückzukommen, als sie Hadleigh aufgesucht und ein Foto von ihm gestohlen hatte. Laura Hutton jedoch wurde sehr aufgebracht und erklärte, sie habe jetzt genug.

»Bitte, ich bin gleich fertig ...«

»*Sie sind* gleich fertig?«

»Sie wollen uns doch sicher helfen, herauszufinden ...«

»Wie können Sie das nur fragen? Ausgerechnet mich?« Bleich vor Zorn warf sie ihre dichte rote Haarmähne zurück und starrte ihn wütend an. Sie wollte aufstehen, sank aber benommen wieder in die Polster zurück.

»Alles in Ordnung, Mrs. Hutton?«

»Ich hatte eine Schlaftablette genommen. Sie haben mich geweckt.«

»Tut mir leid.«

»Dürfen Sie das überhaupt? Bei jemandem auftauchen und ... ihn ins Kreuzverhör nehmen?«

»Ich möchte Sie auf keinen Fall bedrängen ...«

»Dann gehen Sie. Das ist die einzige Antwort. Gehen Sie einfach.«

Laura schlug die Hände vors Gesicht. Sie wirkte verloren in ihrem Unglück.

»Das Problem ist«, sagte Barnaby ruhig, »daß Sie mehr als alle anderen in der Lage sind, uns zu helfen.«

»Wie?« Sie sah ihn widerwillig an. »Inwiefern?«

»Die Kommode, in der Sie die Fotos gefunden haben, war stets verschlossen. Mr. Hadleighs Mörder hat den gesamten Inhalt mitgenommen. Daß es jemanden gibt, der tatsächlich gesehen hat, was sie enthielt ...«

»Aber das trifft auf mich nicht zu. Ich hatte gerade erst eine Schublade geöffnet, als Honoria und Gerald zum Haus zurückgekommen sind. Deshalb habe ich mir nur das Foto geschnappt und bin dann auf und davon.«

»Außer diesem Schuhkarton war nichts in der Schublade?«

»Doch. Etliche Plastikbehälter mit Deckeln. Solche Gefäße, in denen man Salat aufbewahrt. Oder Essensreste.«

»Haben Sie auf die anderen Fotos geachtet? Zum Beispiel auf das, was ganz oben gelegen hatte?«

»Nein.«

»Könnte ich das Foto mal sehen, das Sie mitgenommen haben?«

»Das habe ich verbrannt ... am Morgen nachdem ich seine ... seine Freundin gesehen hatte. Ich habe es mit tonnenweise naßgeheulten Taschentüchern in den Ofen geworfen. Was ich jetzt natürlich bereue.« Sie stellte langsam die Kaffeetasse ab. »Schrecklich. Es war alles, was ich von ihm hatte.«

»Es würde uns helfen, wenn Sie mir das Foto beschreiben könnten.«

»Helfen? Ich kann mir nicht vorstellen, inwiefern.«

»Wir versuchen alles über Mr. Hadleigh zu erfahren, was zu erfahren ist. Das kleinste Detail kann wichtig sein.«

»Es war nur ein Urlaubsschnappschuß ... aufgenommen in einem Restaurant oder einem Nachtclub. Drei oder vier Männer haben in einer Reihe getanzt ... so wie es die Griechen tun. Eine Frau war auch dabei, aber ich habe sie weggeschnitten.«

»War es die Frau auf dem Hochzeitsfoto?«

»Nein. Und Gerald war auf dem Bild auch noch viel jünger ... Er hat gelacht ... glücklich gelacht. Ich wünschte, ich hätte ihn damals gekannt.«

Laura Hutton zitterte plötzlich vor Erschöpfung. Barnaby machte seinem Sergeant ein Zeichen. Beide erhoben sich. Laura unternahm nicht einmal den Versuch, sie hinauszubegleiten.

Während er zum Präsidium zurückgefahren wurde, rekapitulierte Barnaby immer wieder die Szene. Ihre Tränen waren zweifellos echt gewesen. Aber Tränen konnten der Ausdruck sowohl von Schmerz, Wut als auch von Trauer sein. Oder sogar von Reue, so bitter und sinnlos diese auch sein mochte.

Er fragte sich erneut, wie Laura Hutton wohl auf die Entdeckung reagiert hatte. Sie mußte sich nicht nur als verschmähte, sondern auch als betrogene Frau fühlen. War sie möglicherweise im Anschluß an das Treffen des Autorenkreises nach ›Plover's Rest‹ zurückgekehrt? Hatte sie Gerald Hadleigh zur Rede gestellt und ihn dabei im Affekt getötet?

Daß aus Liebe schnell Haß werden konnte, war für einen Polizeibeamten wahrlich nichts Neues.

Bis jetzt war Laura Hutton jedenfalls die einzige Person, die ein eindeutiges Motiv gehabt hätte. Jennings, der auf der Verdächtigenliste ganz oben stand, war noch immer eine unbekannte Größe. Schon aus diesem Grund mußte Barnaby Laura Hutton im Auge behalten.

Nach der Rückkehr ins Präsidium veranlaßte Barnaby umgehend eine Fahndung nach dem Taxifahrer, von dem Hadleighs mysteriöse Besucherin nach ›Plover's Rest‹ gefahren worden war. Selbst wenn sie, wie Laura Hutton vermutet hatte, eine Dame des horizontalen Gewerbes war, hatte Hadleigh ihr vielleicht sein Herz ausgeschüttet. Einsame, verschlossene Menschen öffneten sich oft leichter Fremden gegenüber.

»Wenigstens wissen wir jetzt, warum sie sich ein Taxi nehmen mußte«, bemerkte Troy und klickte sich in seinen Computer durch den Bericht über den gestohlenen Celica.

»Ich weiß nicht so recht. Selbst wenn Hadleigh über den Wagen hätte verfügen können, hätte er sie vermutlich nicht in seinem Auto mitgenommen.«

»Hm.« Troy dachte nach. »Vielleicht hat er sie ja in dem neuen Club aufgegabelt. Der liegt ganz in der Nähe der Straße, wo der Celica von ihm geparkt worden ist.«

»Welcher neue Club?« Barnaby stand auf und sah seinem Sergeant über die Schulter.

»In der Latimer Road. Die Mädels tragen dort lange Ohren und Bommelschwänzchen.«

»Bißchen altmodisch.«

»Nennt sich ›Rammler Treff‹.«

»Das ist nicht Ihr Ernst!« Barnaby lachte, warf erneut einen Blick auf den Monitor und sagte: »Komisch.«

»Was denn, Chef?«

»Er stellt um zehn Uhr abends fest, daß sein Wagen verschwunden ist, und meldet es um halb elf.«

»Na und?«

»Die Silver Street, wo er ihn abgestellt hat, ist nur zwei Minuten vom Präsidium entfernt. Warum ist er nicht direkt dorthin gegangen? Er mußte schließlich annehmen, daß der Wagen erst kurz zuvor gestohlen worden war. Eine halbe Stunde Verzögerung bei der Suche konnte alle Chancen, den Dieb zu fassen, zunichte machen.«

»Vielleicht ist er durch die Straßen gelaufen und hat den Wagen gesucht.«

»Dazu hatte er gar keine Zeit. Er hat sich ein Taxi genommen und ist nach Hause gefahren. Hier steht, daß er die Polizei von zu Hause aus alarmiert hat. Und eine Taxifahrt bis ›Plover's Rest‹ dauert ungefähr eine halbe Stunde.«

Troy runzelte die Stirn. Dieser Zusammenhang war ihm völlig entgangen. Woraufhin er derart in Gedanken versank, daß er erst Minuten später den ihn fragend ansehenden Barnaby bemerkte.

»Sind Sie schwerhörig, Sergeant?«

»Nicht daß ich wüßte, Sir.«

»Mit Milch und ohne Zucker.«

»Geht in Ordnung.« Troy entfernte sich.

Barnaby wandte jetzt seine Aufmerksamkeit den Berichten

und Computerausdrucken auf seinem Schreibtisch zu. Von Jennings fehlte noch immer jede Spur, und die Befragung der Nachbarn von ›Plover's Rest‹ hatte wie erwartet nichts ergeben. Nur wenige waren in jener kalten Februarnacht unterwegs gewesen. Die Gäste der Dorfkneipe waren auf dem kürzesten Weg nach Hause gegangen oder gefahren. Und die ›Fenstergucker-Brigade‹ hatte an jenem Abend offenbar auch früher als sonst die Ferngläser wieder eingepackt.

Allmählich neigte sich der zweite Tag nach dem Verbrechen seinem Ende entgegen, und es hatte sich noch immer nichts Nennenswertes ergeben.

Barnaby ging zu einem der drei Fernsehapparate, die hinter einem Wandschirm standen, und schob noch einmal das Video vom Tatort in den Recorder. Troy kehrte mit dem Kaffee zurück, als der Schädel des toten Gerald Hadleigh gerade in Großaufnahme über den Bildschirm flimmerte.

»Der Mörder konnte einfach nicht aufhören zuzuschlagen, was?«

»Offensichtlich nicht«, stimmte ihm der Chefinspektor zu, griff nach dem Becher Kaffee und trank genüßlich einen Schluck. Die Zeiten waren lange vorbei, als ihn Anblicke wie diese aus dem Gleichgewicht gebracht hatten. »Und genau das macht mich unsicher.«

»Inwiefern denn, Sir?«

»Da steckte entweder kalte Berechnung oder wahnsinnige Wut dahinter.«

»Ich persönlich tippe auf letzteres.«

»Warum?«

»Hm … bin mir nicht sicher.«

Troy wußte natürlich, daß eine solche Antwort in seinem Job nicht akzeptabel war. Jede Aussage mußte fundiert sein. Nach Gefühl und Wellenschlag zu urteilen konnte sich als tödlich herausstellen.

»Das einzige Motiv für kalte Berechnung wäre die Absicht, die Identität des Opfers zu vertuschen«, schob er daher hastig nach. »Aber das hätte in diesem Fall keinen Sinn gemacht.«

»Aber nehmen wir mal an, Jennings ist unser Mann. St. John hat ihn durchs Küchenfenster beobachtet. Und da schien er überhaupt nicht wütend zu sein.«

»Ein Wutausbruch kann Sekundensache sein.« Troys Augen wurden schmal bei der Erinnerung an den Morgen. »Ich zum Beispiel war heute schon halb aus der Tür, als ...«

»Bleiben wir sachlich, Gavin. Ich habe das Gefühl daß Hadleigh nicht physisch sondern psychisch Angst vor diesem Mann hatte. Daß er möglicherweise fürchtete, mit schmerzlichen Erinnerungen konfrontiert zu werden.«

Troy hätte gern gefragt, worauf Barnaby dieses ›Gefühl‹ stützte, sagte jedoch laut:

»Was ist, wenn genau das der Punkt war, Chef? Ich meine, daß Jennings Hadleigh durch die Mangel gedreht ... ihn mit Dingen aus alten Zeiten gequält hat? ... Hadleigh ist daraufhin wütend geworden, hat sich den Kerzenleuchter gegriffen und ist auf Jennings losgegangen. Dieser hat ihm die Waffe aus der Hand gerissen und ihn in Notwehr umgebracht.«

»Also kein Mord sondern Totschlag?«

»Richtig.«

»Hm, und wie paßt Jennings geschickt vorbereiteter Fluchtplan dazu? Und wo sollte die Situation denn eskaliert sein?«

»Könnte überall gewesen sein.«

»Hadleigh ist im oberen Stock getötet worden.«

»Im Streit könnte der eine nach oben gestürmt und der andere ihm gefolgt sein.«

»Hadleigh war aber nur mit einem Bademantel bekleidet«, gab Barnaby weiter zu bedenken.

»Na gut. Vielleicht war in diese ›schmerzlichen Erinnerungen‹ engerer Körperkontakt eingeschlossen.« Troy machte eine eindeutige Geste. »Die beiden wollten möglicherweise um der alten Zeiten willen ein letztes Mal …«

»Und worauf, bitteschön, stützen Sie diese Vermutung?« Barnaby sah, wie Troys Backenmuskeln zuckten. Er starrte beleidigt auf seine glänzenden Stiefel. »Ich will Sie nicht vorführen, Sergeant.«

»Nein, Sir.« Nur ein bißchen, dachte Troy.

»Es ist wichtig, keine voreiligen Schlüsse zu ziehen. Oder leichtfertige Theorien zu konstruieren. Besonders dann nicht, wenn die eine oder andere einem so schön in den Kram passen könnte.«

Troy schwieg. Der Zug um seinen Mund wurde hart.

»Sie müssen lernen, gegen sich selbst zu argumentieren. Wenn Sie recht haben, festigt das Ihre Theorie. Liegen Sie dagegen falsch, kann es verhindern, daß Sie später einen Affen aus sich machen.«

»Ja, natürlich.« Troys Miene hellte sich wieder etwas auf. »Ich weiß das … wirklich … aber bei Jennings … Sie müssen zugeben, es spricht alles gegen ihn.«

»Tja, sieht tatsächlich so aus«, erwiderte der Chefinspektor. »Trotzdem macht es mich immer mißtrauisch, wenn ich was auf dem Tablett serviert bekomme. Also, was machen wir, Sergeant?«

»Wir bleiben nach allen Seiten offen«. Troy versuchte zwar Respekt zu demonstrieren, aber sah doch nur so aus, als verzehre er sich nach einer Zigarette.

»Ist denn die Meute vom Außendienst wieder da?«

»Bis auf den Klugscheißer Harry und seine Partner. Aber die sind auch auf dem Weg.«

»Für Sie ist er noch immer Inspektor Meredith, Sergeant.«

»Will's mir merken, Sir«, erwiderte Troy grinsend.

»Okay, also in einer halben Stunde zum Rapport.«

Rex saß an seinem Schreibtisch und starrte in das leere Fach, das seine eiserne Ration enthalten hatte. Chips, Kekse (süß und salzig), Schokolade, Bonbons, Perlzwiebeln … er hatte fast alles verschlungen. Mit Montcalms Hilfe, versteht sich.

Drei Röhrchen Smarties waren noch übrig. Rex pulte den kleinen, runden Plastikdeckel mit seinem gelblichen Fingernagel ab. Woraufhin der Hund sein sabberndes Maul öffnete, in das Rex die Smarties hineinschüttete. Der Kiefer klappte wieder zu. Es folgte ein einmaliges Knirschen, dann ein geräuschvolles Schlucken, und das Maul stand erneut offen. Es war eine unglaubliche Prozedur. Wie die Fütterung einer Maschine. Öffnen, kauen, schlucken, schließen. Öffnen, kauen, schlucken, schließen. Öffnen …

Rex, dem die sonst so flauschig elektrisierte Haarpracht traurig am Schädel klebte, griff nach dem zweiten Röhrchen, stand auf und starrte selbstvergessen auf die geschlossenen Vorhänge. Tatsache war, daß er nicht wußte, was er mit sich anfangen sollte. Er hatte weder Interesse am Untergang von Byzanz noch fürs Kartenstudium oder raffinierte neue Schlachtordnungen auf dem Reißbrett. Nicht einmal seine Orden und Abzeichen lockten zum Polieren, und sogar sein Lexikon über ›Waffensysteme und Militärische Fachsprache‹ übte zum ersten Mal keinerlei Faszination auf ihn aus. Rex stand ganz unter dem deprimierenden Einfluß seines Schuldbewußtseins.

Hätte ich mich doch nur sofort gewehrt, als er mich ausgeschlossen hatte, stöhnte er stumm. Warum war er nicht durch die Küchentür wieder ins Haus gegangen? Alles wäre besser gewesen, als wie ein ängstliches Kaninchen davonzulaufen. Selbst zehnjährige Tamburine hatten im Gefecht mehr Mut bewiesen. Rex schämte sich zutiefst seiner Unbeholfenheit, die ihn davon abgehalten hatte, hartnäckig an seiner Aufgabe festzuhalten. Nur wegen dieser Unzulänglichkeit war ein Mann gestorben.

Hätte er nach seiner Rückkehr nach Hause bloß mit jemandem gesprochen. Mit irgend jemandem. Gerald hätte sicher verstanden, daß er in diesem Fall sein Versprechen hätte brechen müssen. Schließlich wäre es nur um sein Wohl gegangen. Und warum war er nicht mit Montcalm zu Gerald zurückgekehrt. Der Hund hätte gebellt, gekratzt und geknurrt, bis jemand geöffnet hätte. Ganz bestimmt hätte er sich dann nicht voreilig wieder in die Sicherheit seiner Behausung zurückgezogen.

Die schwerwiegendste Frage, die er sich stellte, war jedoch die, weshalb er sich so schnell vom Anblick eines entspannt wirkenden, lächelnden Max Jennings hatte täuschen lassen.

Erst rückblickend war Rex der Verdacht gekommen, daß Max den heimlichen Beobachter bemerkt und sich um seinetwillen verstellt haben könnte. Vielleicht war Gerald zu diesem Zeitpunkt auch schon nicht mehr Herr seiner selbst gewesen, sondern hatte verwundet oder gefesselt und geknebelt irgendwo gelegen, wo Rex ihn hatte nicht sehen können.

Rex zitterte bei dieser Vorstellung. Ihm fröstelte. Es war Schlafenszeit, und er hatte vergessen, seine Wärmflasche zu füllen bzw. den kleinen Elektroofen in seinem Schlafzimmer einzuschalten. Er spürte Montcalms Kopf mit dem noch speichelfeuchten Bart dankbar an seinem Knie.

Er öffnete die beiden letzten Smarties-Röhrchen und verteilte sie. Dabei wünschte er sich, all die bitteren Grübeleien laut aussprechen, seine Sorgen und Ängste jemandem mitteilen zu können. Aber eine schlichte Hundeseele durfte man nicht mit solchen Problemen belasten. Montcalm hätte das alles nur unnötig deprimiert.

Es gab freilich noch einen anderen Grund, Montcalm nicht weiter zu belasten. Rex erhob sich steifbeinig. Er wollte vermeiden, daß der Hund erfuhr, was für einen bangbüxigen Herrn er hatte. Einen Herrn, für den er sich schämen mußte.

Amy saß direkt neben einem der Heizgitter, das jedoch nichts zu ihrem Wohlbefinden beitragen konnte. Honoria, die mit durchgedrücktem Rücken stocksteif an ihrem Schreibtisch neben dem Kamin thronte, studierte im Licht einer alten Lampe eines von vier Waffenblättern. Das Buch war in einem Paket von der London Library gekommen. Die Mitgliedschaft bei dieser Institution war zwar teuer, galt jedoch angesichts der Bedeutung für ihre Arbeit nicht als extravagant. Ganz im Gegensatz zu Amys Verbrauch an Papier und Stiften.

Honoria bediente sich auch der Leihbibliothek in Uxbridge. Bei diesen Besuchen trug sie stets eigens für diesen Zweck angeschaffte Bauwollhandschuhe. Bücher von dort lieh sie grundsätzlich nicht aus. Man konnte schließlich nie wissen, wer sie schon alles in der Hand gehabt hatte. Bereits Marie Corelli, die Schriftstellerin aus dem vorigen Jahrhundert, hatte die Meinung vertreten, daß man der Arbeiterklasse die Nutzung solcher Institutionen verwehren müsse, um die Verbreitung ihrer schmutzigen Bakterien zu vermeiden. Honoria hätte dieses Ansinnen jederzeit unterstützt, so daß Amy ihre Bücher sicher unter Verschluß in ihrem Zimmer hielt.

»Sieh dir das mal an!« zischte Honoria und entblößte ihr kamelartiges Gebiß von der Farbe alter Klaviertasten.

Sie schien Selbstgespräche zu führen. Um auf Nummer Sicher zu gehen und die Gelegenheit für einen Abstecher in die Nähe der Wärmequelle zu nutzen, stellte sich Amy hinter den geschnitzten, thronartigen Schreibtischstuhl. In der Mitte des Blattes, auf das Honoria gerade mit flacher Hand geschlagen hatte, war ein schwacher brauner Fleck sichtbar.

»Ist denn das zu glauben?« empörte sie sich laut.

»So etwas ist nicht selten«, erwiderte Amy. »Ich hatte mir mal einen Titel von Iris Murdoch ausgeliehen. Darin hatte doch jemand tatsächlich ihre Zeichensetzung durchgehend mit Kuli verbessert.«

»Von den Benutzern öffentlicher Bibliotheken kann man eben nichts anderes erwarten. Was stehst du eigentlich hier rum?«

Amy kehrte zu ihrem Stuhl zurück. Sie hatte ebenfalls Recherchen durchgeführt. Im Schutz der Zeitschrift *Art and Architecture; English Country Houses in the Eighteenth Century* hatte sie Penny Vincenzis *Old Sins* verborgen. Bei der Lektüre versuchte sie Stil, die Konstruktion der Geschichte, die Beschreibung der Figuren und den Aufbau der Dialoge sorgfältig zu analysieren, um davon zu lernen.

Natürlich hätte Amy lieber an ihrem eigenen Buch gearbeitet. Sie konnte es nie erwarten, endlich an ihrem Manuskript weiterzuschreiben. Ihr großes Problem war nur, daß sie meistens erst spät abends, wenn der Gute-Nacht-Trunk zubereitet und Honorias Wünsche zu deren Zufriedenheit erledigt waren, frei über ihre Zeit verfügen konnte. Oft hockte sie stundenlang mit Honoria im selben Zimmer oder hantierte in der eiskalten Küche herum, ohne daß die Schwägerin auch nur das Wort an sie richtete. In dem Augenblick allerdings, da sie den Versuch unternahm, sich auf ihr Zimmer zurückzuziehen, hagelte es Aufträge, und es mußte umgehend ein Stift gespitzt oder eine Tasse Tee eingeschenkt werden.

Amy spähte über den Rand ihrer Lektüre auf die furchteinflößende Gestalt ihrer Schwägerin, erfaßte die bulligen Schultern und die steile Brüstung ihres Busens. Die Vorstellung, daß der Kopf des kleinen Ralph dort bequem geruht haben sollte, war ihr nahezu unbegreiflich. Und doch mußte es so gewesen sein. Davon zeugte jedenfalls ein Foto im ovalen Rahmen auf dem Waschtisch in Honorias Zimmer. Honoria trug darauf ein grell kariertes Kleid über gestärkten Unterröcken und Schuhe mit kleinen Absätzen. Schon damals war sie ein großes, dickes Kind mit muskulösen Schultern und Armen sowie einem kantigen Kinn gewesen. Trotzdem sah sie unendlich glücklich aus, wie sie da den kleinen Jungen hochhielt, die Arme durchgedrückt, den Kopf in den Nacken gelegt, und ihm vor Freude ins Gesicht lachte.

Amy betrachtete das Bild häufig. Das Bewußtsein, daß Honoria Ralph in seiner Kindheit und Jugend liebevoll umsorgt hatte, machte das Leben in ›Gresham House‹ für sie erträglicher. Es war ein Umsorgen gewesen, daß auch Opferbereitschaft verlangt hatte. Ralph hatte Amy erzählt, daß seine Schwester kurz vor ihrer Verlobung gestanden habe, als seine Eltern ums Leben gekommen waren. Der Auserwählte sei ein Farmer aus Hertford gewesen, der sich dann allerdings geweigert habe, den kleinen Bruder seiner Braut ebenfalls bei sich aufzunehmen, so daß die Beziehung beendet wurde. Amy fragte sich häufig, ob diese Geschichte der Wahrheit entsprach. Und das nicht nur, weil die Vorstellung so absurd schien, daß sich je jemand in Honoria verliebt haben könnte. Amy traute Honoria durchaus zu, eine solche Geschichte erfunden zu haben, um Ralph ein Leben lang mit Schuldgefühlen an sich zu binden.

Aber wie konnte Honoria nur angenommen haben, sie könnte ihren Bruder bis ans Ende seiner Tage bemuttern? Das wäre doch völlig gegen dessen Naturell gewesen. Amy stellte sich den jungen, gutaussehenden Ralph vor, der von einem fröhlichen lebenslustigen Jungen zu einem mißmutigen ewigen Junggesellen mutierte, für den eine mürrische siebzehn Jahre ältere Schwester sorgte. Aber vielleicht wäre Honoria ja gar nicht so hart und unausstehlich geworden, wenn Ralph bei ihr geblieben wäre.

Amy hatte sich damals aufrichtig gefreut, die einzige Verwandte ihres geliebten Mannes kennenzulernen; hatte von zahlreichen Besuchen in seinem Elternhaus geträumt, von Fotoalben, die sie gemeinsam betrachten würden, während Honoria Ralphs Lausbubenstreiche und kindliche Abenteuer zum besten gab ... Denn genau diese Szenen hatte Ralph so genossen, wenn sie bei Amys Eltern zu Besuch gewesen waren. Die Wirklichkeit allerdings hatte dann ganz anders ausgesehen. Honoria war bei ihrer Ankunft sofort auf Amys Mann zugestürzt, hatte sich seiner sozusagen mit Haut und Haaren bemächtigt und ihn während des Aufenthalts nicht mehr aus ihren Klauen gelassen. Angesichts Honorias reichlich unnormaler und ausschließlicher Hingabe an den Bruder hatte Amy sich stets an jene berufsblinden Eltern erinnert gefühlt, die von sich selbst gern behaupten, daß sie ihr Kind zum ›Fressen‹ gern haben.

Danach erst hatte sie begriffen, wie wichtig es für Ralph gewesen war, sein Elternhaus zu verlassen und ihm auch weiterhin fernzublieben, wenn er jemals überleben und erwachsen werden wollte. Bevor sie Honoria kennengelernt hatte, war Ralph von ihr gedrängt worden, seine Schwester doch häufiger zu besuchen; ihr öfter mal zu schreiben. Trotzdem hatte er sich gelegentlich bei einem Besuch in England geweigert, Honoria von ihrer beiden Anwesenheit zu verständigen. Was Amy ihrer Schwägerin freilich nie erzählt hatte. Es widerstrebte ihr einfach, Schmerzen zu verursachen, die Honoria als sicheres Zeichen der Schwäche wertete.

Das Uhrwerk der alten Großvateruhr ächzte leise vor sich hin und erinnerte Amy an die unglückliche Gegenwart. Es war zehn Uhr. Zeit für die Nachrichten.

Honoria erhob sich schwerfällig, schob heftig den Stuhl zurück, stieß dabei fast die Lampe um und schaltete das Fossil von einem Radio ein. Es handelte sich dabei um einen Schrank aus Vogelaugenahorn mit Backelitknöpfen, verwaschener Seidenbespannung und Lautsprechern, die erst mindestens fünf Minuten warmlaufen mußten. Amy klappte *Old Sins* zu, steckte das Buch unter ihren Pullover und ging in die Küche, um Kakao zu kochen.

Sie maß zwei Tassen Flüssigkeit ab und setzte den Topf auf. Dabei mußte sie die Milch zur Hälfte mit Wasser verdünnen, weil nur ein Liter pro Tag gekauft werden durfte und sie am Vormittag bereits für das Backen der kleinen Rosinenbrötchen Milch verbraucht hatte. Honoria war nun einmal vom Geiz besessen.

Ralph hatte Honoria stets damit entschuldigt, daß sie einen Krieg erlebt hatte. Aber Amys Mutter hatte sogar zwei Kriege mitgemacht und war dennoch die großzügigste Frau gewesen, die man sich nur denken konnte.

In ›Gresham House‹ dagegen herrschte eiserne Sparsamkeit.

Amy nahm den Topf vom Feuer und mischte das Kakaopulver darunter. Sie war versucht, ein Rosinenbrötchen zu naschen, aber das Risiko war einfach zu groß. Möglicherweise hatte Honoria sie abgezählt … wie kürzlich die Liebesknochen.

Amys Hand berührte das Medaillon an ihrem Hals, das Ralphs Bild enthielt. Sie wünschte sich mit deprimierend hoffnungsloser Sehnsucht, daß er bei ihr wäre. Mit Ralph im Haus hätte es keine falsche Sparsamkeit gegeben, und allein seine Anwesenheit hätte den alten Kasten mit Wärme, Licht und Sonnenschein erfüllt. Aber Ralph lag tot in seinem Grab unter den Eiben. Das war der gravierende Unterschied.

Barnaby ging erneut zu dem Tisch am oberen Ende des Bereitschaftsraums. Die Aufmerksamkeit aller war auf ihn gerichtet. Die Beamten an den Computern machten leichte Entspannungsübungen. Die Mitarbeiter vom Außendienst setzten sich auf Tischkanten oder lehnten gegen die Wand, unterhielten sich oder holten Getränke aus dem Automaten. Inspektor Meredith, im eleganten Tweedanzug mit passender Weste, hatte sich einen bequem aussehenden Stuhl geschnappt und in vorderste Position gerückt.

Barnaby eröffnete die Konferenz mit einer kurzen Zusammenfassung des Obduktionsberichts. Anschließend berichtete er von seinem Gespräch mit Laura, und Troy lieferte einen kurzen Abriß seiner Unterredung mit Brian Clapton. Danach ergriff erneut Barnaby das Wort.

»Hadleighs Wagen ist aufgetaucht. Sie haben ihn aus dem Fluß gezogen. Ist reif für den Schrottplatz. Den Bericht der Spurensicherung vom Tatort sollten wir morgen früh kriegen. Außerdem liegt uns ein Fax von Jennings Verlag vor. Es enthält Einzelheiten über seine Person und seine Karriere. Ich habe das Epos etwas zusammengestrichen. Sergeant?«

Troy räusperte sich. »Anfang der Fünfziger in Schottland geboren und aufgewachsen. Staatliche Schulen. Examen in ... ehm ... Eng ...«

»Eng. Lit. ist die Abkürzung für Englische Literatur, Sergeant«, fiel Meredith ein. »Das war doch gemeint, oder?«

»Ja, richtig.« Troy bekam einen roten Kopf. »An der Universität Birmingham. Ist nach Hause zurückgekehrt, hat einen Job als Redakteur bei einem Lokalblatt angenommen. Dann wechselte er als Werbetexter für verschiedene Agenturen nach London, während er an seinem ersten Roman schrieb. *Far away Hills.* Nach dem durchschlagenden Erfolg hat er sich ganz aufs Schreiben verlegt. Er ist mit der Tänzerin Ava June verheiratet. Das einzige Kind aus dieser Ehe ist früh verstorben.«

»Was Hadleighs Heiratsurkunde, Testament oder Sozialversicherungsnummer angeht«, fuhr Barnaby hastig fort, um Meredith zuvorzukommen, der schon wieder auf dem Sprung zu sein schien, »... hatten wir bislang kein Glück. Wir konnten lediglich den Immobilienmakler auftreiben, der den Hauskauf vermittelt hat. Möglich, daß er noch andere Geschäfte für Hadleigh erledigt hat. Also ...« Sein Blick schweifte fragend über das Team vom Außendienst.

Constable Willoughby, der auch noch nach fast zehn Stunden Laufarbeit zum Ärger seiner Kollegen taufrisch und wie aus dem Ei gepellt aussah, meldete sich zu Wort.

»Was diese Blondine betrifft, die Mrs. Hutton erwähnt hat, Sir. Paßt überhaupt nicht zu dem, was wir rauskriegen konnten …«

»Ja, schon gut. Danke, Constable«, unterbrach Inspektor Meredith ihn. Nachdem er sich mit einem zackigen Blick in die Runde vergewissert hatte, daß ihm alle zuhörten, fuhr er fort: »Ich fürchte, trotz umfassender und eingehender Befragung einer großen Anzahl von Anwohnern, haben wir mehr darüber erfahren können, was Mr. Hadleigh unterlassen, als darüber, was er getan hat. Seine Mitgliedschaft im Autorenkreis ausgenommen, hat er am gesellschaftlichen Leben der Gegend in keiner Weise teilgenommen. Das gilt auch für die Kirche. Niemand kann sich daran erinnern, daß er je Gäste oder Hausbesuch empfangen hätte. Und bei der gut einzusehenden Lage des Hauses wäre das wohl sicher jemandem aufgefallen. Hadleighs Wagen wurde regelmäßig von der Cross Keys Werkstatt in Charlecote Lucy gewartet. Dort hat er stets mit Scheck bezahlt, war zwar höflich, aber auch sehr distanziert. Er wurde nie in der Dorfkneipe gesehen, hat jedoch im Dorfladen seine Einkäufe erledigt. Mrs. Miggs, die Besitzerin, hat ihn immer für einen ehemaligen Offizier gehalten, weil er angeblich häufiger einen neuen Blazer mit Messingknöpfen getragen hat.«

Inspektor Merediths Tonfall verdeutlichte, wie sehr ihn diese Art von Beschränktheit belustigte. Er gestattete sich sogar ein Lachen, das fatal an Brian Claptons Wiehern erinnerte.

»Hadleigh spendete zwar stets bei Kollekten, die an seine Tür kamen, war allerdings auch nicht als besonders spendabel bekannt. Trotzdem hielt man ihn für gut betucht. Er leistete sich eine Haushaltshilfe, erledigte die Gartenarbeit jedoch selbst. 1983 ist er in ›Plover's Rest‹ eingezogen, und man nimmt an, daß er kurz zuvor seine Frau verloren hatte. Das Dorf respektierte seinen Wunsch nach Privatsphäre. Sein Leben war allerdings auch derart unspektakulär, daß die Dorfbewohner zwangsläufig bald das Interesse an ihm verloren hatten.«

Barnaby nahm die etwas gestelzten Ausführungen des Inspektors kommentarlos hin. Falls er enttäuscht darüber war, daß er nicht viel mehr erfahren hatte, als er schon wußte, ließ er sich das nicht anmerken. Aber Inspektor Meredith war ja noch längst nicht fertig.

»Während meiner ausgedehnten Streifzüge durch die Lokalitäten, Tom«, (*Tom!* Troy war nicht der einzige im Raum, der sich, von der blödsinnigen Ausdrucksweise Merediths mal abgesehen, auf die Reaktion des Chefs auf diese plumpe Vertraulichkeit freute) »habe ich über die frühere Verbindung zwischen Jennings und Hadleigh weidlich reflektiert.«

»Ach tatsächlich, Ian«, bemerkte Barnaby pointiert. »Und wenn überhaupt, zu welchen Schlüssen sind Sie dabei gelangt?«

»Nun, was wäre denn, wenn«, theoretisierte der Inspektor los, »diese ›Unstimmigkeiten‹ in der Vergangenheit, von denen uns berichtet wurde, keine banale Streiterei, sondern ein handfestes Zerwürfnis gewesen ist? Wenn ... zum Beispiel ... einer der beiden ein Verbrechen begangen hat?«

»Ja und?«

»Dann hätten wir ein großartiges Motiv für eine Erpressung«, erklärte Meredith mit der blasierten Nachsicht desjenigen, der von seinem Gegenüber mehr Scharfsinn erwartet hatte.

»Und warum, meinen Sie, hat er damit Jahre ... also bis vorgestern gewartet?«

»Weil Jennings jetzt reich und erfolgreich ist.«

»Jennings ist seit zehn Jahren reich und erfolgreich.,«

»Wie kommen Sie denn eigentlich darauf, Inspektor«, mischte sich jetzt Troy ein, »daß Hadleigh derjenige gewesen sein könnte, der in der Lage war, Jennings zu erpressen?«

»Schließlich hat er das Treffen inszeniert.« Meredith konnte seine Ungeduld angesichts der Begriffsstutzigkeit seiner Umgebung kaum noch verbergen.

»Zwangsweise.«

»Oh ... daran glaube ich nicht. Er hätte die Einladung verhindern können ... wenn er nur gewollt hätte.«

Barnaby knurrte zustimmend. Das war auch seine Meinung. Er hatte von Anfang an den Eindruck gehabt, daß die Gefühle des Mannes hinsichtlich des Treffens mit Jennings wesentlich zweideutiger waren, als er gegenüber St. John ... oder vor sich selbst ... eingestanden hatte. Meredith spann seine Theorie weiter.

»Jennings hatte verdammt viel zu verlieren ...«

»Das käme ja wohl auf die Art seiner Verfehlung an«, fiel Barnaby ihm ins Wort. »Heutzutage ist es doch schon so, daß mal abgesehen vom sexuellen Mißbrauch von Kindern, Tieren und vielleicht noch Musikinstrumenten, kriminelle Handlungen das Ansehen eines Autors nur steigern können. Und damit natürlich auch die Auflagen seiner Bücher.«

»Sie glauben also, daß Hadleigh versucht hat, Jennings zu erpressen«, hakte Troy nach. »Und Jennings soll ihn aus Angst vor öffentlicher Bloßstellung umgebracht haben?«

»Das halte ich durchaus für denkbar, Sergeant. Ja.«

»Warum, bitteschön, hat er dann«, fuhr Troy fort und versuchte nicht allzu triumphierend zu klingen, »St. John gebeten, ihn unter keinen Umständen mit Jennings allein zu lassen?«

»Weil er ihn absichtlich irreführen wollte.« Wieder schwang der unausgesprochene Unterton ›Sie Blödmann‹ mit. »Es war die reinste Schnitzeljagd.«

»Die was?« Barnaby betrachtete Meredith belustigt und ungläubig zugleich. Durch die Bemerkung des Chefinspektors schien der allgemeinen Heiterkeit plötzlich keine Grenze mehr gesetzt. »Sie sind hier nicht in einem Roman unserer guten alten Agatha Christie. Ich glaube, Sie haben zuviel Poirot im Fernsehen gesehen, Ian.

Wenn es keine anderen phantasievollen und unterhaltsamen Einsichten mehr gibt, dann sollten wir für heute Schluß machen. Die nächste Besprechung ist morgen um neun. Unvorhergesehene Entwicklungen ausgenommen. Bevor Sie gehen, Meredith … auf ein Wort.«

Der Raum leerte sich, und die Nachtschicht rückte nach. Troy verschwand in Richtung Chefbüro, um seinen Mantel zu holen. Einige Minuten später trudelte dort mit zufriedener Miene auch Barnaby ein. Sie knöpften sich ihre Mäntel gegen die Kälte bis unters Kinn zu und gingen auf den Parkplatz hinaus.

»Manchmal kapiere ich einfach nicht, wovon Meredith eigentlich redet. Warum kann er sich nicht ausdrücken wie jeder andere auch?«

»Ach, mein Lieber … das sind die Freuden einer akademischen Bildung. Benutze nie ein einfaches Wort, wenn du's auch kompliziert sagen kannst.«

»In welchem Fach hat er denn eigentlich einen akademischen Titel?«

»In Geowissenschaften, glaube ich.«

»Aha«, murmelte Troy und war seltsam erleichtert. »Geowissenschaften.« Er hielt für Barnaby die große Eingangstür auf. »Soll ich Ihnen mal was sagen, Chef? Der Junge hat einen Sprung in der Schüssel.«

»Ach ja?« Barnaby und sein Wasserträger warfen sich lächelnd einen Verschwörerblick zu.

»Gute Nacht, Sir.«

»Gute Nacht, Gavin!«

Barnaby blieb einen Moment lang stehen und sah zu dem kalt blinkenden Sternenhimmel empor. Irgendwie hatte er das Gefühl, daß ihm die Sterne heute kein Glück bringen würden. Und prompt fing es auf der Heimfahrt nach Arbury Crescent an zu schneien.

Zwischen den Zeilen

Joyce Barnaby stand in einem warmen Morgenmantel an ihrem Küchenherd. Sie gab einige Tropfen Öl über das Spiegelei in der Pfanne. Weiße Spuren durchzogen das hellorange Dotter. Joyce war sich durchaus bewußt, daß sie das falsche Frühstück zubereitete ... das Ei hätte gekocht und im Glas serviert werden müssen, aber Tom war am Vorabend zu müde gewesen, um etwas zu essen. Deshalb war sie der Meinung, er habe sich ein besonderes Frühstück verdient. Der gegrillte Speck war ganz mager, und den von ihm bereits verspeisten Porridge hatte sie mit Hafer und Kleie gemischt, um den Cholesterinspiegel zu senken und ihn mit den nötigen Vitaminen zu versorgen.

»Oh, Katze!« Der köstliche Duft hatte Kilmowski auf den Plan gerufen, der bereits außerordentlich ausgiebig gefrühstückt hatte. Jetzt rollte er über den Küchenboden, schlug seine Krallen in Joyces Morgenmantel und begann den Aufstieg in Richtung Duftquelle.

»Runter mit dir ... Aua! Das tut weh!« Sie löste den kleinen Kater von ihrem Morgenmantel, gab Eier und Speck auf einen angewärmten Teller und brachte ihn ihrem Mann.

»Wir sind zum Glück aus den Schlagzeilen«, sagte er und legte den *Independent* beiseite. »Die zweifelhafte Ehre haben wir sowieso nur Jennings zu verdanken.«

»Er muß doch mittlerweile mal Zeitung gelesen haben. Vielleicht ruft er dich heute an.«

Barnaby sagte nichts. Er saß nur schweigend da und starrte

unglücklich auf seinen Teller. »Keine Würstchen heute morgen?«

»Sonntag ist Würstchentag.« Joyce tippte mit dem Finger auf ihren Speiseplan, der an ihrem Pinboard hing. »Und auch dann sind sie eigentlich nicht erlaubt.«

»Eines kann nicht schaden … bitte!«

»Wenn du Glück hast, kriegst du's.«

Er musterte sie streng. »Niemand ist unentbehrlich, Joyce.«

»Ach wirklich?« Sie griff nach der Kaffeekanne.

»Im alten Griechenland konnte man eine Sklavin schon für zwei Speere kriegen.«

»In Arbury Crescent besuchen unverstandene, verschmähte Frauen die Volkshochschule. Und brennen dann mit ihren Dozenten durch.«

»Ich hasse das Zeug.« Barnaby strich eine talgige, weißliche Paste auf eine Scheibe Toast. »Kein Wunder, daß sie für die Schmiere mit ›Schlemmen ohne Sünde‹ werben. Man fühlt sich schon als Heiliger, wenn es einem gelingt, sie nicht gleich wieder zu erbrechen.«

»Hör jetzt auf zu jammern.«

»Hustensaft, Fahrradöl und Fischpaste.«

»Kiki?« Joyce schnalzte mit der Zunge, setzte sich und spielte mit dem Tennisball, der an einer Schnur an ihrer Stuhllehne befestigt war. »Ki-ki-ki …«

»Noch vor fünf Minuten hast du ihn zusammengestaucht.«

»Schau doch bloß, Tom!« Joyce klatschte begeistert in die Hände. »Schau mal, wie er spielt!«

»Schau du nur zu, daß er von meinem Speck wegbleibt.«

»Er schnurrt.«

»Natürlich schnurrt er. Ist schließlich eine Katze. Was erwartest du denn von ihm? Daß er Mozartarien schmettert?« Barnaby beobachtete seine Frau gereizt. »Wir behalten ihn nur so lange, bis sie wieder da sind. Ist das klar?«

»Weiß ich doch.« Joyce schenkte Kaffee ein. »Warum bist du eigentlich so schlecht gelaunt? Es ist doch nicht meine Schuld, daß du immer nur ans Essen denkst und Hunger hast.«

»Danke.« Barnaby nahm seine Tasse. »Warum frühstückst du nicht?«

»Ich hol mir später was.« Sie rührte ungelenk mit der linken Hand in ihrer Tasse. Kilmowski hing wie ein kleiner Muff an ihrem rechten Handgelenk. Sein grauer seidiger Bauch war zum Platzen mit Milch gefüllt.

»Schau ihn dir an. Vollgestopft wie eine Weihnachtsgans.«

»Tom?«

»Hm?« Er kaute wehmütig auf dem letzten Stück Speck.

»Hältst du deine Diät auch ein?«

»Ja.«

»Im Dienst, meine ich.«

»Mein Gott, Joyce ... meckere nicht an mir rum.«

»Es ist wichtig. Du weißt, was sie dir bei der letzten Untersuchung gesagt haben.«

»Hmmm.« Er trank seinen Kaffee und kam schwer atmend auf die Beine. »Was gibt's heute abend?«

»Lammleber mit Kräutern und Champignons.«

»Vergiß bitte nicht, frischen Majoran zu besorgen.« Draußen nahm er die *Radio Times* von der Türmatte, brachte sie seiner Frau und gab ihr zum Abschied einen Kuß.

»Fahr vorsichtig, Liebling.«

»Ja. Schätze, ich ziehe heute lieber die Ketten auf.«

»Zieh dich warm an. Es schneit.«

Sue umarmte ihre Tochter wie eine Vogelmutter ihr einziges Junges. Amanda lehnte gegen das Spülbecken, kaute an einem Kleie-Walnuß-Keks ihrer Mutter und wünschte es wäre ein Marsriegel. An diesem Morgen trug sie ausschließlich Schwarz:

Rock, Strümpfe, Schuhe, Eyeliner, Nagellack. Ihr Haar hatte sie zu einer pyramidenförmigen Frisur aufgetürmt.

»Es schneit überhaupt nicht. Das Zeug schmeckt einfach zum Kotzen.« Sie ging zum Mülleimer und spuckte die Keksreste hinein. »Warum gibt's bei uns nicht anständigen Kuchen wie bei allen anderen Leuten?«

Das hatte zwei Gründe: Gesundheit und Geldmangel. Geld war nie genug da, obwohl Brian für seine Zwecke stets gut bei Kasse zu sein schien. Als letztes hatte er sich beispielsweise einen bequemen Schreibtischstuhl gegönnt. Nur beim Haushaltsgeld war er geizig. Brian erwartete eine warme Mahlzeit pro Abend inklusive Braten am Sonntag und gab seiner Frau eine Stumme, die gerade mal fürs Frühstück reichte.

Alles, was Sue mit der Spielgruppe verdiente, wurde zwar dazugebuttert, aber es reichte trotzdem kaum. Doch Forderungen zu stellen, das war Sue nicht gestattet.

»Mandy? Mand!« schrie er von der Eingangstreppe herüber. Die Tür stand weit auf und verwandelte die gemütliche Küche in einen Eisschrank. »Zeit für den Bus.«

»Jaaaa!« Mandy hüllte sich in eine schwarze Pferdedecke, ordnete den dunklen Trauerflor um ihre Schultern und griff nach ihrer Snoopy-Frühstücksbox.

»Vergiß bitte nicht, dazu etwas Warmes zu trinken. Nicht nur Limo.«

»Vielleicht gehe ich nach der Schule zu Oma.«

»Oh! Danke, daß du mir das sagst.« Sue lächelte und kam sich selbst dumm dabei vor. Die ständige Herabsetzung durch die Familie hatte ihr Selbstwertgefühl total untergraben. »Tschüß.«

Die Tür fiel zu, und die beiden waren fort. Wie immer in solchen Augenblicken mischte sich in Sues Erleichterung ein Hauch Schuldbewußtsein. Sie legte etwas Kohle in den alten Küchenofen nach und zog ihren Sessel näher heran.

Das Haus um sie herum war angenehm still. Sie atmete langsam ein und aus, kam allmählich zur Ruhe und schüttelte das beklemmende Gefühl ab, das sie in der Gegenwart der Familie stets hatte.

Der Begriff Familie traf auf die kleine Gruppe allerdings ohnehin kaum zu. Sue war zwar nicht so naiv, an die unnatürlich heile Welt zu glauben, die einem in der Werbung vorgesetzt wurde, dennoch war sie davon überzeugt, daß irgendwo zwischen dieser Scheinwelt und der absurden Verhaltensspastik und kalten Lieblosigkeit, die in ›Trevelyan Villas‹ herrschte, ein goldenes Mittelmaß existieren mußte; Mütter und Väter und Kinder, die miteinander diskutierten und stritten, sich liebten und haßten, einander in schwierigen Zeiten beistanden und gemeinsam jede Bedrohung von außen abwehrten.

Sue fragte sich oft, ob es in der Vergangenheit irgendeinen Punkt gegeben hatte, an dem sie einen anderen Weg hätte einschlagen sollen. Sie war schwanger geworden ... na und? Das war 1982 und nicht in den Dreißiger Jahren gewesen, als alleinerziehende Mütter noch verteufelt worden waren. Sie hätte dem Druck ihrer Eltern und der Claptons durchaus widerstehen können. Letztere waren vor allem bei dem Gedanken in Panik geraten, die Nachbarn könnten erfahren, daß ihr Sohn seine ›Verlobte‹ in ›Schwierigkeiten‹ gebracht hatte. Brian, neu entflammt (denn Sue hatte Amanda empfangen, als sie das erste Mal miteinander geschlafen hatten), war damals geradezu versessen aufs Heiraten gewesen und hatte eine Abtreibung strikt abgelehnt.

Sue war von jeher kinderlieb gewesen, hatte immer von einer großen Familie geträumt. Als Amanda noch klein gewesen war, erschien Sues Glück nahezu perfekt. Ihre Tochter zu baden und anzuziehen, mit ihr zu spielen, ihr das Laufen beizubringen, ihr Liebe zu geben, das hatte sie vollkommen ausgefüllt. Selbst Brians wachsende Gefühlskälte, die in dem Vorwurf gipfelte, sie habe ihn mit der Schwangerschaft heimtückisch in die Falle gelockt, waren angesichts des goldenen Mittelpunkts ihres Lebens zweitrangig erschienen.

Dann jedoch war eine entscheidende Änderung eingetreten. Brians Eltern, die ganz in der Nähe wohnten und ihr einziges Enkelkind vergötterten, hatten Amanda mehr und mehr für sich beansprucht. Brian hatte das Kind jedes Wochenende dorthin gefahren, es gelegentlich sogar zwei volle Tage dort gelassen. Und Amanda war stets mit einem Arm voller Geschenke, müde, hektisch und krank von den vielen Süßigkeiten zurückgekehrt.

Zuerst, als die Liebe zu ihrer Tochter noch größer gewesen war als die Angst vor dem Ärger ihres Mannes, hatte Sue versucht, sich gegen die Länge und Häufigkeit der Besuche bei den Großeltern zu wehren.

Das hatte endlose Kämpfe mit Mrs. Clapton nach sich gezogen, die prompt behauptete, daß Susan die kleine Mandy gegen sie aufbringe. Davon mal abgesehen, hatte Amanda gebrüllt, getreten und geweint, um zu demonstrieren, wo ihre Präferenzen lagen.

Schließlich hatte Sue nachgegeben. Was mittlerweile nicht schwierig gewesen war, denn Vater und Großeltern hatten das Kind inzwischen so für sich vereinnahmt, daß Sue den Kampf verloren gab, noch bevor er richtig begonnen hatte. Außerdem hatte sie in der Zwischenzeit die Spielgruppe im Dorf gegründet und war seither täglich von Kleinkindern umringt, deren Tränen getrocknet, Wunden verarztet und Wutanfälle beruhigt werden mußten. Und, was Sue am meisten Freude bereitete, die ihre Geschichten hören wollten.

Bei diesem Gedanken kam Sue abrupt in die Wirklichkeit zurück. Sie sprang auf und drehte die Uhr zu sich herum. Entwarnung! Es war noch eine halbe Stunde Zeit. Sie machte den

Schrank unter der Treppe auf, wo sie ihre Farben, Stoffe, Füllmaterial und Leim aufbewahrte. Am Vorabend hatte sie zehn Fingerpuppen angefertigt ... bunt bemalte Affen, Kobolde, Hexen und Dinosaurier.

Nachdem sie ihre Tasche gepackt hatte, setzte sich Sue wieder an den Tisch und las ihre Checkliste durch. Ganz unten stand: Versuchen Rex zu erreichen.

Sie war am Vorabend wieder bei ihm gewesen. Doch es hatte niemand geöffnet. Dabei hatte sie Montcalms Bellen gehört. Sie war davon überzeugt, daß Rex zu Hause sein mußte. Das alles sah ihm überhaupt nicht ähnlich. Denn mit Ausnahme der ihm heiligen Zeit, wenn er an seinem Manuskript arbeitete, freute er sich stets über jeden Besuch. Gelegentlich war er davon sogar derart begeistert, daß Gäste große Mühe hatten, sich wieder loszueisen.

In diesem Moment kam die Post. »Lieber Gott, laß einen Brief von Methuen dabei sein!« sagte sie laut vor sich hin und rannte zur Tür. Aber es war nur eine Werbesendung des Ladens, in dem Brian seinen Camcorder gekauft hatte.

Gegen halb zehn Uhr morgens, nachdem Barnaby die Berichte der Spurensicherung durchgearbeitet hatte, stand er erneut in der Einsatzzentrale und teilte den Ermittlungsteams seine unbefriedigenden Schlußfolgerungen mit.

»Auf der Mordwaffe wurden lediglich die Fingerabdrücke der Putzfrau, Mrs. Bundy, gefunden. Ein Abdruck ist ganz deutlich, die restlichen sind verwischt. Vermutlich von der Person, die Hadleigh damit den Schädel eingeschlagen hat. Der Mörder hat Handschuhe getragen. Vermutlich Lederhandschuhe. Ob Fingerabdrücke aus unserer Kartei dabei sind, ist noch ungewiß. Die Spurensicherung arbeitet daran. Wir haben mittlerweile die Fingerabdrücke sämtlicher maßgeblicher Leute ... bis auf die von Mrs. Lyddiard, die sich offensichtlich nicht traut, sich gegen ihre Schwägerin durchzusetzen. Miß Lyddiard weigert sich ja kategorisch, ihre Abdrücke abzugeben.«

»Vielleicht sollte ihr dann jemand mal klarmachen, wie wichtig das für uns ist«, warf Inspektor Meredith ein und fügte hastig hinzu: »Sir.«

»Ja wirklich, das sollte jemand mal tun«, erwiderte Barnaby und konnte sich ein frostiges Lächeln nicht verkneifen. »Wenn Sie später sowieso im Dorf sind ... schlage ich vor, daß Sie diese Aufgabe übernehmen, Inspektor.«

»Mit Vergnügen, Chefinspektor.«

»Leider«, fuhr Barnaby zufrieden fort, »ist die Untersuchung von Hadleighs Nägeln ergebnislos geblieben. Weder Hautpartikel noch Haare oder Fusseln wurden gefunden. Sieht also ganz so aus, als habe er sich überhaupt nicht gewehrt. Es ist kaum anzunehmen, daß das seine freie Entscheidung war. Ich glaube vielmehr, Doc Bullard liegt mit seiner Einschätzung richtig: Der erste Schlag, der vermutlich völlig unerwartet für ihn kam, muß ihn sofort getötet oder zumindest außer Gefecht gesetzt haben.

Bei der Kommode hatten wir etwas mehr Glück. Trotz des Wachspapiers, mit dem die Schubladen ausgeschlagen waren, wurden Partikel von blaßblauem Kaschmir gefunden. Was nur bedeuten kann, daß in den Schubladen hauptsächlich Wollsachen untergebracht waren. Allerdings auch nicht gerade eine Offenbarung, fürchte ich. Die Laboranalyse von Jennings Schuhen war negativ. Im Garten fanden sich keine Abdrücke. Nicht mal die von Laura Hutton, mit denen wir sicher gerechnet hatten. Der Regen hat gründliche Arbeit geleistet.

Unsere Nachforschungen in den Seehäfen haben ebenfalls nichts ergeben. Jennings hat das Land nicht verlassen. Weder mit noch ohne seinen Mercedes. Jedenfalls nicht unter seinem richtigen Namen. Dafür haben wir aber den Taxifahrer gefunden. Ein Mister ...« Er warf einen Blick auf seine Notizen. »... Winston Mogani hatte Schicht, als am Abend des Sechsten kurz vor halb elf eine Frau nach Midsomer Worthy gefahren werden wollte. Eine Adresse hat sie nicht genannt, ihm lediglich eine Wegbeschreibung gegeben. Mehr haben die beiden nicht miteinander gesprochen. Mr. Winston konnte uns nur eine reichlich oberflächliche Beschreibung der Dame liefern. Für ihn war sie lediglich blond und schon etwas älter. Da Mr. Winston knapp zwanzig ist, kann das von dreißig an aufwärts so ziemlich alles bedeuten.

Den Taxifahrer, der sie wieder abgeholt hat, suchen wir noch. Sie werden also von Uxbridge bis Midsomer sämtliche Dörfer abklappern müssen, meine Herren. Es ist wahrscheinlich, daß Hadleigh einen Wagen von einem Taxistand in der Nähe angefordert hat. Außerdem ist nicht auszuschließen, daß es sich bei der Blondine um eine Prostituierte handelt. Also kontrollieren Sie sämtliche einschlägigen Clubs, Massagesalons ... und die Kleinanzeigen natürlich.

Davon abgesehen, interessiert mich, ob sich jemand im Dorf daran erinnert, welches Umzugsunternehmen Hadleigh bei seinem Einzug eingeschaltet hatte. Es ist zwar nur eine Information am Rande, aber man kann ja nie wissen.«

»Es kann kaum eine Firma aus der unmittelbaren Umgebung gewesen sein, oder Chefinspektor?« DC Willoughby sah wieder aus wie aus dem Ei gepellt. Sogar sein Lächeln wirkte frisch aufgebügelt. »Dürfte sich eher um ein Unternehmen aus Kent gehandelt haben.«

»Ein Schuß ins Blaue, wie gesagt. Hoffentlich kriegen wir heute aufgrund des Wahlregisters endlich seine ursprüngliche Adresse raus. Glück hatten wir bisher nur bezüglich des Anwalts, der ehemals das Grundstücksgeschäft vermittelt hat. Offenbar fungierte er auch sonst als juristischer Berater des Verstorbenen. Ich habe heute vormittag einen Termin bei Mr.

Jocelyne. Möglich, daß in seinem Tresor die Dokumente liegen, die wir normalerweise in ›Plover's Rest‹ hätten finden müssen. Wenn wir Glück haben, befindet sich dort auch die Hochzeitsurkunde.«

»Inwiefern ist die eigentlich relevant, Sir?« erkundigte sich die Polizistin Brierley. »Meinen Sie, es besteht ein Zusammenhang zwischen den beiden Todesfällen?

»Das kann ich zu diesem Zeitpunkt noch nicht sagen«, erwiderte Barnaby. »Aber wir dürfen nichts übersehen.«

»Selbstverständlich nicht, Sir.«

»Eigentlich können wir von Glück sagen, daß der Tod dieser Grace ... Hadleigh überhaupt zu diesem sehr merkwürdigen Verhalten veranlaßt hat.« Barnaby hielt inne, zuckte mit den buschigen Augenbrauen und wartete gespannt, wie seine Leute auf die kleine Quizfrage reagieren würden, die er ihnen gerade zugespielt hatte.

Sergeant Troy wog mit der Sorgfalt seiner langjährigen Erfahrung die Chancen ab, einen Treffer zu landen, gab jedoch schnell auf und vertrieb sich seine Zeit damit, die anderen zu beobachten. Besonders interessierte ihn natürlich Meredith, der heftig auf seiner Lippe kaute und die Stirn demonstrativ in Falten gelegt hatte.

Barnabys fragender Blick war jetzt geradewegs auf den Inspektor gerichtet. Der Chefinspektor wartete geradezu beleidigend lange, bevor er selbst die Antwort gab:

»Hadleigh wurde uns von allen Seiten als sehr verschlossener Mann beschrieben. Von Rex St. John wissen wir, wie sehr es ihn belastet hat, ihn wegen Jennings um Hilfe bitten zu müssen. Warum, so frage ich mich, hat dieser ungewöhnlich zugeknöpfte Mann allen vom schmerzlichsten und intimsten Erlebnis seines Lebens erzählt? Einem Schicksalsschlag, der ihn sogar veranlaßt, seinen Wohnort zu wechseln.«

»Sie meinen den Tod seiner Frau, Sir?« fragte Troy.

»So ist es.«

»Tja.« Inspektor Meredith beeilte sich, seinen Patzer wiedergutzumachen. »Ich schätze, die Antwort lautet: Weil er wollte, daß sie darüber Bescheid wissen.«

»Oh, das ist mir zu oberflächlich«, widersprach Barnaby. »Wenn wir bedenken, welche Überwindung die Preisgabe dieser Information einen Mann seiner Wesensart gekostet haben muß, so würde ich sagen, daß Hadleigh es für absolut *notwendig* gehalten haben muß, daß es die anderen wußten. Und jetzt sollten wir uns natürlich nach dem Grund für dieses Verhalten fragen, Inspektor Meredith.«

Während Sue ihre Besorgungen machte, Barnaby und Troy zur Kanzlei des Anwalts fuhren, blinzelte Laura trübsinnig auf ihr Filofax hinunter und merkte, daß sie in einer Stunde das ›Spinning Wheel‹ öffnen mußte. Ein zweiteiliger irischer Leinenschrank sollte angeliefert werden. Sie hatte das Stück einige Tage zuvor gekauft. Da der Schrank für ihren Lieferwagen zu groß war, hatte sich der frühere Besitzer bereit erklärt, ihn auf der Ladefläche seines Landrovers zu transportieren. Doch noch war Zeit, einen anderen Termin zu vereinbaren. Sie griff automatisch zum Telefon, nachdem sie die Nummer zur Hälfte gewählt hatte, hielt sie inne und legte den Finger auf die Gabel.

Was sollte sie mit dem Vormittag anfangen, wenn sie nicht in den Laden fuhr? Rastlos in ihrem Puppenhaus im Kreis laufen, ohne irgendwo länger als fünf Minuten Ruhe zu finden, unfähig, auch nur eine Zeile zu lesen? Fernsehen war tagsüber für sie tabu und Radiohören ebenso unbefriedigend.

Gerald war tot. Die Polizei hatte es ihr gesagt. Die Gerichtsverhandlung zur Feststellung der Todesursache war bereits anberaumt. Das Begräbnis mußte also in naher Zukunft stattfinden.

Warum fiel es ihr so schwer, sich damit abzufinden? Und Laura fragte sich nicht zum ersten Mal, ob sie Gerald wohl auch so sehr geliebt hätte, wäre ihr von ihm nicht von Anfang an so hartnäckig das Schild ›Zutritt Verboten‹ gezeigt worden? Spekulationen dieser Art waren ernüchternd.

Laura ging ins Badezimmer. Sie duschte sich, zog einen Bademantel an und trat ohne große Begeisterung vor ihren Kleiderschrank. Eine weite Kosakenhose aus Wollstoff, eine senffarbene Seidenbluse, ein weiter, wattierter Mantel aus cremefarbener Wolle mit Lederbesatz. Kniehohe rotbraune Stiefel und Bernsteinkette. Das Haar faßte sie mit einem schwarzen Samtring im Nacken zusammen. Es folgte ein geschicktes Make-up und ein Hauch von Cabochard. Alte Gewohnheiten waren nun mal wie ein Stützkorsett.

Ihr Frühstück bestand aus einem eisgekühlten Fernet Branca. Sie hatte noch immer keinen Appetit und fühlte sich allmählich losgelöst von der Realität. Kurz stellte sie sich die Frage nach ihrem Alkoholspiegel und ob sie es überhaupt riskieren konnte autozufahren. Drei Tage lang hatte sie nichts gegessen. Schließlich stellte sie das leere Glas neben das wertvolle alte Geschirr, das der rothaarige Polizist so vorsichtig in das Spülbecken geschichtet hatte. Der Himmel allein wußte, weshalb der den Kaffee in ihren Sèvre-Suppentassen serviert hatte.

Schon im Gehen drehte Laura sich plötzlich wieder um und öffnete die Tür ihres gelben Salons. Er kam ihr plötzlich vor wie ein Wintertag: eisgrau und kalt. Zum erstenmal sah sie den Raum mit den Augen anderer ... zum Beispiel denen von Barnaby. Alles war so sorgfältig arrangiert und aufeinander abgestimmt, daß es schon beinahe wieder spießig wirkte. Nur das Portrait an der Wand vermittelte eine gewisse Lebendigkeit. Der schwere Faltenwurf aus Samt an der Hüfte des Jungen glänzte warm. Einem plötzlichen Impuls folgend, beugte

Laura sich vor und legte ihre Hand über die traurig und verwirrt dreinblickenden grünen Augen.

Das Telefon klingelte. Laura hob nicht ab. Vermutlich war es wieder Sue. Sie hatte seit dem Mord jeden Tag angerufen und sie zum Kaffee eingeladen. Zweifellos lieb gemeint, aber Laura wollte nicht zerreden, womit sie emotional noch nicht im reinen war. Den Abend wiederzukäuen, der mit Geralds Tod geendet hatte, sich mit den Warums und Wiesos zu quälen, dazu fehlte ihr die Kraft. Außerdem mußte sie fürchten, ihre Gefühle nicht unter Kontrolle zu haben. Sie wollte nicht vor den anderen um ihn weinen.

Dabei fiel ihr ein, daß von nun an keine Notwendigkeit mehr bestand, Mitglied des Autorenkreises zu bleiben. Sowieso hatte sie sich von einem Treffen zum anderen nie mehr daran erinnern können, was sie über ihre Arbeit erzählt hatte, und deshalb stets in der Angst gelebt, entlarvt zu werden. Aber dazu waren die anderen viel zu sehr mit sich und ihren Projekten beschäftigt gewesen.

Als sie ins Freie trat, zuckte sie unter der Kälte zusammen. Ihre Gesichtshaut spannte sich unter dem eisigen Hauch. Ein Rotkehlchen, das die Temperaturen offenbar unterschätzt hatte, war in der Hoffnung auf ein schnelles Bad im Vogelbecken gelandet und schlitterte jetzt, panisch mit den Flügeln schlagend, auf einer Eisbahn herum. Unter Lauras Schritten knirschte das Eis der zugefrorenen Pfützen, als sie zu ihrer Garage marschierte.

Die Anwaltssozietät Jocelyne, Tibbles und Delaney belegte sämtliche Räumlichkeiten im Parterre eines eleganten alten Stadtpalais in der Nähe von St. Bartholomews. Der Chefinspektor tappste mit unsicheren Schritten über das glatte Kopfsteinpflaster zum Portal.

Die beiden Polizeibeamten wurden bereits erwartet. Eine

energische ältere Dame führte sie in ein Vorzimmer. Getäfelte Wände, solide dunkle Möbel, niedrige Tische mit schweren Kristallaschenbechern und Stapeln der juristischen Fachzeitschrift *Law Quarterley Review* waren dazu angetan, die innere Einsicht zu fördern. Auf einem der Stühle mit den folterartig steilen Lehnen lag zusammengerollt eine gestreifte Katze und schlief fest. Nur gelegentlich zuckten ihre Ohren. Troy deutete in diese Richtung.

»Muß entweder Tibbles oder Delaney sein.«

»Kommen Sie mir ja nicht mit Katzen!«

»Kann ich mir noch eine Zigarette anstecken? Was meinen ...«

»Nein.«

Barnaby hatte recht. Im nächsten Moment öffnete sich eine Tür in der Wandtäfelung, und Mr. Jocelyne, ein kleiner Mann mit vorgewölbter Brust und kleinen Händen und Füßen, kam auf sie zu. Barnaby fühlte sich an eine Taube erinnert. Alles an dem Anwalt war Grau – sein Anzug, sein lockiges Haar und sein Hemd. Selbst seine Nägel hatten eine blau-graue Färbung. Die Haut wirkte knittrig und trocken wie Papier.

»Ah, da sind Sie ja endlich!« begrüßte er die beiden Beamten, so als hätten sie ihn warten lassen. »Kommen Sie! Kommen Sie!«

Jocelynes Büro stellte sich als ebenso muffig und langweilig wie das Vorzimmer heraus. Nachdem Barnaby und Troy sich gesetzt hatten, verschwand der Anwalt beinahe hinter seinem gewaltigen Schreibtisch. »Entsetzliche Geschichte! Entsetzliche Geschichte!« erklärte er.

Barnaby hoffte inständig, daß der Mann nicht die Angewohnheit hatte, alles zweimal zu sagen. Er hatte nämlich ganz und gar nicht die Absicht, hier Wurzeln zu schlagen.

»Nett, daß Sie uns die üblichen Formalitäten ersparen, Mr. Jocelyne.«

»Ich bitte Sie, Chefinspektor. In einem Mordfall!«

Mr. Jocelyne zog eine Kassette zu sich heran, die auf dem Schreibtisch bereitstand. Er öffnete sie und nahm einen Umschlag heraus, der Hadleighs Testament enthielt. Das teure Papier knisterte, als er das Kuvert öffnete, das Dokument auffaltete und glattstrich.

»Mr. Hadleigh verfügt in seinem Testament, daß sein gesamtes Vermögen zu gleichen Teilen an das Emmanuel College in Cambridge und an die Central St. Martin's School of Art and Design gehen soll, um jeweils ein Stipendium in Literatur und Kunst für junge talentierte, aber mittellose Studenten zu finanzieren. Aus der Verfügung geht hervor, daß sämtliche Modalitäten mit den beiden Lehranstalten im Vorfeld besprochen und abgeklärt wurden.«

»Demnach handelt es sich um ein größeres Vermögen?«

»So ist es. Mr. Hadleigh hat klug investiert. Wir sprechen hier über eine Summe von rund achthunderttausend Pfund. Ohne das Haus versteht sich.«

Barnaby versuchte sein Erstaunen zu verbergen und erkundigte sich nach dem Datum des Testaments.

»13. Februar 1982. Die einzige Änderung seither war die Bestellung eines anderen Testamentsvollstreckers. Als Mr. Hadleigh nach Midsomer Worthy gezogen ist, brauchte er einen Anwalt in seiner Nähe und hat mir die Angelegenheit übertragen.«

»Und wer ist Ihr Vorgänger als Testamentsvollstrecker gewesen?«

»Die Firma, die das Testament aufgesetzt hat.«

»Ich brauche die exakten Details. Auch die Adresse, die Mr. Hadleigh damals angegeben hat.«

Mr. Jocelyne zog einen bleigrauen Füllfederhalter aus der Innentasche seines Jacketts und schrieb etwas auf einen Zettel, den er Barnaby reichte.

»Mr. Jocelyne, wie gut haben Sie Ihren Klienten gekannt?«

»Gar nicht. Er war einmal hier, um die nötigen Formalitäten zu erledigen. Danach habe ich ihn nie wieder gesehen.«

»Verstehe. Mr. Hadleighs Vermögen ist beträchtlich. Wissen Sie, ob er einen Finanzberater hatte?«

»Keine Ahnung.« Mr. Jocelyne schienen seine für die Kriminalbeamten kaum hilfreichen Antworten ausgesprochen zufrieden zu stimmen. Er lächelte jetzt freundlich.

»Nach allem, was Mr. Hadleigh über sich erzählt hatte, scheint er von Kent nach Midsomer Worthy gezogen zu sein ...«

»Es geht mich kaum etwas an, woher er ursprünglich kam, Chefinspektor«, entgegnete Mr. Jocelyne.

Je weniger aussagekräftig seine Antworten, desto liebenswürdiger wurde der Anwalt. Nachdem er alle weiteren Fragen kurz und bündig negativ beantwortet hatte, strahlte er geradezu. Als sie sich verabschiedeten, war er schon beinahe überschwenglich.

Draußen auf der Straße zögerte Barnaby. »Ich könnte jetzt was Warmes im Magen vertragen«, seufzte er. »Trinken wir einen Kaffee bei Bunter's.«

»Bunter's?« Troy starrte ihn verblüfft an.

»Warum nicht?«

Barnaby wußte schon, warum nicht, und tat es dennoch. Die beiden Polizisten ließen sich von der eleganten Behaglichkeit einer altenglischen Kaffeestube empfangen. Die Kellnerinnen trugen lange schwarze Kleider mit weißen Schürzen, die sie wie Ausrufungszeichen aussehen ließen. Ihre plissierten Häubchen hatten sie tief in die Stirn gezogen. Ihre Gesichter waren jung und raffiniert geschminkt. Sie bewegten sich schnell und effizient wie die Platzanweiser bei McDonald's.

Der Raum war voll besetzt und sehr warm. Es roch nach

feuchter Kleidung, Toast und frischgemahlenem Kaffee. Bei Bunter's gab es nichts, was der schaumgeschlagenen, schokoladenbestäubten ausländischen Unsitte auch nur entfernt geähnelt hätte. Hier beherrschten anständige Kaffeekannen, Milchkrüge und Zuckerdosen, Blümchengeschirr und altenglische Zuckerlöffel die Szene.

Troy schenkte für beide Kaffee ein und gab drei Löffel Zucker in seine Tasse, bevor er sich die Hände wärmte. Dann lehnte er sich zurück, lugte zufrieden über den das Fenster nur zur Hälfte verdeckenden Vorhang auf die Straße hinaus. Was war angenehmer, als trocken im Warmen zu sitzen und die bedauernswerten Leute zu beobachten, die frierend von A nach B hetzten.

Die Kellnerin stellte eine altmodische Etagere voller Kuchenstücke mitten auf ihren Tisch und verschwand. Barnaby schloß die Augen. Es dauerte nicht lange, bis ihm klar wurde, daß er in diesem Zustand kaum über die ganze Länge ihres Cafébesuchs würde verharren können. Er schlug also die Augen wieder auf und zwang sich, einfach nicht hinzusehen.

Kuchen jeder Art; große, dicke Mohrenköpfe, aus deren Mitte Schlagsahne quoll; Scheiben einer Kreation aus weißer und brauner Schokoladencreme zwischen Schichten von hauchdünnem, likörgetränktem Mandelmakronenteig; grüne Marzipanbällchen aus gemahlenen Mandeln, Honig und Rosenwasser; buttriger Mürbteig mit Mandeln belegt; Blätterteig mit frischem Erdbeerpüree und Sahnecreme; Zitronen- und Orangentörtchen mit Puderzucker bestäubt; Meringen mit Vanillecreme; kleine Spritzkringel aus Kastanienpüree; Mandelcremeschnitten.

»Das kommt mir gerade recht!« frohlockte Sergeant Troy. Er nahm sich eine Rolle aus hauchdünnem Mürbteig mit Kaffeeglasur, gefüllt mit weicher Nougatcreme. »Noch einen Kaffee gefällig, Chef?«

»Hm …« Barnaby studierte die Spitze, die kleinste Abteilung dieses sündigen Tempels göttlicher Versuchung. Er überlegte, daß die Teilchen auf dieser Etage eigentlich weniger kalorienreich sein müßten.

Troy goß Kaffee nach. Barnaby griff sich ein kreisrundes Stückchen Biskuitteig, das mit hellbrauner Paste gefüllt war.

»Das sieht aber nicht besonders interessant aus«, bemerkte Troy.

»Für mich ist es interessant genug«, entgegnete der Chefinspektor und biß hinein. Großer Gott, stöhnte er innerlich. Pure Creme Praliné. Doch jetzt war es zu spät. Zurücklegen konnte er die Köstlichkeit nicht mehr. Deshalb beschloß er, das Mittagessen ausfallen zu lassen. Außerdem war er ja sehenden Auges in dieses Café und in sein Verderben gerannt.

»Haben Sie schon mal einen Blick auf diese Adresse geworfen?« Barnaby faltete den kleinen Zettel auseinander und reichte ihn Troy. Dieser las laut vor: »Cavendish Buildings, South West One. Das ist doch in der Nähe von Victoria Station, oder?«

»Ja. Die Adresse riecht nach einer der alten, eleganten Stadtvillen, die in Wohnungen aufgeteilt wurden.«

»Wenn er 1982 dort gewohnt hat und 1983 nach Midsomer Worthy gezogen ist, wann hat er dann in Kent gelebt?«

»Das ist die Preisfrage.«

»Zumindest wissen wir, daß Grace vor dem Februar 1982 gestorben sein muß.«

»Nicht unbedingt. Es wäre schließlich nichts Neues, wenn er seine nächste Angehörige in seinem Testament nicht bedacht hätte. Kommt immer mal wieder vor.« Damit griff sich Barnaby kurzentschlossen die Etagere und stellte sie unter dem erstaunten Blick seines Sergeants auf den Nebentisch, der gerade frei geworden war.

»Vielleicht hätte ich doch …«, begann er.

»Unterstehen Sie sich!«

Barnaby tippte einen letzten Krümel mit seinem dicken Zeigefinger von dem Teller auf und murmelte Unverständliches.

»Wie bitte, Sir?«

»Ich mußte an das Geld denken. Das ist eine verdammt hohe Summe. Wenn man das Haus noch dazu rechnet. Was könnte es wohl wert sein? Fünfzigtausend?«

»Mindestens. Verdammt teure Gegend. Und nur eine halbe Stunde vom West End entfernt.«

»Wir reden also über nahezu eine Million Pfund.« Barnaby fand es beinahe rührend, daß ein Mann, der unbedingt Bücher schreiben wollte, jedoch keinerlei Talent dafür hatte, und, wie die Bilder in seinem Wohnzimmer verrieten, auch von Malerei nichts verstand, sein Geld zur Förderung gerade dieser künstlerischen Begabungen zur Verfügung stellte.

»Richtig. Glückspilz ...« Und der Sergeant fügte hinzu: »... bis zu einem gewissen Punkt.«

»Hadleigh hat vermutlich ein wesentlich wichtigeres Regierungsamt bekleidet, als wir angenommen haben.«

»Nicht unbedingt. Er könnte auch einfach nur Glück bei der Investition seines Geldes gehabt haben. Wer kein Risiko scheut, kann ein Vermögen damit machen«. Troy sagte das mit der Souveränität eines Aktionärs der britischen Gas- und Telefongesellschaft.

In diesem Moment trat die Kellnerin an ihren Tisch.

»Noch Kaffee, die Herren?«

»Nein«, wehrte Barnaby hastig ab. »Danke.« Er zählte auf, was sie gegessen hatten, und sie notierte alles auf einem Block, der an einer Kordel an ihrem Gürtel hing.

»Das waren dann also ein *biscuit du beurre de praline* plus ...« Sie lächelte Troy an, »... *deux jeunes filles sur la bateau.«*

»Und wie sagen wir zu Hause dazu?« fragte der Sergeant mit breitem Grinsen.

»Zwei junge Mädchen auf einen Floß.«

»Mein Glückstag heute.«

»Sieben Pfund zwanzig.« Sie riß den Zettel ab, und der Chefinspektor griff nach seiner Brieftasche. »Bitte bezahlen Sie an der Kasse.«

Sie räumte den Tisch ab, stellte alles auf ein Tablett, hob es hoch, als sei es leicht wie eine Feder, und schwebte davon. Barnaby sah ihr nach.

Dann griff er nach der Rechnung, die sein Sergeant ungläubig betrachtete.

»Dafür hätten wir zwei Portionen Würstchen, Eier, Pommes, Suppe und Tee in der Kantine bekommen können.«

»Ahhhh«, seufzte Barnaby und schlüpfte in seinen Mantel. »Aber nicht auf Französisch.«

»Von jetzt an«, erklärte der kleine Bor, »sollen alle Freunde ›Rebell‹ zu mir sagen.«

»Du hast doch gar keine Freunde.«

»Doch, habe ich.« Obwohl er das mit fester Stimme sagte, schien Boreham etwas verunsichert zu sein. »Ich weiß eben nur noch nicht, wer sie sind.«

»Oh, Mann ... du bist dämlicher, als die Polizei erlaubt«, stöhnte Denzil.

Der brachte das mit dem Habitus desjenigen vor, der die Autorität beanspruchte, die sie Brian so hartnäckig abspenstig machten. Die Gruppe diskutierte heiß die Frage, was wichtiger wäre: Macht oder Popularität. Und wie sich bald herausstellte, hatte Popularität keine Chance.

»An erster Stelle steht Vergeltung«, führte Collar aus und sprach damit allen aus dem Herzen.

»Schnelligkeit plus Überraschungsmoment und volle Pulle

drauf«, erklärte Tom und führte eine Karateattacke aus. »Aber worauf's vor allem ankommt ist Schnelligkeit.«

»Du hast's erfaßt, Mann«, stimmte Denzil ihm zu.

»Verschiebe nicht auf morgen, wem du 's heute kannst besorgen.«

»Dann«, erklärte Edie und warf ihre orangerote Haarmähne zurück, »verschaffst du dir Respekt.«

Brian fröstelte und empfand einen wohligen Schauer bei dem Gedanken daran, wie es wohl aussehen mochte, wenn all diese primitive Aggressivität explodierte.

»Haß«, meinte jetzt Denzil mit einem Lächeln, das seinen Mund nie erreichte, »... ist gut für dich. Gibt deinem Leben Sinn.«

»Jaaa«, schwärmte Collar. »Also ich könnte hassen bis in alle Ewigkeit.«

Brian war klar, daß er als Lehrer eigentlich die ethische Pflicht gehabt hätte, gegen diese Gewaltverherrlichung etwa durch das Halten einer mit ermutigenden Worten durchsetzten Moralpredigt anzugehen. So nach dem Motto: Damit schneidet ihr euch doch nur ins eigene Fleisch, Kinder! (So ein Unsinn.) Was passiert wohl, wenn wir alle nur das tun würden, was uns in den Kram paßt. (Die Welt wäre verdammt viel interessanter, das würde passieren.) Brian enthielt sich lieber der Stimme.

»Möchte wissen, wie's ist, wenn man jemanden umbringt.«

»Da war ich schon mal nah dran. Ganz nah dran.«

»Und ich auch.« Der kleine Bor duckte sich unter einem Handkantenschlag von Denzil durch.

»Der Bruder meines Vaters hat einen Buchmacher um die Ecke gebracht, der nicht zahlen wollte. Er sitzt. Auf Kosten Ihrer Majestät. Verdammt gut hat der's.« Collar erklärte, weshalb er es so gut hatte.

»Du redest nur Schrott.« Brian ließ sich endlich zu einem

Protest herab. »Du kriegst die Königin nicht mal zu sehen. Und jetzt ... jetzt müssen wir wirklich weitermachen. Wir haben nicht mal mehr zehn Minuten.«

»Sind die eigentlich schon weitergekommen mit deinem Mord, Brian?« wollte Edie wissen.

»Soviel ich weiß nicht.«

»Haben sie dich denn gefragt, was du gemacht hast, während's passiert ist? So als Alibi?«

»Das haben sie uns alle gefragt.«

»Mann, und du warst direkt nebenan.«

»Hast du seine Schreie gehört?«

»Nein!«

Brian, der bei all den unangenehmen Erinnerungen blaß wurde, mühte sich, die Unterhaltung wieder in den Griff zu bekommen. Fast hätte er gedroht, die ganze AG auffliegen zu lassen, als ihm noch rechtzeitig einfiel, daß sie bei seinen letzten Anwandlungen dieser Art schneller verduftet waren, als er hatte ausreden können. Er hatte daraufhin drei Wochen Süßholz geraspelt, bis sie wiedergekommen waren.

»Was hast du denn in der Zeit gemacht?«

Brian starrte Edie an. Trotz der Sprunghaftigkeit der Unterhaltung wußte er genau, worauf sie abzielte. Er runzelte die Stirn, so als könne er sich nicht erinnern. Dabei war es ihm eingebrannt wie ein Brandzeichen. »Arbeiten zensiert. Schnell eingeschlafen. Das eine oder andere.«

»Hoffentlich kannst du's auch beweisen«, bemerkte Denzil.

»Seine Frau gibt ihm doch Rückendeckung, oder?«

»Sie decken sich gegenseitig.«

»Würde mich nicht überraschen«, warf Tom ein und strich mit feuchtem Finger über die Haare auf seinem Unterarm. »... wenn sie nicht beide drin stecken.«

»Warum hast du's getan, Bri?« wollte Denzil wissen. »Wegen Geld?«

»Liebe!« entgegnete Edie, umfaßte ihr Knie, lächelte und zog einen Schmollmund. »Ich wette, er hat's aus Liebe getan.«

»Yeah. Sie haben's miteinander getrieben, was? Der Kerl und deine Alte?«

»Okay. Das reicht jetzt. War schon witzig genug.« Selbst wenn sie unfreundlich lächelte, hörte er die Engel singen. Brian deutete auf die Turnhallenuhr. »Unsere Zeit ist wieder mal um. Freitag fällt aus. Ihr habt also drei Tage, um eure Rollen zu lernen.«

Das löste Heiterkeit aus. Sie gingen alle gemeinsam, aber die Schwingtür hatte sich kaum hinter ihnen geschlossen, als Edie zurückkam. Sie hatte den Blick gesenkt und wirkte bekümmert. Er konnte sich nicht erinnern, sie je allein gesprochen zu haben. Sie kam ihm irgendwie zerbrechlicher vor und preßte die Knie zusammen wie ein kleines Schulmädchen.

»Brian, ich mach mir Sorgen.«

»Warum das denn, Edie?« Sein Herz pochte in seiner Brust. Wie unglaublich süß sie aussah. Und so verwundbar ... wie ein unartiges kleines Mädchen.

»Kann ich mit dir reden?«

»Dafür bin ich ja da.«

»Ich stecke schlimm in der Patsche, Brian. Du mußt mir einfach helfen. Ich weiß nicht mehr weiter.«

Sue stand mit der Hand am Gartentor in der Einfahrt und sah besorgt zu Rex' Haus hinüber. Sämtliche Vorhänge waren zugezogen. Die verdunkelten Fenster an der linken Hausseite machten ihr dabei besonders große Sorgen. Wußte doch jeder, daß Rex sich im Normalfall durch nichts davon abhalten ließ, sich um Punkt elf Uhr morgens an sein *magnum opus* zu setzen. Mittlerweile war es bereits fast eins. Kein Rauch stieg vom Schornstein auf, und auf dem Treppenabsatz standen unberührt die Milchlieferungen sowohl vom Vortrag als auch von diesem Morgen.

Das allein schon hätte fürsorgliche Nachbarn auf den Plan rufen müssen, aber in dieser Beziehung war Rex nicht gerade mit Glück gesegnet. Sein Haus lag zwischen dem Feriendomizil einer Familie und dem frisch erworbenen Eigentum eines Yuppie-Pärchens. Letztere arbeiteten von morgens bis spät abends in der City und hatten am Wochenende, ebenfalls von morgens bis abends, andere Jungdynamiker zu Gast. Seit ihrem Einzug hatten sie kaum ein Wort mit Rex gewechselt.

Schließlich stieß Sue das Eingangstor auf und ging mit ihren laut klappernden Clogs den Gartenweg entlang. Normalerweise reagierte Montcalm umgehend auf jeden Tritt, aber an diesem Tag blieb alles totenstill. Sue bediente den Messingtürklopfer und wartete.

Als sich nichts rührte, zögerte sie. Statt noch einmal zu klopfen, ging sie ums Haus. Rex' Garten bestand aus zwei schmalen halb verwilderten Grasstreifen, einigen uralten Rosenstöcken und Beerensträuchern in einem halb verfallenen Gatter. An mehreren Stellen hatte Montcalm kürzlich Spuren seiner Streifzüge hinterlassen. Sue fiel dabei ein, Rex und Montcalm mindestens seit drei Tagen nicht mehr in der Grünanlage gesehen zu haben. Ihr Atem ging schneller.

Sie hob den Riegel an der Hintertür hoch und trat in die Küche. Der Gestank von verwesendem Fleisch schlug ihr entgegen. Durch die blinden Fensterscheiben fiel gerade soviel Licht ein, daß sie auf dem klebrigen Linoleum-Fußboden mehrere Schüsseln und Teller erkennen konnte. Zahlreiche ungewaschene Milchflaschen standen neben dem Spülbecken, in dem sich schmutziges Geschirr türmte. Eine Unmenge von leeren Hundefutterbüchsen bedeckte fast vollständig die Arbeitsfläche. Als Sue näher kam, huschte ein Schatten aus einer Ecke und verschwand hinter dem Herd.

»H.a.l.l.o!« rief sie.

Montcalm tauchte am Ende der Diele auf. Sue machte sich tapfer und mit durchgedrücktem Rücken auf eine stürmische Begrüßung gefaßt, denn sie hatte kein Verlangen, sich flach auf dem Rücken liegend auf dem schmuddeligen Fußboden wiederzufinden. Aber der Hund wirkte seltsam sediert. Er trottete lediglich mit hängenden Ohren auf sie zu.

In der Küchentür machte er Halt, sah sie an, kehrte um und ging zurück, woher er gekommen war. Nur einmal blieb er stehen und drehte sich nach ihr um, um sich zu vergewissern, daß sie ihm folgte.

Im sogenannten Kriegshauptquartier war es noch dunkler als in der Küche. Lediglich ein zitronengelber Sonnenstrahl fiel durch den schmalen Spalt zwischen den nicht ganz geschlossenen Vorhängen. Sue ging hinein und trat auf etwas Weiches. Sie bückte sich und hob ein Smartieröhrchen auf. Der Boden schien voll von diesen leeren Pappröllchen und knisternden Zellophantüten.

Sue war nur selten in diesem Zimmer gewesen und versuchte krampfhaft sich an die Position des Lichtschalters zu erinnern. Während sie tastend an der Wand entlangtappste, stieß sie ein Tablett mit Orden von einem Regalbrett. Ein Schrei, ein ärgerlicher Schrei zerriß die folgende Stille. Sue fuhr zusammen und schrie ihrerseits entsetzt auf.

Dann erst sah sie die Gestalt, die im Sessel kauerte. Montcalm hockte daneben.

»Rex?«

»Wer sind Sie?«

»Ich bin's, Sue.«

»Gehen Sie weg!«

Sue trat näher. Abgestandene, muffig feuchte Luft, wie sie alte Putzlappen auszuströmen pflegen, hing im Raum.

Dann entdeckte sie die alte Armeelampe aus Metall und

Holz mit einem Schirm aus Segeltuch. Sue knipste sie an. Rex' lange schlaksige Gestalt zuckte wie unter einem elektrischen Schlag. Er wandte den Kopf ab und sank noch tiefer in die Polster. Sein Anblick war erbarmungswürdig. Jede Falte schien tief in seine papiertrockene Haut gegraben, Backen und Kinn waren mit weißen Bartstoppeln bedeckt, die tränenden Augen waren gerötet.

Sein stets flauschig wehendes weißes Haar klebte strähnig an seinem Schädel. Sue starrte ihn fassungslos an. »Rex?« sagte sie erneut.

»Lassen Sie mich gefälligst in Ruhe!«

»Was ist denn los? Was ist passiert?«

»Nichts.«

»Sind Sie krank?«

»Gehen Sie weg!«

»Reden Sie keinen Unsinn!« Sues Stimme klang vor Sorge schärfer als beabsichtigt. »Wie kann ich weglaufen und Sie in diesem Zustand zurücklassen?« fügte sie sanfter hinzu.

Mehrere Minuten lang passierte gar nichts. Schließlich beschloß Sue zu handeln. Sie holte die Milch vom Treppenabsatz herein, ging in die Küche und stellte den Wasserkessel, ein überdimensionales Monstrum aus schwerem Eisen, mit Wasser zum Geschirrspülen auf. Für den Tee genügte ein kleiner Stieltopf. Während sie den Tee vorbereitete, machte sie reichlich Krach, um den Schatten zu vertreiben, der bei ihrem Eintreten hinter den Herd gehuscht war.

Die Teeblätter, eine billige, reichlich staubige Sorte, fanden sich in einer Blechbüchse mit einem Bild, das die Krönung von Georg VI. zeigte.

Während sie den Tee ziehen ließ, warf sie die Hundefutterreste in den Schüsseln und auf den Tellern in die Mülltonne. Dann wählte sie einen der ansehnlichsten Löffel aus der Besteckschublade, schöpfte etwas von der Sahne, die sich als gefrorene Schicht auf der Milch abgesetzt hatte, in einen Becher und goß Tee auf. Den Becher brachte sie ins Wohnzimmer.

Rex schien sich nicht bewegt zu haben. Sue setzte sich ihm gegenüber. »Wieviel Zucker?«

Als keine Antwort kam, rührte sie einfach drei Löffel Zucker in die heiße Flüssigkeit und hielt Rex den Becher solange hin, bis sie sich am Metallhenkel beinahe die Finger verbrannt hätte. Nachdem sie den Becher schließlich auf dem Ofen deponiert hatte, gab sie eine kleine Menge Tee auf die Untertasse und stellte diese vor Montcalm auf den Teppich. Woraufhin der Hund zwar seine graue Schnauze über die Flüssigkeit neigte, diese jedoch nicht anrührte.

»Kommen Sie, nun trinken Sie schon ein bißchen Tee, Rex«, drängte Sue. »Bitte.« Dann ging ihr plötzlich ein Licht auf. »Er trinkt nicht, bevor Sie es nicht auch tun.«

Rex wandte den Kopf und sah sie an. Sue erschrak noch mehr. Er schien sie nicht zu erkennen, sah durch sie hindurch, so als sei sie eine Fremde.

Sue nahm erneut den Becher, hielt ihn direkt an seine Lippen. Dabei redete sie sanft und eindringlich auf ihn ein. Rex nahm tatsächlich einen kleinen Schluck, und Montcalm begann umgehend, seine Untertasse leer zu schlabbern. Rex zwang sich, noch einige Schluck zu trinken, dann stellte er den Becher beiseite.

Sue erkundigte sich erneut, ob er krank sei. Doch wieder bekam sie keine Antwort. Erst als sie hinzufügte: »Soll ich einen Arzt rufen?«, schüttelte Rex heftig den Kopf.

»Aber ich muß etwas tun.«

»Mit mir ist alles in Ordnung.«

»Und was ist mit Montcalm?« hakte Sue nach. »Mit ihm ist gar nichts in Ordnung.«

Rex begann unruhig in seinem alten roten Samtsessel hin und her zu rutschen.

»Sie wissen doch, daß er nichts von dem Futter angerührt hat, das Sie ihm hingestellt haben.«

Auf einmal begann Rex zu brüllen. Die dumpfe Leere in seinen Augen war plötzlich verschwunden, und Verzweiflung trat in seinen Blick. Er versuchte auf die Beine zu kommen und klammerte sich an den Kaminsims. Kaum hatte er sich mühsam aufgerichtet, sackte er vornüber. Sue fing ihn im letzten Moment auf und schwankte gefährlich unter der Last der alten Knochen. Sie legte einen Arm um seine Taille, den anderen über seine Brust und versuchte ihn zu überreden, sich wieder zu setzen.

In der Küche kochte derweil das Wasser im großen Eisenkessel über. Sue hörte den Deckel klappern und das Wasser zischen.

»Oh, Gott ... Rex ... Bitte setzen Sie sich.« Sie schwankte mit ihm einen Schritt zurück und näher zum Stuhl. »Bitte! Setzen ...«

Montcalm setzte sich. Rex dagegen entwand sich ihrem Griff, schwankte in Richtung Tür, strauchelte und bekam im letzten Moment die Tischkante zu fassen. Sue ließ ihn daraufhin allein zurück und rannte in die Küche.

Sie fand ein Handtuch, steif vor Schmutz, und wischte den Herd ab. Dann schüttete sie das Wasser in das schmuddelige Spülbecken.

In diesem Moment tauchte eine Gestalt in der Tür auf und lehnte sich schwer gegen den Pfosten. Sue hielt den Atem an. Sie hatte ihn in ihrer Panik gar nicht kommen gehört.

»Sue. Es tut mir leid. Ich mache Ihnen nur Umstände.«

»Ohh ...« Sie rannte zu ihm. »Sagen Sie doch sowas nicht, Rex. Sie machen mir keine Umstände. Ich weiß nur nicht, wie ich Ihnen helfen kann.«

»Sie sind sehr lieb.«

»Unsinn!« protestierte sie.

Sie sahen einander an. Sue war grenzenlos erleichtert. Rex hatte zwar Tränen in den Augen, schien jetzt jedoch seine Umgebung wieder wahrzunehmen. Er kam mit wesentlich sichereren Schritten zum Küchentisch, setzte sich und blickte sich um.

»Sein Fressen? Das Geschirr?«

»Alles in der Spüle.«

Sie goß den Rest kochenden Wassers darüber, sah sich nach Spülmittel um und entdeckte eine Schale mit altmodischem Spülsand. Eifrig begann sie das Geschirr abzuwaschen.

»Das Fleisch habe ich weggeworfen«, erklärte sie. »Es hat schon gerochen. Keine Sorge, wenn kein Hundefutter mehr da ist. Ich hole gleich was.«

»Nicht nötig. Da müssen noch Büchsen im Schrank sein.«

Sue wusch schnell ab und sah sich dabei immer wieder nach Rex um. Sie wollte den Blickkontakt nicht abreißen lassen. Dann trocknete sie das Geschirr mit einem brüchigen alten Leinentuch ab. Anschließend holte sie eine Büchse Hundefutter und eine einzelne Dose Gemüsesuppe aus dem Schrank. Die Suppe machte sie warm. Dabei plapperte sie unaufhörlich und munter vor sich hin, flocht gelegentlich eine Frage ein, wobei es Sue gleichgültig war, ob Rex ihr antwortete.

Als die Suppe warm war, gab sie diese in eine Schüssel und stellte sie mit einem Löffel auf den Tisch.

»Mir ist so komisch zumute«, sagte Rex.

»Das kann ich mir vorstellen. Sie haben schon seit Tagen nichts mehr gegessen, oder?«

»Stimmt.« Rex vermied es, Montcalm anzusehen, und löffelte seine Suppe.

Augenblicklich fing der Hund zu bellen an und lief zu Sue, die bereits Hundefutter auf einen Teller gab. Er stellte sich auf die Hinterbeine, legte seine Pfoten auf die Anrichte und wartete gierig, während sie noch ein paar Hundekuchen auf das Dosenfutter legte. Dann stellte sie den Teller auf den Fußboden. Montcalm schnappte einmal zu, und der Teller war leer.

Über dem Treppengeländer in der Diele hing eine Leine, die Sue jetzt holte. Der völlig übergeschnappte Hund hätte sie beinahe umgerissen, als er begriff, was sie vorhatte. Sie hakte schnell den Karabiner in sein Halsband.

»Ich gehe kurz mit ihm Gassi.« Noch während sie das sagte, merkte sie, daß sie sich über die Reihenfolge der Pronomen selbst nicht mehr im klaren war. Möglicherweise hatte sie das zu optimistisch ausgedrückt.

»Ja, o ja!« rief Rex ihr zu. »Danke. Vielen Dank, Sue.«

»Versuchen Sie die Suppe aufzuessen«, bat Sue und machte die Küchentür auf. Als sie sich zum Gehen wandte, rief sie ihm noch zu: »Und wenn ich zurückkomme, müssen wir reden.«

Amy hängte Bettücher mit Grauschleier über einen alten Wäscheständer im Nebengebäude. Sie hatte sie gerade durch eine alte Handschleuder gedreht und dabei zumindest das meiste Wasser herausbekommen. Selbst an heißen Sommertagen war es ihr nicht gestattet, die Wäsche im Freien aufzuhängen, weil Honoria behauptete, das sei ihrem Stand nicht angemessen.

Amy schüttelte das zweite Bettuch kräftig aus, um später beim Bügeln weniger Arbeit zu haben. Schließlich nahm sie den Weidenkorb und trug ihn in die Küche. Dort wurde ihr klar, daß sie ans Essen denken mußte. Es war bereits fast Viertel nach eins. Amy entdeckte eine noch ungeöffnete Dose Frühstücksfleisch, im Kühlschrank einen gekochten Blumenkohl und ein hartes Stück Cheddar. Sie griff nach einer Packung Reis und dachte an Risotto. Heißes Wasser und ein Brühwürfel mußten als Fond herhalten. Wenn sie nur eine Zwiebel finden würde …

Es war seltsam, wie man selbst mit den kleinsten Mengen Essen auskam, wenn man glücklich und zufrieden war. Sie und Ralph hatten oft auf der sonnigen Terrasse ihres kleinen Hauses in den spanischen Bergen gesessen, Brot und Oliven gegessen und herben Rotwein dazu getrunken. Es hatte gereicht.

Manchmal konnte Amy noch seinen Arm um ihre Taille spüren. Fühlte sein Gewicht, die Art, wie sein Handgelenk an ihrer Hüfte ruhte, und den leichten Druck seiner Handfläche.

Schließlich fand sie eine Zwiebel, die zwar schon etwas weich war und bereits ausgetrieben hatte, aber nun mal genügen mußte. Amy nahm das alte Küchenbrett und begann die Zwiebel klein zu hacken. Der Saft trieb ihr die Tränen in die Augen. Falls ihre Schwägerin hereinkam, hatte sie für ihre Tränen diesmal also eine gute Ausrede.

Honoria haßte Tränen, haßte jede Art von Schwäche. In den schrecklichen letzten Tagen vor Ralphs Tod, als Schmerz und Verzweiflung Amy so aus dem seelischen Gleichgewicht geworfen hatten, daß sie Beruhigungsmittel nehmen mußte, war Honoria stark geblieben. Tag und Nacht hatte sie am Sterbebett ihres Bruders gesessen, sinnlos Nahrung in seinen Mund gelöffelt und die Augen nur geschlossen, wenn sie schlief.

Honoria war diejenige gewesen, die mit den Ärzten gesprochen, den Transport des Toten nach England organisiert, das Begräbnis bestellt und den Grabstein ausgewählt hatte. Amy war in ihrer grenzenlosen Trauer nur wie benommen hinter ihr her gestolpert. Wäre sie nicht so vollkommen lebensuntüchtig, hätte es sie ganz sicher nicht nach ›Gresham House‹ verschlagen. Vielleicht hat Honoria damals angefangen, mich zu verachten, dachte Amy. Nicht daß Honoria je über den Mangel an Rückgrat und moralischer Stärke bei ihrer Schwägerin überrascht gewesen wäre. Von einer Person niederer Herkunft war eben ihrer Ansicht nach nichts anderes zu erwarten. Der wahre Adel war halt der Adel des reinen Stammbaums. Als sie Honoria zum ersten Mal vorgestellt worden war, hatte diese sich benommen wie eine altmodische Herzogin, deren Sohn sich mit einem Freudenmädchen aus der Gosse verlobt hatte.

Ihr Vater (so hatte Ralph erzählt) mußte sogar noch schlimmer gewesen sein.

»Was machst du da?«

»Oh!« Beinahe wäre Amy der Topf mit den Zwiebeln aus der Hand gefallen. »Du hast mich erschreckt.« Sie wußte, daß sie nervös und unsicher klang und wurde wütend. »Ich habe dich nicht kommen gehört.«

Honoria stand im Türrahmen, den sie beinahe ausfüllte. Sie starrte Amy unverwandt an und wiederholte ihre Frage.

»Mittagessen«. Amy haßte es, so angestarrt zu werden. »Ich mache Mittagessen.« Sie griff nach einem Holzlöffel und wendete die Zwiebeln im Fett. »Es ist gleich fertig.«

»Wir haben schon Viertel nach«, sagte Honoria. »Du bist spät dran.«

Amy wußte nicht, weshalb sie gerade diesen Augenblick wählte, um zu rebellieren. Die Unterdrückung und endlosen Demütigungen der vergangenen Monate brachen sich plötzlich Bahn. Die Worte sprudelten nur so aus ihr heraus.

»Ich bin spät dran, weil ich die Wäsche gemacht habe, Honoria. Das hat viel Zeit in Anspruch genommen, da wir keine Waschmaschine haben. Und vor der Wäsche habe ich die Schlafzimmer saubergemacht. Zwischendurch, wenn du dich bitte erinnerst, habe ich noch gewisse Informationen auf deinen Karteikarten im Lexikon überprüft und Briefe zur Post gebracht. Das Verwunderliche für mich ist nicht, daß das Mittagessen verspätet stattfindet, sondern daß ich überhaupt noch in der Lage bin, eines herzuzaubern.«

Während dieser Rede sah Amy ihre Schwägerin nicht an.

Und als sie geendet hatte, zwang sie sich, keinen Handgriff am Herd zu tun. Im Raum war es unheimlich still geworden. Und jetzt, nachdem Amy ihre Meinung gesagt hatte, füllten allmählich ihre geheimen Ängste dieses Vakuum.

Aber was konnte Honoria ihr schon antun? Sie kann mich rauswerfen, dachte Amy. Ja, das kann sie. Nur ... wäre das so schrecklich? Schlimmer konnte es kaum noch kommen. In der Bibliothek hatte sie eine gute Illustrierte mit einem großen Annonceteil entdeckt. Und hinter jeder dieser Anzeigen steckte sicher eine Person, die menschlicher war als Honoria, ein besser beheiztes und großzügigeres Haus führte.

Was hatte Ralph nach der ersten vernichtenden Diagnose gesagt, als sie sich fassungslos vor Entsetzen an den Händen gehalten hatten? *Courage, mon brave.* Einer ungewissen Zukunft entgegenzusehen war dagegen ein Kinderspiel. All diese Gedanken an Freiheit und Menschlichkeit versetzten Amy geradezu in Hochstimmung.

Erst als sie allmählich aus ihrer anderen, glücklicheren Welt in die Wirklichkeit zurückkehrte, merkte sie, daß Honoria etwas sagte, und fing die Worte auf: »... nicht so langsam wärst ...«

»Wenn ich langsam bin«, entgegnete Amy scharf, »dann nur, weil ich friere. Meine Finger sind die reinsten Eiszapfen.« Sie trat ans Spülbecken und warf den Holzlöffel hinein. »Ich kann hier nicht mehr bleiben.«

»Was meinst du da?«

»Das war doch deutlich genug, Honoria.« Amys Magen krampfte sich zusammen. Ihr war übel. »Ich möchte ... ich werde gehen.«

»Das kannst du nicht machen!«

»Warum nicht?« Trotz der Kälte stand Amy der Schweiß auf der Stirn.

Honoria schien völlig perplex zu sein. In ihren eisgrauen

Augen, in denen Amy sich nicht erinnern konnte, je irgendeinen Funken Gefühl gesehen zu haben, glaubte sie jetzt so etwas wie Panik zu erkennen.

»Du mußt hier bleiben. Wo ich dich ... kann ...«

Sollte es Honoria tatsächlich die Sprache verschlagen haben? Das war ein absolutes Novum. Amy, die die Temperatur dieser neuen Atmosphäre sorgfältig testete, ergänzte: »Wo du mich halb zu Tode schinden kannst ... für nichts und wieder nichts?«

»Nein, nein«, widersprach Honoria hastig. »Wo ich ... dich ... auf dich achten kann. Das habe ich Ralph versprochen.«

Honorias letzte Worte klangen falsch. Und doch ... was wäre natürlicher gewesen, als daß Ralph der Schwester und einzigen überlebenden Verwandten seine völlig mittellose Frau ans Herz gelegt hätte? Amy versuchte daran zu glauben, wollte es nur allzugern glauben. Aber etwas wollen, so hatte sie erfahren, genügte nicht.

»Ich hoffe, du überlegst dir das noch mal«, erklärte Honoria, und ihr Mund zuckte seltsam dabei. Es sah ganz so aus, als versuche sie einen Fremdkörper, wie zum Beispiel einen Kern, auszuspucken. »Bitte.«

Amy hätte nichts Schlimmeres passieren können als dieses Wort ›bitte‹. Endlich hatte sie all ihren Mut zusammengenommen, hatte die Tür gesehen, die in die Freiheit führte. War sie ihr jetzt ein für alle mal vor der Nase zugeschlagen worden?

»Ich war gedankenlos«, vollendete Honoria ihre mysteriöse Selbstverleugnung. »Ich bin nun einmal an die Kälte so gewohnt, daß sie mir gar nicht mehr auffällt. Wir machen ein Feuer im Kamin. Und ich kümmere mich um den Warmwasserboiler. Ich bestelle Kohle, damit wir ihn richtig in Gang kriegen.«

Damit drehte sie sich um und ging. Die ganze Angelegenheit war damit für sie erledigt, während Amy diese Situation unerträglich fand. Sie wollte Honoria zurückhalten. Wollte ihr sagen, daß es ihr nicht um Feuer im Kamin oder warmes Wasser gehe, daß es dafür sowieso zu spät sei und ihr Entschluß feststehe.

Doch als sie Honorias Namen rief, klappte die Tür zur Bibliothek bereits zu, und sie war wieder allein.

Barnaby saß schlechtgelaunt hinter seinem Schreibtisch. Eingedenk seines Aperitifs bei Bunter's hatte er sich zur Mittagszeit in der Kantine lediglich ein Schinkensandwich genommen und in kleine Häppchen zerteilt. Nun fand er sich in der lächerlichen Lage wieder, den Verzehr eines Sandwiches, das er eigentlich gar nicht essen wollte, solange wie nur möglich auszudehnen.

Troy hatte währenddessen Hackfleischauflauf mit Kartoffelbrei und Erbsen, eine doppelte Portion Pommes frites, Aprikosenkuchen, zwei Schokoriegel und einen großen Becher Coca Cola verdrückt, was alles zusammen schwer über den beiden jungen Mädchen auf dem Floß lasten dürfte.

»Ich weiß nicht, wo Sie das alles lassen, Gavin. Sie müssen ein Faß ohne Boden sein.«

Troy betrachtete die massige Gestalt seines Gegenübers mitfühlend. Mit dieser blödsinnigen Idee, Koch spielen zu wollen, hatte alles angefangen.

Jetzt beobachtete er, wie Barnaby von seinem Schreibtisch aufstand, unruhig auf und ab ging, über die Schulter von Kollegen auf deren Bildschirme starrte, einen Telefonhörer an sich riß, mit den Ermittlungsbeamten plauderte und sich ganz verzweifelt zu beschäftigen versuchte. Aber das alles nicht etwa, weil es seine Natur war, sondern er sich damit von dem randvoll mit Kalorien gefüllten Automaten abzulenken gedachte, der nur wenige Meter entfernt im Korridor stand.

»Mineralwasser ist sehr zu empfehlen«, bemerkte Troy.

»Was?«

»Maureen trinkt immer 'ne Menge Wasser, wenn sie abnehmen will.«

»Kümmern Sie sich gefälligst um Ihren Dreck, Mann!«

Barnaby machte auf dem Absatz kehrt und verschwand in seinem Büro. Troy folgte ihm. Er setzte sich auf die Schreibtischkante und verkündete: »Mir ist da eine Idee gekommen.«

»Alle Achtung! Kommt schließlich nicht alle Tage vor.«

»Wegen Max Jennings Besuch beim Autorenkreis«, fuhr Troy ungerührt fort. »Was ist, wenn sein Name gar nicht zufällig beim Treffen der Hobbyschriftsteller gefallen ist? Wir wissen, welche Gefühle Laura Hutton hegte. Angenommen, sie war wütend, weil sie bei Hadleigh nicht landen konnte, und hat Jennings aus Rache zur Einladung vorgeschlagen?«

»Was voraussetzt, daß sie Jennings kannte. Oder zumindest wußte, welche Wirkung sein Besuch auf Hadleigh haben würde.«

»Es sind schon seltsamere Dinge passiert. Ist doch auch komisch, daß wir es diesmal mit lauter Schriftstellern zu tun haben.«

»Nicht unbedingt. Laura Hutton, zum Beispiel, hat dieses Hobby nur vorgeschoben, um Hadleigh einmal im Monat treffen zu können ... Na, was gibt's, Owen?« Die Frage war an einen Wachtmeister in Uniform gerichtet, der ins Zimmer trat.

»Ich fürchte, unsere Ermittlungen stecken in einer Sackgasse, Sir. 1979 ist nirgends die Heirat eines Gerald Hadleigh registriert.« Als er Barnabys Miene sah, fügte er hinzu: »Soll ich die Jahre 1978 oder 1980 auch noch überprüfen?«

»Nein, das lassen wir vorerst.«

Der Beamte verschwand. Barnaby sank auf seinen Stuhl zurück und schloß die Augen. Troy beobachtete ihn schweigend. Er sah auffallend müde aus. »Nehmen Sie's nicht so tragisch, Chef«, tröstete er ihn schließlich. »Immerhin wußten wir ja gar nicht sicher, ob es 1979 gewesen ist. Das war doch nur eine Vermutung ... nach dem was Hadleigh erzählt hatte. Warum nehmen wir nicht einfach das Vorjahr unter die Lupe?«

»Um nicht noch mehr Zeit und Geld damit zu verschwenden, Informationen nachzugehen, von denen ich allmählich den Verdacht habe, daß sie völlig falsch sind. Wir wissen bereits, daß Hadleigh alles andere als der an gebrochenem Herzen leidende Mönch war, für den er sich ausgegeben hat. Und während er angeblich in Kent gelebt hat, wohnte er in Wirklichkeit in London ... irgendwo in der Nähe der Victoria Station.« Barnaby stand auf und betrachtete die Wandkarte hinter seinem Schreibtisch. Sie zeigte den Lageplan von Midsomer Worthy.

»Ich fürchte, all die Leute, die wir gegenwärtig befragen, wissen von Hadleigh nur das, was er bewußt ausgestreut hat. Wenn wir was wirklich Nützliches rausfinden möchten, müssen wir mit jemandem aus seiner Vergangenheit reden.«

Barnaby legte die Spitze seines Zeigefingers auf die Markierung, die die Lage von ›Plover's Rest‹ bezeichnete, und dachte daran, wie der berühmte Schriftsteller, laut Mrs. Clapton, mit ›aufheulendem Motor‹ davongerast war. Wo war dieser Mann jetzt?

Obwohl man bislang noch keine offizielle Suchmeldung rausgegeben hatte, war die sensationsträchtige Anwesenheit des Autors an dem Abend mit tödlichem Ausgang überall kolportiert worden. Der Chefinspektor hielt es für sehr unwahrscheinlich, daß Jennings diese Berichte weder gelesen haben noch von jemand darauf aufmerksam gemacht worden sein sollte.

Weshalb also meldete er sich nicht? Die logische Antwort

auf diese Frage lautete: ›Weil er schuldig ist.‹ Aber es gab noch eine Alternative, und die war alles andere als beruhigend. Möglicherweise war es Jennings nicht möglich, sich bei der Polizei zu melden, weil er dazu gar nicht mehr in der Lage war. Mit anderen Worten: Suchten sie vielleicht gar nicht nach einem Hauptverdächtigen, sondern nach einem zweiten Opfer?

Sue saß nägelkauend in ihrem Wohnzimmer, dessen Wände noch von der heftig zugeschlagenen Haustür erzitterten. Sie war allein und sehnte sich danach, mit jemandem reden, jemandem von Rex und ihrer ungewöhnlichen Unterhaltung erzählen zu können.

Sie hatte endlose Versuche unternommen, Brian ins Vertrauen zu ziehen. Aber der hatte sich nach seiner Heimkehr so merkwürdig benommen, daß sie es aufgegeben hatte.

Nach dem Abendessen hatte er sich im Badezimmer in hektischer Eile mehrfach die Zähne geputzt und endlos den Mund gespült, bevor er in den ersten Stock verschwunden war.

Dann hörte sie, wie er oben Schubladen auf und zu zog und mit Kleiderbügeln klapperte. Nach einer Weile kam er mit einem Stapel Hemden über dem Arm wieder herunter und verschwand erneut im Badezimmer. Als er diesmal wiederauftauchte, hatte er das nasse Haar im Nacken zu einen Zopf geflochten, und seine Haut glänzte rosig nach frischer Rasur. Nachdem Brian zum wiederholten Mal auf die Uhr gesehen hatte, war er endlich aufs Sofa gesunken und hatte in seinem Theaterstück gelesen.

Die ganze Zeit über hatte Sue ihn umkreist und versucht, ein Gespräch anzufangen. Aber alle ihre Eröffnungen wie ›Du errätst nie ... Du wirst es nicht glauben ... Das war vielleicht eine Überraschung ...‹ stießen auf absolutes Desinteresse.

Brian tat so, als sei sie Luft. Als er schließlich mit wehendem Schal auf dem Weg zur Haustür nicht mehr an ihr vorbeigekommen war, hatte er sie nur wortlos beiseite geschoben.

Auf ihre schüchterne Frage nach dem Grund der ganzen Hektik wurde sie mit der schroffen Antwort abgespeist: »Mußte eine zusätzliche Probe ansetzen. Sind kaum zwei Wochen bis zur Aufführung.«

Nachdem Brian das Haus verlassen hatte, war Sue allein. Mandy schlief bei den Großeltern, wo sie so lange aufbleiben und fernsehen durfte, wie sie wollte.

Sue wanderte rastlos umher, räumte hinter Brian auf. Kleidungsstücke lagen verstreut auf dem Schlafzimmerboden, und Pullover türmten sich auf dem Bett. Sie faltete sie zusammen und legte sie in ihrer ordentlichen Art wieder in die Fächer zurück. Als Fünfzehnjährige hatte sie nebenher in einem Textilgeschäft gejobbt und die dort erlernten Kunstgriffe nie vergessen.

Dann wischte sie das Badezimmer auf, in dem der Geruch von Brians Eau de Cologne hing, und warf drei klatschnasse Handtücher in die Waschmaschine. Schließlich kehrte sie ins Wohnzimmer zurück und suchte nach neuen Tätigkeiten.

Eigentlich sah ihr das überhaupt nicht ähnlich. Normalerweise konnte sie es, sobald sie allein war, nicht erwarten, ihre Malsachen herauszuholen und sich mit Hector zu beschäftigen. An diesem Abend konnte sie sich jedoch einfach nicht konzentrieren. Dazu beschäftigten sie die Ereignisse des Tages viel zu sehr.

In solchen Situationen vermißte sie Amys Gegenwart am schmerzlichsten, gab es doch niemanden im Dorf, den sie Freund oder Freundin hätte nennen können. Natürlich kannte sie einige Mütter der Kinder ihrer Spielgruppe recht gut, aber das waren rein auf den Nachwuchs bezogene Beziehungen. Mit keiner dieser Frauen hätte sie über das reden können, was sie in diesem Moment so bedrückte.

Amy anzurufen stand jedoch völlig außer Frage. Honoria überwachte jedes Telefongespräch wie der Erzengel Gabriel und war sich nicht zu schade, ihrer Ansicht nach unnütze Unterhaltungen schroff zu unterbrechen.

Schließlich sank Sue in ihren Sessel und schloß die Augen, um die Ereignisse des Nachmittags noch einmal Revue passieren zu lassen und ihre Gedanken zu ordnen. Begonnen hatte der letzte Teil des erstaunlichen Nachmittags, nachdem Montcalm sie am Ende seiner Leine wie ein lästiges Anhängsel in die Küche von ›Borodino‹ zurückgeschleppt hatte.

Rex saß vornübergebeugt, exakt in der Haltung am Küchentisch, wie sie ihn verlassen hatte. Er hatte geweint. Seine brüchige Haut um die Augen wirkte wie aufgeweichtes Löschpapier. Bevor sie noch etwas sagen konnte, brach es aus ihm heraus: »Ich habe ihn umgebracht, Sue! Ich war's. Ich hab's getan ... *Ich hab's getan.*«

Sue setzte sich zu ihm. »Nun mal alles der Reihe nach, Rex«, bat sie ihn geduldig. »Das müssen Sie mir schon näher erklären!«

Rex erzählte alles. Er begann mit Geralds Bitte um Hilfe und endete mit der Schilderung seines schändlichen Versagens.

Sue hörte aufmerksam zu und begriff plötzlich, was Rex so verändert hatte. Dabei machte sie allerdings nicht den Fehler, seine Verzweiflung zu unterschätzen oder auf die leichte Schulter zu nehmen. Der alte Herr hatte sich tagelang mit Selbstvorwürfen gequält, hatte apathisch vor Reue und Scham dahingedämmert. Was hätte passieren können, wäre sie nicht gekommen? Sue trug schwer an der Last der Verantwortung.

Sie überlegte lange, wie sie reagieren sollte, und sagte schließlich energisch: »Rex ... ich bin todsicher, daß Sie da eine ganz falsche Schlußfolgerung gezogen haben.«

Ihre Entschlossenheit schien Eindruck zu machen. Rex richtete sich am alten Küchentisch auf und sah sie entsetzt an. »Eine falsche Schlußfolgerung?«

»Natürlich.«

»Inwiefern?«

»Ganz einfach, weil es unmöglich ist.« Sue wußte selbst nicht, weshalb sie so sicher war, und suchte krampfhaft nach einer einleuchtenden Erklärung. Rex hoffnungsvoller Blick setzte sie dabei noch mehr unter Druck. »Weil ... weil er ein berühmter Schriftsteller ist.«

»Ich verstehe nicht ...«

»Berühmte Schriftsteller begehen keinen Mord. Das haben sie nicht nötig. Sowas machen die einfach nicht.«

» ... also ...«

»Nennen Sie mir einen ... nur einen berühmten Schriftsteller, der einen Mord begangen hat.« Sue wartete ... aber nicht allzu lange. Es gab schließlich keinen Grund, das Schicksal unnötig herauszufordern. »Fällt Ihnen wohl keiner ein, was?«

»Nicht auf die Schnelle, nein«, mußte Rex gestehen.

»Na, also.«

»Aber alles, was passiert ist ... Gerald ...«

»Das verstehe ich. Trotzdem haben Sie die falschen Schlüsse daraus gezogen.«

»Wirklich?«

»Sicher doch. Das liegt an Ihren Schuldgefühlen. Die haben Ihnen einfach den Blick verstellt.«

»Großer Gott, ja. Das könnte wirklich sein.«

»Haben Sie sich denn nie gefragt, warum sich jemand im Wäldchen an Geralds Grundstücksgrenze verborgen hielt? Und das in einer so abscheulichen Nacht? Da muß doch jemand Geralds Haus beobachtet haben«, erklärte Sue.

»Sie meinen ... das könnte der Mörder gewesen sein?«

»Ich bin überzeugt davon. Und die Polizei ebenfalls«, flunkerte Sue um der guten Sache willen weiter. »Die Polizei hat den Garten gründlich nach Spuren abgesucht. Wenn Sie sich nicht in Ihren vier Wänden vergraben hätten, wäre Ihnen das auch aufgefallen.«

Sue konnte nur hoffen, mit ihrer Geschichte den Bogen nicht überspannt zu haben, aber der Zweck heiligte die Mittel. Rex hatte sich bereits sichtlich erholt, was seine nächsten Worte noch unterstrichen:

»Trotzdem gibt es keinen Zweifel, daß Gerald davor Angst hatte, mit Jennings allein gelassen zu werden.«

»Dafür könnte ich mir viele Erklärungen vorstellen«, erwiderte Sue aus einer spontanen Eingebung heraus. »Ich habe mich schon gefragt, ob wir Geralds Worte nicht zu wörtlich genommen haben.«

»Das begreife ich jetzt nicht.«

»Wenn man mit jemandem nicht allein sein will, dann bedeutet das nicht unbedingt, daß man sich physisch bedroht fühlt. Gerald könnte Max' Gesellschaft aus einer ganzen Reihe von Gründen abgelehnt haben.«

»Und die wären?«

Sein Interesse schien geweckt. Sue fahndete verzweifelt nach vernünftigen Gründen, während sie äußerlich ganz ruhig zu bleiben versuchte. »Hm ... fragen wir uns doch mal, weshalb Gerald, was seine Vergangenheit betraf, so verschwiegen gewesen ist.«

»War er doch gar nicht ...«

»Ich bitte Sie, Rex! Natürlich war er das. Warum um Himmels willen glauben Sie, kann ein kleiner Beamter mit Anfang Vierzig aus dem Landwirtschaftsministerium in Frühpension gehen, sich ein Haus wie ›Plover's Rest‹ kaufen, einen teuren Wagen fahren und ein sorgloses Leben führen, ohne zu arbeiten?«

»Himmel!« Rex starrte Sue mit leicht geöffnetem Mund an. »Das habe ich mir nie überlegt!«

»Was ist, wenn Gerald gar nicht fürs Landwirtschaftsministerium, sondern für den MI 5 gearbeitet hat? Vielleicht rührte die Bekanntschaft zwischen Gerald und Max aus dieser Zeit her. Wer weiß, was sie zusammen erlebt haben ... sind vielleicht gemeinsam durch die Hölle gegangen ... haben sich gegenseitig das Leben gerettet ... Und irgendwann wollte Gerald möglicherweise aussteigen. Die Regierung hat ihm eine neue Identität verschafft. Schon aus diesem Grund konnte er die Bekanntschaft mit Jennings natürlich nicht auffrischen.« Sue hatte sich immer mehr in Rage geredet.

»Mein Gott, jetzt geht mir ein Licht auf.«

»Das Leben ist hart, Rex.«

»Armer Teufel!«

»Natürlich wollte er auf keinen Fall, daß diese unselige Vergangenheit wieder ausgegraben wird.«

»Warum hat er nichts gesagt? Ich hätte das doch verstanden. Es ist schließlich mein Fachgebiet.«

»Diese Leute haben einen Eid geleistet.«

Rex nickte ernst. »Richtig.«

Nachdem sie noch eine Weile nachdenklich am Küchentisch gesessen hatten, hielt Sue die Zeit für gekommen, sich wieder praktischen Dingen zuzuwenden. Sie wusch Rex' Gesicht und seine Hände und überredete ihn, sich zu rasieren. Sie brühte frischen Tee auf und machte eine Einkaufsliste.

»Ich hole die Sachen morgen früh«, versprach sie.

»Danke.«

»Ich stelle jetzt den Heißwasserboiler an. Versprechen Sie mir, ein Bad zu nehmen und danach ausgiebig zu schlafen?«

Rex versprach es. Erschöpfung und ein neues Glücksgefühl hatten ihn müde gemacht.

»Morgen früh ziehen Sie dann frische Sachen an. Die alten

nehme ich mit und wasche sie.« Sie beugte sich über den Tisch und gab ihm einen Kuß auf die faltige Stirn. »Wieder alles in Ordnung, Rex?«

Rex unterdrückte ein Gähnen, und Montcalm, der zu Füßen seines Herrn gesessen hatte, lächelte sein seltsames Hundelächeln, indem er die Zähne bleckte, die Nasenlöcher blähte und das Maul leicht öffnete.

Und in dieser positiven Stimmung hatte Sue die beiden allein gelassen. Herr und Hund waren in der schummrigen, schmuddeligen Küche weit weniger verzweifelt zurückgeblieben, als sie sie angetroffen hatte. Dennoch: Sue traute dem Frieden noch nicht. Sie mußte am Ball bleiben.

Sue hörte auf, an den Nägeln zu kauen, sprang vom Sofa und wanderte unruhig auf und ab. Um Rex wieder auf den rechten Weg zu führen, brauchte sie Verstärkung. Außerdem mußte er daran gehindert werden, die Mär von Geralds Agententätigkeit im ganzen Dorf zu verbreiten.

Sie blieb abrupt stehen. Es gab jemanden, bei dem sie sich Rat und Unterstützung holen konnte. Sie war mit dieser Person weder befreundet, noch hatte sie mit ihr etwas gemeinsam. Sie war lediglich ebenfalls ein Mitglied des Autorenkreises. Und als solche auch an Rex' Erlebnissen interessiert.

Sue setzte sich mit dem Telefon wieder auf die Couch und wählte Lauras Nummer.

Laura war letztlich froh, daß sie sich doch in die Arbeit gestürzt hatte. Angenehme Dinge waren geschehen; Dinge, die sie noch vor dem vergangenen Montag kaum registriert hätte. Aber mittlerweile wirkten diese kleinen Episoden geradezu aufheiternd. Sie beschloß, die besagten Vorfälle als gutes Omen anzusehen, als Wegweiser aus dem seelischen Morast, in dem sie sich so glück- und hilflos verfangen hatte.

Als erstes fand sie zwei Schecks in der Post, mit denen sie

schon gar nicht mehr gerechnet hatte. Dann war sie von Adrian McLaren, dem Mann, der ihr den Leinenschrank in seinem Landrover gebracht hatte, zu einem Drink eingeladen worden. Sie hatte die Einladung zwar nicht angenommen, doch eine schmeichelhafte Genugtuung war geblieben.

Und das beste von allem war das Mittagessen bei ihren Nachbarn, den Inhabern des Buchladens von nebenan. Die Beziehung zwischen Laura und den beiden Buchhändlern war von vornherein freundschaftlich gewesen. Sie nahmen gegenseitig Pakete an und achteten auf den Laden des jeweils anderen, sobald einer abwesend war. Gelegentlich wurde Laura von Avery Phillips auch auf ›ein Süppchen mit einer Kleinigkeit‹ eingeladen. Laura nahm die Einladung stets gern an, denn Avery war ein ausgezeichneter Koch.

Wie immer war im Zimmer über der Buchhandlung ein Tisch vor dem Erkerfenster mit Leinendecke, Bistro-Besteck, weißem Geschirr und Weingläsern gedeckt. Auf dem Tisch stand bereits eine entkorkte Flasche guten Rotweins.

Tim Young, Averys Partner, rückte einen Stuhl für Laura zurecht, und Avery servierte Curry-Kürbissuppe mit Fladenbrot, Ziegenkäse und marinierten Fenchel. Er schenkte Wein aus, und sein Aroma rundete die einzelnen Gaumenfreuden perfekt ab.

Laura genoß jeden Bissen und lauschte den beiden Buchhändlern, die über Steuerrückzahlung, den Immobilienmarkt und die Gemeinheiten der Banken im allgemeinen munter plauderten.

Laura knabberte an einer griechischen Olive, die leicht nach Koriander schmeckte, und blieb schweigsam. Nach dem Essen kehrte das schmerzliche Gefühl von Isolation und Einsamkeit zurück. Sie leerte ihr Weinglas in einem Zug.

»Was ist eigentlich los?« erkundigte sich Tim. »Was ist mit dir?«

Sie sah in sein schmales dunkles Gesicht und die Augen, die sie so besorgt musterten. Tim war ein sehr hilfsbereiter, mitfühlender junger Mann. Vielleicht war es das, was sie veranlaßte, die Wahrheit zu sagen. Vielleicht war ihr auch einfach nur der Wein zu Kopf gestiegen.

»Jemand … ein Freund ist gestorben.«

»Oh, Laura!« Tim griff über den Tisch nach ihrer Hand. »Das tut mir sehr leid.«

»Mein Gott, und wir plappern die ganze Zeit so belangloses Zeug«, sagte Avery. Er füllte ihr Glas nach. »Trink erst mal einen guten Schluck, Herzchen.«

»Möchtet du darüber reden?«

Und Laura wollte reden. Darüber war sie selbst am meisten überrascht. Sie erzählte den beiden die ganze Geschichte, von ihrer ersten Begegnung mit Gerald angefangen bis zum bitteren Ende.

»Eigentlich habe ich immer gedacht, daß man jemand nur genug lieben muß, um letztendlich wiedergeliebt zu werden«, schloß sie traurig. »Aber das war der Irrtum meines Lebens …«

»Oh, Schätzchen! Nimm's dir nicht so zu Herzen!« Avery zückte ein großes seidenes Einstecktuch und reichte es ihr mit eleganter Geste. Laura putzte sich die Nase. »Bei allem Respekt … der Typ muß ein ziemlich blindes Huhn gewesen sein. Du lieber Himmel … wenn ich nicht schwul wäre, würde ich meine Tage und Nächte damit verbringen, durch deinen Briefschlitz zu schmachten. Du nicht auch, Tim?«

»Absolut.« Tim stand auf und legte leicht die Hand auf Lauras Schulter. »Kaffee?«

»Ja, gern.« Der schwere Wein hatte sie ein wenig schwindelig gemacht.

Während der Kaffee frisch gemahlen und aufgebrüht wurde, blieb Lauras kleine private Tragödie das Gesprächsthema.

Tim und Avery nahmen an allem mitfühlend Anteil. Schließlich jedoch konnte sich Avery die Frage nach Max Jennings und ihrem Eindruck von dem berühmten Schriftsteller nicht länger verkneifen. Als Laura alles zur Zufriedenheit beantwortet hatte, erkundigte sich Tim unvermittelt, ob sie schon daran gedacht habe umzuziehen.

»Ob ich umziehe? Du meinst mit dem Laden?«

»Nein, nein. Aus dem Haus im Dorf. Offenbar bist du dort doch schrecklich unglücklich gewesen«, fuhr er fort. »Seit du diesem Gerald verfallen warst, meine ich. Wenn du bleibst, wirst du die Erinnerungen daran nie los.«

So kam es, daß Laura fünf Stunden später auf ihrem zierlichen türkisblauen Sofa inmitten einer Flut von Unterlagen saß, die ihr Caustons zahlreiche Immobilienmakler hatten zukommen lassen. Einen der Makler erwartete sie bereits um zehn Uhr am nächsten Morgen. Er sollte ihr Haus schätzen. Laura hatte sich Tims Vorschlag mit einer Schnelligkeit zu eigen gemacht, daß sie kaum begriff, nicht selbst darauf gekommen zu sein.

Sie war seitdem ... zwar nicht leichten Herzens, dazu war es einfach noch zu früh, aber sie hatte das Gefühl, eine wichtige Hürde genommen zu haben. Jetzt, da es Gerald nicht mehr gab, nie mehr geben würde, war sie entschlossen, nicht ihre Gefühle für ihn, aber die Qualen dieser Liebe abzuschütteln. Sie wollte wie um einen alten Freund trauern, sich mit dem Verlust abfinden und dadurch letztendlich Befreiung finden.

Als sich Brian dem rostigen Eisenzaun näherte, der die Quarry Cottages Nummer 13 umgab, fand er selbst in seiner äußerst angespannten Gemütslage einen Moment Zeit, sich über die merkwürdige Adresse zu wundern. Zum einen existierten nicht mehr als zwei dieser Cottages, und zum anderen waren sie weit mehr als einen olympischen Steinwurf vom nächsten Steinbruch entfernt.

Brian verharrte bewegungslos unter einem mit dicken Pulverschneepolstern beladenen Baum, der sich im Mondlicht fahl und farblos in die winterliche Kulisse fügte. Allmählich kroch die Kälte durch die Kleidung von Brian, der Schluckübungen ausführte in dem vergeblichen Versuch, das Pochen seines Herzens zu verlangsamen. Wie oft hatte er so an diesem Platz gestanden ... unter anderem auch in der Nacht von Geralds Ermordung ... aber erst jetzt war es zum ersten Mal zu einer Verabredung gekommen.

Brian schob die Manschette seines Hemds zurück und warf einen Blick auf seine russische Armbanduhr. Die Ziffern glühten in phosphoreszierendem Erbsgrün in der Dunkelheit. Das gute Stück zeigte jeweils die Zeit in London, Paris und New York an und war bis hundert Meter wasserdicht. Brian polierte das Uhrenglas liebevoll mit seinem Handschuh, riskierte dabei todesmutig eine Radonvergiftung und starrte auf die Zeiger. Die Gewißheit beruhigte ihn, daß er in jedweder Situation, ob nun beim Spaziergang über den Boulevard Haussman oder auf einem Schnorchelausflug im Hudson, von einem zufällig vorbeikommenden Passanten nicht vergeblich nach der Uhrzeit gefragt werden würde.

Brian fühlte plötzlich, daß seine Nasenspitze ganz taub vor Kälte wurde. Zweifellos war das Hemd, für das er sich letztendlich entschlossen hatte, nicht warm genug. Das konnte auch die von seiner Mutter aus irischer Wolle handgestrickte Weste nicht wettmachen. Und die Baseballkappe, durch deren rückwärtige Öffnung er seinen Zopf gesteckt hatte, hielt kaum den geringsten Luftzug ab.

Edie hatte neun Uhr gesagt. Bis dahin war noch eine Minute Zeit. Seit der Kindheit auf Pünktlichkeit gedrillt, widerstrebte es ihm, auch nur eine Sekunde früher zu klingeln.

Als Edie nach der Probe mit der Bitte zu ihm gekommen war, ihr beim Lernen des Textes behilflich zu sein, war seine begeisterte Hilfsbereitschaft anfänglich durch eine gewisse Skepsis gedämpft worden. In der Erwartung, den Rest der Bande kichernd und prustend hinter der Tür vorzufinden, hatte er sogar den Korridor überprüft, jedoch keine Menschenseele entdecken können. Völlig geschwunden war sein Argwohn jedoch erst dann, als Edie zum Abschied gebeten hatte: »Und sagen Sie bloß den anderen nichts.«

Dabei hatte ein kleiner, aufmüpfiger Wonneschauer Brians schlaksige Gestalt durchlaufen. Er war angenehm und beängstigend zugleich gewesen. Edies Bitte hatte ganz unvermittelt etwas von einer heimlichen Verschwörung angenommen und ihrer Lehrer-Schüler-Beziehung eine andere Dimension verliehen. Schon deshalb war Brian erleichtert und enttäuscht zugleich über Edies Zusatz gewesen: »Die lachen sonst nur.«

Es hatte allerdings nichts an der Tatsache verändert, daß er mit ihr allein sein würde. Was wiederum seine Phantasie hatte heißlaufen lassen.

Der Schrei einer Eule ertönte. Brian warf erneut einen Blick auf seine Uhr. Sie zeigte bereits eine halbe Minute nach neun! Dreißig kostbare Sekunden waren bereits vergeudet. Er suchte nach einer Tür im Zaun, konnte aber keine entdecken und kletterte deshalb über die oberste Eisenstange.

Im Licht einer nagelneuen Kutscherlampe zeichnete sich vor ihm eine mit allerlei Hausmüll verschandelte Grasfläche ab. Er erkannte einen rostigen Kühlschrank, den Aufsatz eines Buffets, zerbrochene Teedosen, einen Sessel ohne Polster mit einem Stapel Autoreifen. Neben der ausgedienten Sitzgelegenheit lag ein umgekipptes Bierfaß.

Als sich Brian vorsichtig näherte, hörte er plötzlich lautes Rasseln, und im nächsten Moment schoß ein Hund aus der Faßöffnung, sprang knurrend und zähnefletschend auf ihn zu. Brian schrie entsetzt auf und schoß wie eine Rakete durch die Luft. Der Hund zerrte mit wütendem Knurren an seiner Kette.

»Sabre!« Eine rechteckige Öffnung füllte sich mit gelbem Licht, worin Edie erschien. »Halt's Maul! Radaubruder!« Sie hielt die Tür weit auf und sah Brian lächelnd entgegen. Dieser ging hastig auf sie zu. »Der tut Ihnen nichts!«

»Heiliger Strohsack!« Brian gab sein wieherndes Lachen zum besten. »Vor Hunden habe ich eigentlich keine Angst. Im Gegenteil.« Mutig machte er Anstalten umzukehren. »Komm schon her, alter Junge ...«

»Streicheln würd' ich ihn trotzdem nicht.«

»So? Na gut.«

Edie blieb wie angewurzelt stehen, so daß sich Brian mit verlegen angehaltenem Atem an ihr vorbeiquetschen mußte. Wobei ihm Edies schwindelerregende Nähe durchaus bewußt war, sah er ihr Gesicht doch nur einen Kuß weit von sich entfernt.

Die Haustür führte direkt in einen Raum, der offenbar das Wohnzimmer der Familie darstellte, wenn auch zum ›Wohnen‹ oder vielmehr zum Sitzen kaum Platz war. Eine Wand hatte man fast vollständig mit Kartons zugestapelt, die Schriftzüge wie *Sharp* und *Hitachi* zeigten. Die schwarze Kunstledercouch war mit Schnitt- und Platzwunden übersät, aus denen Schaumstoffmaterial quoll. Das Möbelstück sah so aus, als habe es ein Stier mit einem roten Tuch verwechselt. In einer Ecke stand ein überdimensional großer Fernsehapparat. Er war mattschwarz, hatte einen flachen Bildschirm und besaß die neueste Technik. Auf dem Apparat stand ein Körbchen aus Weidengeflecht mit Plastikblumen in schrill leuchtendem Lila und Orange, darunter befand sich ein Videogerät. Aus einem Ghettoblaster plärrte laute Popmusik. Überall türmten sich Haufen von Kleidungsstücken. Von der Deckenleiste hingen Kleider auf Drahtbügeln.

Edie erwähnte das Chaos mit keinem Wort. Brian war beeindruckt. Seine Mutter hätte sich bereits gerechtfertigt, wenn eines ihrer geliebten Sofakissen, die stets wie Soldaten in Reih und Glied auf der Couch standen, auch nur einen Millimeter aus der Waagerechten geraten wäre.

»Machen Sie sich's bequem.«

»Danke.« Im Zimmer herrschte eine geradezu schwüle Hitze. Brian öffnete den Reißverschluß seines Anoraks, faltete in sorgfältig zusammen, legte ihn auf die Couch und setzte sich darauf. Gerührt entdeckte er einen seiner Computerausdrucke, der mit Kugelschreibernotizen übersät war. Brian hüstelte nervös, sah sich um und suchte krampfhaft nach einem Gesprächsthema. Sein Blick fiel auf die Pappkartons.

»Du ... ehm ... interessierst dich also für Hi-Fi-Systeme, Edie?«

»Wir sammeln sie. Für MS-Kranke.«

»Fabelhaft.« Brian war bemüht, seine Verwunderung nicht zu zeigen. »Sozialarbeit bildet.« Wieherndes Lachen.

»Was zu trinken?«

»Ja, bitte.«

Edie ging zu einem klobigen Buffet aus den fünfziger Jahren, worauf Nippes, Gläser, noch mehr Plastikblumen und Geburtstagskarten standen. Sie öffnete die Schranktür und zog eine Flasche mit einem ihm unbekannten Etikett heraus.

»Wem muß ich denn da zum Geburtstag gratulieren, Edie?«

»Meiner Mum. Ist gestern 31 geworden.«

»Du meine Güte.« Sie war jünger als er. »Ist ... ehm ... ist sie denn zu Hause?«

»Nein. Im Fitnesstudio. Ist ihr sportlicher Tag heute.«

Brian hätte gern nach Tom gefragt, fürchtete jedoch, sich damit zu verraten. Über den Verbleib von Edies Vater war er informiert. Der saß zehn Jahre für bewaffneten Raubüberfall in Albany ab.

»Machen Sie's Loch zu Bri, es zieht.«

Brian sah sich verwirrt um. Dann entdeckte er eine offene Tür in der Ecke. Dahinter schien eine Treppe in den ersten Stock zu führen. Er schloß die Tür und kehrte zur Couch zurück. Edie reichte ihm sein Glas.

»Arschbacken zusammen und runter damit!« befahl Edie, als er die Flüssigkeit durch das blinde Glas in seiner Hand verlegen beäugte.

»Was soll das sein?«

»Thunderbirds Weinschorle.« Sie grinste. »Schmeckt fruchtig. Nach Apfel, Zitrone und so weiter.«

»Trinkst du nichts?«

»Muß einen klaren Kopf behalten, oder?«

»Natürlich. Entschuldige.«

Brian nahm einen großen Schluck. Im nächsten Moment explodierte die Flüssigkeit wie eine Bombe in seinem Kopf.

»Alles in Ordnung?« erkundigte sich Edie.

»Bestens.« Brian klammerte sich an eine Stuhllehne.

Edie hatte begonnen, sich im Rhythmus der Musik zu bewegen. »Setzen Sie sich doch wieder.«

Brian sah sich um. Auf dem einzigen Sessel lagen Video- und Musikkassetten, Werbezeitschriften, Strumpfhosen und ein Teller mit angetrockneten Resten von Tomatensauce und Eigelb. Er wankte zur Couch zurück.

Auch dort hatte sich Müll angesammelt, den Edie jedoch kurzerhand über die Rücklehne feuerte. Die Aktion machte es erforderlich, daß sie sich bückte und streckte. Woraufhin der schmale Schlauch aus elastischem Stoff, der ihr als Rock diente, so auf die Zerreißprobe gestellt wurde, daß Brian darunter die Falte zwischen ihren Pobacken sehen konnte. Er begann innerlich und äußerlich zu glühen, schrieb das jedoch der heißen Luft zu, die der elektrische Heizofen neben der Couch ausströmte.

»Also, Edie«, begann er und gab sich lässig und jovial. »Wie kann ich dir helfen?« Edie warf sich neben ihm auf die Polster.

Fairerweise mußte man sagen, daß daran nichts Anrüchiges war. Rein praktisch gesehen handelte es sich um den einzig logischen Platz, den Edie einnehmen konnte. Es hätte schließlich nicht viel Sinn gemacht, wenn sie sich in den Lichtjahre entfernten, zugemüllten Sessel gesetzt hätte. Wenn aus der Begegnung eine Beratungsstunde werden sollte, war schließlich Nähe wesentlich. Brian konnte nur hoffen, daß er Edie trotz der dröhnenden Musik auch verstehen würde. Der Baß wummerte erbarmungslos in seinem Schädel und seinen Ohren. Er hätte sie ja gern darum gebeten, das Radio auszuschalten oder zumindest die Lautstärke zu regulieren. Er fürchtete jedoch, dadurch spießig und alt zu erscheinen.

Edie zog die Beine an. Ihre glänzende schwarze Strumpfhose hatte eine Laufmasche, die vom linken Knie an aufwärts führte, bis sie unter dem Saum des leopardengemusterten Rocks abtauchte. Irgendwie gelang es Brian schließlich, den Blick von der Laufmasche loszureißen und die Gedanken an ihren Zielpunkt zu verdrängen. Nur der Ablenkung wegen erkundigte er sich erneut, was er tun könnte, um ihre Ängste zu verscheuchen.

Er sprach leise, weil er wußte, daß sie ihn nicht verstehen konnte, und zu seiner Erleichterung funktionierte der Trick. Edie stand auf und zog den Stecker des protzigen Kofferradios aus der Steckdose, womit sie auch schlagartig die flimmernde Farbigkeit der Plastikblumen auf dem Fernseher löschte, von der nur staubiges Grau zurückblieb.

»Das Ding ist, Brian …« Edie setzte sich wieder und rückte einen Hauch näher. »Ich schaffe es nicht … Nicht vor den vielen Leuten … nicht auf offener Bühne.«

»Selbstverständlich schaffst du das. Wenn du erst auf der

Bühne bist, verschwindet die Angst automatisch. Glaub mir. Ich kenne das.«

»Außerdem is' da mein Akzent. Ich müßte doch wie eine Sekretärin reden.«

»Dein Akzent ist für die Rolle goldrichtig.«

Brian merkte umgehend, daß er das auch etwas sensibler hätte ausdrücken können.

»Eigentlich ...« Die Finger ihrer rechten Hand, die leicht auf den Rocksaum geruht hatten, faßten darunter und verschwanden. »... finde ich die ganze Persönlichkeit schwierig. Sie ist von der Sorte, die mir ehrlich auf die Titten geht. Verstehen Sie, was ich meine?«

»Ehm ...« Brian beobachtete die Bewegungen ihrer Finger unter ihrem Rock fasziniert und krächzte. »Also, das sollten wir genauer unter die Lupe nehmen, Edie. Okay? Raus mit der Sprache. Ganz spontan. Erstens, zweitens, drittens ... Warum?«

»Na wie sie so tut, als ob sie Mick nicht mag, obwohl doch tittenklar ist, daß sie nur ihn will. Also ich würde mit der Tür ins Haus fallen und Klartext reden.«

»Ahh ... aber das ist doch gerade das Aufregende an der Schauspielerei.« Brian artikulierte mühsam. Er hatte das Gefühl, als hätten sich seine Stimmbänder verknotet. »Nur für eine Weile in einen Menschen zu schlüpfen, der mit der eigenen Persönlichkeit nichts zu tun hat. Das ist Kunst, Edie. Fakten ... ungeschminkte Tatsachen zu sublimieren.«

»Sie gehen wirklich in die Tiefe, Brian.«

Brian, dessen geistige Tiefen an Seichtheit kaum zu überbieten waren, zuckte in falscher Bescheidenheit geringschätzig mit den Schultern.

»Trotzdem«, nahm Edie den Faden wieder auf. »Wenn man mit dem Sublimieren fertig ist, ist man dann nicht wieder da, wo man angefangen hat?«

Angesichts dieser aufregenden Erkenntnisse verschlug es Brian die Sprache. Edie sah ihn kurz hoffnungsvoll an, dann wandte sie sich deutlich enttäuscht ab.

Die Scham darüber, ihren Anforderungen nicht zu genügen, wurde beinahe übermächtig in Brian, während er ihr bezauberndes Profil musterte. Winzige Papageien schaukelten an goldenen Stangen von ihren Ohrläppchen. Brian erfaßte ein beunruhigendes Verlangen. Der Wunsch, dieses Ohrläppchen zärtlich zu berühren, es zu küssen, wurde übermächtig. Er steckte die Hände energisch zwischen seine Knie.

»Weiß Ihre Frau eigentlich, daß Sie hier sind, Brian?«

»Nein.« Er setzte eine verwunderte Miene auf, um deutlich zu machen, wie unverständlich ihm diese Frage war. »Sie war gar nicht zu Hause, als ich mich aufgemacht habe. Ich bin oft für die Schule unterwegs. Und ich lege nicht über jeden meiner Schritte Rechenschaft ab.«

»Verheiratet zu sein muß toll sein. Ein eigenes kleines Haus und Familie zu haben ...«

»Da bist du aber auf dem Holzweg.» Er brachte ein hartes, stoßartiges Lachen zustande. »Diese ganze verdammte Häuslichkeit kann tödlich sein.«

»Aber Sie sind nicht tot.«

»Doch ... tief in meinem Inneren schon.«

Brian bereute seine Worte augenblicklich. Er hatte sich mit Edie auf eine Stufe gestellt. Was hatte ihn nur geritten, vor ihr intime oder, was noch schlimmer war, ausgesprochen wenig schmeichelhafte Aspekte seines Privatlebens preiszugeben? Brian kam es gar nicht in den Sinn, daß ihn das Eingeständnis von Problemen seiner Theatergruppe wesentlich sympathischer gemacht hätte, als die herablassende Jovialität, die er permanent zur Schau trug.

»Ohhh, Brie ...« Edie seufzte und legte ihre Hand mit den zahllosen Ringen auf sein Knie. »Das tut mir ja so leid.«

Brian zuckte zusammen. Sein Mund wurde trocken wie Sandpapier. Während er auf die schlecht geschnittenen, magentaroten Nägel starrte, schielte er fast vor innerer Anspannung.

»Das war strikt ›entre nous‹, Edie.«

»Das war was?«

»Ich möchte nicht, daß du's jemandem erzählst.«

»Wofür halten Sie mich?« So schnell, wie sie sich zu ihm gebeugt hatte, fuhr sie auch wieder zurück. Ihr junges Gesicht wurde kalt und abweisend. »Sie haben 'ne komische Vorstellung von Freundschaft, Mann.«

»Oh ... verzeih mir. Ich wollte nicht ... Edie? Geh nicht ...«

Aber sie ging bereits davon. Er beobachtete fasziniert, wie sie die Hüften schwingend über das blutrote Spiralmuster des Teppichs schritt, betrachtete den festen, köstlich prallen Leopardenhintern, dessen Pobacken sich Wange an Wange rieben, und glaubte, jeden Moment ohnmächtig werden zu müssen. Dann hatte Edie das Buffet erreicht und entkorkte die nächste Flasche von Thunderbirds Weinschorle.

»Noch einen?«

»Ja, bitte.« Er hatte nicht das geringste Verlangen nach dem scheußlichen Getränk, aber wenn er sie auf diese Weise zu sich zurücklocken konnte, konnte er ... Konnte er was?

»Wenn Sie wollen, können wir jetzt meinen Text durchgehen.«

Edie schien sich ebenfalls ein Glas einzuschenken. Dann sah sie ihn mit einem derart bezaubernden Lächeln an, als habe der kurze, ärgerliche Dialog nie stattgefunden. Diese rasanten und scheinbar irrationalen Stimmungsumschwünge, die sämtlichen Mitgliedern der Theatergruppe zu eigen waren, begriff Brian am allerwenigsten. Er selbst war immer schnell und anhaltend beleidigt und verweigerte sich erbarmungslos jeder versöhnlichen Anwandlung.

Edie legte eine neue Musikkassette ein. Diesmal war es ein langsames Stück, melancholisch und sehnsuchtsvoll.

»Gefällt's Ihnen?«

»Sehr sogar.«

»Also …« Sie reichte ihm seinen Drink und sagte: »Haken Sie ein.«

»Wie bitte?«

»Wie wenn man Freundschaft trinkt.«

Sie schlang ihren Arm durch seinen, hob ihr Glas an die Lippen und zog dabei sein Gesicht näher zu sich heran. Ihr Atem roch nach Zigarettenrauch, Salz, Essig und einem durchdringenden Aroma, das er aus dem Chemielabor kannte und später als den Geruch von Birnendrops identifizierte. So eingehakt tranken sie lachend. Vor lauter Aufregung und Nervosität verschüttete Brian dabei über die Hälfte seines Getränks.

»Scheiße«, fluchte Edie. »Alles auf meinen Pulli.«

»'tschuldigung.«

»Trocknet ja wieder.«

Sie rückte von ihm ab, und ihr Gesicht nahm wieder Konturen an. Mangofarbene Lippen, feucht vom klebrigen Wein, große violett-geschminkte Augen, die Wimpern so dick mit Wimperntusche verkleistert, daß sie beinahe waagerecht wie Dornen wegstanden. Ihr herrlich orangefarbenes Haar hatte sie lässig mit Kämmen hochgesteckt, ohne dabei alle Strähnen ihrer üppigen Mähne zu bändigen. Sie saß ihm zugewandt mit übereinandergeschlagenen Beinen und seufzte tief und lasziv.

Brian erwiderte ihren Blick wie hypnotisiert. Er suchte krampfhaft nach Konversationsfetzen, die den Dialog neutralisieren und wieder in platonische, unverfängliche Kanäle lenken konnten. Aber alles, was ihm einfiel, war eher dazu angetan, die Situation noch zu verschärfen.

»Ich hätte eigentlich gedacht, daß ein Mädchen wie du einen Freund hat, der den Text mit dir probt.«

»Der?« Edie lachte höhnisch. Brian spürte einen Stich, als sich sein Verdacht so prompt bestätigte. Allein der Hohn in ihrer Stimme wirkte ein wenig wie Balsam auf seine Wunden. »Der ist doch zu nichts nütze.«

»In welcher Beziehung?«

»In jeder beschissenen Beziehung. Ist wie Diätkost. Zum Abgewöhnen. Verstehst du, was ich meine?«

Brian starrte sie begriffsstutzig an. Allmählich hatte er das Gefühl, betrunken zu sein. Davon abgesehen hatten die Thunderbirds seine Körpertemperatur ins Unermeßliche gesteigert und wilde Tumulte in seiner Unterwäsche ausgelöst. Außerdem schien sein Denkvermögen gestört zu sein, denn er vermochte einfach keinen Zusammenhang zwischen einem unbefriedigenden Liebhaber und Diätkost herzustellen.

»Schätze deine Frau hat auf dem Gebiet keine Probleme.«

Edie zwinkerte ihm zu, was bei Brian jedoch nicht ankam, da sein Blick förmlich am Ausschnitt ihres Wickeloberteils klebte, dessen hauchdünner Stoff an den feuchten Stellen kaum etwas der Phantasie überließ.

»Kann nicht sehr angenehm sein«, sagte er mit spröden Lippen auf die nassen Flecken bezogen, und obwohl sich ihre Miene nicht veränderte, wußte er, daß damit eine unsichtbare Grenze überschritten war; er die Möglichkeit verspielt hatte, einfach aufzustehen und wegzugehen. Trotzdem überraschte ihn die Geschwindigkeit von dem, was dann geschah.

»Du hast recht«, murmelte Edie. »Ich hol' mir ja den Tod.«

Ohne den Blick von ihm zu wenden, zupfte sie an den Bändern des Oberteils an ihrem Rücken. Das Kleidungsstück fiel und entblößte wunderschöne, blaugeäderte, perlweiße Brüste mit Brustwarzen wie Erdbeerbonbons. Brian glotzte völlig verdattert vor Schreck und Glückseligkeit. Dann beugte Edie sich zu ihm, streckte ihre Zunge heraus und in sein Ohr.

Brian stöhnte schwer atmend. Ein Schwindelgefühl erfaßte ihn, das ihm beinahe das Bewußtsein raubte.

»Berühr mich, Bri ... komm schon ... schnell ...«

»Ohhh ... Edie ...«

»Gib mir deine Hand ...«

»Sie sind so wunderschön.«

»Fester ... zwischen den Fingerspitzen ... reib ...«

»Davon hab' ich geträumt.«

»Jaaa. Ich auch.«

»Ich stell mir dich vor, Edie ... immer wenn ich's tu.«

»Böser du.«

»Macht mich ... du weißt schon ...«

»Er steht ganz unter Strom ... Bist du doch, Brian, oder?«

»Ja!« keuchte Brian.

»Wie wär's ein Stockwerk tiefer?«

»Mmmm.«

»Ich hab dich beobachtet. Du hast meine Beine angestarrt.«

»Verdammt hübsche Beine.«

»Willst du auf meiner kleinen Leiter raufklettern, hm?«

»Ja, ja ...«

»Dann mach's doch.«

»Ene, mene, ming-mang ...«

»Du bist verdammt geschickt mit den Fingern, was Brian?«

»Gab ja auch bisher keine Beschwerden.«

»Hast den Nagel auf den Kopf getroffen, was?«

»Ohhh, Edie.« Plötzlich baumelte die Strumpfhose um ihre Knöchel, und ihre Finger rissen an seinem Hemd. »Was soll denn das jetzt werden?«

»Ich zieh dir das aus. Fair ist fair.«

»Ich bin ... 'n bißchen dürr geraten. Habe nie Zeit für's Muskeltraining gehabt.«

»Da unten gehörst du aber nicht gerade zur dürren Fraktion, was Brian?«

»Nee.«

»Wo's drauf ankommt, bist du gar nicht dünn.«

»Hmmmm.«

»Und jetzt deine Jeans.«

»Bist du auch sicher, daß die Tür ...«

»Mit Hose fickt sich's so schlecht.« Edie schob ihren Rock hoch, streckte die Hand aus und kitzelte ihn am Bart.

»Nicht doch. Laß das!«

»Was sind 'n das für Beulen?«

»Könnten wir nicht das Licht ausmachen?«

»Macht mehr Spaß ... mit.«

»Gut gesagt.«

»Ich will keine halben Sachen, Brian.«

»Um ... Ich war nie ... Ich habe nie ...«

»Einmal ist immer das erste Mal. Ooooh ... wunderbar. Ab die Post!«

Und die Post ging wirklich ab bei Brian, allerdings anders als erwartet. In Sekundenschnelle war alles vorbei. Sie lösten sich wortlos voneinander. Edie schwang die Beine zur Seite und blieb auf der Couchkante sitzen. Brian druckste verlegen herum. Das Licht warf ihre Schatten an die Wand. »Tut mir leid«, druckste Brian. »Ich fürchte, es war die Aufregung.«

»Was denn für 'ne Aufregung?«

So schnell wie sie sich zuvor ihrer Strumpfhose entledigt hatte, war sie plötzlich wieder angezogen und marschierte durchs Zimmer. Brian setzte sich mit düsterer Miene auf das Kunstlederpolster und sah zu, wie Edie den Teller mit den trockenen Essensresten hochhob und darunter eine Packung Zigaretten hervorholte.

»Zigarette gefällig?«

»Ich rauche nicht. Danke, Edie.«

Eine gebrochene Sofafeder piekste Brian unangenehm ins Hinterteil. Auf der dem Heizofen zugewandten Seite war er glühend heiß, auf der anderen Seite hatte er eine Gänsehaut. Mißtrauisch beobachtete er Edie. Sie inhalierte und ließ den Rauch durch die Nasenlöcher entweichen. Sie saß so weit von ihm entfernt, als habe ihre Vereinigung nie stattgefunden. Der Wein hatte ihm pochende Kopfschmerzen verursacht, und er merkte zuerst gar nicht, daß sie mit ihm redete.

»Entschuldigung. Das habe ich jetzt nicht verstanden.«

»Ich habe gesagt, daß meine Mum jede Minute zurücksein muß.«

»Verdammte Scheiße!« Brian fiel fast von der Couch. Er rappelte sich hastig auf und griff nach Hose und Hemd. »Warum hast du das nicht gleich gesagt?«

»Ich sag's doch jetzt.«

»Komm schon ... komm schon ...« Er verfluchte sein Hemd, schlug mit der Faust auf den laschen Stoff ein, suchte nach den Armlöchern.

»Ist verkehrt rum.«

»Schit.«

»Wer hastet, der rostet, was Brian?«

Er krempelte ungeschickt das Hemd um und knöpfte es schließlich zu.

»Du hast die falsche ...«

»Ja, ich hab's gemerkt. Danke.«

Sie zuckte mit den Schultern, griff sich eine Strumpfhose vom Sessel, ging zur Couch und wischte die verräterischen Spuren ab.

»Wo ist nur meine Unterhose!« schrie Brian verzweifelt. Und das war nicht nur als lautes Selbstgespräch gedacht gewesen.

»Woher soll ich das denn wissen?« Edie schleuderte die Strumpfhose hinter die Couch.

Brian gab die Suche auf. Er zog seine Jeans an, zog den Reißverschluß zu und erwischte dabei ein Ende seines empfindlichsten Teiles. Tränen traten ihm in die Augen, und er heulte vor Wut und Schmerz laut auf.

»Ist nicht dein Abend heute, was?«

Irgendwie gelangte er in seine Windjacke. Vor seinem geistigen Auge lief bereits ein Katastrophenszenario ab, in dem Mrs. Carter, die Muskeln gerade frisch gestählt, wie ein weiblicher Herkules über die Schwelle trat, ihm den Weg verstellte und ihn wie ein Punchingball vor sich her trieb.

Edie hielt die Tür auf. Halb blind vor Angst, daß sein Alptraum doch noch Wirklichkeit werden könnte, schoß Brian an ihr vorbei und in die Kälte hinaus.

Gegen zweiundzwanzig Uhr war das Team vom Außendienst aufs Revier zurückgekehrt. Die letzte Tagesbesprechung konnte beginnen. Dabei gab es einige unerfreuliche Überraschungen.

Die ausführliche und gründliche Befragung der Damen des horizontalen Gewerbes auf der Straße und den einschlägigen Clubs von Uxbridge hatte bis dahin keine Hinweise auf die Blondine im Taxi erbracht. Allerdings waren bislang nur die ersten Kandidatinnen am frühen Abend an ihren ›Arbeitsplätzen‹ aufgetaucht, so daß die Beamten vorerst bloß die Spitze des Eisberges angekratzt hatten.

Der Taxichauffeur, der die geheimnisvolle Blondine von ›Plover's Rest‹ abgeholt hatte, blieb weiter unauffindbar. Glück war ihnen dafür allerdings beschieden, was Hadleighs Umzugsfirma anging.

»Ich bin fündig geworden«, erklärte Inspektor Meredith stolz. »Der liebe Gott erhalte uns alle Klatschtanten dieser Welt! Die meine konnte sich nicht nur an das exakte Datum, sondern auch an den Namen der Firma erinnern.« Er blätterte in seinem Notizbuch. »Die Firma ist wie sich herausstellte vor einem Jahr von einem größeren Unternehmen aufgekauft worden. Es handelt sich um Cox aus Slough. Sie haben die alten Kräfte zwar entlassen, aber ihre Namen und Adressen in der Kartei behalten. Morgen unterhalte ich mich mit denjenigen, die noch in der Gegend leben.«

»Ich sehe Ihrem Bericht mit Interesse entgegen«, erklärte Barnaby. »Allerdings kann ich Ihnen jetzt schon eines sagen: Sie werden vermutlich feststellen, daß Hadleighs Sieben Sachen nicht von Kent nach Midsomer Worthy transportiert wurden, wie man uns glauben machen wollte.«

»Wirklich nicht, Sir? Wie kommen Sie darauf?«

Barnaby berichtete in Stichworten von seinem Besuch beim Anwalt sowie der Testamentseröffnung und löste damit große Überraschung unter seinen Zuhörern aus.

»Je mehr wir über Hadleigh herausfinden, desto undurchsichtiger wird die ganze Sache«, fuhr der Chefinspektor fort. »Von seiner Heirat existieren in keinem der in Frage kommenden Jahre Unterlagen. Wir versuchen jetzt eine Versicherungsnummer festzustellen, aber der Name ist weit verbreitet, und wir haben kein Geburtsdatum, von dem wir ausgehen könnten. Das Landwirtschaftsministerium prüft ebenfalls seine Personalkartei, aber ich habe auch da kaum Hoffnung, daß wir fündig werden. Allmählich kommt es mir so vor, als habe Hadleigh, was seine Person betrifft, eine geschickte Verschleierungstaktik betrieben. Wir können im Moment noch nicht einmal mit Sicherheit sagen, ob das, was er so umsichtig vertuscht hat, mit seinem Tod zusammenhängt.«

Barnaby lehnte sich zurück. Die bisherige Entwicklung der Ermittlungen war für ihn absolut deprimierend. Er war beileibe nicht der Mann, der Komplikationen um der Komplikation willen genoß, wie schon Nicholas hatte feststellen müssen, als er versuchte, seinem Schwiegervater das Schachspiel beizubringen.

Die Kriminalbeamtin Audrey Brierley fuhr sich nervös

durch ihr glänzendes Haar, bevor sie sich zu Wort meldete: »Aber warum sollte ein Mensch ein derartiges Lügengespinst um seine Person aufbauen, Sir?«

»Gute Frage.«

»Was ist mit Vorstrafen?« warf Inspektor Meredith ein. »Haben wir das schon überprüft?«

»Haben wir«, erwiderte Barnaby. »Vorstrafenregister negativ.«

»Zumindest unter diesem Namen«, fügte Audrey hinzu.

»Exakt. Die Tatsache, daß wir so wenig über ihn herausbekommen können, deutet darauf hin, daß der Name falsch ist. Und vermutlich nicht nur das.«

»Vielleicht haben wir es ja mit einem Aussteiger zu tun«, vermutete Troy. »Als ihm Frau und Kinder über den Kopf gewachsen sind ... hat er sich einfach abgesetzt. Was ist, wenn er ein Bigamist ...«

»Haben Sie schon an die Möglichkeit gedacht ...«

Inspektor Meredith hatte Troy rüde unterbrochen und lehnte sich jetzt auf seinem Stuhl zurück. Er schlug die Beine in der eleganten Tweedhose übereinander und senkte nach Denkerart das Haupt. Dann legte die Fingerspitzen seiner Hände gegeneinander. Barnaby beobachtete die ganze Inszenierung mit wachsendem Mißvergnügen.

»... an die Möglichkeit«, nahm Meredith den Faden nach der Kunstpause wieder auf, »daß wir es hier mit jemandem zu tun haben, dem ganz offiziell eine neue Identität verpaßt worden ist. Ich denke da an einen Mann vom MI 5 oder ähnlichen Organisationen. Ich habe Beziehungen zum Innenministerium und wäre gern bereit ...«

»Ich komme vielleicht darauf zurück«

Barnaby, der eine ungefähre Vorstellung davon hatte, was eine neue Identität kostete, wußte, daß sich die Geheimdienste nur selten auf eine solche aufwendige Prozedur einließen.

Außerdem war das Innenministerium in diesen Angelegenheiten erfahrungsgemäß sehr zugeknöpft. Trotzdem konnte er Merediths Einwurf nicht ganz von der Hand weisen.

»Vielleicht kann uns auch Jennings in einigen Punkten Aufklärung geben, Sir«, meldete sich Willoughby zu Wort. »Wie sieht es aus? Leiten wir eine offizielle Fahndung ein?«

»Wir warten noch vierundzwanzig Stunden. Falls wir dann noch immer keine Spur von dem Mann und seinem Wagen haben, bleibt uns nichts anderes mehr übrig.« Barnaby stand auf. »Gut. Wenn das alles ist ...«

»Er ließ seinen Blick in die Runde schweifen. Inspektor Meredith schien noch etwas eingefallen zu sein. »Nun, Inspektor?« sprach Barnaby ihn ohne Umschweife an.

»Sir?«

»Haben die kleinen grauen Zellen mal wieder Überstunden gemacht?« Einige grinsten, und Barnaby bereute umgehend, daß er sich zu einer solchen Bemerkung hatte hinreißen lassen.

Es war kaum Merediths Schuld, daß das System Akademiker nach vier Jahren zum Inspektor beförderte, während andere, tüchtige Polizisten, die von der Pieke auf angefangen hatten, dazu fünfzehn Jahre brauchten.

»Sie hatten doch noch eine Idee nehme ich an, oder?«

»Nein, Sir.«

In diesem Moment kam das Personal von der Nachtschicht herein. Barnaby räumte seinen Schreibtisch auf und ging zur Tür. In Gedanken war er bereits beim Zubereiten des Abendessens. Kräuter und Champignons mußten gehackt, die Leber in dünne Scheiben geschnitten werden. Ein Glas vom 90iger Crozes-Hermitage würde ihn bei der Arbeit beflügeln. Was konnte es Schöneres geben?

Barnaby schlenderte entspannt an der Glaswand zum Bereitschaftsraum vorbei. Dabei fiel sein Blick auf Inspektor

Meredith, der zu Barnabys Überraschung noch immer an seinem Platz saß. Seine Finger flogen über die Tastatur, er hatte den reptilienartigen Schädel leicht vornübergebeugt und starrte wie gebannt auf den Bildschirm.

Hectors Sieg auf ganzer Linie

Brian stocherte in seinem Müsli mit geraspelten Äpfeln herum. Er hatte eine miserable Nacht hinter sich und einen miserablen, fürchterlichen Tag vor sich. Regen trommelte rhythmisch gegen die Küchenfenster; und im Garten zerrte ein heftiger Wind an den Ästen von Bäumen und Sträuchern.

Brian rekapitulierte zum x-ten Mal seit seinem überstürzten Abgang von Quarry Cottages, was dort geschehen war. Obwohl er in seiner Phantasie bereits mehrere entscheidende Momente im Drehbuch des Abends zu seinem Vorteil umgeschrieben hatte, gab es noch reichlich Stellen, die seine Erinnerung an diese Stunden ausgesprochen unangenehm gestalteten.

Daher versuchte er gar nicht erst, länger bei ihnen zu verweilen. Schließlich war es ja keineswegs so, als könnten gewisse Dinge nicht zurechtgerückt werden. Immerhin war es das erste Mal gewesen. Da hatte man gewisse Unzulänglichkeiten nun mal einkalkulieren müssen. Jetzt, da er wußte, was Edie wollte, was sie erregte, sollte alles ganz anders werden. Während er auf die mittlerweile braun angelaufenen Apfelraspeln starrte, fügten sich diese wie durch Geisterhand wieder zu einem intakten Apfel zusammen, welcher sich prompt in eine perfekte cremefarbene Mädchenbrust mit rosaroten Brustwarzen verwandelte.

Brian begann unruhig und erregt auf seiner Bank hin und her zu rutschen und starrte angesäuert jene weibliche Fehlentwicklung an, die sich seine Frau nannte. Er wünschte sie mitsamt ihrem Mondgesicht, dem Hängebusen und ihren großen Füßen in intergalaktische Weiten. Gut, er hatte sich an sie verschwendet. Soviel war klar. All sein Intellekt, seine Talente waren bei ihr wie Perlen vor die Säue geworfen.

Brian hegte kaum einen Zweifel daran, wer die Schuld an den Patzern des vergangenen Abends trug und warum er, als er endlich das Mädchen seiner heißesten Träume in den Armen gehalten hatte, wie ein pubertärer Schüler reagiert hatte.

Eine sensiblere Partnerin, eine zartfühlendere, liebevollere Gespielin, hätte Mittel und Wege gefunden, die Sinnlichkeit eines Mannes zu fördern, hätte ihn in den Künsten der Wollust unterwiesen.

Warum nur hatte er sich von seinen Eltern überreden lassen, »das Richtige« zu tun? Warum hatte er nicht den Mut aufgebracht, sich abzusetzen und Susan mitsamt Kind sich selbst zu überlassen? Andere Männer hatten genau so reagiert. Tom Carter hätte es getan. Collar und Denzil würden es fraglos auch tun.

Brian steckte sich ein Kissen dorthin, wo andere einen Hintern hatten, und versuchte, eine bequemere Sitzposition einzunehmen. Der Gedanke, Edie zu begegnen, machte ihm etwas Angst. An diesem Tag allerdings fand weder eine Probe noch Englischunterricht statt. Sie würden sich also erst nach dem Wochenende wiedersehen, was ihm wie eine halbe, unerträgliche Ewigkeit vorkam. Es sei denn, einer von beiden provozierte ein Treffen.

Brian fragte sich, wie ein erstes Wiedersehen »danach« wohl verlaufen mochte. Vielleicht war sie scheu und brachte es nicht fertig, über den vorausgegangenen Abend zu sprechen. Vielleicht war sie aber auch ganz begierig darauf, ihn wiederzusehen, und schmiedete bereits Pläne für ein nächstes Tête-à-tête. Brian beschloß tollkühn, das nächste Mal schick mit Edie auszugehen. Vielleicht in ein Hotel am Fluß ...

Die negativen Umstände ihrer Begegnung (schmuddelige Umgebung, vorzeitige Ejakulation des Claptonschen Samens und gewisse Verkrampfungen) begannen in seiner Erinnerung rasch zu verblassen. Auch Edies post-koitale Gefühllosigkeit, gestern noch verletzend, erschien ihm bei längerem Nachdenken vollkommen verständlich. Wie mußte sie auf diesen ersten Beischlaf gewartet haben! Da war es doch nur natürlich, daß sie sich nach seiner unzulänglichen Darbietung in sich zurückgezogen hatte, um sich vor weiteren Verletzungen und Erniedrigungen zu schützen.

Hätte sie nur seinen Bart nicht berührt!

Brian tauchte allmählich aus seinen Träumereien auf und merkte, daß er unverwandt auf den braunen Satz in seiner Kaffeetasse starrte.

»Was zum Teufel soll das sein?«

»Was meinst du?«

»Diesen braunen Morast in meiner Tasse.«

»Der kommt vom Filterkaffee.«

»Aber wir haben keinen Filter«, belohnte er sie laut und vernehmlich. »Wir kochen Kaffee nach der französischen Methode.« Zur Bekräftigung hob er die Kaffeekanne mit dem Druckfilter hoch.

»Du trinkst nur Costa Rica Kaffee. Und im Supermarkt hatten sie nur den gemahlenen für Kaffeefilter.«

Geduld, Brian, Geduld, sagte er sich. Sie kann ja nichts dafür. Zähl einfach bis zehn.

»Wenn du nicht umrührst, ist alles in Ordnung.«

»Wie du es je geschafft hast, durchs Lehrerseminar zu kommen, ist mir schleierhaft.« Er goß den dicklichen dunklen Matsch über sein Müsli und schob die Schüssel von sich.

An der Haustür klapperte der Briefschlitz. »Das müßte die Post sein«, verkündete Sue, doch Brian rührte sich nicht. Sue zögerte. Als Haushaltsvorstand war es ihm vorbehalten, die

Post entgegenzunehmen, für den Fall, daß etwas Wichtiges dabei war. Aber zu Sues Verwunderung sagte er nur: »Na, dann hol sie schon. Sind vermutlich sowieso nur Rechnungen. Ihr zwei freßt mir ja die Haare vom Kopf.«

Sue verkniff sich die Bemerkung, daß Lebensmittelrechnungen selten per Post ins Haus flattern, und ging in die Diele. Auf der Türmatte lag eine Briefsendung ... ein länglicher blütenweißer Umschlag, mit sauber getippter Adresse. Sue brachte ihn in die Küche. Brian streckte die Hand danach aus. »Na gib schon her. Bringen wir's hinter uns.«

»Er ist für mich.«

»Was?«

»Aus London.«

Sue war übel vor lauter Aufregung. Sie stand wie angewurzelt in ihrer Küche, den Umschlag in der Hand. Er war nicht groß genug, hatte auch nicht annähernd das Format, in das ihre Zeichnungen und das Manuskript gepaßt hätten. Sie riß das Kuvert mit zitternden Fingern auf, nahm ein steifes Blatt Papier mit Firmenemblem heraus und begann zu lesen. Sie runzelte die Stirn und las erneut. Dann sank sie in den Sessel.

»Und? Was ist?«

»Es ist von Methuen.«

»Von wem?«

»Methuen ... dem Kinderbuchverlag.« Brian wirkte gereizt und verwirrt zugleich. »Ich hatte ihnen eine Geschichte und Zeichnungen geschickt. ›Hectors neues Pony.‹«

»Das hast du mir gar nicht gesagt.«

»Sie wollen die Geschichte veröffentlichen. Ohhh, Brian ...«

»Laß mich mal sehen!«

Sue gab den Brief nur widerwillig aus der Hand, so als habe sie Angst, der Inhalt könne sich dadurch plötzlich verändern oder die Schrift unsichtbar werden.

Nach einer kurzen sachlichen Prüfung des Brieftextes gab Brian das Schreiben zurück. »Wie ich mir schon gedacht habe.« Sie kriegt doch immer alles in den falschen Hals, dachte er. »Von Veröffentlichung ist mit keinem Wort die Rede.«

»Was?« Seine Frau studierte den Brief erneut. »Aber die Lektorin schreibt ...«

»Sie schlägt lediglich ein Gespräch vor.«

»Bei einem gemeinsamen Essen«, verbesserte Sue ihn erstaunlich energisch.

»Gut, dann ist es eben eine Einladung zum Mittagessen«, erwiderte Brian patzig. »Offenbar meinen sie ganz allgemein, vielleicht mal was mit den Zeichnungen anfangen zu können. Mehr solltest du da aber wirklich nicht reininterpretieren.«

Sue las den Brief zum vierten Mal. Es stimmte. Das Wort Veröffentlichung kam nicht vor. Und trotzdem ...

»Ich betone das nur, damit du hinterher nicht enttäucht bist«, fuhr Brian fort.

Sue schwieg.

»Sowas hat Methode. Auf diese Weise hält man Leute bei der Stange, von denen man nicht weiß, ob sie nicht doch noch mal nützlich werden können.«

»Verstehe.«

Sue verstand sogar sehr gut. Sie senkte den Blick, um ihre freudige Erregung zu verbergen und ihn nicht noch mehr zu verärgern.

»Kein Wunder, daß es hier aussieht wie im Saustall.« Brian rutschte von der Bank. »Wenn du den ganzen Tag mit deinem Gepinsele vertrödelst.«

Sue beobachtete, wie er seine karierte Winterjacke anzog, nach seiner Puma-Tasche griff und zur Tür ging.

Als die Tür hinter ihm zugefallen war, saß Sue bewegungslos in ihrem Sessel, bis sie den VW davonfahren hörte. Dann stand sie auf, machte die Arme breit und ließ einen Freudenschrei los. Sie sprang aus ihren schweren Clogs und begann zu tanzen: einmal um die ganze Küche, kreuz und quer durchs Wohnzimmer, die Treppe hinauf und hinunter und von Badezimmer zu Badezimmer.

Dabei sang sie Textstellen aus Hectors Geschichten, alte Lieder, neue Schlager, Kinderreime, Werbeslogans. Sie sang den Brief von Methuen, die Schlagzeilen des *Guardian* und das Rezept für einen Kartoffel-Lauch-Auflauf.

Sues alter brauner Rock und ihr Haar flogen im Kreis, und als sie schließlich erschöpft in den Sessel fiel, tanzte sie im Geiste weiter.

Was soll ich nur machen? Ich kann doch hier nicht einfach ruhig sitzen bleiben. Nicht an einem Tag wie diesem. Wenige Minuten später sprang sie mit frischer Energie auf und starrte aus dem Fenster.

Nie im Leben war ihr ein Tag so schön erschienen. Regen prasselte wie ein Blitzlichtgewitter gegen die Scheiben. Die Sonne lugte hinter den Wolken hervor. Darunter waren sogar ein paar Watteau-Wolken, schneeweiß und mit Wolkenschliff, aufgeblasen wie Pumphosen an der Leine. Als sie vom Fenster zurücktrat fiel ihr Blick auf ihr Spiegelbild, und sie blieb stehen.

Ihre Backen glühten, und ihre Augen glänzten. Ihr langes schokoladenbraunes Haar, normalerweise so strähnig und unansehnlich, fiel plötzlich wie ein seidig schimmernder Vorhang auf ihre Schultern.

»Was für ein Unsinn!« sagte sie laut und lachte. »So ein absoluter Blödsinn!«

Sie entfernte sich von dem trügerischen Spiegel, setzte sich schnell wieder hin und versuchte vernünftig zu sein. Eine Veränderung war mit ihr vor sich gegangen. Wie und weshalb, vermochte sie nicht zu deuten. Zu einer kühlen Analyse war sie nicht fähig. Aber daß es so war, daran zweifelte sie nicht.

Die Neun-Uhr-Besprechung verlief kurz und denkwürdig. Das Außendienst-Team, das Kaffee hinunterkippte und selbstzufriedene Gesichter zur Schau trug, war fündig geworden.

Mehrere luxuriöse Gefährtinnen der Nacht, die nur von ihren Apartments aus arbeiteten, hatten zugegeben, auf Anruf einsame Geschäftsleute in ihren kriminell teuren Suiten im Golden Fleece Hotel zu besuchen, um sie die schmerzlich vermißten Annehmlichkeiten des häuslichen Lebens vergessen zu machen.

Die meisten dieser kundigen Profis kannten einander, zumindest vom Sehen, und hielten stets wachsam Ausschau nach neuer und unerwünschter Konkurrenz. Zwei von ihnen war mehrmals eine Frau in ihrem Revier aufgefallen, auf die die Beschreibung der Polizei paßte.

»Und woher wollen Sie wissen, daß es sich um die gesuchte Blondine handelt, Sergeant Johnson?« erkundigte sich Barnaby.

»Die Beschreibung paßt exakt, Sir«, erwiderte Johnson und zückte ein Vernehmungsprotokoll. »Es stimmt alles ... sogar bis auf den kleinen Hut mit Schleier. Und sie trägt offenbar ausschließlich Schwarz. Eine Mrs. ... Fionnula Dobbs will sie mindestens ein halbes dutzendmal in den vergangenen Monaten gesehen haben. Und zwar immer in der Hotellobby. Sind Sie je im Fleece gewesen, Sir?«

»Nur, wenn ich die Zeche nicht selbst berappen mußte.«

»Verständlich. Die Lobby jedenfalls ist verdammt schick. Viele tiefe Polstersofas und Sessel, Tische mit Zeitungen und Illustrierten und eine exquisite Bar. Die Dame soll normalerweise allein dort gesessen, etwas gelesen oder Kaffee getrunken haben.«

»Hat sie geraucht?«

»Hm.« Johnson wurde rot. »Habe vergessen, mich danach zu erkundigen.«

»Fahren Sie fort.«

»Die Damen fanden sie zwar nicht unattraktiv, aber letztendlich zu alt, um eine echte Konkurrentin zu sein. Jedenfalls achtet das Fleece streng auf jede käufliche Dame, die versucht, im Hotel anzuschaffen. Der Barkeeper hielt sie für keine vom einschlägigen Gewerbe. Sie soll nie jemanden angesprochen haben, und wenn sie von jemanden angemacht worden ist, wurde derjenige immer höflich zurückgewiesen. Die Belegschaft hat um zehn Uhr heute morgen gewechselt ... aber ich glaube kaum, daß die Tagesschicht mehr Informationen für uns hat.«

»Und keine der Frauen, mit denen Sie gesprochen haben, hat je ein Wort mit ihr gewechselt?«

»Nein. Wie gesagt, vom Hotel aus gibt es strikte Vorschriften, was die Besuche der Mädels betrifft. Sie gehen geradewegs in die Zimmer der Klienten und verlassen diese wieder auf dem direkten Weg. Machen Sie auch nur den Versuch, einen weiteren Kunden aufzureißen, wird ihnen in Zukunft der Zutritt verwehrt.«

Damit legte der Sergeant den Stapel Vernehmungsprotokolle neben einen Computer.

»War's das?« fragte Barnaby. Alle nickten. »Und niemand weiß was über sie? Woher sie stammt? Wohin sie geht?«

»Leider nein, Sir.«

»Hm ... dabei können wir's natürlich nicht bewenden lassen. Haltet euch an die Belegschaft von der Bar. Fragt herum. Die Leute wissen meistens mehr, als sie denken. Sonst noch was?«

Er sah in die Runde.

Niemand meldete sich. Kaum hatte Barnaby Luft geholt, um den Tagesplan zu verkünden, ergriff Inspektor Meredith das Wort.

»Noch was Sir ...«

Barnaby fixierte ihn scharf. Merediths aufgesetzte Demutshaltung konnten ihn ebensowenig täuschen wie sein falsches Zaudern.

»Ja bitte?« erklärte Barnaby leicht gereizt. »Was gibt's denn?«

»Nur so eine Idee ...«

»Könnte es sich möglicherweise um dieselbe Idee handeln, die sie gestern abend auf meine Frage hin zurückgezogen haben?«

»Also ...« Meredith lächelte nur und zuckte lässig elegant mit den Schultern. »Ich wollte zuerst noch einiges überprüfen. Dazu mußte ich Mrs. Jennings Aussage noch einmal durchlesen. Auf dieser Grundlage konnte ich dann weiterarbeiten.«

»Weiterarbeiten?« Barnabys sanfter Tonfall konnte die meisten nicht täuschen. Dunkle Wolken zogen an Merediths Horizont auf. Nur Meredith selbst merkte nichts. Unbelastet von irgendwelchen Vorahnungen fuhr er fort:

»Sie haben doch gestern darüber geklagt, daß Jennings nicht greifbar ist und alle unsere Informationen bisher in eine Sackgasse geführt haben. Irgendwie hatte ich plötzlich das dumpfe Gefühl, daß da irgendwo ein Name aufgetaucht war, den wir ganz außer acht gelassen haben. Und ich hatte recht. Der Name war ... Barbara!« trumpfte Meredith auf.

Er hielt inne und sah sich selbstgefällig um. Der erwartete Beifall blieb jedoch aus. Keine Hand rührte sich. Schließlich erklärte er der schweigenden Runde: »Die Sekretärin.«

Nach der nächsten Kunstpause berichtete er weiter: »Leider hatte ich ja nur ihren Vornamen. Ich habe also versucht, von Mrs. Jennings die vollständige Adresse zu erhalten. Doch sie war alles andere als kooperativ, und auch der Butler behauptete, keine Ahnung zu haben. Danach blieb mir nur noch Jennings Verleger. Und ich hatte tatsächlich Glück. Mein Anruf kam zwar spät, aber alle waren noch da. Es fand gerade eine interne Feier anläßlich einer Neuerscheinung statt. Der gesuchte Nachname lautet jedenfalls Cockaigne, und die Dame lebt in North London. Alles weitere war ein Kinderspiel. Ich habe angerufen. Ein Anrufbeantworter lief. Und da wurde es erst so richtig interessant ...«

»Ich hoffe, Sie verschonen mich jetzt mit weiteren Details, Inspektor Meredith, und kommen endlich zur Sache«, unterbrach Barnaby ihn schneidend.

Die restliche Zuhörerschaft hatte es sich mittlerweile schon mal bequem gemacht und stellte sich auf einen längeren salbungsvollen Vortrag ein. Troy lehnte sich gegen die Pinnwand, schloß die Augen und genoß es sichtlich, wie Meredith sich in seiner geschraubten Diktion immer tiefer ins Abseits redete.

»Der Tenor der Ansage auf dem Anrufbeantworter lautete, daß die Inhaberin des Telefonanschlusses für fünf Tage verreist sei. Verstehen Sie? Das kann doch kein Zufall sein, oder? Ich habe mir überlegt, daß sie bei irgend jemandem ihre Adresse hinterlassen haben müßte ... vielleicht bei einer Freundin oder einem Nachbarn. Einfach für den Notfall. Das ist doch allgemein Usus. Wenn Sie diese Frau finden, Chefinspektor ... davon bin ich überzeugt ... haben Sie auch Jennings gefunden.«

Auf diesen Beitrag folgte Stille. Und die zog sich quälend in die Länge. Barnaby wirkte geistesabwesend. Er hatte die Stirn in Falten gelegt und kramte fahrig in seinen Unterlagen.

»Vielleicht darf ich Ihnen erst mal erklären, wie wir hier arbeiten, Inspektor Meredith«, begann er schließlich in sachlichem Ton. Meredith traf ein Blick voll kalter Verachtung. »Wir sind ein Team! Was Ihnen bisher noch entgangen zu sein scheint. Es wundert mich eigentlich, daß einem das in Bramshill offenbar nicht beigebracht wird. Die Methode garantiert nämlich Schnelligkeit und Effizienz. Und ... hat damit schon

Leben gerettet. Natürlich sind wir alle Individualisten. Der eine mehr, der andere weniger. Sollten wir jedoch zu einer wichtigen Erkenntnis gelangen, verfolgen wir die Spur nicht heimlich für uns allein und ziehen dann mit großem Spektakel vor versammeltem Publikum den Hasen aus dem Zylinder. Wir sind hier nicht im Kabarett.«

»Ich wollte nur …«

»Ich bin noch nicht fertig!«

»Verzeihung!«

»Das Zurückhalten von Informationen kann auf jeder Ebene fatale Folgen haben. Ich erinnere da nur an die Sutcliffe-Pleite. Da hat sich ganz deutlich gezeigt, was passiert, wenn Männer von Rang im Alleingang vorpreschen, anstatt mit den anderen kooperativ zusammen zu arbeiten.« Er hielt kurz inne. »Sie machen so ein verdutztes Gesicht, Meredith. Haben Sie in Ihrem Elfenbeinturm denn noch nie etwas vom Yorkshire Ripper gehört?«

»Selbstverständlich habe ich das, Sir.«

»Dann wissen Sie auch, daß Frauen ganz unnötigerweise sterben mußten, weil Informationen nicht schnell und effizient genug übermittelt worden sind.«

»Ich dachte, ein technischer Defekt sei daran Schuld gewesen. Inkompatible Computer …«

»Unter anderem auch das, Inspektor. Unter anderem.«

»Es hat ja schließlich nur …« Meredith verstummte schulterzuckend. »Es waren doch bloß Nutten«, fügte er dann hinzu.

Barnabys Miene verhieß nichts Gutes. »Ich habe Sie wohl nicht richtig verstanden, Inspektor.«

»Prostituierte.« Meredith sah sich um. »War's nicht so?«

Der Chefinspektor zog den Kopf zwischen die Schultern.

»Vergessen Sie nicht, was ich gesagt habe. Alle Informationen, welcher Art auch immer, kommen in den Pool. Darum geht es bei diesen Besprechungen. Sonst können wir sie uns gleich sparen.«

»Wie Sie meinen, Sir.«

»Ja, und ich meine das verdammt ernst, Inspektor. Und Sie tun gut daran, sich an diese Anweisung zu halten, sonst sind Sie nämlich schneller wieder bei der Streife, als Sie denken.« Barnaby erhob sich erstaunlich behende und stürmte wütend aus dem Raum.

Troy folgte ihm und holte seinen Chef im Korridor ein.

»Verdammter Faschist!«

Der Sergeant reagierte nur zögernd: »Er ist nun mal der Neffe vom Polizeipräsidenten, Sir.«

»Und wenn er der Lieblings-August der Queen wäre ... Sollte er mir noch einmal so kommen, schmeiß ich ihn raus!«

Barnaby stapfte in sein Büro und schlug Troy die Tür vor der Nase zu. Dieser hielt mit der flachen Hand die in den Angeln erbebende Glastür fest und trat ein. Er zählte ruhig bis fünfhundert und erkundigte sich dann:

»Soll ich mir Clapton heute morgen noch mal vornehmen, Sir?«

»Nein. Der läuft uns nicht weg. Wir haben noch immer nicht mit Amy Lyddiard gesprochen. Aber in dem von diesem Dobermann von Schwägerin bewachten alten Kasten kommt kein Gespräch zustande. Bestellen Sie sie aufs Revier. Und zwar höflich. Sagen Sie, es sei wegen der Fingerabdrücke.«

Nachdem Troy gegangen war, starrte Barnaby gegen die Wand und fragte sich, wie ihm diese ›Barbara‹ nur hatte entgehen können. Es hatte mal eine Zeit gegeben, da war ihm nichts und niemand durchs Raster geschlüpft. Und er konnte den Lapsus nicht einmal auf die schlampige Lektüre der Vernehmungsprotokolle schieben. Er selbst hatte schließlich das Gespräch mit Mrs. Jennings geführt. Wie Pech und Schwefel die beiden, hatte Ava Jennings behauptet. Er erinnerte sich sogar noch an die exakten Worte. *Wie Pech und Schwefel.*

Barnaby verfluchte Meredith mit den scharfen Augen, der ehrgeizigen Spürnase und den guten Beziehungen. Dann schalt er sich wegen seiner Kleinkariertheit. Er fühlte sich alt und müde. Und sein knurrender Magen schrie geradezu nach etwas Handfestem zu essen.

Sue schwebte noch immer wie auf Wolken, als sie durch die Toreinfahrt von ›Gresham House‹, die Auffahrt hinauf und zum Seiteneingang lief. In ihrer Aufregung zog sie so fest am Klingelstrang, daß dieser fast aus der Wand brach.

Sie wartete lächelnd. Einige verrottete Blätter der Glyzinie an der Hauswand segelten auf ihr unbedecktes Haupt. Ihre Arme schmerzten noch von den schweren Einkaufstaschen, die sie für Rex nach Hause geschleppt hatte. Aber Rex war schon fast wieder der Alte, und das war Lohn genug.

Amy öffnete die Tür. Sie trug Gummihandschuhe und Kopftuch. Die beiden Frauen sahen sich an.

»Was ist los?« fragte Amy atemlos. »Was ist?« Sie ergriff die Hand der Freundin. »Methuen?«

»Ja.«

»Sue ... das ist großartig!«

»Ich bin zum Mittagessen eingeladen.«

»Zum Mittagessen ... Wahnsinn!«

»Ich habe den ganzen Vormittag nur getanzt. Die Treppen hinauf und hinunter, im Haus ... auf der Straße ... einfach überall.«

»Kann ich mir vorstellen.« Amy strahlte. Sie umarmte Sue herzlich. »Komm rein!«

»Aber was ist mit ...«

»Sie bringt gerade einen Katalog zu Laura zurück.«

Amy hatte Silber geputzt, das in einem mit grünem Filz

ausschlagenen Kasten auf dem Tisch lag. Der scharfe Geruch einer Chemikalie hing in der Luft.

Sue setzte sich und lachte übermütig. »Ich weiß nicht, was ich mit mir anfangen soll. Ich glaube, ich drehe durch.«

Erst allmählich beruhigten sich die beiden Freundinnen. »Das müssen wir feiern. Aber hier gibt's natürlich nichts zu trinken. Nicht mal Sherry zum Kochen.«

»Komisch, daß du das sagst ...« Sue zog aus ihrer Einkaufstasche eine Pappschachtel, eine Flasche und einen Korkenzieher.

»Voilà!«

Sie nahm das Gummiband von dem Karton und klappte ihn auf. Er erhielt eine Schokoladentorte. Dann entkorkte sie den Weißwein aus der Gascogne.

Amy brachte ein scharfes Messer, zwei Teller und Gabeln sowie zwei Weingläser aus dem Wohnzimmer. Der Kuchen hatte zwar ein leicht künstliches Aroma, und der Wein hätte kühler sein können, aber Sue und Amy genossen jeden Bissen und jeden Schluck. »Das war herrlich«, seufzte Amy schließlich.

»Hoffentlich war's nicht so teuer.«

»Fast sechs Pfund.«

»Sue!« Amy legte entsetzt die Gabel beiseite. »Wie willst du das denn wieder wettmachen?«

»Keine Ahnung. Ist mir auch egal.«

»Aber morgen ist doch dein Einkaufstag. Paß auf.« Amy legte die Hand auf den Arm der Freundin. »Das geht auf meine Rechnung. Ich habe noch Geld übrig vom ...«

»Nein, Amy.«

»Aber ich bin deine Freundin.« Doch Sue schüttelte nur eigensinnig den Kopf. »Dann nimm es halt als Darlehn. Sobald du wieder flüssig bist, zahlst du's mir zurück. Was hat eigentlich Brian dazu gesagt?«

»Daß sie nicht die Absicht haben, die Geschichte zu veröffentlichen, sondern sich nur nichts durch die Lappen gehen lassen wollen, was einigermaßen gut zu sein scheint.«

»So ein Blödsinn!« Amy wurde rot vor Wut.

»Finde ich auch«, pflichtete Sue ihr bei.

»Dieser widerliche kleine Miesmacher!«

»Ich hab's ihm sowieso nicht geglaubt.«

»Gott sei Dank.« Amy nahm sich zusammen. »Also, was willst du anziehen?«

»Das weiß der Himmel. Eigentlich habe ich nichts.«

»Dann geh zur Freien Selbsthilfe. Die haben tolle Sachen. Ich leihe dir das Geld. Keine Widerrede. Du mußt hübsch aussehen.«

»Danke.« Sue betrachtete die Freundin liebevoll. »Das nächste Mal bist du dran. Wenn du *Rompers* fertig hast, werden sie sich um das Manuskript nur so reißen.«

Amy antwortete nicht. Sie schien abwesend und melancholisch. Sue fragte sich, ob sie wohl an Ralph dachte. »Und dann kann ich dir helfen«, fuhr Sue hastig fort. »Ich besorge dir einen Agenten ...«

»Oh, Sue!«

Beide verfielen in glückliches Schweigen, genossen den Unterschied zwischen gestern und heute. Und wenn ich morgen aufwache, dachte Sue, dann ist es noch immer wahr. Das kann mir niemand mehr nehmen.

»Mein Gott, ich war so glückselig, daß ich dir gar nicht erzählt habe, was sonst noch passiert ist.«

»Hier ist auch was passiert.«

»Amy ... was denn?«

»Du zuerst.«

Und dann erzählte Sue von Rex. »Aber das kann doch nicht sein«, murmelte Amy, als Sue geendet hatte. »Du hast ein Wunder vollbracht. Ich habe ihn heute morgen im Park gesehen. Mit Montcalm.«

»Ja, Gott sei Dank. Und er will auch wieder schreiben. Das hilft sicher. Aber solange sie den Mörder nicht gefunden haben …«

»Mrs. Bundy hat gestern erzählt, daß sie einen Koffer suchen.«

»Einen von Geralds Koffern?«

»Ja. Aus braunem Leder. Der Mörder hat ihn offenbar mitgenommen.«

»Das deutet definitiv auf einen Einbrecher hin. Das muß ich Rex erzählen. Es wird ihn erleichtern.«

Sue begann ihre Sachen wieder in die Einkaufstasche zu laden. »Wissen Sie denn, was in diesem Koffer gewesen sein soll?«

»Der gesamte Inhalt einer Kommode«, antwortete Amy. »Zumindest behauptet das Mrs. Bundy. Sie hat sich sehr ausführlich darüber ausgelassen.«

»Überrascht mich, daß Honoria ihr das durchgehen ließ.«

»Die war ja gar nicht dabei.« Amy seufzte. »Ich helfe dir mit Rex. Ich besuche ihm. Vielleicht können wir auch Laura bitten.«

»Ah … das wollte ich dir auch noch erzählen. Sie zieht aus.«

»Zieht aus? Wohin?«

»Das weiß sie noch nicht. Ich bin gestern abend bei ihr gewesen, weil ich einfach mit jemandem über die Sache mit Rex reden mußte. Ich hatte mir solche Sorgen gemacht. Den Weg hätte ich mir allerdings sparen können. Laura war in einer sehr komischen Stimmung. Ich glaube ehrlich gesagt, sie hatte getrunken.«

»Das überrascht mich nicht. Diese schreckliche Geschichte kann einen wirklich zum Alkoholiker machen.«

»Amy, erzähl mir jetzt aber schnell noch deine Neuigkeiten«, bat Sue. »Ich muß gleich gehen.«

»Also es war gestern … kurz nach ein Uhr«, begann Amy ernst. Sie wirkte plötzlich so erregt, daß Sue sich automatisch wieder auf ihren Stuhl setzte. »Honoria ist in die Küche gekommen und hat sich beschwert, weil das Mittagessen noch nicht fertig war. Ich weiß gar nicht mehr genau, wie es passiert ist ... vielleicht weil ich so gefroren, mich so allein und unglücklich gefühlt habe ... Jedenfalls habe ich ihr gesagt, daß es mir reicht.«

»*Amy!*«

»Und daß ich ausziehen will.«

»Das ist nicht dein Ernst!« Sue starrte die Freundin verdattert an. »Und wie hat sie reagiert?«

»Es war schrecklich. Sie hat gesagt, sie wolle die Heizung reparieren lassen und mir mehr Geld für die Lebensmittel geben. Dann hat sie noch behauptet, ich dürfe nicht gehen, weil sie Ralph versprochen habe, auf mich aufzupassen.«

»Mist.«

»Genau. Es kam mir geradezu unheimlich vor. Ich habe gemerkt, daß sie nicht die Wahrheit gesagt hat. Keine Ahnung, weshalb sie mich unbedingt hier haben will ...«

»Als billige Arbeitskraft natürlich.«

»Nein. Oder vielleicht doch. Aber auf jeden Fall ist das nicht der Hauptgrund. Ich habe vielmehr das Gefühl, daß sie auf irgendwas von mir scharf ist. Ich fühle förmlich, wie sie mich beobachtet. Manchmal schleicht sie sich an, ohne daß ich sie bemerke. Sie wartet auf etwas, Sue. Und sie läßt mich nicht gehen, bevor sie das nicht gekriegt hat.«

»Aber du mußt hier weg!«

»Ja. Ich habe meine Pläne. Du weißt doch ... die Anzeigen, von denen ich dir erzählt habe. Ich werde auf einige antworten. Darf ich deine Adresse angeben? Ich will nicht, daß sie erfährt ...«

»Kein Problem.« Vor Sue tat sich plötzlich eine Wüste der Einsamkeit auf. Ihre Verzweiflung stand ihr ins Gesicht geschrieben.

»Schau nicht so, Sue. Wir schreiben uns. Die ganze Zeit.«

»Ja.«

»Und ich muß oft herkommen. Um Ralph zu besuchen.«

Einige Stunden später wartete Barnaby auf das Eintreffen von Mrs. Lyddiard. Er machte sich Notizen. Es waren nur Stichpunkte für das bevorstehende Gespräch. Der Chefinspektor zog es vor, den Lauf der Dinge abzuwarten.

Barnaby hatte die Geduld eines Tieres, das ruhig vor dem Bau seiner Beute lauerte. Und er war neugierig auf Menschen. Ganz im Gegensatz beispielsweise zu Troy, der sich für niemanden um seiner selbst willen interessierte, sondern nur insoweit, wie diese Person zur Lösung eines Falls beitragen konnte. Barnabys Methode zeigte jedenfalls Ergebnisse. Die Leute erzählten ihm Dinge, die sie gar nicht hatten preisgeben wollen. Gelegentlich verrieten sie ihm sogar Sachen, von denen sie gar nicht geahnt hatten, daß sie sie wußten.

Audrey Brierley steckte gerade den Kopf herein, um zu fragen, ob er etwas zu trinken wünsche, als Sergeant Troy mit Mrs. Lyddiard erschien. Barnaby bat um zwei Tassen Tee und befahl, nicht gestört zu werden. Troy begriff sofort, daß er überflüssig war, und ging in den Bereitschaftsraum hinüber.

Der Chefinspektor hängte Amys Mantel auf, bot ihr den bequemsten Stuhl an und setzte sich ihr gegenüber auf die Couch. Sie rührten stumm in ihren Teetassen. Amy sah sich interessiert um.

»Das ist nur eine ganz zwangslose Unterhaltung«, begann Barnaby. »Gestern hatten wir ja leider keine Gelegenheit, ungestört zu reden.«

»Ja. Honoria ist leider ...« Amy verstummte, als sie merkte, daß sie Gefahr lief, vor einem Fremden aus dem Nähkästchen zu plaudern. Sie trank einen Schluck Tee. »Ausgezeichnet. Danke.«

»Was ich Sie fragen wollte«, fuhr Barnaby fort. »Welchen Eindruck hatten Sie eigentlich vom letzten Abend in ›Plover's Rest‹? Haben Sie ihn genossen?«

»Und wie! Es war einfach großartig, mal einen echten Schriftsteller kennenzulernen.«

Amy lobte wie schon Sue Clapton die Höflichkeit von Jennings, seine Hilfsbereitschaft und das offenbar echte Interesse für ihre Belange.

»Schade, der Abend war eigentlich viel zu kurz. Ich glaube, alle fühlten sich irgendwie inspiriert.«

»Hatten Sie den Eindruck, daß auch Mr. Hadleigh den Abend genossen hat?«

»Schwer zu sagen. Er war sehr still.« Amy stellte Tasse und Untertasse vorsichtig ab. »Der arme Mann!«

»Wußten Sie, daß er und Jennings sich von früher her gekannt haben?«

»Ja. Rex hat es Sue erzählt. Rex hat die ganze Angelegenheit furchtbar deprimiert. Er fühlt sich schuldig ...«

»Ich schätze, das Problem erledigt sich von selbst.« Barnaby lächelte. »Soviel ich gehört habe, sind sie und Miß Lyddiard nach dem Treffen sofort nach Hause gegangen.«

»Richtig. Ich habe uns noch was zu trinken gemacht und bin dann sofort auf mein Zimmer gegangen, um an meinen Buch weiterzuarbeiten. Honoria ist mit ihrem Manuskript in die Bibliothek verschwunden.«

»Worum geht es denn in Ihrem Buch?«

»Oh!« Amy wurde rot. »Tja, worum geht es? Um Intrigen in der Hochfinanz, Drogenschmuggel, eine verlorene und eine neu gewonnene Liebe, eine kostbare russische schwarze Perle und ein gekidnapptes Findelkind.«

»Klingt unwiderstehlich.«

»Hoffentlich.«

Amy lehnte sich jetzt entspannt zurück. Barnaby fiel auf,

daß sie dieselbe alte Hose und Jacke wie am Vortag trug. Ihre Stiefel waren abgetreten. Er fragte sich, wie es wohl um ihre finanzielle Lage bestellt sein mochte. Die Tatsache, daß sie bereit war, in ›Gresham House‹ auszuharren, deutete auf eine reichlich verzweifelte Situation hin.

»Was hielten Sie von Mr. Hadleighs schriftstellerischen Versuchen?« erkundigte sich Barnaby unvermittelt.

»Die waren ziemlich dürftig. Er hat zwar an seinen Geschichten hart gearbeitet, aber es kam einfach nichts dabei heraus.«

»Und was hielten Sie von ihm als Mensch?«

»Das ist schwierig zu sagen, Inspektor. Ich habe ihn nicht gut genug gekannt.«

»Der grobe Eindruck genügt mir.«

Diesmal legte Amy eine so lange Gesprächspause ein, daß Barnaby schon glaubte, sie wolle gar nicht mehr antworten.

»Er hat mich immer an eine Figur aus einem alten Film erinnert«, begann sie schließlich widerwillig. »Es handelte sich dabei um einen Mann mit einem traumatischen Kindheitserlebnis, das sein ganzes Leben zerstört hat. Seine Mimik, seine Bewegungen ... alles an ihm war seltsam leblos und steif.« Amy runzelte die Stirn. »Gerald war genauso.«

»Wie traurig«, seufzte Barnaby ehrlich berührt. »Und wie interessant.«

»Ja«, mußte Amy ihm zustimmen. »Ich habe viel über ihn nachgedacht. Schriftsteller sind schrecklich neugierig. Ich hatte mir mehrere Theorien über seine Vergangenheit ausgedacht.«

»Über seine Vergangenheit? Aber die war doch bekannt.«

»Oh, das habe ich alles nicht geglaubt.«

»Ach ja?« Barnaby beugte sich näher.

»Das Ganze war mir viel zu nichtssagend. Wie seine Geschichten. Das wirkliche Leben ist doch meistens ein heilloses

Durcheinander. Man kann sich nicht einfach ein paar nette Details zurechtlegen und dann behaupten, seht her, das bin ich. Wenn Gerald von seiner Vergangenheit gesprochen hat, dann war das so ...«, Amy zögerte, »... als habe er alles auswendig gelernt.«

Barnaby nickte beifällig. Er war seltsam zufrieden mit dieser Unterhaltung, auch wenn sie nichts Neues brachte. Amy Lyddiard war eine durchaus interessante Gesprächspartnerin.

Er fragte die unvermittelt, ob sie Kinder habe.

Amy schüttelte den Kopf. »Eine Zeitlang war das nicht wichtig für mich. Wir waren sehr glücklich, Ralph und ich. Wir haben uns selbst genügt. Doch dann war ich plötzlich Ende Dreißig, und da habe ich es mir plötzlich anders überlegt. Aber Ralph hat mich vom Gegenteil überzeugt.« Sie preßte die Handflächen gegeneinander. »Später ist mir der Gedanke gekommen, daß er eine Vorahnung gehabt haben muß. Vielleicht hat er damals schon gespürt, wie krank er war, und wollte mich nicht mit einem kleinen Kind allein zurücklassen. Aber diese Angst war falsch. Jetzt gäbe ich viel ... alles ... darum, einen Teil von ihm noch bei mir zu haben.«

Barnaby nickte verständnisvoll. Ein Leben ohne seine Tochter war für ihn nicht vorstellbar.

»Er hatte Krebs.« Amy sagte das beinahe wie zu sich selbst. »Angefangen hat alles mit einer chronischen Hepatitis, die nicht rechtzeitig diagnostiziert und behandelt worden war. Wir haben weitab von jedem Krankenhaus ... oder einem guten Arzt gelebt.«

»Bedauerlich.«

»Die schrecklichsten Menschen überleben ... Mörder, Terroristen, verbrecherische Generäle, während Ralph ...« Tränen traten in Amys Augen. »Der liebste Mann der Welt. Es ist so unfair. Honoria gibt mir die Schuld.«

Barnaby schüttelte ungläubig den Kopf.

»Ja, wirklich. Sie hat schreckliche Dinge gesagt. Ich hab's bisher nie jemandem erzählt. Nicht mal Sue. Ralph hat tagelang bewußtlos in diesem Krankenhaus in Spanien gelegen, und wir haben abwechselnd an seinem Bett Wache gehalten. Ich hatte etwas geruht und ging den Korridor zurück zu seinem Zimmer, als Honoria aus dem Raum des Stationsarztes kam. Sie hat mich an den Armen gepackt ... die blauen Flekken hatte ich noch tagelang ... und hat mir ins Gesicht geschrien: ›Wenn du ihn mehr geliebt hättest, wäre er nicht gestorben!‹ Ich war wie vor den Kopf gestoßen. Ich hatte ja keine Ahnung, daß er gestorben war, müssen Sie wissen. Während ich schlief, war es passiert. Es war das einzige Mal, daß Honoria überhaupt irgendwelche Gefühle gezeigt hat.

Sie hat Ralph dann nach Hause überführen lassen. Sein Name steht auf dem Grabstein. Darunter ist nur noch Platz für ihren Namen. Sein Zimmer mit all seinen Sachen ist immer verschlossen. Nur sie hat Zutritt. Und sie ist ständig in diesem Raum. Ich höre manchmal, wie sie seine Briefe oder Zeugnisse laut vorliest. Aber mich stört das nicht. Es ist nicht wichtig für mich. Ich sitze oft an Ralphs Grab und rede mit ihm. Wir sind so vertraut wie eh und je. Der ganze Rest ist nur Theater.«

Amy saß eine Weile stumm auf ihrem Stuhl. Trotz des leisen Tickens der Uhr, dem Summen der Neonbeleuchtung, dem ständigen Klingeln der Telefone und dem Stimmengewirr von nebenan war sie ganz entspannt.

»Ich weiß selbst nicht, weshalb ich Ihnen das alles erzähle.«

»Manchmal ist es eben einfacher, mit Fremden zu reden.«

»Aber das kommt auch auf den Fremden an. Sie scheinen in dieser Beziehung eine besondere Gabe zu besitzen, Chefinspektor. Sie sollten zur Heilsarmee gehen.«

»Dazu fehlt mir die Geduld.« Barnaby klingelte nach Audrey Brierley und stand auf. »Wir möchten gern Ihre Fingerabdrücke nehmen, Mrs. Lyddiard«, erklärte er und holte ihren Mantel von der Garderobe. »Rein aus erkennungsdienstlichen Gründen. Sie kommen nicht in die Akten.«

»Schon in Ordnung«, murmelte Amy.

»Was meinen Sie? Wie stehen unsere Chancen, auch die Abdrücke Ihrer Schwägerin zu bekommen?«

»Miserabel«, erwiderte Amy. »Die gute Honoria läßt sich von niemandem etwas sagen. Sie macht, was sie will.«

Barnaby schüttelte ihr die Hand. Als die Polizistin Brierley Amy zur Tür geleitete, sagte er: »Führen Sie Mrs. Lyddiard durch den Bereitschaftsraum.« Er sah Amy lächelnd an. »Vielleicht interessiert es Sie, wie die Mühlen der Polizei mahlen ... vom Standpunkt der Schriftstellerin aus, versteht sich.«

»Oh, natürlich. Danke.«

Amy folgte der Polizistin und versuchte sich alles genau einzuprägen. Sie nahm sich vor, eine eigene ›Polizei‹-Akte anzulegen, und dachte im Geiste bereits daran, wie sie die gewonnenen Einblicke in die Geschichte um ihre Hauptfigur in *Rompers* einfügen konnte.

Der Anruf des Barkeepers von der Tagesschicht im Hotel Golden Fleece kam kurz nach dem mickrigsten, knickrigsten Mittagessen, das Tom Barnaby je zu sich genommen hatte. Die pure Angst hatte ihn zu diesem einschneidenden Schritt veranlaßt, als er, zu ungeduldig, um auf den Lift zu warten, die Treppe zur Kantine hinaufgehastet war. Kaum hatte er die oberste Stufe erreicht, ging sein Atem nur noch stoßweise, und seine Luftröhre schien sich krampfartig zu verengen. Er hatte Ohrensausen, und die Hand, die nach dem Treppengeländer faßte, fühlte sich nicht nur merkwürdig taub an, sondern verschwamm auch immer wieder vor seinen Augen.

Obwohl dieser Zustand nur wenige Sekunden anhielt, war seine Wirkung doch nachhaltig genug, um Barnabys Wahrnehmungsvermögen auf wundersame Weise ausschließlich auf die Diätspalte der Speisekarte zu konzentrieren. Demzufolge ruhten in seinem Magen mittlerweile ein Eiersalat neben einem Diätjoghurt und einem Stück fettarmen Käse, der wie gelber Radiergummi ausgesehen und auch so geschmeckt hatte. Dazu hatte es zwei Scheiben Knäckebrot gegeben. Wobei für letztere weder die Bezeichnung ›Knackig‹ noch ›Brot‹ auch nur annähernd zugetroffen hatte. Das Zeug hatte eher wie luftgepolstertes, schwammiges Sägemehl geschmeckt und war für Barnaby ein klarer Verstoß gegen das Lebensmittelgesetz.

»Alles in Ordnung, Chef?« Troy riß sich von Audrey Brierleys Schreibtisch los und schlenderte ins Chefbüro hinüber. Seine Brauen hatte er fragend hochgezogen. Bei Troy der Ausdruck von Besorgnis.

»Werden Sie nicht albern.«

»Verdauungsstörungen?«

»Für Verdauungsstörungen muß man zumindest was gegessen haben, Sergeant.«

Troy lachte so sorglos, wie nur junge, gesunde und schlanke Menschen lachen können. »Das ist gut. Muß ich mir merken. Ich erzähl's gleich Mor.«

»Muß die sich freuen, wenn Sie kommen!« murmelte Barnaby sarkastisch.«

»Na, klar doch. Trotzdem kriege ich meistens erst einen Rüffel, wenn ich wieder mal zu spät dran bin.« Wie die meisten Männer und einige Frauen entspannte Troy sich gern nach dem Dienst bei einigen Glas Bier im Polizei Club.

»Das Neueste ist die Klage, daß ich angeblich nicht mit ihr rede«, fuhr Troy fort. »Ich kann deshalb nicht mit dir reden, habe ich zu ihr gesagt, weil du mich ja nie zu Wort kommen läßt.«

Troy wartete vergeblich auf eine Reaktion von der anderen

Seite des großen Schreibtischs. Offenbar bestand dort keinerlei Interesse an seinen Privatangelegenheiten. So erkundigte sich Troy schließlich, ob bei dem Gespräch mit Mrs. Lyddiard etwas herausgekommen sei.

»Nichts, was mir sofort aufgefallen wäre. Aber als sie gegangen war, hatte ich das Gefühl, daß da irgendwo ein falscher Ton drin war. Nicht, daß sie gelogen hätte ... es könnte nur eine Ungereimtheit gewesen sein. Ich lese das Protokoll deshalb gerade noch mal durch.«

Kurz bevor er mit dem Vernehmungsprotokoll fertig war, klingelte jedoch das Telefon, und die folgende Unterhaltung verdrängte alle Gedanken an Amy Lyddiard.

Garry Briggs, der Barkeeper, war sich nicht sicher, ob seine Information für die Polizei überhaupt von Wert sein konnte. Aber er hatte die Frau gesehen, nach der alle gefragt worden waren. Und zwar mehr als einmal. Bei jeder dieser Gelegenheiten hatte sie den Parkplatz des Hotels in einem schwarzen Celica verlassen. Barnaby fragte Mr. Briggs daraufhin, ob er hätte sehen können, wer am Steuer gesessen habe.

»Na, die Blonde selbst natürlich.«

»Sind Sie sicher? Wenn es der Wagen war, den wir meinen, hatte er getönte Scheiben.«

»Ganz richtig. Aber ich habe genau gesehen, wie sie ein- und ausgestiegen ist. Sie war immer allein.« Als eine Reaktion bei seinem Gesprächspartner ausblieb, fügte er bedauernd hinzu: »Ich habe ja nicht behauptet, daß es was Wichtiges ist.«

Der Chefinspektor bedankte sich und legte auf. Sergeant Troy, schweigend und wachsam, beugte sich leicht vor. »Die Dame konnte also über seinen Wagen verfügen«, sagte er. »Was ja wohl bedeutet, daß sie nicht nur eine Gelegenheitsbekanntschaft war.«

»Suchen Sie mir Laura Huttons Aussage raus, ja?«

Troy tat verwirrt, worum er gebeten worden war. Barnaby

las das Protokoll noch einmal hastig durch, während er Laura Huttons Nummer wählte. Sie hob schon beim ersten Rufzeichen ab, bat ihn jedoch, zurückrufen zu dürfen.

»Es dauert nur eine Sekunde, Mrs. Hutton. Es geht um die Nacht, als Sie gesehen haben, wie diese Frau im Taxi vor ›Pover's Rest‹ vorgefahren ist. Erinnern Sie sich ...?«

»Du meine Güte! Natürlich erinnere ich mich!«

»Was ich wissen möchte, ist ...« Barnaby warf einen Blick auf das Vernehmungsprotokoll. »Nun, Sie haben gesagt, die Blondine habe an die Haustür geklopft.«

»Richtig.«

»Haben Sie denn gesehen, daß jemand die Tür geöffnet hat?«

»Also ... Gerald natürlich.«

»Die Frage lautet, haben Sie ihn dabei auch definitiv *gesehen*?«

»Nein. Die Veranda war im Weg.«

»Haben Sie vielleicht gehört, wie die Kette ausgehängt wurde?«

»Eigentlich nicht. Der Motor des Taxis lief ja noch.«

»Hm. Und als Sie durchs Fenster geschaut haben ...«

»Darüber möchte ich jetzt nicht sprechen. Ich ... ich habe Besuch.« Sie legte auf.

Eigentlich war es auch gar nicht mehr wichtig. Barnaby hatte im Geist längst die Situation rekonstruiert. Laura Hutton hatte im weichen Erdreich der Blumenrabatte gestanden und durch den Vorhangspalt in Hadleighs Wohnzimmer gelinst. Er erinnerte sich exakt an Zuschnitt und Mobiliar des Zimmers.

»Was soll das eigentlich, Chef?«

Barnaby antwortete lange nicht. Er saß nur auf seinem Stuhl, hatte den Blick in die Vergangenheit gerichtet und trommelte mit den Fingern auf das Protokoll.

»Wir haben verdammt viel ... zuviel ... für bare Münze genommen, Sergeant.«

»Wie denn das?«

»Zu Beginn eines Falles ist das ja ganz normal. Aber später ... da habe ich die Dinge dummerweise schleifen lassen.«

»Sie meinen, was diese Frau angeht?«

»Ja.«

»Das würde ich nicht sagen, Chef. Es lief doch alles nach dem ganz normalen Muster ab. Immerhin wissen wir schon etwas mehr. Ist nur noch eine Frage der Zeit, bis wir sie gefunden haben.«

»Ich möchte bezweifeln, daß sie je ›gefunden‹ wird, Gavin. Ich glaube nämlich nicht, daß sie überhaupt existiert.«

»Aber es gibt 'ne Menge Zeugen, die sie gesehen haben.«

»Wen die gesehen haben ... also das war vermutlich Gerald Hadleigh.«

»*Hadleigh!*«

»Ganz recht.«

Danach war es totenstill. Troy suchte krampfhaft nach einer angemessenen Entgegnung. Oder zumindest nach einer Bemerkung, die ihn nicht völlig disqualifizierte. In Wirklichkeit wäre Troy dieser bizarre Verdacht nicht einmal im Traum eingefallen. Und je länger er darüber nachdachte, desto blödsinniger erschien er ihm. »Wieso sind Sie da so sicher, Sir?« erkundigte er sich schließlich.

»Dafür gibt es mehrere Gründe. Vorrangig gewisse Charaktereigenschaften von Gerald Hadleigh. Diese ungewöhnliche Verschlossenheit, zum Beispiel. Die ist jedem aufgefallen, der mit ihm zu tun hatte. Seine Geheimniskrämerei. Es ist nur eine Vermutung, aber möglicherweise hat er die Person dieser Frau für seine wahre Identität gehalten. Der zuvorkommende Regierungsbeamte war nur sein Pseudonym. Das würde jedenfalls all die Lügen, die er erzählt zu haben scheint, erklären.«

»Ach du dicker Vater!« Troy setzte seine ›Gott-sei-Dank-bin-ich-normal‹-Miene auf. »Also eine alte Tunte.«

»Ich dachte eher an einen Transvestiten, was eine wesentlich kompliziertere Angelegenheit ist. Die Mehrheit dieser Leute ist heterosexuell, hat oft Frau und Kinder. Es handelt sich um eine rein psychische Veranlagung und hat mit ihrem Sexualleben meistens gar nichts zu tun.«

»Also meines würde es beeinflussen«, versicherte Troy. »Wenn Maureen in Stiefeln, Frack und Schnurrbart zu mir ins Bett gestiegen käme, wäre ich schneller aus dem Fenster, als sie denken könnte.« Allein bei dem Gedanken verschlug es ihm die Sprache. »Aber was bringt ihnen das? Ich meine ... sich wie eine Tunte anzuziehen? Klar, es ist krank ...« Er verzog angewidert das Gesicht. »Aber in Weiberröcken in einer Hotelhalle rumzusitzen ... Wo liegt denn da der Gag?«

»Einfach darin, daß man in der Öffentlichkeit als Frau akzeptiert wird.«

»Einfach? Was ist einfach dran, wenn man sich die Eier zusammenbindet und sich Doris nennt?«

»Sie haben eigene Clubs. Lokale, wo sie sich treffen. Aber die echte Herausforderung besteht nun mal darin, die Straße hinunterzugehen, ohne daß jemand kapiert, wer man wirklich ist.«

»Sie scheinen darüber ja verdammt gut Bescheid zu wissen, Chef«, versetzte Troy.

»Cully hatte mal einen solchen Freund. In Cambridge. Sie hat viel von ihm gesprochen.«

»Na, gut.« Troy verdrängte die Gedanken an die bildschöne Cully. »Jedenfalls hat er alles prima unter seinem kleinen Schleierdeckelchen gehalten. Nicht einfach, in so einem aufgeweckten kleinen Dörfchen wie Midsomer Worthy.«

»Ich nehme mal an, daß er sich im Haus zurecht gemacht

hat, von der Küche in die Garage gegangen und losgefahren ist.«

»Nachdem er vorher die Garagentür geöffnet hatte«, ergänzte Troy.

»Das ist anzunehmen. Schließlich wollte er ja nicht um jeden Preis auffallen.«

»Aber als man seinen Wagen gestohlen hatte, saß er ganz schön in der Tinte.«

»Und das war natürlich der Grund, weshalb er nicht umgehend zum Revier gelaufen ist, um den Diebstahl zu melden.«

»Hat Laura Hutton nicht behauptet, die blonde Frau in Schwarz habe geklopft und jemand habe sie reingelassen?«

»Dabei handelte es sich bestimmt nur um eine Vorsichtsmaßnahme. Obwohl es spät war und das Taxi ihn direkt vors Haus gebracht hatte, muß er sich selbst auf dem kurzen Weg vom Wagen zur Haustür wie auf dem Präsentierteller vorgekommen sein. Diese Halogenlampen sind verdammt hell. Und irgend jemand ist in einem solchen Dorf immer unterwegs?«

»Und Laura hatte sich im Garten versteckt.«

»Wenn man sieht, wie jemand an eine Haustür klopft und dann durch diese Tür verschwindet, nimmt man doch automatisch an, daß sie von innen geöffnet worden ist. Inzwischen wissen wir, daß Laura Hutton genau darauf reingefallen ist.«

»Moment mal ...« Troy dachte nach. »Hat sie nicht Hadleigh und diese Frau durchs Fenster beobachtet? Wie sie Wein getrunken haben, meine ich.«

»Sie hat nur die Frau gesehen.«

»Aber Hadleigh wird sich doch kaum selbst zugeprostet haben.«

»Ich glaube, daß er genau das getan hat. Über dem Kamin hängt ein Spiegel. Warum sollte er sich nicht einen Schluck auf die Tatsache genehmigt haben, daß er sicher und unerkannt zu Hause angekommen war?«

»Richtig. Eigentlich ...« Troy nickte. Er hatte verstanden. Dann kam ihm ein Gedanke.

»Kein Wunder, daß Laura Hutton das Gefühl hatte, die Frau erinnere sie an jemanden. Sie hat sie an Hadleigh erinnert, nicht an das Gemälde dieses mittelalterlichen Prinzen. Aber das alles ist am Vorabend des Mordes passiert. Wo sind dann seine Frauenklamotten abgeblieben?!

»Wahrscheinlich in diesem Koffer.«

»Donnerwetter!« Troy atmete schwer. »Deshalb war die Kommode immer verschlossen.«

»Würde ich sagen.«

»Nur nicht am Abend ... als der Mord geschah.«

»Von Cully habe ich gelernt, daß bei Männern mit einschlägiger Veranlagung das Bedürfnis, in eine andere Rolle zu schlüpfen, besonders in Zeiten seelischer Belastung sehr groß wird. Und wir wissen, daß Hadleigh kurz vor seinem Tod in einer solchen Streßsituation gewesen ist.«

»Hm ... und während er gerade in seine Spitzenhöschen schlüpfen wollte, hat man ihn umgebracht ...« Troy stand auf und begann unruhig im Zimmer herumzugehen. »Das erklärt auch, weshalb er sich zwar entkleidet, aber keinen Pyjama angezogen hatte. Moment ... meinen Sie, Hadleigh hat sich umgezogen, solange noch jemand im Haus war?«

»Das kann ich mir nicht vorstellen. Aber wir dürfen nicht vergessen, daß er und Jennings sich schon lange Zeit gekannt haben. Und es könnte immerhin sein, daß die besagten ›Unstimmigkeiten‹ in der Vergangenheit genau mit dieser Neigung zusammenhingen.«

»Vielleicht hat Jennings ihm ja gedroht, ihn bloßzustellen?«

»Unwahrscheinlich. Welchen Sinn hätte das denn gehabt? Hadleigh hat schließlich gegen kein Gesetz verstoßen.«

»Richtig. Das Schlimmste, was ihm passieren konnte, waren scheele Blicke der Nachbarn. Und was hätte ihn daran gehindert, seinen Transvestiten-Krempel einzupacken und in die Großstadt zu ziehen? Da kann man in seiner Freizeit selbst den Goldfisch im Park anbaggern. Das kümmert keinen.« Troy blieb stehen und setzte sich wieder. »... muß irgendwie wichtig sein, dieser Krempel. Sonst hätte ihn der Mörder doch nicht mitgenommen, oder?«

»Vorausgesetzt, es war der Mörder.«

Troy starrte seinen Chef ungläubig an. »Wer zum Teufel denn sonst?«

»Vielleicht jemand, der ihn geliebt hat.«

»Das ist mir jetzt zu hoch.«

»Und vermeiden wollte, daß man sich über ihn lustig macht, besonders nach seinem Tod.«

»Laura?«

»Sonst fällt mir niemand ein. Es ist doch nicht auszuschließen, daß sie nach diesem merkwürdigen Abend trotz gegenteiliger Beteuerungen zum Cottage zurückgekehrt ist. Vielleicht wollte sie sich nur vergewissern, daß mit ihm alles in Ordnung ist.«

»Und dabei hat sie ihn erschlagen aufgefunden ... in seiner seltsamen Kostümierung ... Könnte sein. Großer Gott!«

Troy fuhr sich mehrfach so heftig durchs Haar, daß er aussah wie der Struwwelpeter höchst persönlich. »Immer wenn wir in diesem Fall eine Entdeckung machen, wird alles nur noch verworrener. Jetzt haben wir schon zwei Hadleighs. Und einer ist unwirklicher als der andere. Glauben Sie, daß er ein Fall für die Klapsmühle war?«

»Keine Ahnung.«

»So was kommt vor. Da gibt's einen Film ... über eine Frau, die drei verschiedene Persönlichkeiten besaß. Und keine wußte, was die andere tat.«

»Ich kann mir gut vorstellen, wie ihr zumute gewesen sein muß«, bemerkte Barnaby trocken.

Als Sue von der Spielgruppe nach Hause kam, lag ein Umschlag ohne Briefmarke und Poststempel auf der Türmatte. Er war schmuddelig und mit Tesafilm verschlossen. Darauf stand in Bleistift »FÜR BRIAN«. Sie lehnte ihn an seinen Teebecher auf dem Küchentisch, wo er ihn nicht übersehen konnte.

Mandy kam als erste. Einst, als sie noch Daddys Liebling gewesen war, hatte sie auf ihn gewartet, um gemeinsam mit ihm nach Hause zu fahren. Jetzt zog sie den Schulbus vor. Lieber fuhr sie zusammengepfercht wie in einer Sardinenbüchse mit der schreienden, kichernden, Zigaretten rauchenden Meute. Mandy, die Außenseiterin, blieb am Rande der Menge und lachte meistens so laut über alle Witze, daß ihr Lippen und Kehle weh taten. Dabei spielte es keine Rolle, ob sie verstand, worüber gerade gelacht wurde.

An diesem Nachmittag war das allerdings anders gewesen. Sie hatte kaum Gelegenheit zum Lachen gehabt. Dafür hatten die anderen um so mehr über sie gelacht. Drei oder vier der größeren Mädchen im Mittelpunkt der Schülermeute hatten sich immer wieder zu Mandy umgedreht, mit einander geflüstert und dann laut losgegröhlt. Edie Carter hatte sie immer weiter aufgestachelt.

Mandy haßte Edie wie keine andere. Haßte ihr schlaues, dreieckiges, blasses Gesicht, mit dem hoch aufgetürmten flammend roten Haar und den schrägstehenden Augen. Nur Tom war noch schlimmer. Er hatte stets mit sanfter Stimme die gemeinsten Kommentare auf Lager, die auch den unanständigsten Witz noch schlüpfriger erscheinen ließen.

Was Mandys Stellung innerhalb der Klasse betraf, war der *status quo ante* praktisch wiederhergestellt. Der Mordfall in ihrer Nachbarschaft interessierte mittlerweile keinen mehr. Selbst die unbeliebtesten Mädchen der Klasse redeten kaum noch mit ihr, und für Haze Stitchley war sie wieder Luft.

Gut ein Dutzend stiegen an der Haltestelle am Park aus, taten sich zu zweit oder zu dritt zusammen und hasteten heimwärts. Es war erst vier Uhr, aber schon fast dunkel, und es wehte ein eisiger Wind. Mandy lief den Gartenweg entlang ins Haus und schlug die Tür hinter sich zu. Tasche und Mantel fielen im Wohnzimmer von ihr ab, wo sie den Fernseher anstellte. Das Feuer im Kamin war fast niedergebrannt.

Mandy dachte sehnsüchtig daran, wie sie am Vortag um dieselbe Zeit in einem großen, weichen Sessel im gemütlichen Wohnzimmer der Großmutter gesessen hatte. Kaum war sie in die Polster gefallen, hatte sie bereits ein Tablett mit einer riesigen eisgekühlten Coca Cola, Butterkeksen, Schokoladenpudding und der Fernbedienung auf dem Schoß gehabt.

Mandy polterte in die Küche. »Was ist dann mit dem Feuer los?«

»Es will nicht so recht heute.«

»Aber du weißt doch, daß ich um vier nach Hause komme.«

»Ja, *ich* weiß das, Amanda.« Sue ließ den *Guardian* sinken. »Aber das Feuer hats offenbar noch nicht so recht kapiert.«

Mandy starrte ihre Mutter fassungslos an. Statt hektisch zwischen Herd, Spüle und Tisch herumzuhantieren wie üblich, saß sie am Ofen in ihrem Sessel, hatte die Beine hochgelegt und las Zeitung.

Mandy ging zum Küchentisch. An ihrem Platz lag neben einem Apfel und einem Glas Apfelschorle der gewohnte Müsliriegel.

»Gestern hatte ich Schokotorte«, beschwerte sich Mandy.

»Ich hatte auch Schokotorte. Heute morgen.«

»Großartig! Und wo ist sie jetzt?«

»Ich hab sie aufgegessen. Hatte sie für mich und die Spielgruppe gekauft – zur Feier des Tages.«

Sue wartete auf Reaktionen wie: ›Wirklich, Mami? Wie toll. Was habt ihr denn gefeiert? Erzähl doch mal!‹ Aber Fehlanzeige. Sue nahm deshalb die Füße vom Stuhl und drehte sich zu ihrer Tochter um.

»Ich habe heute eine Nachricht von Methuen erhalten.«

»Vom wem?«

»Dem Kinderbuchverlag. Ich hatte ihnen eine meiner Geschichten von Hector geschickt. Die Lektorin möchte mit mir zu Mittag essen«

»Stark«, befand Amanda.

»Finde ich auch«, erwiderte ihre Mutter.

Sue stand auf, öffnete den Kühlschrank und nahm eine Flasche Wein heraus. Es war nicht mehr viel übrig, aber den Rest gab sie in ein Wasserglas, das neben ihrem Sessel stand. Dann warf sie die Flasche in den Mülleimer, kehrte an ihren Platz zurück und verschwand erneut hinter dem Feuilletonteil der Zeitung.

Ihre Lider brannten, und die Druckerschwärze verschwamm immer mehr vor ihren Augen. Doch Sue hielt tapfer die Tränen zurück. Es gab schließlich keinen Grund, deprimiert zu sein. Amandas Reaktion war nicht anders ausgefallen als erwartet.

Ihre Finger berührten leicht den Brief des Verlags, den sie klein zusammengefaltet in ihrem BH trug. Sie hatte eine Stunde zuvor mit Methuen telefoniert. Dabei war sie so aufgeregt gewesen, daß sie zu allem Ja und Amen gesagt hatte, obwohl sich die Lektorin kein bißchen über sie lustig gemacht hatte. Als ihre völlig verkrampfte Hand endlich den Hörer losgelassen hatte, war ihr dann mit Schrecken klargeworden, daß es bis zur der Verabredung am 13. nur noch vier Tagen waren.

»Fladenbrot mit Butter hatte ich gestern auch. Oma sagt, ich brauche …«

»Es ist mir scheißegal, was deine Oma sagt. Sie soll gefälligst mal versuchen, mit meinem Haushaltsgeld auszukommen. Dann könntest du dich glücklich schätzen, wenn du von ihr ein Glas Wasser und ein Knäckebrot kriegst. Von Fladenbrot mit Butter kannst du dann nur träumen.«

Es wurde sehr still in der kleinen Küche. Weder Mutter noch Tochter trauten ihren Ohren. Mandy kriegte den Mund gar nicht mehr zu. Sue zog sich erneut hinter ihre Zeitung zurück, die trotz ihres wild klopfenden Herzens kein bißchen zitterte. Worauf Sue sehr stolz war.

Schließlich ließ sie den *Guardian* wieder sinken. Amanda hatte sich zum Fernseher abgesetzt, wo Scooby Doo lautstark über den Bildschirm jagte. Dann trudelte Brian ein. Er polterte übertrieben laut die Treppe hoch, um auf sich aufmerksam zu machen.

Brian ging zunächst ins Wohnzimmer, meckerte dort Mandy an, weil sie ihre Sachen überall herumliegen ließ, lachte herzlich und hysterisch wiehernd über Scooby Doo und stapfte dann geradewegs durch die Küche zur Toilette. Als er von dort zurückkam, starrte er genau wie Amanda zuvor erstaunt auf seine Gattin, die die Füße hochgelegt hatte und im Sessel saß.

Brian warf einen prüfenden Blick in die Runde. Alles sah sauber und aufgeräumt aus. Tee und Gebäck standen wie immer auf dem Tisch. Gegen seinen Becher lehnte ein Umschlag. Sobald er die Schrift gesehen hatte, wußte er, daß der Brief von Edie stammte. Woraufhin sich sein Magen zusammenkrampfte. Er war freudig erregt und erschreckt zugleich. Etwas atemlos setzte er sich auf die Bank und zwang sich zur Ruhe.

Er würgte das Essen hinunter und wäre an seiner Angst fast erstickt. Einen Brief in sein Haus zu schicken! Diesem Treiben mußte er ein Ende bereiten. So etwas konnte leicht ins Auge gehen. Aber offenbar war sie ganz versessen darauf, ihn wiederzusehen. Das wiederum erschien ihm nur zu verständlich, denn es beruhte auf Gegenseitigkeit. Während Brian seinen Unterricht geradezu automatisch abgespult hatte (ohne daß seine Klasse einen Unterschied bemerkt hätte), hatte er unablässig von der Zukunft geträumt. Für ihn galt es längst als beschlossene Sache, Edie zu heiraten, sobald er wieder frei war. Seine Eltern würden natürlich nicht gerade erfreut darauf reagieren, wegen des Standesunterschieds versteht sich. Aber die würden sich irgendwann schon beruhigen. Und irgendwann wollte er auch Kinder. Aber vorerst waren Edie und er sich selbst durchaus genug.

»Es ist ein Brief für dich gekommen.«

»Ich habe Augen im Kopf. Danke.« Brian griff nach dem Kuvert und spitzte die Lippen. »Weißt du, wer ihn gebracht hat?«

»Nein. Er lag schon da, als ich von der Spielgruppe nach Hause gekommen bin.«

Brian war stolz darauf, wie lässig er den dicken Umschlag in die Tasche seiner Strickjacke steckte und weiter an seiner Bananen-Walnußpampe kaute. Der dicke Brief brannte bald wie Feuer an seiner Haut.

»Vermutlich von jemandem, der nicht zur Probe kommen kann.«

»Wie läuft's denn eigentlich? Dein Stück, meine ich.«

»Prima.«

Sue beobachtete, wie unästhetisch er einen Löffel nach dem anderen in seinen Mund stopfte.

»Ich fahre übrigens Dienstag nach London.«

»London?« Er starrte an ihr vorbei ins Leere. »Weshalb?«

»Das Essen. Mit der Lektorin.«

»Ach, richtig.« Es half alles nichts. Er konnte nicht länger warten. Keine Sekunde mehr. Auf keinen Fall so lange, bis er vom Tisch aufstehen und sich mit seiner süßen Last irgendwo verstecken konnte. »Würdest du mir bitte einen Gefallen tun, Sue?«

Sue war perplex. »Geht's dir gut?« fragte sie.

»Würdest du mir trockene Socken holen? Die ich anhabe, sind ganz naß.«

Sie brauchte eine Ewigkeit: eine Woche, um in die Vertikale zu kommen; einen Monat, um es bis zur Tür zu schaffen, und sechs weitere, um das Wohnzimmer zu durchqueren; ein Jahr für die Ersteigung der Treppe ... Großer Gott! Sie kam zurück!

»Hast du einen besonderen Wunsch?«

»Nein, nein. Nein! Nimm einfach, was dir gefällt!«

Er wartete, die Hände zu Fäusten geballt. Dann, als er ihre Clogs über den Holzboden im ersten Stock poltern hörte, riß er den Umschlag auf. Er hatte plötzlich zehn linke Daumen, so daß es ewig dauerte, bis er das Kuvert aufgerissen hatte. Doch dann fiel alles auf einmal heraus.

Als Barnaby nach ›Arbury Crescent‹ zurückkam, lag eine Postkarte von Cully auf der Kommode. Diese zeigte eine Schwarz-Weiß-Ansicht des Palais Radziwill in Warschau. Die Grüße auf der Rückseite waren wie üblich knapp und unsentimental: Spielen in großen Häusern. Werden überall herumgereicht. Wetter gut. Nicholas geht es gut. Mir geht es gut. Vergeßt nicht *The Crucible* auf Video aufzunehmen. Küßchen, Küßchen, Küßchen.

Wie so oft stellte sich Barnaby die Frage nach Cullys Gefühlen den Eltern gegenüber. Liebte sie sie? Selbstverständlich, gab er sich selbst die Antwort. Schließlich dürften jahrelange liebevolle Sorge und Pflege ja nicht ganz verschwendet gewesen sein.

Allerdings war nichts selbstverständlich auf dieser Welt. Kinder nahmen die Herzen der Eltern mit einer geradezu fahrlässigen Selbstverständlichkeit in Beschlag und betrachteten die ihnen entgegengebrachte Liebe als das mindeste, was sie erwarten konnten. Nur die Verzweifelten und Alleingelassenen, jene Jugendlichen also, denen das Leben schon tiefe Wunden beigebracht hatte und mit denen Barnaby soviel Zeit verbrachte, erkannten die tiefere Bedeutung eines solchen Privilegs.

Joyce beobachtete ihren Mann, wie er stirnrunzelnd auf die Postkarte starrte. Er hatte seine ›Besser-als-nichts-‹Miene aufgesetzt. Der Lichtschein erfaßte sein noch immer dichtes graumeliertes Haar. Es war dreizehn Stunden her, seit er ins Präsidium gefahren war, und sie erkannte an seinen abwesenden, automatischen Bewegungen, daß er sich gedanklich noch nicht von seiner Arbeit gelöst hatte.

Es gab Fälle, da war das so. Dann verlor sie ihn. Mußte zusehen, wie er in ein anderes Universum eintauchte, in dem ihr keinerlei Bedeutung zukam. Natürlich sprach er häufig mit ihr über das, was ihn beschäftigte. Aber solche Gespräche waren keineswegs als Diskussionen oder geistige Auseinandersetzungen mißzuverstehen.

Joyce Barnaby hatte schon sehr früh in ihrer Ehe begriffen, was es bedeutete, die Frau eines Polizisten zu sein: Einsamkeit, unregelmäßige Tagesabläufe, Isolation und die ständige Angst, daß sie den Mann eines Tages wie einen römischen Soldaten auf seinem Schild nach Hause brachten.

Jede Polizistenfrau entwickelte ihre eigene Methode, damit fertig zu werden. Joyce hatte die für sie am sichersten erscheinende gewählt. Auch wenn Tom und später Cully die emotionalen Angelpunkte ihres Lebens waren, hatte sie stets versucht, nicht den Kontakt zur Außenwelt zu verlieren, viele Freundschaften zu schließen und aufrechtzuerhalten, und sich nebenbei mit dem zweitwichtigsten Thema in ihrem Leben zu beschäftigen: der Musik. Sie besaß eine schöne Mezzo-Sopran-Stimme und gab noch immer häufig Konzerte. In letzter Zeit hatte sie sogar begonnen zu unterrichten.

Barnaby hatte inzwischen die knappgehaltene Postkarte

der Tochter auf den Fernsehapparat gelegt und starrte düster in den Spiegel über dem Kamin.

»Was schließt man daraus, wenn ein Polizist plötzlich alt aussieht?«

»Daß seine Frau schrecklichen Hunger hat.«

»Ach, wirklich?« Er lächelte ihr im Spiegel zu, drehte sich um und ging in die Küche. »Hast du alles besorgt?«

»Selbstverständlich. Allerdings habe ich Frischkäse statt Creme double genommen.«

Der erwartete Vorwurf blieb aus, und sie war überrascht, als er sagte: »Gut. Die Butter lasse ich auch weg.«

»Tom?« Er band sich die blau-weiß gestreifte französische Schürze um, ohne sie anzusehn. »Was ist los?«

»Nichts.«

»Ach, komm schon.«

»Was denn?«

»Es ist doch was passiert.«

»Nein.«

Barnaby sortierte die Zutaten. Es war besser, es ihr nicht zu sagen. Sie würde sich nur Sorgen machen. Außerdem war er fest entschlossen, sich zu bessern. Sobald er diesem Fall abgeschlossen hatte, wollte er zum Arzt gehen, ein EKG machen lassen, auf seine Linie achten und vielleicht sogar ein bißchen Sport treiben.

»Soll ich die Brunnenkresse waschen?«

»Schenk mir erst ein Glas Wein ein Joycey.«

»Wenn du jetzt Wein trinkst, mußt du zum Essen drauf verzichten.«

»Ich weiß, ich weiß.«

Sie öffnete den Kühlschrank, nahm eine Flasche 91iger Gran Vina Sol heraus. Barnaby, der ein Paket Lachs öffnete, bemerkte: »Wenn ich schon nur ein Glas kriege, dann kannst du es wenigtens ordentlich füllen.«

»Wenn ich es noch voller schenke, läuft es über.«

»Na, wenn schon. Dabei fällt mir ein ... wo ist eigentlich dein kleines haariges Ekelpaket abgeblieben?«

»Tom!« Sie steckte Brotscheiben in den Toaster. »Eigentlich hast du den kleinen Kater doch auch gern.«

»Nein, ich hab ihn eigentlich gar nicht gern.« Er strich Frischkäse auf die Fischfilets. »Ich wünsche mir ehrlich gesagt nur, daß er bald sein Bündel schnürt und sich davonmacht.« Barnaby trank einen tiefen Schluck. »Ohhh ... wunderbar. Der ist köstlich. Versuch mal!«

»Warte.« Sie trocknete die Brunnenkresse und nippte an ihrem Glas. »Hmm ... nett. Aber der andere hat mir besser geschmeckt.«

Barnaby schlug die Eier schaumig und gab sie in die Pfanne.

»Paß auf den Toast auf.«

Joyce wartete, bis die Brotscheiben goldbraun geröstet waren, und bestrich sie dann mit Diätmagarine.

»Nimmst du für dich auch keine Butter?« Barnaby gab Lachsstreifen und Schnittlauch in die Pfanne und wendete die Eimasse mit einem Holzlöffel.

»Es kommt mir so gemein vor, wenn du darauf verzichten mußt.«

»Sei nicht blöd. Warum sollten wir beide nur noch als ein Strich in der Landschaft herumlaufen?«

Barnaby saß bereits am Tisch, den Mund voller pfeffriger Kresse, cremigem Ei und goldgelbem Wein.

Zum Nachtisch brühte Joyce ihren exzellenten Hochland-Kaffee auf. Als sie ihm eine Tasse eingeschenkt hatte, blieb sie hinter ihrem Mann stehen, schlang ihre weichen Arme um seinen Hals und legte ihre Wange gegen seine Wange.

Barnaby wandte den Kopf. Seine Miene drückte Glück, Liebe und leichtes Erstaunen aus. Sie küßten sich wie alte, verliebte Freunde, was sie schließlich auch waren.

»Was war das denn jetzt?«

»Mein Gott, Tom! Du tust ja gerade so, als müßte es ein Monat mit R sein.«

Trotzdem, was genau hatte sie dazu veranlaßt? War es die hastige Verneinung ihrer besorgten Frage gewesen? Diese Notlüge? Es mußte einfach etwas geschehen sein, das ihm die eigene Sterblichkeit vor Augen geführt hatte. Daran zweifelte sie nicht. Letztendlich würde er es ihr gestehen. Sobald er glaubte, daß die Gefahr gebannt war. So war es immer.

Joyce erinnerte sich plötzlich lebhaft an jenen Tag, als sie neunzehn gewesen war. Das Konzert der Erst-Semester hatte im Rathaus der City von London stattgefunden. Hinterher hatte sie ganz am Rande der lärmenden Schar aus Studenten, Lehrern, stolzen Eltern und Freunden einen schlanken jungen Polizisten entdeckt, der einen Blumenstrauß in der Hand gehalten, hoffnungslos linkisch und fehl am Platz gewirkt und nur darauf gewartet hatte, endlich bemerkt zu werden.

Jetzt stand er auf und drehte sich um, um sie in seine Arme zu nehmen. Seine Blicke schweiften über ihr Gesicht, so als wolle er sich alles besonders gut einprägen. Dann stellte er eine leise Frage. Joyce lachte. »Wenn wir Draufgänger wären, würden wir's hier und jetzt auf dem Küchentisch machen.«

»Wie bitte?«

»Ich habe gerade beim Friseur einen Artikel über Spontaneität beim Sex gelesen.«

»Wer zum Teufel predigt beim Friseur sexuelle Spontaneität?«

»Der Titel lautete: Wie man seine Ehe lebendig hält.«

»Hätte wohl eher heißen müssen: ›Wie man sich das Kreuz verrenkt‹.« Sie hakten sich unter und gingen in die Diele. »Leider wird's wieder nur das langweilige eheliche Lager, Liebling.«

»Trauriger alter Missionar.«

»Du kanntest meinen Glauben, als ich um deine Hand angehalten habe.«

Nachdem sie sich geliebt hatten, schlief Joyce in Barnabys Armen, den Kopf an seiner Brust, schnell ein. Um sie nicht zu wecken, schob er sich noch ein Kissen unter die Schulterblätter und halb sitzend, halb liegend ließ er die vergangenen drei Tage vor seinem geistigen Auge noch einmal Revue passieren. Er suchte nach Querverbindungen und sublimen Schwingungen, versteckten Bedeutungen und falschen Interpretationen.

Lange verweilte er in Gedanken allerdings nicht bei der abendlichen Schlußbesprechung dieses Tages, denn sie war äußerst unproduktiv verlaufen. Die einzige Information, die das Team im Außendienst zu bieten gehabt hatte, bestand darin, daß die Umzugsfirma ›Beecham-Transporte‹ Gerald Hadleighs Habseligkeiten im Jahr 1983 weder von Kent noch London SW1, sondern aus einem Möbellager in Staines nach Midsomer Worthy transportiert hatte.

Barnaby hatte anschließend über sein Gespräch mit Mrs. Lyddiard referiert und seine Theorie erläutert, daß Hadleigh höchstpersönlich die Blondine in Schwarz gewesen sei. Letztere These war mit einer Mischung aus Skepsis und höflicher Ungläubigkeit aufgenommen worden. Und während Barnaby seinen Leuten die psychischen Merkmale des Transvestitismus auseinandergesetzt hatte, waren ihm plötzlich selbst Zweifel an seiner kühnen Idee gekommen.

Irgendwann fiel Barnaby schließlich in einen unruhigen Schlaf. Stunden später wachte er mit einem völlig tauben linken Arm von einem penetrant klingelnden Telefon auf. Minuten später erfuhr er, daß man Max Jennings gefunden hatte.

Liams Geschichte

Letztendlich hatte ein glücklicher Zufall den Ausschlag gegeben. Ein Streifenpolizist auf einem Motorrad, selbst leidenschaftlicher Bewunderer alter Mercedes Benz Modelle und stolzer Eigentümer eines 230 TE, hatte der Fahndungsmeldung von Anfang an besondere Aufmerksamkeit geschenkt. Während er an einer Ampel in St. Just gewartet hatte, war ihm der Wagen auf der entgegenkommenden Fahrspur sofort aufgefallen. Ein Paar befand sich im Wageninneren, der Mann saß am Steuer.

Daraufhin nahm der Polizist diskret die Verfolgung auf. Der Mercedes fuhr durch die Ortschaft hindurch und bog dann auf die Straße nach Botallack ein. Der Polizist wollte gerade über Funk seinen Standort an die Zentrale durchgeben, als der Wagen plötzlich nach links einschwenkte und in einer schmalen Zufahrt verschwand. Mit abgestelltem Motor rollte der Polizeibeamte auf seinem Motorrad hinterher.

Schließlich entdeckte er den Mercedes vor einem kleinen Cottage direkt am Strand. Seine Insassen luden gerade Kartons mit Lebensmitteln aus dem Kofferraum. Ein scharfer Wind riß am Kopftuch der Frau.

Max Jennings war völlig verdattert und ausgesprochen ärgerlich, als ihm der Polizist eröffnete, er müsse zu einer polizeilichen Vernehmung in seinen Heimatlandkreis zurückkehren.

»Ich hätte meine Aussage doch genausogut auf dem Revier in St. Just machen können«, erklärte Jennings jetzt gereizt im

Vernehmungszimmer der Kripo von Causton. »Außerdem gibt es ja auch Telefone. Ein Telefongespräch hätte doch wohl genügt.«

»Leider nicht, Mr. Jennings«, entgegnete Chefinspektor Barnaby. »Die Fäden laufen hier zusammen.«

»Ich kann's noch immer nicht fassen. Einfach entsetzlich.« Jennings griff nach dem Plastikbecher mit Kaffee, nahm einen Schluck und verzog angewidert den Mund. Er holte tief Luft, so als wolle er etwas sagen, schüttelte den Kopf, zögerte und wiederholte sich dann:

»Entsetzlich, mein Gott! Was für ein schrecklicher Tod!«

»Und Sie haben bis heute nichts von der ganzen Sache gewußt?«

»Das habe ich Ihnen doch schon gesagt. Das kleine Landhaus hat weder Telefon, Radio noch Fernsehen. Es ist sehr einfach.«

»Aber Sie haben doch sicher in Ihrem Wagen ein Autoradio.«

»Wir haben den Wagen heute zum erstenmal benutzt. Wir hatten alle Lebensmittel, die wir brauchten, mitgebracht. Erst heute morgen sind uns Brot und Milch ausgegangen.«

Jennings wußte auf alles eine plausible Antwort. Allerdings hatte er während der sechsstündigen Autofahrt auch viel Zeit zum Nachdenken gehabt. Trotzdem waren alle seine Angaben durchaus nachvollziehbar. Das mußte Barnaby ihm lassen. Angenommen, er hatte Cornwall noch vor dem Abend nach dem Mord erreicht und seither keine Zeitung gelesen, konnte seine Überraschung durchaus echt sein. Es sei denn natürlich, er war schuldig. In diesem Fall hatte er noch länger Zeit gehabt, sein Alibi zu planen.

Jennings klappte ein elegantes Lederetui auf und nahm einen Zigarillo heraus. Als Barnaby nur stumm auf das Schild mit dem Rauchverbotszeichen deutete, steckte er Etui und Zigarillo wortlos wieder ein. Troy war von Etui und Zigarillos schwer beeindruckt. Was er von Jennings Reisebegleiterin nicht gerade behaupten konnte, die währenddessen im Vorzimmer hockte und nervös ihr Taschentuch knetete. Die Dame hatte glattes braunes Haar, trug einen uneleganten Kamelhaarmantel und kaum Make-up. Nicht gerade die Gefährtin, die man an der Seite eines berühmten Schriftstellers erwartete. Das beste, was sich noch von ihr sagen ließ, war, daß sie nicht Barbara, sondern Lindsay hieß.

»Also ... was wollen Sie eigentlich von mir?« Max Jennings warf einen ungeduldigen Blick auf seine Uhr, die ebenso teuer und schick war wie die restliche Erscheinung des Mannes.

»Wir möchten, daß Sie uns erzählen, was Sie von der Angelegenheit wissen.«

»Da sind wir schnell fertig«, erwiderte Jennings. »Absolut nichts.«

»Scheint so, als seien Sie der letzte gewesen, der Gerald Hadleigh lebend gesehen hat.«

»Der Vorletzte, Chefinspektor. Bleiben wir doch bitte auf dem Boden der Tatsachen, ja?«

»Das allerdings erwarte ich ... von beiden Seiten«, konterte Barnaby und handelte sich für seine Dreistigkeit einen scharfen Blick ein. »Vor allem interessiert mich, wann genau Sie ›Plover's Rest‹ verlassen haben.«

»Plover's was?«

»Mr. Hadleighs Haus.«

»Keine Ahnung. Ehrlich nicht. Spät.«

»Aber Sie wissen doch sicher, wann Sie nach Hause gekommen sind. Vielleicht fangen wir mal damit an.«

»Elf ... zwölf ... Ich achte nie auf die Zeit. Das kann Ihnen jeder bestätigen.«

»Waren Sie denn der letzte, der gegangen ist?«

»Soweit ich mich erinnere, ja.«

»Und in welcher Verfassung befand sich Mr. Hadleigh, als Sie sich verabschiedet haben?«

»Bei bester Gesundheit.«

»Und in guter Stimmung?«

Jennings zögerte zum ersten Mal. Er starrte auf seine olivgrünen Wanderstiefel. »Schwer zu sagen. Er schien mir nicht gerade der Typ zu sein, der Gefühle zeigt.«

»Worüber haben Sie gesprochen? Nachdem die anderen fort waren, meine ich.«

»Über die Schriftstellerei. Deshalb war ich ja auch eingeladen worden.«

»Nehmen Sie diese Art von Einladungen öfter an?«

»Eigentlich nicht. Aber Midsomer Worthy liegt in der Nähe. Deshalb dachte ich, es könne ganz amüsant werden.«

»Und war's das auch?«

»Nein. Es war tödlich langweilig.«

»Vielleicht erzählen Sie uns ...«

»Heiliger Strohsack! Was zum Teufel haben meine Eindrücke von jenem Abend mit dieser entsetzlichen Tat zu tun? Wenn wir in diesem Tempo weitermachen, sitzen wir noch die ganze Nacht hier.«

»Ihre Eindrücke können für uns sehr wertvoll sein, Mr. Jennings. Mich interessiert nicht nur Ihre persönliche Meinung über die einzelnen Mitglieder der Autorengruppe, sondern auch, ob es unterschwellige Spannungen oder andere Gefühlsäußerungen im Lauf des Abends gegeben hat.«

»In bezug auf Hadleigh, meinen Sie?«

»Nicht unbedingt.«

Max Jennings betrachtete lange und eingehend ein Plakat an der Wand, das für Hilfe zur Selbsthilfe gegen das Verbrechen warb.

Sergeant Troy, der im Türrahmen gelehnt hatte, setzte sich auf einen Stuhl. Im Zimmer war es totenstill.

»Da war eine Frau mit rotem Haar«, begann Jennings schließlich. »Ihr Name ist mir entfallen. Sie war verliebt in Hadleigh. Und deshalb sehr unglücklich. Dann ein schrecklicher Typ namens Clapton. Hoffnungslos linkisch und vermutlich schrecklich untalentiert, mit einer unansehnlichen Brillenschlange als Frau. Außerdem ein netter alter Kerl, so trottelig, daß er eigentlich ins Heim gehört hätte, und eine furchterregende Bulldogge von einer Frau mit Beinen wie die Nelsonsäule und einer geradezu fanatischen Verehrung für ›das reine englische Blut‹, wie sie es nannte.« Sein Blick schweifte zwischen den beiden Polizeibeamten hin und her. »Glauben Sie denn ernsthaft, daß jemand von diesen Leuten später zurückgekommen ist und ihn umgebracht hat?«

Barnaby sah Jennings erstaunt an. »Sie sind der erste, Mr. Jennings, der nicht automatisch annimmt, daß Mr. Hadleigh von einem Einbrecher ermordet worden ist.«

»Oh, kein Schriftsteller, der sein Geld wert ist, würde das tun. Viel zu harmlos. Keine gute Geschichte.«

»Warum haben sie diesen Autorenkreis überhaupt besucht?«

»Das haben sie mich doch schon mal gefragt.«

»Ihre Agentin war geradezu fassungslos. Sie hat angedeutet, das sei etwas, was Sie niemals tun würden.«

»Talent? Was zum Teufel wollten Sie denn von ihr?«

»Wir haben versucht, Sie zu finden. Und nachdem Ihre Frau uns gesagt ...«

»*Sie sind bei mir zu Hause gewesen*?« brachte Jennings mühsam hervor.

»Sieht ganz danach aus, oder? Ihre Frau ist allerdings der Meinung, daß Sie sich in Finnland aufhalten.«

»Großer Gott! Was haben Sie ihr gesagt?«

»Gar nichts. Was hätten wir ihr zu diesem Zeitpunkt auch sagen sollen? Außerdem war sie kaum in der Verfassung, ein ernsthaftes Gespräch zu führen.«

»*Ihr* Mr. Stavro hat die nötigen Informationen über Sie geliefert, Mr. Jennings«, warf Troy ein. »Er hat ausgesagt, daß Sie früh geweckt werden wollten, um rechtzeitig in Heathrow sein zu können. Er hat übrigens auch erwähnt, daß Sie in der fraglichen Nacht um ein Uhr morgens nach Hause gekommen sind, und nicht, wie Sie gerade behauptet haben, zwischen elf und Mitternacht.«

»Auch das habe ich Ihnen schon erklärt. Die Uhrzeit interessiert mich nicht.«

»Dann ist diese schöne Uhr an Ihrem Handgelenk aber eine ziemliche Verschwendung, Sir.« Jennings schien das gar nicht zu hören.

»Sind Sie …? Waren Sie noch einmal bei mir zu Hause? Haben Sie wieder mit meiner Frau gesprochen?«

»Nein.«

»Dann denkt sie also …«

»… daß Sie noch in Helsinki sind.«

Ob das tatsächlich der Fall war, wußte Barnaby allerdings nicht sicher. Nur zu gut war seine Erinnerung an das bittere Lachen und den illusionslosen Blick von Ava Jennings, an die Augen, die schon alles gesehen hatten, denen man nichts mehr vormachen konnte. Und er sah wieder den kupferbraunen Körper vor sich, voll unterdrücktem, kalten Feuer wie ein tropischer Fisch gefangen in einem Aquarium.

»Es ist nicht so, wie Sie denken«, rechtfertigte sich Jennings prompt.

»Wirklich nicht, Mr. Jennings?«

»Ich nehme an, Sie haben sich gründlich über mich informiert, Chefinspektor. Dann wissen Sie sicher auch, daß wir einen Sohn hatten, der im Kleinkindalter gestorben ist. Er wäre in diesem Jahr neun Jahre alt geworden. Ava hat das nie verkraftet. Sie hat sich sehr verändert, wurde depressiv und zeitweilig auch gewalttätig. Einige Zeit war sie sogar in einer Psychiatrischen Klinik. Sie hatte sich völlig gegen mich abgeschottet … physisch wie auch psychisch. Ich konnte sie nicht trösten, und ich hatte niemanden, der mich getröstet hätte. Schließlich war es ja auch mein Kind.

Ich bin nicht der Typ des notorischen Schwerenöters, aber irgendwann habe ich mich halt mit jemandem eingelassen … mehr aus Einsamkeit als aus anderen Gründen. Über einen langen Zeitraum sind wir uns sehr nahe gekommen, und ich muß zugeben, daß ich ein Leben ohne sie nicht mehr ertragen könnte. Ich wollte es meiner Frau sagen, aber Lindsay will davon nichts wissen. Sie meint, Ava hätte schon genug Unglück im Leben gehabt. So hatten wir immer nur ein paar Stunden und gelegentlich auch mal ein Wochenende für uns. Das geht nun schon seit fünf Jahren so. Es ist das erste Mal, daß ich versucht habe, richtig Urlaub zu machen. Das Cottage gehört Lindsays Freunden. Ich war da sehr glücklich, aber sie ist nicht zur Ruhe gekommen. Sie hatte ständig das Gefühl, es würde etwas schiefgehen.« Jennings griff nach dem Becher Kaffee, der inzwischen eiskalt sein mußte, starrte hinein und stöhnte: »Mein Gott, was für ein Scherbenhaufen.«

Es war nur zu klar, welchen Scherbenhaufen er damit meinte. Der Mord an Gerald Hadleigh schien ihn kaum zu berühren.

»Ich hoffe, diese Sache bleibt unter uns, Chefinspektor. Ich möchte nicht, daß die Presse davon Wind bekommt. Für Ihre Ermittlungen spielt das schließlich keine Rolle.«

»Das liegt nicht in unserer Hand, Sir.«

»Da bin ich nicht so sicher.« Jennings stand auf. »Ja … vielleicht zeigt mir jetzt jemand, wo mein Wagen steht.«

»Ich glaube nicht, daß Sie das im Moment interessieren sollte, Sir.«

»Wie bitte?« Jennings war bereits an der Tür. »Sind wir denn noch nicht fertig?«

»Ich fürchte, wir fangen gerade erst an.«

»Dann will ich mit Lindsay sprechen. Ich möchte sie überreden, nach Hause zu fahren.«

»Sie haben fünf Minuten«, erklärte Barnaby. »Aber eine private Unterhaltung wird das leider nicht.«

»Warum denn nicht? Was soll das?«

»Vorschriften.«

»Das ist eine unglaubliche Unverschämtheit. Ich werde mich beschweren. Und zwar auf höchster Ebene.«

»Tun Sie, was Sie nicht lassen können. Aber Sie werden feststellen, daß das den Regeln entspricht.«

Als Jennings nach gut zehn Minuten zurückkam, wirkte er zerknirscht und geistesabwesend. Es gelang Barnaby nur mit Mühe, seine Aufmerksamkeit auf das Thema Hadleigh zurückzulenken. Schließlich fragte Barnaby ihn, ob er seinen Anwalt verständigen wolle.

»Nein, Danke. Für hundertfünfzig Pfund pro Stunde behalte ich mir den Mann für die wirklich wichtigen Dinge im Leben vor.«

Barnaby beschloß, eine härtere Gangart einzulegen. »Mr. Jennings«, begann er. »Sind Sie Gerald Hadleigh schon vor vergangenem Montag begegnet.«

»Was? Ich habe nicht ganz ...«

Natürlich hatte er verstanden. Er hatte sogar sehr gut verstanden. Barnaby beobachtete interessiert, wie sein Gegenüber versuchte, Zeit zu gewinnen.

»Ja, ich habe ihn gekannt. Flüchtig. Ist schon Jahre her.«

»War das vielleicht der Grund, weshalb sie die Einladung angenommen haben?«

»Teilweise. Vermutlich war ich neugierig, wie es ihm inzwischen ergangen ist.«

»Deshalb sind Sie auch noch länger geblieben? Um über alte Zeiten zu reden?«

»Ja.«

»Also nicht, um, wie Sie vorher zu Protokoll gegeben haben, über die Schriftstellerei zu sprechen?«

»Das auch. Es war schließlich etwas, das wir gemeinsam hatten.«

»Aber doch wohl kaum in vergleichbarem Rahmen.«

Max Jennings zuckte die Achseln. »Schreiben ist schreiben.«

»Sie haben viel auf sich genommen, um eine Begegnung von so geringer Bedeutung herbeizuführen.«

»Wie meinen Sie das?«

»Aus den Aussagen der anderen geht hervor, daß Sie alle anderen geschickt ausgetrickst haben, um mit Gerald Hadleigh allein zu sein.«

»Was für ein Unsinn! Ich hatte einfach meine Handschuhe vergessen.«

»Und um die zu holen, mußten Sie die Tür von innen verriegeln?«

»Das habe ich nicht getan.«

»Wenn Sie wirklich nur ihre Handschuhe vergessen hatten ... warum sind Sie dann über eine Stunde später noch immer bei Hadleigh gewesen?«

»Wir kamen ins Gespräch. Und?«

»Über die Vergangenheit?«

»Hauptsächlich, ja.«

»Hat Mr. Hadleigh sich dabei erregt?«

»Wie soll ich denn das verstehen?«

»Dann will ich deutlicher werden.« Barnaby beugte sich vor, stützte die Ellbogen auf den Schreibtisch. »Haben Sie ihn dazu gebracht, hemmungslos zu weinen?«

Max Jennings Blick schweifte von Barnaby zu Troy. Er spielte den Entrüsteten, ohne auch nur ein Wort zu sagen. Es war deutlich zu erkennen, daß er auf der Hut war.

Danach prasselten die Fragen ununterbrochen auf Jennings ein. Barnaby und Troy spielten sich die Bälle zu.

»Warum waren Sie so versessen darauf, Hadleigh allein zu sprechen?«

»Warum hatte der Ermordete Angst vor Ihnen?«

»Er hatte keine ...«

»Sogar solche Angst, daß er St. John gebeten hatte, das Haus unter keinen Umständen zu verlassen.«

»Jeder hatte gemerkt, wie angespannt er war.«

»Er hat kaum ein Wort gesagt.«

»Und er hatte getrunken.«

»Sie können doch mir nicht die Schuld geben, wenn ...«

»Warum haben Sie uns angelogen? Sie waren viel später zu Hause, als sie behauptet haben.«

»Ich habe nicht gelogen. Es war lediglich ein Irrtum ...«

»Warum diese Lüge mit der Finnlandreise?«

»Das habe ich Ihnen doch erklärt ...«

»Wann haben Sie erfahren, daß das Cottage, das angeblich Freunden Ihrer Geliebten gehört, verfügbar sein würde?«

»Wir möchten Daten von Ihnen hören Mr. Jennings. Wann haben sie das erfahren?«

»Ist schon eine Weile her.«

»Wie lange ist bei Ihnen eine Weile?«

»Einige Monate.«

»Bevor Sie Hadleighs Einladung angenommen hatten?«

»Also ... ja.«

»Wie passend.«

»Was soll denn das jetzt heißen?«

»Um einfach so verschwinden zu können.«

»Nach einem Mord.«

»Wirklich sehr praktisch.«

»Warum haben Sie sämtliche Kleidungsstücke, die sie an jenem Abend getragen hatten, wieder mitgenommen?«

»Weil ich mich in dem Anzug wohlfühle. Ich trage ihn oft.«

»Was ist aus dem braunen Koffer geworden?«

»Dem braunen ...?«

»Der Hadleigh gehörte.«

»Er ist aus seinem Haus verschwunden. Bei Ihnen haben wir ihn nicht gefunden.«

»Warum zum Teufel sollte er bei ...«

»Wo ist er, Mr. Jennings?«

»Haben Sie ihn auf dem Weg nach ›Heathrow‹ entsorgt?«

»Was haben Sie aus der Kommode mitgenommen?«

»Ich erinnere mich an keine Kommode ...«

»Im Schlafzimmer.«

»Ich bin nie in seinem Schlafzimmer gewesen.«

»Tatsächlich nicht?«

»Ich habe keinen Fuß ins obere Stockwerk gesetzt.«

»Warum haben Sie sich nicht bei der Polizei gemeldet? Nachdem Sie von Hadleighs Ermordung erfahren hatten?«

»Mir war davon nichts ...«

»Das behaupten Sie«, warf Sergeant Troy ein. »Ihre Freundin weiß da vielleicht ein anderes Lied zu singen.«

»Mein Gott!« Jennings sprang auf die Beine. »Wenn jemand sie so behandelt, wie Sie mich hier behandeln, dann drehe ich ihm den Hals um.«

»Setzen Sie sich.«

»Ich möchte lieber stehen. Es ist mir doch wohl noch erlaubt zu stehen, wenn ich stehen möchte, oder?« Er starrte die beiden Kriminalbeamten an, Augen und Hände waren ständig in Bewegung. Dann setzte er sich wieder steif auf seinen Stuhl, balancierte auf der Kante, um zu demonstrieren, daß er nicht gedachte, das noch länger mitzumachen.

»Betrachten Sie die Sache doch mal mit unseren Augen, Mr. Jennings«, führte der Chefinspektor mit gleichbleibend kühler Sachlichkeit aus. »Hadleigh hatte Angst vor Ihnen. Das war allgemein bekannt. Und zwar in einem Maße, daß er … man kann es ruhig so sagen … jemanden um Schutz gebeten hat … auch wenn man Mr. St. John nicht gerade als besonders wirksamen Leibwächter bezeichnen kann. Trotzdem hat sich Hadleigh … aufgrund Ihrer Tricks … am Ende genau in der Situation wieder gefunden, die er unbedingt hatte vermeiden wollen. Am darauffolgenden Morgen wird er tot aufgefunden und Sie, die letzte Person, die ihn lebend gesehen hat, sind verschwunden. Und das, nachdem Sie Ihrer Frau falsche Informationen über Ihren Aufenthaltsort gegeben hatten. Durch einen merkwürdigen Zufall finden wir Sie in einem abgelegenen Cottage, in dem Sie angeblich ohne jeden Kontakt zur Außenwelt gelebt haben. Wofür halten Sie uns? Für dämlich?«

Jennings hatte diese leidenschaftslose Zusammenfassung schweigend angehört und ließ sich nun mit der Antwort Zeit. Als er schließlich sprach, klang er nervös und unsicher.

»Mir ist klar, daß ziemlich viel gegen mich zu sprechen scheint. Das ist zwar Pech, aber kaum ein Beweis für meine Schuld. Sie stützen sich doch nur auf Indizien, oder?«

Damit hatte er recht. Aber Barnaby hatte nicht die Absicht, das zuzugeben. Statt dessen lächelte er nur aufmunternd und lenkte die Unterhaltung wieder auf das Thema ›Vergangenheit‹ zurück.

»Bleibt bei allem doch die Tatsache bestehen, daß Sie Hadleigh von früher gekannt haben. Und Sie wollen doch nicht dieses Märchen aufrechterhalten, daß die Bekanntschaft flüchtig gewesen sei, oder?«

»Unsere frühere Bekanntschaft hat mit dem Mord nichts zu tun. Darauf haben Sie mein Wort.«

»Ich fürchte, das reicht mir nicht, Mr. Jennings. Sie sind die einzige uns bekannte Person, die über Hadleighs Vergangenheit Bescheid weiß. Sie haben doch sicher nicht die Absicht, die Ermittlungen der Polizei zu behindern, oder?«

»Selbstverständlich nicht.«

»Besonders, da es so sehr in Ihrem eigenen Interesse liegt, uns zu unterstützen.«

»Ja, das sehe ich auch so.« Seine Miene wurde verschlossen. Barnaby beobachtete, wie er stumm das Für und Wider gegeneinander abwog. Schließlich erklärte Jennings: »Also gut. Aber zuerst möchte ich mich frisch machen und brauche eine Zigarette und was zu essen. Und wenn das der beste Kaffee war, den Sie zu bieten haben, probiere ich lieber den Tee.«

Eine halbe Stunde war vergangen. Jennings war gewaschen und rasiert aus der Herrentoilette gekommen und rauchte einige seiner Zigarillos. Er hatte Troy ebenfalls davon angeboten. Der Sergeant hatte nur zu gern angenommen und eine herbe Enttäuschung erlebt. Der Tabak schmeckte bitter und nach verfaulten Blättern. Troy entsorgte den Zigarillo schließlich dezent in der Toilette.

Inzwischen war auch ein Tablett mit Tee, einer Platte mit belegten Broten und einem Krug Wasser serviert worden.

»Also«, begann Jennings, nachdem er sich gestärkt hatte. »Wo soll ich anfangen?«

»Am Anfang«, entgegnete Barnaby und rückte seinen Stuhl etwas zurück, so daß die Platte mit Sandwiches außerhalb seiner Reichweite lag. »Als Sie Hadleigh zum erstenmal begegnet sind.«

»Also gut.« Jennings Miene war ernst. »Ich habe Gerald bei der Feier zu meinem dreißigsten Geburtstag kennengelernt. Ein Mädchen von Barts, wo ich damals gearbeitet habe, brachte ihn mit.«

»Barts?« wiederholte der Chefinspektor.

»Bartle, Bogle, Hegerty. Die Werbeagentur.«

»Aha.«

»Ich bin dort Texter gewesen. Wohnte in einem Gartenhäuschen in Maida Vale.«

»Und Sie sind Freunde geworden?«

»Nicht sofort. Danach haben wir uns gut drei Wochen nicht gesehen ... bis wir uns ... nicht zufällig, wie sich später herausstellte ... in der Untergrundbahn begegnet sind. Ich sehe ihn noch vor mir, wie er damals auf mich zukam: Flanellhose mit messerscharfen Bügelfalten, marineblauer Blazer, weißes Hemd und Krawatte. Er war kaum Vierzig und wirkte schon wie ein pensionierter Oberst.

Wir stellten fest, daß wir beide in dieselbe Richtung wollten, und fingen an, uns über die Schriftstellerei zu unterhalten. Schon bei unserer ersten Begegnung war das ein Thema zwischen uns gewesen. Gerald besuchte gerade einen Kurs am Institut für Englische Literatur, und ich arbeitete ... wie damals fast jeder Werbetexter ... an meinem ersten Roman. Bevor er an der Haltestelle Kensal Green ausstieg, fragte er mich, ob wir uns nicht wiedersehen und weiterreden wollten.

Zuerst hatte ich vor abzulehnen. Übers Schreiben zu reden hielt ich nicht für sinnvoll. Die Arbeit eines Autors ist sehr einsam. Man muß es selbst ausprobieren, um das richtige Gefühl dafür zu bekommen. So wie beim Schwimmen oder Fahrradfahren auch. Aber Gerald hatte etwas an sich ... Ich war neugierig geworden. Wie soll ich es beschreiben? Ich hatte noch nie jemanden erlebt, der so unpersönlich wirkte, ständig auf der Hut zu sein schien. Jedenfalls wollte ich mehr über ihn herausfinden.

Ich habe daher vorgeschlagen, sich locker auf einen Drink zu treffen. Er war einverstanden. Das erste Mal dauerte unser Gespräch nicht länger als zwanzig Minuten. Danach haben wir uns regelmäßig getroffen. Einmal bin ich sogar zum Essen bei ihm gewesen ... in seinem völlig unpersönlichen Apartment in einem eleganten Stadthaus in der Nähe der Westminster Cathedral. Wir unterhielten uns hauptsächlich über Autoren, die wir bewunderten. Gerald sah Bücher immer von einem sehr technischen Standpunkt aus. Er schien der Meinung zu sein, man brauche Romane nur in ihre Einzelteile zu zerlegen wie einen Motor, um hinter ihr Geheimnis zu kommen. Er hat das Wesentliche nie begriffen.«

Barnaby rutschte unruhig auf seinem Stuhl hin und her. »Wir kommen ein wenig vom Thema ab, Mr. Jennings.«

»Ganz und gar nicht. Genau hier liegt nämlich der Kern der Sache, wie Sie gleich sehen werden. Gerald hat mir einige seiner Geschichten vorgelesen. Saft- und kraftloses Zeug, Chefinspektor. Sauber getippt. Mit einem Anfang, einem Hauptteil und dem Schluß. Und von der ersten bis zur letzten Zeile todlangweilig. Die Sache mit dem Vorlesen blieb einseitig. Ich konnte mich nie überwinden, anderen meine Texte vorzulesen. Wäre mir peinlich, geradezu affektiert vorgekommen. Ich habe mich nie mit diesen Salon-Intellektuellen anfreunden können.

Unsere zwanglosen Begegnungen fanden über einen Zeitraum von drei Monaten statt. Ich habe wiederholt Fragen gestellt. Wie man das bei neuen Bekanntschaften eben so macht. Aber Gerald hat stets nur äußerst widerwillig über sich Auskunft gegeben, mir immer bloß häppchenweise etwas über sein Leben verraten. Er war als einziges Kind inzwischen verstorbener bürgerlicher Eltern in Kent aufgewachsen, hatte ein unbedeutendes Internat besucht und als Regierungsbeamter gearbeitet. Nachdem ich das herausbekommen hatte, zweifelte ich schon an meiner Gabe, interessante Menschen von Langweilern zu unterscheiden. Denn so einen schien ich in der Tat aufgegabelt zu haben. Ich beschloß deshalb, der Bekanntschaft ein Ende zu machen.«

Troy hatte Mühe, sein Mißfallen zu verbergen. Er fand Jennings cool und arrogant. Seine Fähigkeit, Geschichten zu erzählen, war jedoch nicht zu leugnen. Besonders Frauen waren dafür sicher sehr empfänglich. »Und wie hat Mr. Hadleigh das aufgenommen?« erkundigte er sich schließlich.

»Ich habe das natürlich ganz anders ausgedrückt. Ich habe behauptet, daß ich mich vorübergehend zurückziehen müsse, um mehr schreiben zu können. Immerhin hatte ich tagsüber einen Job und wenig Freizeit. Das hielt ich für eine glaubhafte Entschuldigung. Bei einem Telefongespräch habe ich es Gerald schließlich gesagt. Er hat wortlos aufgelegt.«

»Sie haben ein exzellentes Erinnerungsvermögen, wenn man bedenkt, wie lange das alles her ist, Mr. Jennings«, bemerkte Barnaby.

»Das liegt an dem, was nach dem Telefonat passierte. Eine halbe Stunde später stand Gerald nämlich vor meiner Tür. Ich wollte ausgehen. Damals hatte ich gerade Ava kennengelernt und war mit ihr zum Essen verabredet. Gerald drängte sich einfach an mir vorbei in die Wohnung. Er war leichenblaß. Sein Gesichtszüge, sonst immer maskenhaft glatt und ausdruckslos, waren völlig entgleist. Er sah wie ein Wahnsinniger aus, mit wirrem Haar und unstetem Blick. Ohne jede Vorwarnung begann er mich anzuschreien, stellte Fragen, machte mir bittere Vorwürfe. Ich versuchte, ihn zu beruhigen, kam jedoch gar nicht zu Wort. Warum ich das tun würde. Was er falsch gemacht habe. Ob ich ihn umbringen wolle.

Plötzlich sank er in meinen Sessel und bekam keine Luft mehr. Ich vergaß meine Verärgerung und hatte nur noch Angst, daß er einen Herzanfall erleiden würde. Ich holte eine Flasche Whisky und zwang ihn, ein Glas davon zu trinken. Und dann gab ich ihm noch eines. Irgendwie sah ich keinen anderen Ausweg mehr, als ihn betrunken zu machen und dadurch ruhigzustellen. Und der sonst so penible, beherrschte Gerald schüttete das scharfe Zeug achtlos in sich hinein. Schließlich rief ich vom Schlafzimmer aus Ava an. Währenddessen brach Gerald in Tränen aus.

Ich hatte die Schlafzimmertür einen Spalt breit offen gelassen und beobachtete, wie er nach meinem Schal griff, der neben meinem Mantel auf der Couch lag, ihn an die Wange hielt und küßte.«

Max Jennings trank einen Schluck Wasser. Troy beobachtete ihn mit verächtlicher Miene.

»Vielleicht haben Sie es längst erraten. Normalerweise bin ich auch nicht gerade von gestern, aber die Idee, daß Gerald diese Gefühle für mich hegen könnte, war mir nicht im Traum gekommen. Erstens hatte nichts an seinem Aussehen oder Benehmen auf homosexuelle Neigungen gedeutet. Zumindest nicht für einen heterosexuellen Mann wie mich. Jedenfalls war ich fest entschlossen, ihn endgültig loszuwerden. Ich wollte vor allem vermeiden, daß er mir seine Gefühle gestand. Also bin ich ins Zimmer zurückgegangen und habe ihm knapp und sachlich erklärt, daß mir meine Freundin eine Szene gemacht habe, weil ich sie wegen ihm versetzt hatte. Ich müsse jetzt umgehend zu ihr.

Doch Gerald reagierte darauf gar nicht. Ich war hilflos. Einerseits wollte ich ihn nicht hinauswerfen, andererseits aber auch nicht allein in meiner Wohnung zurücklassen. Also beschloß ich, ein Taxi zu rufen. Als ich jedoch nach dem Hörer griff, sprang Gerald auf mich zu, entriß mir den Hörer und flehte: »Schick mich bitte nicht weg!« Er brach erneut in Tränen aus, fiel vor mir nieder und umklammerte meine Knie. Ich verlor dadurch das Gleichgewicht, und wir purzelten beide über den Teppich. Es war eine groteske Szene.

Ich versuchte wieder, ihn zu beruhigen. Schließlich bekam er meine Hand zu fassen. Aber diese Berührung war alles andere als zweideutig. Es war vielmehr eine Geste der Verzweiflung, der Akt eines Ertrinkenden. Ich fühlte mich auf jeden Fall nicht mehr durch ihn belästigt und half ihm auf die Füße. Wir gingen in die Küche. Ich kochte Kaffee. Bevor er eine Chance hatte, sich zu outen, verdeutlichte ich ihm, daß eine homosexuelle Beziehung für mich völlig undenkbar wäre.

Außerdem machte ich ihm klar, daß unsere Bekanntschaft in dem Moment enden würde, da er auch nur ein Wort in dieser Richtung äußerte. Danach waren die Fronten abgesteckt, die Atmosphäre gereinigt. Gerald entspannte sich. Er war ziemlich betrunken. Und das war vermutlich auch der Grund für das, was dann geschah.«

»Und das wäre, Mr. Jennings?« hakte Barnaby ein.

»Er hat mir die Geschichte seines Lebens erzählt«, antwortete Max Jennings. »Und zwar die Wahrheit.«

An diesem Punkt der Vernehmung mußte ein neues Tonband in den Kassettenrecorder eingelegt werden. Barnaby beobachtete Jennings aufmerksam. Er saß erneut auf der Stuhlkante und zitterte leicht. Seine Schultern waren gesenkt, und seine Hände lagen bewegungslos im Schoß. Er machte gar nicht den Versuch, den Blickkontakt zu Barnaby wiederherzustellen, sondern hielt die Augen starr auf den Boden gerichtet, als er fortfuhr:

»Der Gerald Hadleigh, der sich zu meiner Geburtstagsfeier eingefunden hatte, war eine reine Erfindung. Selbst der Name stimmte nicht. Er war als Liam Hanlon in Südirland geboren worden, das einzige Kind armer Eltern. Die Familie besaß einen Kartoffelacker, ein Schwein und eine Schrotflinte für die Kaninchen. Sein Vater war ein überaus brutaler, gemeiner Mann, ein Trinker, der seine Frau mehr als einmal halbtot schlug ... genau wie den Jungen, wenn dieser sich ihm in den Weg stellte. Es war ein elendes Leben, das Mutter und Sohn um so enger zusammenschweißte, je schlimmer es wurde. Und irgendwie überlebten die beiden. Die Nachbarn sahen einfach weg. Wenn einem Mann gelegentlich die Hand ausrutschte, dann ging das nur ihn und seine Frau etwas an, so war die vorherrschende Meinung. Der Priester, die Polizei, alle wußten Bescheid und unternahmen nichts.

Der einzige Lichtblick in Liams familiärer Hölle war ein Freund. Ein älterer Junge namens Conor Neilson, der auf einem Hof in der Nähe lebte. Hanlon pflegte seinen Sohn dorthin zu zerren, wenn Tiere geschlachtet wurden. Um einen Mann aus dem Jungen zu machen, wie er behauptete. Aber natürlich handelte es sich um puren Sadismus.

Conor war ein seltsames Gewächs, das da draußen im Moor gedieh. Still und zurückhaltend, ein begeisterter Leser. Wann immer Liam entwischen konnte, streiften sie durch die Natur, beobachteten Vögel und andere Tiere. Manchmal zeichnete Conor ... Pflanzen, Blumen, die Kiesel in einem Flußbett. Natürlich verachtete Liams Vater den Jungen aus ganzem Herzen, und Conors Eltern hegten wohl ähnliche Gefühle. Der entscheidende Vorfall, der einen so traumatischen Einfluß auf Liams Leben haben sollte, ereignete sich, als er fast vierzehn und Conor siebzehn war.

Es geschah an einem Abend im Frühjahr. Hanlon war wieder einmal die Faust ausgerutscht. Aber diesmal mußte seine Frau ins Krankenhaus. Conors Eltern kümmerten sich derweil um Liam, der froh und erleichtert war, nicht allein bei dem Vater bleiben zu müssen. Er schlief auf einem alten Feldbett in Conors Zimmer und weinte sich jeden Abend in den Schlaf. Er sehnte sich nach seiner Mutter und hatte schreckliche Angst, sie nie mehr wiederzusehen. Schließlich nahm Conor ihn zu sich ins Bett, tröstete und streichelte ihn, küßte ihm die Tränen von den Augen. Dabei führte wohl eins zum anderen.

Liam glaubte eigensinnig und trotz aller gegenteiligen Erfahrungen in der Zukunft, daß Conor sich beim ersten Mal allein von Zuneigung und Mitleid hatte leiten lassen. Ich habe nie verstanden, warum dieser arme Teufel sich derartig eisern an eine offenkundige Fehleinschätzung geklammert hat. Aber er hatte eben kein Selbstwertgefühl und wäre nie mit der Erkenntnis fertig geworden, daß sein einziger Freund ihn in einer Notsituation ausgenutzt und hintergangen hatte. Aus lauter Zuneigung und Dankbarkeit hat Liam sich benutzen lassen. Diese gefährliche Gemeinschaft ... und vor vierzig Jahren war so etwas verdammt gefährlich, besonders in besagtem sozialen Umfeld ... dauerte an. Auch als Liam wieder zu Hause lebte. Natürlich war es nur eine Frage der Zeit, bis sie entdeckt wurden.

Seine Mutter kehrte nach Hause zurück, aber Hanlon trennte sich nicht von dem Mädchen aus dem Dorf, das er während ihrer Abwesenheit ins Haus genommen hatte. Und ausgerechnet sie erwischte die beiden Jungen, als sie es hinter einem Stapel Mais ganz besonders wild ›trieben‹. Liams Vater jagte mit der Schrotflinte hinter den beiden her und wurde danach nie wieder gesehen. Das Moor hatte ihn sich geholt, lautete die weitverbreitete Meinung. Kein Hahn hätte nach ihm gekräht, wären die beiden Jungen nicht ebenfalls verschwunden. So startete die Polizei eine halbherzige Suche ...

Die beiden Jungen flohen wie Tausende vor ihnen in die Großstadt. In diesem Fall nach Dublin. Dort sollte sich Liams Situation dramatisch verschlechtern. Es dauerte nicht lange, bis er und Conor auf dem Jugendstrich landeten. Dort stellte sich ziemlich schnell heraus, daß Liams Jugend und Schönheit ... und er war damals ein ausgesprochen schöner junger Mann ... sehr gefragt war. Conor machte sich das bald zunutze. Niemand, der den jungen Ganymed wollte, kam an ihm vorbei. Seine Forderungen waren so hoch, wie es der Markt erlaubte, dennoch erhielt Liam nur freie Kost und Logis, Kleidung und etwas Taschengeld. So ging es fast drei Jahre.

»Es mag seltsam anmuten«, sagte Max Jennings und atmete dabei tief durch. »daß Liam das so lange mitgemacht hat. Aber Conor hielt ihn auch geschickt an der langen Leine. Die Gelegenheit, daß Liam dabei andere Freunde kennenlernte, wußte

Conor allerdings zu verhindern. Zur Not mit physischer Gewalt, vor der Liam panische Angst hatte.

Dann kurz vor seinem siebzehnten Geburtstag lernte Liam Hilton Conninx kennen. Vielleicht haben Sie von ihm gehört?«

Barnaby schüttelte automatisch den Kopf, obwohl ihm der Name irgendwie bekannt vorkam.

»Conninx war ein bekannter Maler ... berühmt wegen seiner ausgezeichneten Portraits ... und finanziell außerordentlich erfolgreich. Zwei seiner Bilder hängen sogar in der National Gallery in Dublin. Man nennt ihn den irischen Annigoni. Nachdem er durch einen Freund vom schönen Liam erfahren hatte, traf Conninx eine Verabredung, um den Jungen persönlich kennenzulernen. An Sex war der Maler nicht interessiert. Obwohl auch er schwul war, konzentrierte sich der über siebzigjährige Conninx damals mit all der ihm verbliebenen Kraft auf die Malerei.

Er erkannte auf den ersten Blick, daß Liam das ideale Modell für ihn war ... in seiner Autobiographie beschreibt er die erste Begegnung mit dem Jungen besser, als ich es je könnte. Das stellte Conor vor Probleme. Er forderte für jede Sitzung nicht nur eine große Summe, sondern stellte, da Geld für Conninx keine Rolle spielte, außerdem die Bedingung, bei den Sitzungen mit anwesend sein zu können. Unter dem Vorwand versteht sich, seinen jungen Schützling vor dem alten ›Päderasten‹ schützen zu müssen.

In Wahrheit konnte Conor es sich nicht leisten, Liam in Gegenwart eines so reichen, intelligenten und erfolgreichen Mannes wie Hilton Conninx unbewacht zu lassen. Er mußte fürchten, seine Macht über den Jungen zu verlieren, die auf den schrecklichen Kindheitserlebnissen basierte.«

Jennings machte eine kurze Pause und stützte den Kopf in beide Hände, so als könne er dadurch frische Kraft schöpfen.

»Schließlich gewann Conors Geldgier jedoch die Oberhand. Als Liams Manager, oder vielmehr als sein Lude, hatte er für jede Begegnung 100 Guineen gefordert. Conninx hatte angedeutet, daß mindestens zwölf Sitzungen nötig sein würden. Mitten während der zweiten Sitzung legte Conninx jedoch plötzlich den Pinsel aus der Hand und erklärte, er könne in Anwesenheit einer dritten Person unmöglich arbeiten. Er wolle beide Sitzungen voll bezahlen, aber damit sei die Sache dann beendet. Liam erfuhr später, daß das ein Bluff war und Conninx in jedem Fall nachgegeben hätte, wenn Conor hart geblieben wäre. Aber 1200 Guineen waren Ende der Fünfziger Jahre eine unglaublich hohe Summe, besonders wenn man keinen Finger dafür rühren mußte.

Jedenfalls war das der Anfang vom Ende für Conor. Während der wenigen Besuche in seinem Atelier hatte Conninx geschickt Liams Geschichte herausbekommen und versuchte nun, den Jungen zu überreden, sich von Conor zu befreien. Was allerdings leichter gesagt als getan war. Liam hatte so lange in der Abhängigkeit von Conor gelebt, daß er glaubte, ohne ihn nicht existieren zu können. Er hatte kein Zuhause und praktisch kein Geld. Conninx jedoch gab nicht auf. Der Maler verfügte nicht nur über Geld, sondern hatte auch Einfluß. Conor, der seit ihrer Ankunft in Dublin mit der Unmoral gute Geschäfte gemacht hatte, war nicht in der Lage, sich zu wehren. Eines Abends kehrte Liam von der Sitzung bei Conninx nicht zurück. Dafür erschien dessen Chauffeur, um seine Habseligkeiten abzuholen. Conor übergab sie ihm, und damit war die Sache besiegelt.

Liam blieb 15 Jahre bei Conninx und führte dort ein Leben, wie er es nie zuvor gekannt hatte. Conninx behandelte ihn mit liebevollem Respekt. Er versuchte ihn in den schönen Künsten, wie zum Beispiel in Malerei und Musik, zu unterweisen ... leider mit wenig Erfolg ... und ermutigte ihn zu lesen. Während ihrer ersten vier oder fünf gemeinsamen Jahre entstanden viele Portraits des Jungen. Damals besaß Conninx noch sein Augenlicht. Der Maler hatte die Marotte, seine Modelle nie in zeitgenössischer Kleidung oder Umgebung zu malen. So wurde Liam als viktorianischer Geistlicher, algerischer Bergjunge, persischer Prinz oder türkischer Pascha dargestellt.

»Er wurde Conninx Gefährte, sein Sekretär und Freund. Obwohl sie nie eine sexuelle Beziehung hatten, besteht kaum ein Zweifel, daß Conninx den Jungen sehr geliebt hat. Liams Gefühle waren schwieriger zu deuten. Wie jedes einsame, gequälte Kind blieb er ein Leben lang dankbar für die kleinste Zuneigung, die er bekam, vermochte die Gefühle anderer jedoch nie in gleicher Weise zu erwidern. Möglicherweise ist seine Fähigkeit zu lieben irreparabel beschädigt worden. Vielleicht waren Conninx Wiedergutmachungsversuche deshalb vergeblich. Es gibt eben Dinge im Leben, die lassen sich nicht heilen, finden Sie nicht auch?«

Barnaby, der nie richtig darüber nachgedacht hatte, entschied, daß Jennings vermutlich recht hatte. Und das deprimierte ihn noch mehr.

»Sagten Sie nicht, daß dieser Mr. Conninx das Augenlicht verloren hat, Sir?«

»Ja, einige Jahre vor seinem Tod. Liam hat praktisch alles für ihn getan. Und als Conninx schließlich schwer erkrankte ... mit über neunzig Jahren ... hat er ihn bis zum Tode zu Hause gepflegt.«

Für Barnaby klang das so, als sei Liam doch zu einer gewissen Liebe fähig gewesen. Aber er schwieg, um den Redefluß des Schriftstellers nicht zu unterbrochen.

»Conninx hatte Liam als Alleinerben eingesetzt. Er erbte das Haus, viel Geld und sämtliche Gemälde, deren Wert sich nach dem Tod des Künstlers mehr als verdoppelte. Dann passierte das Unvermeidliche. Die Kunde von Liams Erbschaft erreichte durch Zeitungsmeldungen auch Conor. Er tauchte plötzlich auf und verlangte die Hälfte von Conninx Vermögen. Sollte Liam auf seine Forderung nicht eingehen, drohte er, ihn wegen Mordes an seinem Vater anzuzeigen.«

»Und? Entsprach das der Wahrheit?«

»Gerald, alias Liam hat mir immer wieder versichert, daß er es nicht gewesen sei. Angeblich hatte er sich in einer Scheune in der Nähe von Conors Haus versteckt, während Conor ins Haus ging, um Geld und Kleidung für ihre Flucht zu besorgen. Conor kam erst nach drei Stunden wieder und erklärte unter anderem, daß Henlon sie nie wieder belästigen könne. Liam hat das nie hinterfragt.«

»Aber Liam war zu diesem Zeitpunkt doch minderjährig«, gab Barnaby zu bedenken. »Er hätte von der Polizei nichts zu befürchten gehabt.«

»Ich bin überzeugt, daß er das auch gewußt hat«, entgegnete Jennings. »Und Conor hat das natürlich ebenfalls gewußt. Aber Liam war Conor nie gewachsen. Die Vergangenheit hatte ihn wieder eingeholt, das war sein Problem. Verstehen Sie? Die Schrecken seiner Kindheit. Was uns in der Kindheit Angst macht, macht uns ein Leben lang Angst.«

»Und wie hat Liam darauf reagiert?«

»Er war inzwischen älter, ziemlich reich und hatte einen großen, einflußreichen Bekanntenkreis. Conor war ebenfalls erfolgreich ... allerdings auf eine eher zwielichtige Art und Weise. Und er hatte mehr als unangenehme Freunde. Also hat Liam dasselbe getan wie Jahre zuvor ... Er hat Conor so lange hingehalten, bis er die Erbschaftsangelegenheiten geregelt hatte, und ist dann untergetaucht. Nur hatte er diesmal seine Flucht professionell organisiert. Er ging nach England, nahm einen falschen Namen ... eine völlig neue Identität an.«

»War das nicht ein bißchen übertrieben?« bemerkte Troy.

»Wenn Sie ihn damals gehört hätten, würden Sie das nicht

sagen.« Jennings trank einen Schluck Wasser. Dann stellte er das Glas ab und wischte sich fahrig über die Stirn, so als müsse er einen unangenehmen Gedanken vertreiben.

»Aber dieser Identitätswechsel erfolgte nicht nur, um Conor zu entkommen. Liam schien den rührenden Glauben zu haben, daß sich mit seinem Äußeren, dem falschen Namen, der falschen Vergangenheit, auch seine Psyche, sein Ich, verändern lasse.«

»Ein neuer Hut macht noch keinen neuen Menschen ...« zitierte Barnaby.

»Richtig. Theoretisch mag sowas ja möglich sein. Aber Geralds Wunden saßen viel zu tief. Mit ein bißchen Kosmetik waren sie nicht ungeschehen zu machen. Allerdings wird jeder, der ihn in seinem späteren Leben gekannt hat, zugeben müssen, daß ihm rein äußerlich die Verwandlung gut gelungen ist. Als wir uns begegnet sind, hielt ich ihn für den typischen englischen Gentleman. Jeder vornehme Herrenclub hätte ihn mit Begeisterung aufgenommen.«

Troy war da skeptisch. Wäre interessant gewesen zu testen, was die Kumpels aus dem Herrenclub gesagt hätten, wenn sie Gerald mit seinem Schleierhütchen erwischt hätten. Die meisten wären vermutlich ein Fall für die Intensivstation geworden.

»Es dauerte ungefähr drei Wochen, bis Gerald mir die Geschichte erzählt hatte«, fuhr Jennings fort. »Solange trafen wir uns regelmäßig. Danach ...« Jennings deutete mit einer Handbewegung einen schroffen Abschied an.

»Und er hat Ihnen nie wieder Avancen gemacht?«

»Selbstverständlich nicht.«

»Aber wenn er sich in Sie verliebt hatte ...«

»Er liebte mich ... Das war der Unterschied. Er behauptete, nie zuvor für jemanden so etwas empfunden zu haben, und ... ich habe ihm geglaubt.«

»Hat er je über Sex gesprochen?«

»Einmal, ganz beiläufig. Er beschrieb es als ein erniedrigendes Bedürfnis, das man an entwürdigenden Orten mit verachtenswerten Menschen befriedigt.«

»Klingt ganz so, als habe er seine Liebhaber in der Gosse aufgelesen.«

»Nicht unbedingt. Ich glaube allerdings, daß er meistens ins Ausland gereist ist, wenn er sich wirklich mal ausleben wollte. Jedenfalls hat er alles getan, um diese Seite seiner Persönlichkeit geheimzuhalten.«

»Ich verstehe nicht, warum«, bemerkte Troy. »Es ist inzwischen nicht mehr illegal.«

»Weil er sich dafür geschämt ... und darunter gelitten hat!« fuhr Jennings gereizt auf. »Ich habe grade die Geschichte seines Lebens erzählt. Herrgott, haben Sie denn nichts begriffen?«

Troy wurde rot vor Wut. Er ließ sich nicht gern nach Gutsherrenart abkanzeln. Seine Stimme klang heiser und gemein, als er erneut das Wort an Jennings richtete: »Was ist denn eigentlich passiert, daß der junge Liebestraum so jäh zerplatzt ist, Mr. Jennings? Wie sind Sie zu dem Alptraum geworden, mit dem Gerald Hadleigh nicht allein sein wollte?«

Jennings antwortete nicht sofort. Seine Mundwinkel zuckten.

Später wußte Barnaby nicht mehr, wodurch er zu der folgenden Frage verleitet worden war. Hatte ein Mitglied der Autorengruppe in seiner Gegenwart über Jennings Bücher gesprochen? War es Joyce gewesen? Oder hatte er von einer der vielen Verfilmungen seiner Romane abends beim verdienten Fernsehschlaf doch soviel mitbekommen, daß ihm jetzt eine Art *Déjà-vu-Erlebnis* widerfahren war. Worin auch immer der Grund dafür lag, er mußte die Eingebung, die inzwischen konkrete Formen angenommen hatte, einfach loswerden.

»Wußte Hadleigh eigentlich, Mr. Jennings, daß Sie alles, was er Ihnen erzählt hatte, niedergeschrieben haben?«

»Nein.« Jennings sah auf. Er wirkte müde und resigniert wie ein Langstreckenläufer nach einer unrühmlichen Etappe. »Tun Sie mir den Gefallen, und seien Sie gerecht, Barnaby. Ich habe nie vorgegeben, daß die Geschichte meine Erfindung gewesen sei.«

Danach legten sie eine Pause ein. Erfrischungen wurden gereicht, und diesmal gab Barnaby seinen Widerstand auf. Nach über drei Stunden angestrengten Zuhörens im Vernehmungszimmer mit einer Portion Rohkost im Magen, die kaum ein Karnickel am Leben erhalten hätte, starb er fast vor Hunger.

Und die Sandwiches auf der Platte sahen mehr als appetitlich aus. Dicke Scheiben Roastbeef, frischer Knochenschinken mit Orangenkruste, französischem Senf und süßsauren Gurken zwischen frischen, dicken Scheiben Weiß- oder Grahambrot erfreuten Auge und Gaumen.

»Kommen die aus unserer Kantine, Sergeant?« fragte Barnaby, zog vorsichtig ein Blatt Brunnenkresse aus seinem Sandwich, legte es beiseite und biß herzhaft hinein.

»Selbstverständlich«, antwortete Troy verdutzt.

»Unglaublich.«

»Finden Sie?« Er beobachtete, wie der Chef zum dritten Sandwich griff. Troy hatte nur eines geschafft, und es war ihm wie ein stinknormales Schnittchen vorgekommen. Jennings hatte erneut nur wenig zu sich genommen.

Barnaby schob seinen Teller beiseite. »Fühlen Sie sich etwas erholt, Mr. Jennings?«

»Nein.«

»Ausgezeichnet.«

Während Troy das Tablett bestückte und auf den Aktenschrank stellte, fiel ihm auf, daß der Punkt, an dem das Gespräch abgebrochen worden war, ihn in Verwirrung gestürzt hatte. Er kapierte nicht das mindeste, und dabei liebte er es, dem Spiel ein paar Meter voraus oder zumindest auf gleicher Höhe mit den wichtigsten Protagonisten zu sein. Aber seit kurzer Zeit hatte er bei dieser Partie das Gefühl, als habe man die Torpfosten einfach verrückt. Das war nicht fair. Er setzte sich und konzentrierte sich, um zumindest den verlorengegangenen Ball wieder aufzufangen.

»Falls Sie sich erinnern«, begann Jennings, »erwähnte ich zu Beginn, daß ich an einem Buch gearbeitet habe, als ich Gerald traf. Ich wollte viel Geld machen. Habe mich mit Standardthemen, Figuren und Situationen aus dem Zettelkasten herumgeschlagen. Aber so sehr ich mich auch abgemüht habe, ich konnte den Dingen einfach kein echtes Leben einhauchen. Geralds Geschichte dagegen hat mich sofort inspiriert. Er konnte nicht fesselnd erzählen … und doch war ich vom ersten Tag an fasziniert. Ich habe die Lücken mit Emotionen gefüllt, die Kulissen der trostlosen, schwarzen Moore und der Dubliner Straßen geschaffen. Habe Dialoge für Liam und Conor geschrieben und wußte, daß sie Kern und Ton trafen, obwohl ich den Mann nie kennengelernt hatte. Sobald Gerald gegangen war, habe ich alles niedergeschrieben, ein Notizbuch nach dem anderen damit gefüllt, während ich früher Mühe hatte, auch nur eine anständige Seite zustande zu bringen. Als Gerald mit seiner Lebensgeschichte am Ende war, hatte ich einen Text von über zweihunderttausend Worten.«

»Und in welcher Phase haben Sie ihm das gesagt?«

»In keiner. Verstehen Sie nicht …?« Jennings, der Barnabys Miene richtig deutete, versetzte trotzig. »Er hätte sonst nicht weitererzählt. Gerald hat zum ersten Mal die Wahrheit über sich preisgegeben. Ich brauche Ihnen ja wohl kaum zu erklären, wie wichtig … ja welche therapeutische Wirkung dieser Schritt haben kann.«

»Therapeutisch? Das hängt doch wohl ganz stark von der Integrität des Zuhörers ab«, warf Barnaby trocken ein. »Und davon, was diese Person mit ihrem Wissen anstellt. Ein Verrat, wie Sie ihn vorhatten ...«

»Wer gibt Ihnen das Recht, so etwas zu behaupten? Ich hatte keinen ›Plan‹. Nicht zu diesem Zeitpunkt. Ich habe sogar versucht, Gerald davon zu überzeugen, einen Psychoanalytiker aufzusuchen. Ich kannte einige hervorragende Spezialisten. Er hätte es sich leisten können.«

»Und wie hat er auf diesen Vorschlag reagiert?«

»Er hat sich furchtbar aufgeregt und erklärt, daß es ihm unmöglich sei, jemand anderem seine Geschichte zu erzählen.

Ich habe meine Notizen dann in Romanform gebracht. Das dauerte nicht lange. Schon nach den ersten Seiten war ich davon überzeugt, daß man mir das Manuskript sofort abkaufen würde. Deshalb habe ich Geralds Reaktion getestet. Ich habe ihm mitgeteilt, daß ich Notizen von unseren Gesprächen gemacht habe ... sozusagen als Gedächtnisstütze. Er hat sofort verlangt, diese Aufzeichnungen zu sehen. Woraufhin ich ihm eines meiner Notizbücher überlassen habe. Beim nächsten Treffen erfuhr ich dann, daß er es verbrannt hatte.«

»Es war Ihnen also klar, wie kompromißlos seine Haltung in dieser Beziehung war?«

»Ja.«

»Damit hätte das Projekt für Sie doch beendet sein müssen, oder?«

»Leichter gesagt als getan.« Er beugte sich vor und sah Barnaby eindringlich an. »Es bestand ja nicht die geringste Gefahr, daß jemand Gerald mit diesem Buch in Verbindung gebracht hätte. Ich hatte sämtliche Namen geändert. Und die ...«

»Jetzt werden Sie aber sehr spitzfindig, Mr. Jennings. Diebstahl bleibt Diebstahl.«

»Schriftsteller stehlen ihr Leben lang. Gespräche, Manierismen. Situationen, Witze. Wir bestehlen uns sogar gegenseitig. Geklaut wird überall. Tut man das beim Film, wird so etwas *hommage* genannt.«

»Sehr intelligent argumentiert. Tatsache aber bleibt, daß es seine Geschichte war.«

»Die Geschichte gehört dem, der sie erzählen kann!« konterte Jennings aufgebracht. »Gerald hatte weder Talent noch Phantasie. Die wunderbare Story wäre für die Welt verloren gewesen. *Far Away Hills* hat ihn berühmt gemacht. Falls es so etwas wie einen anonymen Ruhm gibt.«

Barnaby schwieg. Jennings Theorie kam ihm reichlich dürftig vor. Troy, der mittlerweile wieder auf dem laufenden war, sah seine Chance gekommen zu punkten. »Bei allem Respekt ... mir scheint es doch eher so zu sein, daß das Buch Sie berühmt gemacht hat.«

»Also, wann haben Sie's ihm endlich gesagt?« fragte der Chefinspektor.

»Gar nicht. Ich hab's versucht. Viele Male. Jedesmal habe ich den Mut verloren. Letztendlich habe ich ihm ein Vorausexemplar per Kurier geschickt.«

»Großer Gott!«

»Natürlich mit einem Brief, in dem ich ihm alles erklärt und um Verständnis gebeten habe. Er hat nicht darauf reagiert. Als ich schließlich zu ihm gefahren bin, mußte ich vom Portier erfahren, daß Gerald Hals über Kopf ausgezogen war und seine Möbel irgendwo eingelagert hatte. Eine Nachsendeadresse existierte nicht. Ich habe ihn nicht wiedergesehen. Bis vergangene Woche.

Als das Buch herauskam, habe ich erneut versucht, ihn zu finden. Der Roman hatte eine enorme Resonanz beim Publikum. Ich habe Hunderte von Briefen bekommen. Von Menschen, die unter ähnlichen Kindheitstraumata litten. Tja, und dann ereilte mich wie aus heiterem Himmel dieser Brief aus Midsomer Worthy.«

»Haben Sie ihn denn noch?«

»Ich fürchte, nein. Ich werfe unwichtige Korrespondenz immer sofort weg.«

»Aber Sie erinnern sich doch bestimmt an den Text, Mr. Jennings?« warf Troy ein. »Nach allem, was Sie uns erzählt haben, muß er doch wie eine Bombe bei Ihnen eingeschlagen haben.«

»So dramatisch war es nicht. Mittlerweile sind zehn Jahre ins Land gegangen. Ich habe inzwischen etliche weitere Bücher veröffentlicht und meinen ganz persönlichen Teil von Leid und Unglück abbekommen. Ich habe manchmal gedacht, daß der Tod meines Kindes vielleicht die Strafe für das war, was ich Gerald angetan hatte. Wobei das gegenüber Ava ziemlich ungerecht gewesen wäre.

Jedenfalls stand in dem Brief eigentlich nur, daß er mich in seiner Eigenschaft als Schriftführer darum bitten würde, zu einer Gesprächsrunde nach Midsomer Worthy zu kommen. Gleichzeitig stellte er klar, daß er an meinem Besuch nicht interessiert sei. Da war von ›Schmerzliche Erinnerungen ... unmögliche Situation ... schlafende Hunde‹ und so weiter die Rede. Seine Prosa hatte sich nicht gebessert. Mein erster Impuls war, die Einladung nicht anzunehmen. Je länger ich jedoch darüber nachgedacht habe, desto überzeugter wurde ich, daß trotz aller Proteste Gerald auf ein Wiedersehen aus war. Also habe ich, wie Sie ja wissen, angenommen.«

Jennings sah mittlerweile todmüde aus. Er wirkte überanstrengt, hilflos und aufgewühlt, so als habe er einen bestimmten Pfad eingeschlagen, der ihn zu einem überraschenden und ungewollten Ziel geführt hatte. Sein brauner Teint hatte eine graue Tönung angenommen, seine Nase trat scharf hervor, und die Haut unter den Augen wirkte plötzlich schlaff und faltig. Als er auf Barnabys nächste Frage antwortete, klang seine Stimme tonlos und unbeteiligt.

Der Chefinspektor fragte sich insgeheim, ob Jennings wirklich erschöpft war oder nur bewußt Kräfte sparte, um beim kritischsten Teil der Vernehmung einen letzten Rest an Konzentration mobilisieren zu können. Barnabys Aufmerksamkeit schweifte ab. Er dachte an die ungewöhnliche und tragische Geschichte von Liam Hanlon, alias Gerald Hadleigh, die man gerade vor ihm ausgebreitet hatte.

Das Wissen um dieses Schicksal in Verbindung mit der Erinnerung an die Großaufnahmen vom Tatort in Midsomer Worthy war ganz dazu angetan, Alpträume hervorzurufen.

»Ich nehme an, Mr. Jennings, daß Sie uns jetzt eine völlig neue, vielleicht sollte ich sagen ›umgeschriebene‹ Version dessen liefern werden, was Montag abend passiert ist.«

»Was die erste Hälfte des Abends angeht, habe ich nichts hinzuzufügen. Alles war so, wie ich es beschrieben habe. Abgesehen natürlich von meinen persönlichen Empfindungen. Ich war überrascht, wie sehr es mich berührte, ihn nach all den Jahren wiederzusehen. Auf der Fahrt nach Midsomer Worthy hatte mich nur Neugier und die vage Hoffnung bewegt, Gerald mein damaliges Verhalten irgendwie verständlich machen zu können. Seltsamerweise habe ich mich dann allerdings, im Gegensatz zu früher, sogar zu ihm hingezogen gefühlt. Gerald dagegen hat mich kaum eines Blickes gewürdigt. Trotzdem war ich fest entschlossen, allein mit ihm zu reden. Deshalb war ich ja auch früher gekommen, wurde jedoch gleich von St. John empfangen. Es ist mir, wie Sie wissen, nur durch einen plumpen Trick gelungen, den alten Herrn loszuwerden.

Nachdem ich die Haustür verriegelt hatte, ging ich ins Wohnzimmer ... Und da ist Gerald völlig zusammengebrochen. Es war erschütternd. Er verkroch sich vor mir in die hinterste Zimmerecke und schrie nur, ich solle gefälligst abhauen. Ich wußte im ersten Moment nicht, was ich tun sollte.«

»Warum haben Sie nicht einfach getan, worum er Sie bat?« warf Troy ein und fing einen strafenden Blick seines Chefs auf.

»Ich habe ruhig auf ihn eingeredet, ihm gesagt, was es mir bedeutete, ihn wiederzusehen; daß ich mit ihm nur ein paar Dinge klären wolle. Schließlich beruhigte er sich etwas und sank in einen Sessel. Danach habe ich ihm erzählt, was ich Ihnen erzählt habe. Von meinen Enttäuschungen, meiner trostlosen Ehe, dem Tod meines Kindes. Ich habe gesagt, daß er sich gründlich getäuscht habe, falls er davon ausgegangen sei, mein Leben bestehe nur aus Erfolg und Glück, das mir auf seine Kosten zugeflogen wäre.

Schließlich habe ich von den zahllosen Briefen gesprochen, die ich nach der Veröffentlichung von *Far Away Hills* bekommen hatte. Ich wollte ihm begreiflich machen, daß ich seine Geschichte nicht aus Gewinnsucht gestohlen hatte, sondern um sie einem breiten Publikum zugänglich zu machen.« So sehr Jennings auch in seiner Erzählung gefangen war, die Häme in Barnabys Augen entging ihm nicht. »Okay«, fuhr er fort. »Nennen Sie es, wie Sie wollen ... Ich hatte jedenfalls nicht nur vor, mich zu rechtfertigen. Sondern ich habe versucht, seine Schmerzen zu lindern, den angerichteten Schaden wiedergutzumachen. Das zumindest sollten Sie mir zugute halten.«

Barnaby sah keinen Grund, darauf einzugehen. Und er hatte auch nicht die Absicht, Verständnis, geschweige den Zustimmung, zu heucheln. Jennings nahm den Faden wieder auf:

»Schließlich habe ich gemerkt, daß ich immer nur dasselbe sagte. Er saß mir gegenüber im Sessel, den Kopf in den Händen vergraben, so als könne er meinen Anblick nicht ertragen. Dann tropften plötzlich Tränen zwischen seinen Fingern hindurch auf den Teppich. Es war erschütternd. Ich habe seine Hand genommen. Sie war kalt und schwer wie ein Stein. Gerald weinte unaufhörlich ... unaufhaltsam.« Jennings schüttelte den Kopf, so als könne er es immer noch nicht fassen.

Er schwieg. Zum erstenmal schien er sich zu schämen. Die Stille wurde immer bedrückender.

»In diesen Momenten habe ich meine Haltung vollkommen geändert«, gestand Jennings schließlich mit brüchiger Stimme. »Ich habe zum erstenmal begriffen, was ich getan hatte. Ich hatte unendlich viele Geschichten zu erzählen ... Mein Kopf steckt voll davon. Aber ... *Far Away Hills* war alles, was Gerald hatte. Und er war daran zerbrochen, daß ich es ihm genommen hatte.

Wir saßen da ... Gott weiß, wie lange. Ich habe ihn gefragt, ob es irgendeine Möglichkeit gäbe, alles wiedergutzumachen, und wußte doch selbst, daß das nicht möglich ist. Er erwiderte nur, daß alles sowieso keine Rolle mehr spiele. Wörtlich sagte er: ›Wer mein Leben stiehlt, stiehlt Müll.‹ Dann hat er mich gebeten, ja geradezu angefleht, sein Haus zu verlassen. Aber ich konnte mich einfach nicht dazu durchringen. Schließlich ergriff er selbst die Initiative, entzog mir seine Hand und entschwand in den ersten Stock. Er wirkte wie ein geschlagener Boxer, der aus dem Ring kletterte. Trotzdem war es ein würdevoller Abgang. Er hatte den Mut gehabt, mein Angebot als die vollmundige Scheinheiligkeit zu entlarven, die es war, und mir dafür ins Gesicht zu spucken. Ich habe noch eine halbe Stunde lang gewartet ... bis es Mitternacht geworden war. Dann wurde mir klar, daß er nicht mehr herunterkommen würde, ich habe meinen Mantel genommen und bin gegangen.«

»Haben Sie die vordere Haustür zugezogen?«

»Ja.«

»Sind Sie sicher, daß das Schloß richtig eingerastet ist?«

»Hundertprozentig. Ich habe die Tür extra ganz heftig zugeschlagen, um Gerald von meinem Abgang in Kenntnis zu setzen.«

»Haben Sie jemanden gesehen, als Sie das Haus verließen?«
»Um diese späte Stunde? Und bei dem Wetter?«
»Beantworten Sie einfach die Frage, Mr. Jennings«, forderte Troy.
»Nein.«
»Auch nicht in einem geparkten Wagen?«
»Unmöglich. Nein.«
»Sind Sie im Verlauf des Abends im ersten Stock von ›Plover's Rest‹ gewesen?«
»Nein.«
»In einem der anderen Räume des Hauses?«
»Nein.«
»Auch nicht in der Küche?«
»Verdammt noch mal, nein!« Er stand auf und schenkte sich Wasser ein. Das Glas schlug dabei klirrend gegen den Wasserkrug. Dann kehrte er zu seinem Stuhl zurück. »Was soll das werden? Was wollen Sie eigentlich aus mir rauspressen? Ich habe die Wahrheit gesagt.«
»Sie haben uns zwei völlig unterschiedliche Geschichten erzählt, Mr. Jennings.« Barnaby beugte sich vor und stützte die Ellbogen auf den Tisch. Sein feister Nacken und die breiten Schultern versperrten Jennings die Sicht auf alles andere. »Weshalb sollten wir der zweiten mehr Glauben schenken als der ersten?«
»O Gott …« Müdigkeit hatte ihn apathisch gemacht. Er zuckte resigniert mit den Schultern und erinnerte Barnaby dabei an den Blumenkohlverkäufer auf dem Markt von Causton. ›Wollen Sie meinen Skalp, Lady? Sie können ihn haben.‹
»Denken Sie doch, was Sie wollen. Ich bin fertig.«
»Da sind noch ein oder zwei Fragen …«
»Ich bin am Ende Barnaby. Alles andere ist Leichenfledderei.«
»Wußten Sie, daß Hadleigh verheiratet war?«

»Verheiratet?« Jennings Energie schien zurückzukehren. Er wirkte völlig verblüfft. »Das glaube ich nicht.«

»In seinem Wohnzimmer stand ein Hochzeitsfoto.«

»Das habe ich nicht gesehen.«

»Es wurde weggeräumt, bevor Sie kamen.«

»Muß sich um eine Fälschung gehandelt haben. Eine Fotomontage, um seine Vergangenheit auszulöschen. Wo soll die Dame denn jetzt sein?«

»Gestorben. An Leukämie.«

»Wie praktisch.«

»Nach Mr. Hadleighs Aussage vor seinem Umzug ins Dorf. Das wäre also 1982 gewesen.«

»In diesem Jahr haben wir uns kennengelernt.«

Der Chefinspektor gratulierte sich insgeheim zu seiner Entscheidung, die Nachforschungen nach der Heiratsurkunde und den Details über Graces Tod einzustellen. Jennings Annahme würde auch erklären, weshalb der Ermordete so frei über diese schmerzliche Episode in seinem Leben gesprochen hatte.

»Deshalb wurde das Foto auch versteckt«, fuhr Jennings fort. »Ich hätte ihn ja jederzeit der Lüge überführen können.«

»Vermutlich. Der zweite Punkt, den ich klären möchte, ist komplizierter. Wir haben Grund zu der Annahme, daß Mr. Hadleigh sich gelegentlich als Frau verkleidet hat.«

»Wie merkwürdig.« Jennings schüttelte den Kopf. Er schien nachzudenken. »Obwohl ... Ich habe mal mit einem Freund über Gerald gesprochen ... einem Psychoanalytiker ... natürlich ohne Namen zu nennen. Es scheint nicht ungewöhnlich zu sein, daß Menschen wie er der Wirklichkeit entfliehen wollen und das Bedürfnis nach einem kompletten Rollentausch haben.«

Barnaby nickte. Jennings Aussage deckte sich ungefähr mit dem, was er selbst über Transvestiten wußte. Ein Polizeibeamter kam herein, um das Tablett abzuräumen und zu fragen, ob frischer Tee gewünscht werde. Der Chefinspektor lehnte dankend ab und stand auf. Er trat ans Fenster, öffnete es einen Spalt breit und atmete die kalte Luft ein. Jennings erhob sich ebenfalls, sagte, es sei spät, und bat um seinem Mantel.

»Ich fürchte, Sie können heute nicht nach Hause zurück, Mr. Jennings.«

Jennings war perplex. »Sie behalten mich hier?«

»So ist es, Sir.«

»Aber das können Sie nicht machen. Sie müssen mich offiziell unter Anklage stellen oder gehen lassen.«

»Man merkt, daß Sie keine Krimis schreiben, Mr. Jennings«, meldete sich Troy zu Wort. Er grinste und griff nach seinem schwarzen Ledermantel. Das Entsetzen des Bürgers, wenn Recht und Gesetz einen Grund hatten, die Samthandschuhe abzustreifen, amüsierte doch immer wieder. »Wir können Sie 36 Stunden lang festhalten. Mit der Option auf eine Verlängerung. Schließlich geht es hier um ein Schwerverbrechen.«

Jennings sank auf seinen harten Stuhl zurück. Er schien wie gelähmt vor Schreck.

»Ich habe es mir anders überlegt«, erklärte Jennings. »Ich will jetzt doch meinen Anwalt sprechen.«

Die Jagd ist aus

Die neue Woche hatte mit einem Wetterumschwung begonnen. Wärmere Temperaturen brachten Nieselregen. Ein ›hundsgemeiner‹ Tag also, wie man in der Gegend gemeinhin sagte. Als Troy das Büro betrat, befand sich Barnaby am Telefon. Der Sergeant begriff sofort, was los war. Er kannte diese Miene des Chefinspektors: ausdruckslos, beherrscht, während er bemüht war, sich die Antworten zu verkneifen, die er für angemessen gehalten hätte.

»Dessen bin ich mir wohl bewußt, Sir …«

»Ja, ich spreche heute morgen wieder mit ihm …«

»Das ist in diesem Stadium schwer zu sagen …«

»Leider nein …«

»Selbstverständlich werde ich …«

»Das habe ich bereits getan …«

»Sicher, hoffen wir alle …«

»Nein. Zumindest nichts, was ich auf den Tisch legen möchte …«

»Ich verfolge …«

Troy hörte das Krachen, als der Frager am anderen Ende den Hörer auf die Gabel feuerte. Barnaby legte auf.

»Druck von oben, Chef?«

»Das Leitlama höchst persönlich.«

»Die spucken einem doch ins Gesicht, oder? Lamas meine ich.«

Barnaby antwortete nicht. Er griff nach einem Stift und kritzelte auf einem großen Notizblock herum.

»Da steckt wohl Jennings Anwalt dahinter, was?«

»Die 150 pro Stunde wollen halt verdient sein.«

»Die haben's raus, die Herren Anwälte«, verkündete Troy und knöpfte einen beigen Trenchcoat von militärischem Schnitt mit Schulterriegeln und Ledergürtel auf.

»Wer auch verliert, sie gewinnen immer. Gerissene Hunde.« Er schüttelte den Mantel aus und hängte ihn auf einen Bügel. Dann knöpfte er ihn zu und strich ihn sorgfältig glatt.

»Ihre Talente sind hier verschwendet, Sergeant. Sie hätten Butler werden sollen.«

»Scheiß Job. Den ganzen Tag Hosen bügeln und kein Ende.«

»Wenn Sie Ihrem Ordnungstrieb ausreichend gefrönt haben, hätte ich dringend einen Koffeinschub nötig.«

»Bin schon unterwegs«, erklärte Troy und machte die Tür auf. »Möchten Sie auch was zu essen?«

»Im Augenblick nicht.«

Barnaby war zufrieden mit sich. Er hatte nicht gereizt reagiert. Vielleicht paßte sich sein Magen den neuen Mahlzeiten schon an; schrumpfte möglicherweise, um sich auf den bescheidenen Input einzustellen, der mittlerweile seine Tagesration darstellte. Allerdings war das Frühstück auch erst eine halbe Stunde her.

Wenig später kehrte Troy mit einem Tablett zurück. Er brachte zwei Tassen Kaffee und eine große Packung KitKat mit.

»Sind Sie wegen Jennings schon zu einem Entschluß gekommen?« erkundigte sich Troy, nachdem er Kaffee verteilt und seine Packung KitKat geöffnet hatte. »Ich meine, halten Sie ihn noch für verdächtig?«

»Nicht unbedingt. Wir überprüfen seine Geschichte über Hadleighs Vergangenheit. Falls Conor Neilson das Leben führt, das uns beschrieben wurde, muß er der irischen Polizei bekannt sein.«

»Ist auch kein alltäglicher Name.«

»Drüben in Irland schon. Und das Labormaterial ist auch nicht gerade ermutigend.« Er deutete auf mehrere Hochglanzfotos und Berichte auf seinem Schreibtisch. »Jennings Fingerabdrücke finden sich im Wohnzimmer auf mehreren Geschirrteilen, einem Aschenbecher und der Haustür. Im ersten Stock nichts ...«

»Kein Wunder. Der Mörder trug Handschuhe.«

»Unterbrechen Sie mich nicht!«

»Entschuldigung.«

»Dann das Problem mit den Schuhen. Keine Fasern von den Teppichen auf der Treppe oder im Schlafzimmer. Keine Hautpartikel, keine Blutspuren. Sie sind absolut sauber. Und Sie wissen so gut wie ich, daß man einen derartigen Mord nicht begehen kann, ohne etwas vom Tatort mitzunehmen. Sie arbeiten im Augenblick an seinem Anzug, aber ich habe keine große Hoffnung, daß sie fündig werden.«

»Sie meinen also, daß es eine Sackgasse ist?«

Barnaby zuckte mit den Schultern und legte den Stift beiseite. Troys Eindruck, daß sein Chef sich durch das Gespräch mit dem Chiefsuperintendent nicht aus der Ruhe hatte bringen lassen, war falsch. Obwohl Jahre der Erfahrung und ein verhältnismäßig ausgeglichenes Temperament Barnaby halfen, kühl und beherrscht zu bleiben, hatte die ganze Angelegenheit Wirkung hinterlassen. Er spürte deutlich die ersten Anzeichen einer Depression.

Der Grund dafür war ihm bekannt. Er hatte genau das getan, wovor er andere stets warnte. Seit dem Gespräch mit St. John war sein Blickwinkel immer enger geworden. Während er nach außen hin mal dieser mal jener Theorie den Vorzug gegeben hatte, war sein Verdacht in Wirklichkeit allein auf Jennings konzentriert gewesen.

Entweder hatte Max Jennings Hadleigh umgebracht, oder

aber er besaß Kenntnisse, die den Schlüssel zur Lösung des Mordes darstellten. In diesem Fall war Jennings Verhaftung und der Abschluß des Falles, zumindest in Barnabys Vorstellungswelt, so untrennbar miteinander verknüpft, daß er die Tatsache nur schwer akzeptierten konnte. Jennings hatte wenig mit ersterem und fast gar nichts mit letzterem zu tun. Die Frage war nun, was das für Barnaby bedeutete.

Wenn er davon ausging, daß Jennings die Wahrheit sagte, gab es drei Möglichkeiten. Erstens, daß Hadleigh von einem Zufallsmörder umgebracht worden war, der das Haus mit einem Koffer voller Frauenkleider, aber ohne eine Rolex im Wert von mehreren tausend Pfund verlassen hatte, was Barnaby wenig wahrscheinlich erschien.

Zweitens, daß er von einer Person getötet worden war, die ihn entweder in seiner Frauenrolle oder als homosexueller Partner gekannt hatte. Stellte man Gerald Hadleighs Meinung über Sex – ein erniedrigendes Bedürfnis, das man an menschenunwürdigen Orten mit verwerflichen Leuten befriedigte – in Rechnung, eröffnete sich ein äußerst deprimierendes Szenario. Es bedeutete, daß sie nach jemandem suchen mußten, der Hadleigh fünf Minuten gekannt hatte, ihm vielleicht nach einer intimen Begegnung nach Hause gefolgt war, sich die Lebensumstände angesehen hatte und zu einem späteren Zeitpunkt zurückgekehrt war, um zu sehen, was für ihn dabei heraussprang.

Ermittlungen in dieser Richtung erschienen nahezu unmöglich. Es konnte Jahre dauern, bis ein Beamter mit einem exzellenten Erinnerungsvermögen aus einem winzigen Hinweis die richtigen Schlüsse zog. Vorgekommen war das allerdings schon.

Die dritte Möglichkeit bestand darin, mit den laufenden Ermittlungen in bewährter Art fortzufahren, was weit weniger kompliziert war. Hadleigh hatte sehr zurückgezogen gelebt. Gesellschaftlich hatte er nur mit den Mitgliedern des Autorenkreises verkehrt, aus deren Mitte eine Frau hoffnungslos in ihn verliebt gewesen war. Barnaby schrieb die entsprechenden Namen auf den Notizzettel, auf den er bisher nur Primeln gemalt hatte.

Brian Clapton. Auf ihn konnte weiter Druck ausgeübt werden. Allerdings hatte Barnaby kaum Hoffnung, daß dabei mehr herauskam als verklemmte nächtliche Schlüssellochgeschichten.

Von Rex St. Johns Unschuld war Barnaby überzeugt. Seine Geschichte war von Jennings in allen Punkten bestätigt worden. Außerdem war er ein alter Mann und viel zu schwach, um einen Menschen auf diese Weise zu erschlagen.

Obwohl Barnaby wußte, daß er sich durch persönliche Sympathien nicht den Blick verstellen lassen durfte, war er außerdem geneigt, Sue Clapton und ihrer Freundin Amy einen Persilschein auszustellen.

Bei Honoria Lyddiard dagegen lag der Fall anders. Sie war physisch und psychisch durchaus in der Lage, den Mord begangen zu haben. Schließlich hielt sie sich wie alle Fanatiker für ein Werkzeug Gottes. Waren Menschen wie sie erst einmal von der Notwendigkeit einer Bestrafung überzeugt, erlaubte ihnen ihre Pflichtbesessenheit, diese ohne Gewissensbisse durchzuführen. Allerdings deutete das Gemetzel in Hadleighs Schlafzimmer weniger auf sklavische Pflichtausübung als eher auf rasende Wut hin.

Blieb damit nur noch Laura Hutton, die sich betrogen gefühlt hatte. Was ohne Zweifel ein Motiv war. Ein Motiv so alt wie die Menschheit. Barnaby dachte an seine Gespräche mit Laura Hutton, an ihre Tränen der Trauer und Verzweiflung. Auch bittere Reue könnte diese Tränenflut ausgelöst haben. Er beschloß, erneut mit ihr zu sprechen. Soviel er wußte, hatte sie weder Kenntnis von Hadleighs Homosexualität noch von der Tatsache, daß ihre vermeintliche Rivalin überhaupt nicht existierte. Die Enthüllungen dieser beiden Tatsachen konnte zum richtigen Zeitpunkt und in der geeigneten Form zu einem ehrlichen Ergebnis führen. Sicher bedurfte es einer kaltschnäutzigeren und härteren Persönlichkeit als Mrs. Hutton, um angesichts der Erkenntnis ungerührt zu bleiben, daß sie völlig umsonst einen besonders grausamen Mord begangen hatte.

Ein seltsames Geräusch riß Barnaby aus seinen Gedanken. Offenbar hatte Troy sich geräuspert, um etwas zu sagen.

»Husten Sie, sagen Sie etwas oder singen Sie von mir aus, Sergeant. Aber unterlassen Sie bitte dieses unangenehme Geröchle.«

»Es ist fünfundzwanzig vor, Sir.«

»Ich kann die Uhr lesen, Sergeant.«

Troy öffnete die Tür, und der übliche Geräuschpegel aus dem Bereitschaftsraum erfüllte den Korridor. Barnaby hörte es ohne Begeisterung. Dreißig Männer und Frauen erwarteten seine Instruktionen. Inspektor Meredith würde ebenfalls anwesend sein. Meredith, der mit falscher Zurückhaltung nur darauf lauerte, daß jemand einen Fehler machte.

»In Ordnung.« Barnaby griff nach der Akte der Spurensicherung und kam schwerfällig auf die Beine. »Gehen wir, und verbreiten wir die Kunde von unserer Unwissenheit.«

Brian befand sich noch immer in einer Art Schockzustand. Seine Hände und Füße, sogar seine Haut fühlte sich taub an. Ein pochender Schmerz begann sich hinter seiner Stirn auszubreiten. Er stieg aus dem Wagen und schleppte sich zur Lehrergarderobe. Als er sie erreicht hatte, wurde ihm klar, daß ihm jedes Erinnerungsvermögen an die Autofahrt zur Schule fehlte.

In dieser Verfassung war er mehr oder weniger seit Ankunft der Fotos in dem ominösen Briefumschlag. Seit Sue nach oben gegangen war, um ihm Socken zu holen, und er in seinem ungeduldigen Wunsch, an den Inhalt zu gelangen, das Kuvert beinahe völlig zerfetzt hatte.

Zuerst hatte Brian trotz der Eindeutigkeit und Klarheit der Aufnahmen nicht ganz kapiert, worum es ging. Eine Mikrosekunde lang hatte er ohne jedes Erkennen auf Edies Gesicht gestarrt, das ihn ängstlich über die nackte Schulter eines Mannes hinweg angesehen hatte. Ihre Augen waren weit aufgerissen, und ihre Zähne hatten sich tief in die Unterlippe gegraben, so als unerdrückte sie einen Schrei. Brian, obwohl etwas gerührt, daß sie ihm ein Bild von sich schickte, beunruhigte unterschwellig die Dramatik der Pose.

Die Erklärung dafür folgte auf dem Fuß. Das nächste Foto zeigte in Großaufnahme ein weißes, männliches Hinterteil in der Waagerechten, das sich durch das Fehlen straffer Muskulatur auszeichnete. Auf dem dritten Bild war Brian im Profil zu sehen. Er grinste darauf geradezu raubtiermäßig, so als habe es ihm eine dämonische Freude bereitet, den schmalen, kindischen Körper zu besteigen, der unter ihm eingeklemmt sichtbar wurde. Von dieser Einstellung gab es gut ein halbes Dutzend mehr. Das letzte Foto war das schlimmste. Es zeigte Edie, wie sie, das Gesicht in den Händen vergraben, auf der Sofakante saß und ein Bild des Jammers abgab, während Brian splitternackt und in Erobererpose vor ihr stand.

Mit einem Aufschrei hatte er die Fotos durch einen Handstreich vom Tisch gefegt. Er erinnerte sich noch genau an den Moment, in dem das letzte Bild entstanden war. Er hatte die Hand nach ihr ausstrecken wollen, um sie zu trösten. Wie konnte eine solche Geste nur so bedrohlich wirken und damit alles verfälschen?

Dann war Sue in ihren Clogs die Treppe herunter gepoltert. Brian hatte die Fotos hastig aufgesammelt, die Ofentür aufgerissen, sie allesamt hineingestopft und zugesehen, wie sie in

Flammen aufgegangen und zu grauer Asche verbrannt waren. Als Sue in die Küche kam, saß er bereits wieder auf seinem Platz am Tisch und fühlte sich, als habe ihn gerade ein Zehntonner überrolt.

Später, allein im Schlafzimmer, hatte Brian versucht, die Blockade aus Angst und Abscheu zu überwinden, die jeden vernünftigen Gedanken verhinderte. Was sich jedoch als erstaunlich schwierig erwies. Vermutlich hatte er bereits eine Ahnung von dem Schluß, zu dem er nach einer rationalen Einschätzung des Geschehenen unvermeidlich kommen mußte.

Und die ganze Zeit über hatte er jenen Abend in Quarry Cottages noch einmal durchlebt, sah sich durch das Objektiv der Kamera noch einmal Weinschorle trinken, wie ein liebeskranker Gockel im Carterschen Chaos herumstolzieren und seine Nacktheit schamlos zur Schau stellten.

Dabei beschäftigte ihn automatisch die Frage, wer die Fotos gemacht haben könnte. Jemand mußte sich mit oder ohne Edies Wissen ganz in der Nähe versteckt haben. Er sah die Fotos in ihrer unaussprechlichen Obszönität wieder vor sich. Das waren keine normalen Schnappschüsse. Die Fotos waren seltsam eindimensional, so als habe jemand Bilder von einem Fernsehschirm abfotografiert. Auch das Fotopapier erschien ihm irgendwie ungewöhnlich.

Brian war sich nicht recht im klaren darüber, ob die Tatsache, daß der Umschlag weder einen Brief noch eine erpresserische Forderung oder den Hinweis darauf enthalten hatte, positiv oder negativ zu bewerten war. In sämtlichen einschlägigen Krimis waren derartige Sendungen stets mit den strikten Anweisungen verbunden gewesen, in der Nähe des Telefons zu bleiben und die Polizei aus dem Spiel zu lassen.

Allerdings brauchten Brians Folterknechte letzteres kaum zu befürchten. Allein bei dem Gedanken an eine öffentliche Ermittlung spielten Brians Eingeweide verrückt. Ihm war übel, er fror, und er war wütend. Er weinte sogar in seinem Frust.

Nachdem die Tränen dann versiegt waren, beschloß er, nicht länger tatenlos herumzusitzen. Es war fast sechs Uhr abends. Mit den anderen zu Abend zu essen, fernzusehen und dann ins Bett zu gehen war unvorstellbar. Lieber griff er nach einer alten Jacke, setzte sich die Mütze mit den Ohrschützern auf, rannte hinunter, rief Mandy etwas Unverständliches zu und verschwand durch die Haustür, um sein Schicksal in die eigene Hand zu nehmen.

Draußen empfingen ihn Nebel und Dunkelheit. Schritte hallten laut auf dem harten Asphalt wider. Andere Passanten tauchten urplötzlich aus dem Nebel auf und waren ebenso schnell wieder darin verschwunden. Die Pendler lenkten vorsichtig und im Schrittempo ihre Autos heimwärts, suchten im Schein der Nebellampen nach vertrauten Orientierungspunkten. Von den Straßenlampen am Park war nur ihr fahler, körperlos in der Luft schwebender Schein zu sehen. Die Scheibe des Mondes erinnerte an schmutziges Eis.

Brian war überrascht, wie sicher und schnell ihn seine Füße zu den Quarry Cottages trugen. Nur einmal war er gestolpert und im Rinnstein gelandet, was ihm äußerst symbolträchtig erschien.

Erst als er verschwommen die Umrisse der beiden Häuser im Nebel ausmachen konnte, verlangsamte Brian seine Schritte und näherte sich dem Bereich, wo er den Eisenzaun vermutete. Sämtliche Fenster des Carterschen Hauses waren hell erleuchtet, starrten wie viereckige, gelbe Raubtieraugen aus dem Nebel an. Das Haus daneben lag völlig im Dunkel.

Plötzlich wußte er nicht mehr, was er eigentlich wollte. Edie mußte zu Hause sein, falls sie, wie üblich, mit dem Schulbus gefahren war. Tom ebenfalls. Aber was war mit der sportlich durchtrainierten Mrs. Carter?

Brian wurde klar, wie wenig er über die häuslichen Verhältnisse der Familie wußte. Arbeitete Edies Mutter? Vielleicht war sie Opfer der Rezession und hatte ihren Job verloren?

Steckte ein solches Unglück hinter der Groteske, die, wie er vermutete, von irgend jemandem inszeniert worden war? Sollte sie dazu dienen, das schnelle Geld zu machen?

Jedenfalls wäre ein solches Motiv für Brian besser zu ertragen gewesen als böswilliger Spott.

Die Schuld, daß man überhaupt auf eine solche Idee gekommen war, mußte er sich freilich selbst zuschreiben. Zu oft hatte er entgegen seiner sonstigen Zurückhaltung die Maske des über allem erhabenen Lehrers fallen gelassen. Ein intelligentes Mädchen wie Edie mußte sofort sein Interesse bemerkt und sich vermutlich sogar damit gebrüstet haben.

Wahrscheinlich hatte Mrs. Carter nur zwei und zwei zusammengezählt und eine günstige Gelegenheit gesehen, ihr Haushaltsgeld aufzubessern.

Wenn er mit dem Schlimmsten rechnete (zum Beispiel fünfhundert Pfund), wurde ihm klar, daß die Summe nur schwer aufzutreiben war. Brian überdachte seine Möglichkeiten. Er konnte seinen Wagen irgendwo stehenlassen und die Versicherung in Anspruch nehmen. Aber Versicherungsbetrug war strafbar.

Vielleicht ließ sich das Haus weiter belasten. Seine Hypothek hatte eine Laufzeit von dreißig Jahren. Zwanzig waren noch abzuzahlen. Aber er war bisher nie mit seinen Raten in Rückstand geraten. Vielleicht erwies sich die Bank ja als großzügig und räumte ihm einen weiteren Kredit ein.

Die dritte Möglichkeit waren seine Eltern. Wenn er sie ansprach, hatte das allerdings endlose Fragen zur Folge. Und welchen Grund sollte er angeben? Bestimmt nicht Reparaturen am Haus, denn das konnte zu leicht nachgeprüft werden. Brians Eltern, ängstlich und zögernd, was die weite Welt betraf, konnten stur und verstockt sein, wenn es um ihre nächsten Verwandten ging. Trotzdem wollte er bei ihnen ein bißchen auf den Busch klopfen, um die Möglichkeiten auszuloten.

Falls alle drei Quellen versagten, blieb ihm nur die Bank, die allerdings unverschämt hohe Zinsen forderte. Aber ... Moment mal ...

Was war mit Sue? Sie war ja jetzt eine richtige Autorin. Ihre Bücher würden veröffentlicht werden. Bekamen Schriftsteller nicht Vorschüsse? Das war doch ein häufiger Diskussionspunkt im Autorenkreis gewesen. Der Vorschuß für Jeffrey Archer oder Julie Burchil. Summen kursierten wie Telefonnummern. Summen, die so hoch waren, daß sie kaum auf den Scheck paßten.

Brians Atem ging schneller. Die Nerven unter seiner Haut zuckten gereizt. Er ermahnte sich, keine zu große Summe zu erhoffen. Immerhin war es Sues erstes Buch. Sie war noch keine Berühmtheit. Man mußte mal abwarten, welchen Erfolg Hector haben würde. Trotzdem, Geld würde es bringen. Und der Himmel wußte, daß sie es ihm schuldig war. Er hatte sie nicht nur all die Jahre durchgefüttert, sondern es war vor allem ihr zuzuschreiben, daß er überhaupt im Quarry Cottages gelandet war.

Brian spähte angestrengt durch den Nebel, versuchte zu erkennen, ob und wer sich hinter den Fensterscheiben bewegte. Er nahm seine beschlagene Brille ab und rieb sie am Jackenärmel trocken. Er begann mit den Zähnen zu klappern, und Feuchtigkeit tropfte von seinem Bart. Dann nieste er.

Augenblicklich wurde die Nacht von wütendem Gebell erschüttert. Und in einer geradezu unheimlichen Neuauflage des vergangenen Donnerstagabends flog die Tür des Cottage auf, und eine rahmenfüllende Gestalt trat in die erleuchtete Öffnung. Es war die Fitneß-Königin höchstpersönlich, die schrie:

»Werissenda?«

Brian ging umgehend auf Distanz, indem er einen geradezu bewundenswert eleganten Satz rückwärts machte. Dann drehte er sich um und rannte blindlings den morastigen Weg entlang, stolperte über Steine und schlitterte über zugefrorene Pfützen, während ihm feuchte Äste ins Gesicht peitschten.

Eine schrille Glocke holte Brian in die Wirklichkeit zurück. Es war Zeit, die Sicherheit der Lehrergarderobe zu verlassen und sich in das Schlachtfeld Schule zu stürzen. Im Vorübergehen warf Brian einen Blick in den Spiegel und starrte entsetzt auf sein Konterfei. Die Haare standen ihm zu Berge, die Augen quollen aus den Höhlen, die Vorderzähne hatten tiefe Abdrücke auf der Unterlippe hinterlassen. Er sah aus wie eine Mensch gewordene, seltsame Beuteltierart im letzten Stadium des Delirium Tremens.

Brian klatschte sich hastig kaltes Wasser ins Gesicht, trocknete es mit einem Papiertuch, strich sich mit feuchten Handflächen das Haar glatt und spielte kurz mit dem Gedanken, den Unterricht ausfallen zu lassen. Aber der Wunsch, einer Konfrontation aus dem Weg zu gehen, war ebenso groß wie das drängende Bedürfnis herauszufinden, was sie vorhatten.

Schließlich zwang er sich, in den Korridor hinauszutreten, den er einst so beschwingt entlanggegangen war, und schluckte mehrmals energisch das Frühstück wieder hinunter, das ihm hochzukommen drohte.

Dann stand er plötzlich vor der Tür zur Turnhalle. Durch das Drahtglasfenster im oberen Teil konnte man normalerweise die Umrisse derer erkennen, die sich dahinter versammelt hatten. Aber diesmal war nichts und niemand zu sehen. Brian ging näher und blinzelte durch die Scheibe. Noch immer nichts. Außerdem war alles unnatürlich still. In der Regel hörte er ihr Lachen und Kreischen schon von weitem. Seine Erleichterung war so groß, daß er zitterte. Dabei fiel ihm ein, daß die Sache mit der Erpressung allein seine Idee gewesen war. Vermutlich war die Fotosendung ja nichts weiter als ein übler Scherz, ein Versuch, ihm Angst einzujagen. Aber wie auch immer, jetzt schienen sie es mit der Angst zu tun bekommen zu haben. Er beschloß, sich von der Richtigkeit seiner Vermutung zu überzeugen, und stieß die Tür auf.

Alle waren sie anwesend; ganz hinten, am anderen Ende der Halle bei den Kletterstangen. Dort hockten sie im Schneidersitz wie die Helden beim Kriegsrat und machten ernste Gesichter.

Brian fiel ein, daß er einmal gesagt hatte, ein freier Raum sei das, was der Schauspieler daraus mache. In diesem Moment bestand über die Funktion des freien Raumes kein Zweifel. Er war zur Arena geworden.

Während er den mühseligen Weg über die endlose Weite der Parkettfläche antrat, wurden seine Beine bleischwer. Er marschierte tapfer weiter, aber die Distanz zwischen ihm und den anderen schien sich kaum zu verringern. Irgendwann hatte die mysteriös langsame, erniedrigende Wanderschaft ein Ende. Brian widerstand der Versuchung, sich ans Ende des harmloseren Halbkreis-Ausläufers, also neben den kleinen Bor, zu setzen, wählte lieber die direkte Konfrontation und ließ sich allein auf weiter Flur in der Mitte nieder.

Brian sollte diese Entscheidung jedoch umgehend bereuen, als ihm klar wurde, welch großen Vorteil er verspielt hatte: die Chance, aus seiner beträchtlichen Höhe von über einen Meter achtzig Körpergröße auf sie herabzusehen.

Er holte tief Luft und versuchte, aus dem dröhnenden Gedankenchaos in seinem Kopf eine knallharte, duchschlagende Eröffnung zu formulieren. Noch hatte er nicht alle eines Blickes gewürdigt, was er als weiteren Fehler erkannte. Je länger er damit wartete, desto feiger mußte er ihnen erscheinen.

»Haben Sie's endlich doch noch geschafft?« erkundigte sich Denzil.

»Ja, o ja.« Brian lachte ... oder zumindest war es seine Absicht gewesen zu lachen. Er brachte jedoch nur eine jämmerliche Parodie zustande.

Er wappnete sich gegen ihren kollektiven Blick, versuchte ihn kalt abzuschmettern, doch im letzten Moment versagten seine Nerven. Seine Augen schweiften zwanghaft zu Edies Platz, die neben ihrem Bruder saß und ihr Gesicht an seiner Schulter verborgen hatte. Die beiden rührten sich nicht.

»Also ... Rasselbande«, begann Brian und war selbst über den Mangel an Autorität in seiner Stimme erschrocken. »Worum geht's?« er probierte es mit einem tieferen Timbre.

Als niemand antwortete, fuhr er fort: »Falls das ein Witz sein soll, kann ich offengestanden nicht lachen.«

»Witz, Brian?« Denzil legte seine Stirn in Falten, so daß die Spinne auf seinem kahlrasierten Schädel zuckte. »*Witz*?«

»Scheint mir nicht im entferntesten witzig ... ein fünfzehnjähriges Mädchen zu vergewaltigen«, erklärte Collar.

»Vergewaltigen?« Brian wurde beinahe ohnmächtig. Er mußte sich mit den Händen auf dem Boden abstützen, um nicht umzukippen. Das Blut in seinen Ohren rauschte. Nur aufkeimende, grenzenlose Wut hielt ihn bei Bewußtsein.

»Das ist ... nicht ... wahr ...«

»Sie haben die Beweise doch gesehen, oder?«

»Die Fotos.«

Die Bilder hatten sich unauslöschlich in sein Bewußtsein gebrannt: ihr verängstigtes, dreieckiges Gesicht, das direkt in die Kamera starrte; die schmale Gestalt, die unterwürfig in der Couchecke kauerte, so als erwarte sie weitere Bestrafung.

»Edie? Sieh mich an. Bitte!«

Aber allein der Klang seiner Stimme genügte, um sie zu veranlassen, noch offensichtlicher Schutz bei ihrem Bruder zu suchen. Die beiden hielten sich umfangen wie zwei Ertrinkende.

Brian war verzweifelt. »Da gab's keine Vergewaltigung!« schrie er. »So ist das nicht gewesen!«

»Was woll'n Sie damit sagen? Daß sie lügt?« fragte Collar. »Nach allem, was Sie ihr angetan haben?«

»Nein. Also, ja. Eigentlich ...«

»Oh, du lieber Gott!« Edie begann zu weinen. Ihr leises Schluchzen klang wie das Piepen eines verwundeten Vogels. Ihr Bruder strich ihr über das grell orangerote Haar und starrte Brian angeekelt und ungläubig an.

»*Edie ...*«

»Lassen Sie sie in Ruhe!« Toms Blick war kalt wie Eis. »Wir passen jetzt auf sie auf. Leider haben wir's nicht schon früher getan.«

»Wir hatten keinen Verdacht, Brian ... wissen Sie«, bemerkte Denzil. »Nicht die Spur von einem Verdacht, daß Sie so einer sind.«

»Ich bin nicht ›so einer!‹« Die kalte Verachtung in ihren Blicken, ihre dreiste Scheinheiligkeit trieben ihn an den Rand des Wahnsinns. Als er etwas sagen wollte, rang er mühsam nach Luft. »Ich hätte nie ... Sie hat mich zu sich eingeladen ...«

»Hast du das getan, Edie?«

»Hast du ihn eingeladen?«

Ihre Antwort, obwohl in Toms Jacke gemurmelt, war deutlich zu vornehmen: »Er stand plötzlich vor der Tür.«

»Na, also. Sie haben einen an der Waffel, Bri.«

»Fehlt nur noch, daß Sie sich weigern, Edie für diese Gemeinheit angemessen zu entschädigen«, zischte Denzil zwischen zusammengebissenen Zähnen.

Brian sah Edie wieder vor sich, wie sie sich ihres Oberteils und ihrer Strumpfhose entledigt und ihn mit kundiger Hand geleitet hatte.

»Da hast du verdammt recht, ich weigere mich!« brüllte er.
»Das ist aber gar nicht nett«, versetzte Collar.
»Verdrehtes Beispiel, das ein Lehrer da abgibt.«
»Yeah … aber er ist ja auch ein verdrehter Lehrer.«
»So viele außerlehrplanmäßige Aktivitäten.«
»Für die er nicht bezahlen will.«
»Ist allein sein Bier.«
»Absolut.«
»Wie er mit den Folgen fertig wird.«
»Also reden wir mal in aller Ruhe und …«
»Er wird schon mit allem fertig.«
»Der geborene Macher.«
»Verdammt dreist.«
»Wo's drauf ankommt.«
»Da hab ich aber was anderes gehört.«
»Also. Wie wär's mit Fünf, Bri?«
»Fünf Riesen.«
»Fünftausend oder all die saftigen Bildchen landen auf dem Schreibtisch vom Direx.«
»Er ist umgefallen.«
»Bin ich nicht!« Brian rappelte sich hoch. »Hört mal, können wir nicht in Ruhe darüber reden? Das Für und Wider abwägen?«
»Diese beiden Ausdrücke könnten als Beleidigung ausgelegt werden«, bemerkte Tom. »Angesichts der Situation, versteht sich.«
Brian überdachte seinen letzten Satz. Er konnte nichts entdecken, was die Bezeichnung ›beleidigend‹ verdient hätte. Vielleicht spielten sie nur mit ihm. Dem mußte er einen Riegel vorschieben.
»Versuchen Sie uns ja nicht rumzuschubsen.«
»Oder so zu tun, als hätten Sie kein Geld.«
»Wir reden hier nämlich über ernste Sachen, Mann.«

»Natürlich habe ich nicht soviel Geld.«

»Sie können sich's aber beschaffen.«

»Ihr Typen schafft das doch immer.«

»Was meinst du mit ›ihr Typen‹?«

»Bürgerliche Schweine.«

Brian schloß für Sekunden die Augen, um sie nicht mehr sehen zu müssen. Er konnte nicht fassen, daß ihm so etwas unbeschreiblich Schreckliches widerfuhr.

»Jetzt hören Sie mal zu, Sie Arschgesicht«, begann Denzil im lockeren Plauderton. Brian starrte ihn gespannt an. »Sehen Sie das hier?«

Denzil ballte die Faust, daß seine Knöchel weiß wurden.

»Ihr wißt doch, daß Gewalt keine Lösung ist«, jammerte Brian.

»Wie kommen Sie denn darauf?« konterte Denzil. »Sie machen mit seiner Schwester rum. Wir nageln Sie dafür ans Kreuz. Sie lassen sie in Ruhe. Problem gelöst.«

»Aber so könnt ihr nicht leben!« schrie Brian, der von dieser unwiderstehlichen Logik sicher begeistert gewesen wäre, hätte sie sich während einer seiner Improvisations-Stunden entwickelt.

»Wissen Sie was besseres?« fragte Collar mit überzeugend gespielter Neugier.

Brian starrte in die Runde der strengen jungen Gesichter und erkannte, daß er auf verlorenem Posten stand. Es war sinnlos, auf Mitleid oder Schwäche zu hoffen. Als letzte Zuflucht begann er zu jammern.

»Was habe ich euch denn getan?« Schweigen. »Ich habe nur versucht, ein bißchen Licht in euer elendes Dasein zu bringen.« Die Stille zog sich bedrohlich in die Länge. »Euch eine schönere Welt vor Augen zu führen. Euch in die ...«

Tom unterbrach Brian mit einer energischen Handbewegung, die unnachgiebig und autoritär war.

»Es gibt nichts mehr zu sagen. Wir wollen die Hälfte jetzt ... und das heißt morgen nachmittag. Und die zweite Hälfte Freitag.«

»Angenommen, ich beschaffe das Geld?« sagte Brian in dem Wissen, daß das nicht möglich war.

»Kriegen Sie das Video.«

Ein Video! Natürlich. Das erklärte die Grobkörnigkeit der Aufnahmen und das komische Papier. Dann gingen ihm plötzlich gleich mehrere Lichter auf. Edies Weigerung, das Licht zu löschen. Die laute Musik, die er romantisch gefunden hatte, die aber notwendig gewesen war, um das Rauschen des Camcorders zu übertönen. Oh, Edie! Schlange an meinem Busen. Viper!

Moment mal! Brian erinnerte sich unvermittelt an einen Tag, der zwei Jahre zurücklag. Er hatte seinen brandneuen Sanyo zu einer Probe mitgebracht, um ein Video zu drehen. Danach war er spurlos verschwunden gewesen. Könnte es möglicherweise ...

»Wir kennen jemanden in Slough.« Denzil besaß die häßliche Angewohnheit, sich mit seiner Zungenspitze über die Handinnenfläche zu fahren und sich anschließend damit über den Schädel zu streichen.

»Er hat ein kleines Geschäft«, setzte Collar die Geschichte fort. »Macht Lehrfilme.«

Alle sahen sich gegenseitig und dann Brian an. Die Versammlung schien beendet. Brian stand auf und machte sich erneut daran, die Weiten der Parkettwüste zu durchqueren. Er hatte gerade die Tür erreicht, als Edie seinen Namen rief.

»Ja.« Brian wirbelte herum und hastete geradezu leichtfüßig zurück. »Ja, Edie? Was gibt's?«

Edie, die in die Innentasche ihrer Jacke gelangt hatte, brachte ein seltsames Stück Stoff zum Vorschein. Es war

Brians Unterhose. Sie warf sie auf den Boden. Brian spielte kurz mit dem Gedanken, ihnen einfach den Rücken zuzukehren und wegzugehen; ihnen seine Verachtung zu demonstrieren. Aber es konnte gefährlich sein, diesen gerissenen Halbstarken seine intime Unterwäsche zu überlassen. Möglicherweise kamen sie noch auf die Idee, sie in der Schule herumzureichen. Er bückte sich und hob die Unterhose auf.

Diesmal hatte er die Strecke zur Tür erst bis zur Hälfte zurückgelegt, als der Ruf erscholl. Er drehte sich nicht um, sondern blieb nur stehen und wartete mit klopfendem Herzen.

Stimmen wurden laut. Alle redeten auf einmal. Und das klang nicht hart und verächtlich wie zuvor, sondern freundlich und bittend.

Brian, der sich erneut der Lächerlichkeit preisgegeben sah, rannte zur Tür, packte den Griff und riß sie auf.

»Nicht!« schrie Edie. »Brian! Geh nicht!«

Jetzt lief sie auf ihn zu, packte ihn beim Arm, zog ihn mit sich. Brian sah die anderen kaum, die plötzlich hinter ihr auftauchten. In wenigen Sekunden hatten sie ihn alle umlagert und drängten ihn in die Mitte des Raumes zurück.

»Na, was meinen Sie, Bri?«

»War's gut?«

»Er ist wirklich drauf reingefallen, was?«

»Im Stück können wir's allerdings schlecht unterbringen, was Bri?«

»Nee. Unmöglich. Nicht in dem ...« Plötzlich hielt Denzil eine flache, schwarz glänzende Kassette in der Hand. Er warf sie in die Luft und fing sie wieder auf. Dabei blinzelte er Brian zu. »Nicht in dem, was wir ›das Stück‹ nennen.«

»Sie sind doch nicht böse, Herzchen, oder?« Edie hakte sich bei ihm ein und lächelte ihm ins Gesicht wie an jenem Abend. Ein offenes Lächeln, vertrauensvoll, in Erwartung eines Lobs.

»War alles nur eine Improvisation.«

Nur eine Improvisation. *Nur eine Improvisation.* Brian zitterte vor Hoffnung, Verwirrung und Wut. Das konnte nicht sein! Sie hatten weder den Intellekt noch die Phantasie, sich ein solches Szenario auszudenken, geschweige denn auszuführen. Sie waren so blöde Idioten. Kretins. Hassenswert mit ihrem hohlen Selbstbewußtsein. Verachtenswert in ihrer Selbstüberzeugung.

»Sie haben doch gesagt, wir können auch was eigenes machen. Schon vergessen?«

»Letzte Woche.«

»Nichts passiert, was Bri?«

Mein Gott, als nächstes fragten sie ihn vermutlich, ob er keinen Spaß vertrüge.

»Und wir haben uns eben eine kleine Überraschung ausgedacht. Wie Sie gefordert haben.«

»Ich weiß, warum er sich Sorgen macht«, bemerkte Denzil und warf die Kassette hoch. Brian griff blitzschnell zu und nahm die Kassette an sich.

»Ist das die ...«

»Das ist sie.«

»Das ein und alles.«

Brian steckte das Corpus delicti in die Innentasche seiner Jacke. Es folgte eine lange Pause. Die anderen blickten Brian erwartungsvoll an. Jetzt, da der Spaß vorbei war, wirkten sie so, als wollten sie wieder in ihre alte menschenverachtende Lethargie verfallen.

»Wir haben noch eine halbe Stunde, Bri.«

»Nenn mich gefälligst nicht Bri!«

»Was sollen wir denn tun?«

»Macht, was ihr wollt.« Brian fühlte das Video, hart und beruhigend an seiner Brust. »Von mir aus könnt ihr tot umfallen. Ist mir doch egal.«

Er hatte nicht die Absicht, die Turnhalle auch nur noch ein einziges Mal zubetreten. All die stimulierende und kreative Arbeit, die er hier geleistet hatte, war zerstört und mit einem üblen Nachgeschmack versehen.

»Proben wir dann gar nicht?« fragte der kleine Bor.

»Ich muß verrückt gewesen sein, jemals fünf Minuten, geschweige denn fünf Monate meines Lebens an euch zu verschwenden. Wie bin ich nur darauf verfallen zu glauben, daß ihr miesen, stinkenden Existenzen je etwas von Literatur, Musik oder Schauspielkunst begreifen würdet. Kriecht in die Gosse zurück, wo ihr herkommt. Von mir aus könnt ihr dort verrotten.«

Die Mannschaftsbesprechung verlief nach dem üblichen Muster. Barnaby klärte seine Teams über die neueste Entwicklung auf und überreichte ihnen eine Abschrift von Jennings Aussage. Dann eröffnete er seinen Leuten, daß der Schriftsteller noch im Lauf des Tages entlassen werden würde. Es lag nichts weiter gegen ihn vor. Schließlich verabschiedete er seine Männer, mit der Bitte, die entsprechenden Leute im Dorf noch einmal zu vernehmen und dabei besonders auf Widersprüche oder Abweichungen von der ersten Aussage zu achten.

Danach zog er sich in sein Büro zurück. Sein Telefon klingelte längst nicht mehr so häufig wie in den ersten Tagen der Ermittlungen.

Barnaby stellte seinen Computer an und holte sich noch einmal die Niederschrift von Amy Lyddiards Vernehmung auf den Monitor. Er hatte kaum zu lesen begonnen, als ihn ein Anruf der Polizei von Dublin erreichte. Das war keine Seltenheit. Sie hielten fast täglich Kontakt, allerdings meistens in Verbindung mit den Aktivitäten bekannter oder verdächtiger Terroristen. Diesmal jedoch war der Anruf die Antwort auf

Barnabys Bitte um Informationen über Liam Hanlons ehemaligen Gefährten und Zuhälter.

Das Thema Conor Neilson hatte sich von selbst erledigt. Einen Mann dieses Namens, der zwanzig Jahre lang eine bekannte Größe bei der Dubliner Polizei gewesen war, hatte man achtzehn Monate zuvor aus dem Fluß gefischt. Jemand hatte ihm die Kehle durchgeschnitten und die Leiche mit Zementgewichten beschwert im Wasser versenkt. Neilson war für seine Verbindungen zu Schutzgelderpressern, Drogenhändlern und für das Geschäft mit der Prostitution berüchtigt gewesen.

Barnaby antwortete auf die Frage, ob das der Mann sei, den er suche, daß ihn das kaum überraschen würde. Weitere Details wurden ihm per Fax avisiert. Der Chefinspektor dankte seinem Informanten und legte auf. Die schreckliche Parallelität der Fälle deprimierte ihn. Zwei Männer, von frühester Jugend an zusammengeschweißt gegen eine Umgebung voller Gewalt und Lieblosigkeit, hatten völlig unabhängig voneinander ein ähnlich grausames Ende gefunden.

Rastlos und unruhig begann Barnaby in seinem Büro auf und ab zu gehen. Gewisse Bilder gingen ihm durch den Kopf: Ein kleiner Junge, der beim Schlachten eines Tieres weinte, ein Mann, von einer Schrotladung zerfetzt, in unbekanntem Grab mit einem Mund voller Erde; ein anderer, mit durchgeschnittener Kehle auf dem Grund des Flusses; und die blutige Schädelmasse von Gerald Hadleigh.

Alte Gesprächsfetzen, Zitate, halb vergessene Worte verfolgten Barnaby ... dicker als Wasser ... so alt wie Kain ... Auge um Auge, Zahn um Zahn.

Barnaby vermochte den Blick kaum von den Fotos an der Pinnwand loszureißen.

Gleich nachdem Brian aus der Turnhalle geflohen war, verließ er unter dem Vorwand, Magenschmerzen zu haben, auch das

Schulgelände. Den Rest des Tages würde ihn ein Kollege vertreten. Er hatte nur noch den Wunsch, den Ort seiner Entmannung so schnell und weit wie möglich hinter sich zu lassen.

Brian lenkte den VW wie in Trance in Richtung Heimat. Als er Midsomer Worthy erreichte, hatte er sich schon fast wieder gefangen. Bis zu den Frühjahrsferien waren es noch drei Wochen. Vielleicht konnte er die Zeit überbrücken, indem er sich eine Krankheit nahm. Wenn er diese dann bis Mitte Juni hinauszögern konnte, waren die kleinen Teufel bereits abgegangen. Und er mußte nicht mal einen Penny seines Gehalts einbüßen.

Dann fiel sein Blick auf eine kleine Menschenmenge, die sich vor dem Schwarzen Brett für Gemeindemitteilungen in der Parkmitte versammelt hatte.

Da einige nachlässige Neugierige die Zufahrt zu ›Trevelyan Villas‹ mit ihren Autos verstellt hatten, mußte Brian seinen Wagen praktisch parallel zu der kleinen Versammlung am Straßenrand parken. Er stieg aus und merkte, daß ein Großteil der Leute in seine Richtung starrten. Angelockt durch so viel Aufmerksamkeit, sah er sich nach allen Seiten um und überquerte den vor Nässe glänzenden Asphaltstreifen, um nachzusehen, was dort los war.

Plötzlich fiel ihm wieder der Mord an Gerald ein, den er völlig vergessen hat. Vermutlich hing die Aufregung damit zusammen.

Die Menge teilte sich auf geradezu biblische Weise, als Brian näher kam. Einige wandten sich ab, andere nahmen bewußt von ihm Abstand. Ein Mann zwinkerte ihm grinsend zu, und Brian sah ihn verdutzt an. Dann entdeckte er die Fotos. Das Anschlagbrett war vollständig mit Aufnahmen von ihm und Edie bedeckt. Die Bilder steckten in durchsichtigen, wetterfesten Plastikhüllen und waren mit Reißzwecken befestigt. Wenn auch Edies Gesicht kein einziges Mal zu erkennen war, sprach doch der Rest eine um so deutlichere Sprache. Brian hatte man nämlich diese gnädige Anonymität verweigert.

Brian starrte auf diese schlüpfrigen Enthüllungen und mußte sich mit einer Hand am Brett festhalten, um nicht umzukippen. Er hatte erneut Ohrensausen und fühlte sich seltsam orientierungslos, wie vor einer Narkose.

Der hämisch grinsende Mitbürger fragte: »Alles in Ordnung, Kamerad?«

Brian hörte ihn nicht. Er versuchte verzweifelt, die Fotos mit klammen, ungeschickten Fingern vom Brett zu lösen, doch die Reißzwecken saßen fest. Schließlich begann er die Bilder mitsamt ihren Plastikhüllen wahllos abzureißen. Nur einige Plastikfetzen und Papierecken blieben zurück. Er knüllte die Fotos zusammen, stopfte sie in seine Tasche, drehte sich um und eilte zur Straße, wo ihm glücklicherweise niemand begegnete.

Die Gartentür klemmte. Brian stieß heftig dagegen und entdeckte, daß ein schwerer Gegenstand sie blockierte. Es handelte sich um seine Schreibmaschine. Er zwängte sich durch den schmalen Spalt der Gartentür und bückte sich, um sie aufzuheben. Die letzte Episode von *Slangmix* war noch in die Maschine gespannt und klebte feucht an der Walze.

Dann entdeckte Brian alle die unterschiedlichen Sachen, die verstreut den Rasen und Gartenweg bis zur Haustür pflasterten: Tonbänder, Bücher, Kleidungsstücke, Schallplatten in bunten Hüllen, sein Silberpokal, Krawatten, Schuhe.

Er suchte sich vorsichtig einen Weg durch das Chaos, die Schreibmachine noch immer unter dem Arm, und trat schließlich doch auf eine Schallplatte der Nolan Sisters, die krachend zerbrach. Es begann zu regnen.

Brian stellte die Schreibmaschine auf der Treppe ab und kramte nach seinem Schlüssel. Doch er paßte nicht in das Sicherheitsschloß, das ihm jetzt ungewöhnlich blank und glänzend vorkam. Er ging seitwärts ums Haus und machte sich beim Klopfen ans Wohnzimmerfenster Turnschuhe und Hosenaufschläge im aufgeweichten Erdreich schmutzig.

Sue, ein gelbes Band im Haar, saß am Tisch und malte. Die Öllampe brannte, und ihr heiter konzentriertes Profil zeichnete sich deutlich vor dem goldenen Lichtschein ab. Brian klopfte erneut. Der Regen hatte zugenommen. Sein Publikum auf der Straße schlug im Kollektiv die Mantelkragen hoch.

Sue steckte ihren Pinsel in ein Glas mit klarem Wasser und wischte ihn an einem Tuch ab. Dann stand sie ruhig, ohne Hast auf und ging aus dem Zimmer. Brian rannte zur Haustür. Mit einem leisen Klicken ging die Klappe des Briefschlitzes auf, und ein Umschlag fiel auf die Fußmatte vor der Tür.

Er schnappte ihn sich, drängte sich, so gut es ging, unter den schmalen Dachvorsprung und riß ihn auf. Die Nachricht auf dem Zettel war kurz. Seine Frau wollte in Zukunft nur noch über ihren Anwalt mit ihm sprechen. Eine entsprechende Adresse und Telefonnummer waren angegeben. Amanda, so hieß es, würde zumindest die nächsten Tage bei ihren Großeltern verbringen.

Brian platschte über die feuchte, morastige Wiese zum Fenster zurück und pochte ein drittes Mal an der Scheibe. Aber Sue, die den Blick stur auf einen Punkt über seinem Kopf fixiert hatte, zog bereits die Vorhänge zu.

»Wie fühlst du dich?«

»Okay.«

»Wirklich?«

»Ja.«

»Du zitterst aber.«

»Nur äußerlich.«

»Kann ich dir irgend etwas Gutes tun?«

»Mit mir ist alles in Ordnung. Wirklich, Amy.«

Sue wandte sich vom Fenster ab, nachdem die Vorhänge vorgezogen waren. Amy erhob sich von einem der alten Sitzpolster, die in einem Alkoven standen. Dort hatte sie sich verborgen gehalten, seit Brian versucht hatte, seinen Schlüssel ins brandneue Schloß zu stecken.

Amy merkte, daß sie noch immer die Hände ineinander verknotet hatte, löste sie und dehnte die Finger. Dann sah sie besorgt zu Sue hinüber, die sehr aufrecht, mit gestrafften Schultern bewegungslos im Zimmer stand.

»Meinst du, er versucht's an der Hintertür?«

»Vielleicht. Aber sie ist verriegelt.« Sues Stimme klang heiser.

»Und was ist mit den Fenstern?«

»Verschlossen. Alle.« Sie ließ einen seltsamen Laut hören, der wie ein Husten klang. »Keine Sorge. Er kann nicht rein.«

»Ich mache mir keine Sorgen.« Was nicht ganz stimmte. Allerdings war Amy inzwischen weit weniger besorgt als noch eine Stunde zuvor. Sue hatte sie angerufen und gebeten, sofort zu ihr zu kommen. Honoria hatte den Anruf entgegengenommen und war angesichts von Sues kompromißloser, dringlicher Bitte so perplex gewesen, daß sie die Nachricht kommentarlos weitergegeben hatte. Woraufhin Amy das Haus umgehend verlassen hatte.

Bei ihrer Ankunft hatte Amy die Freundin im Vorgarten angetroffen, wie sie gerade Hemden und Pyjamas auf den Rasen pfefferte. Amy war ihr ins Haus gefolgt und dabei mehrfach über Gegenstände und Kleidungsstücke gestolpert, die überall verstreut herumlagen.

»Was um Himmels willen ist denn hier los?« hatte sie atemlos gefragt, sobald die Tür hinter ihr geschlossen worden war. »Was ist passiert?«

Sue atmete schwer. Sie streckte die Arme aus, so als wolle sie sich selbst überzeugen, daß sie leer waren. »Alles weg!«

»Warum liegen die vielen Sachen da draußen?« Amy versuchte, Sues Hand zu nehmen, doch die Freundin entzog sie ihr. »Bitte, Sue! Nun sag doch was!«

»Ich hab die Schlösser auswechseln lassen. Von einem Mann aus Lacey Green.« Sue sah sich prüfend um, so als mache sie stumm eine Art Bestandsaufnahme. Amy folgte ihrem Blick. Es kam ihr so vor, als fehlten einige Dinge.

»Natürlich ist das nur vorübergehend. Mein Anwalt hat mir das schon gesagt. Die Dinge müssen geregelt werden. Aber ich habe ein Recht dazu, hat er behauptet. Und warum nicht? Ich hab's verdient. Ich hab's verdient. Sie sind bestimmt bei seiner Mutter. Mal sehen, wie ihr das schmeckt. Sie wird um sie rumschwirren wie die Biene um den Honig. Vergöttert sie! Die können nie was falsch machen. Mal sehen, wie ihr das schmeckt ... Mal sehen, wie sie ...«

»Sue!« Amy packte die Freundin bei den Schultern. »Du hast mich hergerufen. Jetzt bin ich da.«

»*Amy ...*«

»Ist ja schon gut.« Sie gab Sue einen Kuß auf die eiskalte Wange und fühlte, wie ihre Gesichtsmuskeln zuckten. Sue wand sich gleichgültig aus Amys Umarmung, so als habe sie sich damit abgefunden, keinen Trost finden zu können. »Erzähl mir alles!« bat Amy erneut.

Und Sue erzählte es ihr. Amy hörte zu. Ihre Augen wurden groß und rund. Sie war fassungslos.

»Am Bekanntmachungsbrett der Gemeinde?«

»Ja.«

»Aber ... wer hat sie dort denn aufgehängt?«

»Weiß der Himmel! Ich hab sie auf dem Weg zur Spielgruppe entdeckt.«

»Wo sind sie jetzt?«

»Habe ich doch gesagt.« Sue wurde ungeduldig. »Am Schwarzen Brett.«

»Was … immer noch?«

»Ja.«

»Du hast sie dort hängen lassen?«

»Ja.«

»*Den ganzen Tag?*«

»Ja.«

»Aaaaaa …« Amy schlug die Hand vor den Mund und wußte selbst nicht, was sie unterdrücken wollte. Einen ungläubigen Aufschrei? Oder einen entsetzten? Einen Ausdruck der Zufriedenheit? Gelächter?

Sie sahen sich an, bis Sues starre Maske plötzlich jede Spannung verlor. Sie begann hemmungslos zu schluchzen. Amy führte sie zur Couch. Beide setzten sich.

»Wütend …« schluchzte Sue. »So verdammt wütend!«

»Kann ich mir vorstellen.«

»Ist ja gut.«

»Nichts als Nörgelei und Verachtung!«

»Ich weiß.«

»… daß ich blöd bin … nicht hübsch … nicht sexy … unbegabt fürs Kochen … zu dumm zum Autofahren … eine unfähige Mutter … und miserable Malerin …«

»Du bist eine wunderbare Mutter.«

»Und die ganze Zeit über … die ganze Zeit …«

Amy wartete, bis sich Sue etwas beruhigt hatte, dann reichte sie ihr ein großes Seidentaschentuch, das Ralph gehört hatte. Sue putzte sich die Nase und trocknete die Tränen.

»Entschuldige.«

»Kein Grund, sich zu entschuldigen. Weinen hilft.« Amy nahm ihr das Taschentuch wieder ab.

Amy beobachtete, wie Sue allmählich ihre Fassung wiedergewann. »Gibt es etwas, das ich für dich tun kann?« fragte sie schließlich.

»Bleib einfach bei mir, bis er kommt.«

»Selbstverständlich.« Amy stellte sich Brians Wutausbruch vor, sollte er vor seiner Ankunft zu Hause auf die neuesten Nachrichten stoßen. Er, der Meister der Selbsttäuschung, würde sein Talent, alles, was ihn in unvorteilhaftem Licht zeigte, für sich ins Gegenteil zu verkehren, hier bis an die Grenzen strapazieren müssen. Wenn Menschen wie er gezwungen waren, die Wahrheit über sich zu akzeptieren, konnte das gefährliche Folgen haben. Und das war dann nicht nur ein Sturm im Wasserglas.

»Meinst du, daß du schwach wirst und ihn reinläßt? Soll ich deshalb bei dir bleiben?«

»Nein.« Sue rief es aus der Küche herüber, wo sie ihr Malglas mit Wasser füllte. Sie kam zurück und stellte es auf den Tisch, bevor sie die Lampe anzündete. »Ich möchte nur jemanden bei mir haben.«

»Ist er gewalttätig?«

»Bloß in der Theorie.«

Amy war schließlich diejenige, die Brian früher als erwartet aus seinem Wagen steigen und über den Rasen des Gemeindeparks gehen sah. Zu diesem Zeitpunkt hatte Sue bereits das Bild kreativer Abgeschiedenheit inszeniert, das ihr Mann durch das Wohnzimmerfenster gesehen hatte.

Amy hielt den Atem an, als Sue auf sein drängendes Klopfen reagierte, indem sie gemächlich aufstand, nach einem Kuvert griff, das Zimmer verließ und bei ihrer Rückkehr gelassen die Vorhänge vorzog.

Amy fiel auf, daß Sue trotz ihres ruhigen, beherrschten Äußeren ihr Kinn unnatürlich hoch reckte. Amy nahm an, daß sie das aus Angst tat, Brian anzusehen. Aber da irrte sie sich. In Wahrheit vermied Sue diesen Blickkontakt in dem sicheren Bewußtsein, daß, sobald sie auch nur einmal in die Augen ihres Mannes gesehen hätte, folgendes nicht mehr zu vermeiden gewesen wäre: Ihre Faust hätte geradewegs die Scheibe durchschlagen und wäre mitten in seinem dämlichen Gesicht gelandet.

Nach einem diätetisch korrekten Mittagessen betrat Barnaby den Bereitschaftsraum. Obwohl die Uhr erst drei Uhr nachmittags zeigte, waren bereits einige Mitglieder des Teams vom Außendienst zurück. Sergeant Troy allerdings war nicht unter ihnen. Er hatte den Auftrag bekommen, Brian Clapton nach bewährter Manier erneut in die Mangel zu nehmen.

Barnaby machte sich in seinem Büro daran, Amy Lyddiards Aussage zum drittenmal durchzulesen. Bei der zweiten Lektüre hatte sich das irritierende Gefühl verdichtet, daß irgendwo eine Ungereimtheit versteckt war, die er bisher jedoch nicht hatte finden können.

Barnaby beschloß, auf jenes erste Gespräch zurückzugreifen, das unter ›Lyddiard H‹ abgelegt war. Amy Lyddiards Beitrag war dabei, soviel er sich erinnerte, verschwindend gering gewesen, denn Honoria hatte sie kaum zu Wort kommen lassen. Trotzdem lohnte es sich nachzusehen, ob ein Vergleich den gewünschten Erfolg brachte.

Barnaby verließ seinen Computer, setzte sich an das nächste freie Gerät und begann zu suchen. Während er die Tastatur bearbeitete, schweiften seine Gedanken ab. Zu Barnabys großem Bedauern hatte sich sein boshafter Impuls, der ihn dazu verleitet hatte, Meredith zu ermutigen, Honoria zur Abgabe ihrer Fingerabdrücke zu überreden, als ein Eigentor erwiesen. Der Inspektor war mit der Nachricht zurückkehrt, Miß Lyddiard wolle unter keinen Umständen ins Präsidium kommen, sei jedoch bereit, die Prozedur in ihrem Haus über sich ergehen zu lassen … vorausgesetzt, Inspektor Meredith würde sie vornehmen.

Barnaby starrte auf den grünlich flimmernden Bildschirm. In seiner Erinnerung waren Honorias Antworten auf seine

Fragen allesamt negativ ausgefallen, und während er sie erneut durchging, bestätigte sich dieser Eindruck. Amy hatte eine einzige zaghafte Frage gestellt und nur einen Einwurf gewagt ... und der bezog sich auf eine häusliche Angelegenheit.

»Ich habe uns einen Gute-Nacht-Trunk zubereitet. Kakao ...«

An dieser Stelle war sie brüsk von ihrer Schwägerin unterbrochen worden. Was Barnaby einfach nicht verstand. Andere zu unterbrechen war zwar Honorias Angewohnheit, aber er konnte sich nicht vorstellen, daß die Beschreibung der Zubereitung von Kakao irgend etwas Brisantes hätte enthüllen können.

Der Chefinspektor ließ seine Maus über das Pad gleiten, ging Seiten zurück, markierte die Stelle mit Amys Bemerkung und wanderte noch einmal zu seiner Frage an Honoria.

B: »Haben Sie sich sofort zurückgezogen?«

H: »Ja. Ich hatte Kopfschmerzen. Man hatte dem Gast nämlich das Rauchen gestattet. Eine abscheuliche Angewohnheit. Unter meinem Dach wäre das nicht in Frage gekommen.«

B: »Und Sie, Mrs. Lyddiard?«

A: »Nicht sofort. Zuerst habe ich ...«

Barnaby stieß den Stuhl so heftig zurück, daß er krachend gegen den dahinter stehenden Schreibtisch knallte. Die Polizistin, die dort arbeitete, fuhr hoch und starrte ihn überrascht an. Barnaby murmelte eine Entschuldigung, setzte sich an seinen Computer und fand sofort, wonach er suchte. Es war gleich am Anfang. Er hatte Amy gefragt, ob sie nach dem Treffen von ›Plover's Rest‹ sofort nach Hause gegangen seien, und sie hatte geantwortet.

»Ja. Ich habe uns noch was zu trinken gemacht und bin dann sofort auf mein Zimmer gegangen, um an meinem Buch weiterzuarbeiten. Honoria ist mit ihrem Manuskript in die Bibliothek verschwunden.«

Das war eine Diskrepanz ... wenn auch eine sehr geringfügige; eine sogar mehr als geringfügige. Barnabys Mut sank. Was lag schon an einem Wort? Besonders einem so flexiblen Ausdruck wie ›sich zurückziehen‹? Für einige bedeutete das, ins Bett gehen, für andere ein ruhiges Stündchen im Arbeitszimmer bei guter Musik, für wieder andere ein langes heißes Bad. Warum sollte Honoria es nicht dafür genutzt haben, in ihre Bibliothek zu gehen, um dort zu lesen?

Aber hier stand auch, daß sie Kopfschmerzen gehabt habe. Barnaby verfluchte sich dafür, nicht genauer nachgefragt zu haben. Warum hatte er seine Frage nicht präziser formuliert? Sind sie sofort zu Bett gegangen? Oder sogar: Sind Sie nach oben gegangen? Vorausgesetzt, Amy sagte die Wahrheit, hätte er Honoria in diesem Fall einer absichtlichen Lüge überführen können. Barnaby war erstaunt, wie sehr ihn der Gedanke befriedigte.

Er las beide Aussagen noch einmal durch, aber er fand nichts mehr, das sein erstes skeptisches Gefühl bestätigt hätte. Die winzige Widersprüchlichkeit war alles, was er entdecken konnte.

Barnaby seufzte, schloß beide Dateien und öffnete das Dokument mit Laura Huttons Aussage. Er überflog die erste, unergiebige Begegnung hastig und wandte sich dem nachfolgenden Gespräch zu, bei dem sie zuviel getrunken, geweint und auf den Mann geschimpft hatte, der sich, wie sie meinte, absichtlich geweigert hatte, sie zu lieben.

Barnaby las sehr aufmerksam, konzentrierte sich derart, daß alles um ihn herum versank. Wie schon zuvor, suchte er nach Widersprüchen oder nachlässigen Bemerkungen. Unglücklicherweise war kein Detail ihrer Beichte in irgendeiner Form zu beweisen; weder der Besuch in Hadleighs Haus im Sommer noch der Diebstahl des Fotos oder ihre liebeskranken nächtlichen Steifzüge.

Dann vernahm er das Klappern von Geschirr, und der Duft von Kaffee stieg ihm plötzlich in die Nase. Eine Tasse wurde auf seinen Schreibtisch gestellt.

»Ah!« Barnaby identifizierte den Überbringer des Getränks. »Sie sind wieder da. Was gibt's Neues vom Rialto?«

»Ist über den Deister gegangen, soviel ich gehört habe.«

»Spannen Sie mich nicht auf die Folter. Ich bin nicht in der Stimmung.«

Troy setzte sich mit zerknirschter Miene und packte einen Schokoriegel aus. »Wenn Sie wüßten, was ich hinter mir habe!«

»Mit Clapton?«

»Eher ohne Clapton.«

»Wie denn das?«

»Ich bin erst zu seiner Schule gefahren, aber dort war er nicht mehr. Dann bin ich zu ihm nach Hause. Wo mir seine Frau mitteilte, daß er bei seiner Mutter sei. Also bin ich zu seiner Mutter, und was finde ich da?«

Mr. Clapton hatte die Tür geöffnet und den Anblick eines Streifenwagens der Polizei direkt vor seinem Haus als derart peinlich empfunden, daß er Troy, der zwar in Zivil war, am Arm gepackt und wortlos ins Haus gezerrt hatte. Für Troy war das eine überraschende Abwechslung zu dem gewesen, was er in solchen Fällen normalerweise erlebte.

Nachdem die Haustür hinter ihm laut ins Schloß gefallen war, hatte Mrs. Clapton, die an eine überdimensionale Geschenkpackung in glänzend rosarotem Nylon erinnerte, ihren Auftritt. Sie rang die molligen Hände und rief: »Er will nicht rauskommen! Er hat sich in der Toilette eingesperrt!«

Und an diesem Zustand vermochte auch Sergeant Troys wiederholtes Klopfen, Rufen und Bitten nichts ändern, wobei er gezwungen war, die Lautstärke der von unten heraufdröhnenden Popmusik zu übertönen.

Als der Sergeant schließlich aufgegeben hatte, brachten Mr.

und Mrs. Clapton ihn bis zur Gartentür. Als er in den Wagen stieg, rief Mrs. Clapton beim Anblick einiger Passanten mit lauter Stimme: »Wir halten natürlich die Augen offen, Sergeant. Ist wirklich traurig, einen kleinen Hund auf diese Weise zu verlieren!«

Troy erzählte die Geschichte sehr charmant, und Barnaby lachte.

»Soll ich uns einen Haftbefehl besorgen? Ihn aufs Präsidium bringen?«

»Vielleicht morgen.« Barnaby trank seinen Kaffee, schob die Tasse außer Reichweite und wollte gerade von seiner Mini-Entdeckung an der Lyddiard Front berichten, als mehrere Männer des Teams vom Außendienst zurückkehrten.

Barnaby sah auf den ersten Blick, daß spektakuläre Enthüllungen kaum zu erwarten waren.

Wachtmeister Willoughby trat an Barnabys Schreibtisch und war erleichtert, als Troy aufstand und ging, denn er hatte unter dem Spott des Sergeants bereits mehr als genug gelitten. Barnaby deutete auf den leeren Stuhl, woraufhin Willoughby Platz nahm.

»Ich habe wie gewünscht mit Mr. St. John gesprochen«, begann Willoughby. »Er hatte seiner Aussage über Hadleighs Besucher am betreffenden Abend und dem Nachspiel nichts hinzufügen. Aber während des Tages ist ihm noch etwas aufgefallen. Ich fürchte, es ist leider ziemlich unbedeutend …«

»Was unbedeutend ist, bestimme ich, Willoughby.«

»Selbstverständlich, Sir. Jedenfalls … als er Mr. Hadleigh zum Gartentor gebracht hat, beobachtete Mr. St. John, wie Miß Lyddiard aus dem Garten von ›Plover's Rest‹ kam und mit dem Fahrrad davonfuhr.«

»Wissen Sie auch, wann genau das gewesen ist?« Barnaby griff nach seinem Stift.

»Punkt elf Uhr dreißig. Mr. St. John erinnert sich deshalb so genau daran, weil er Hadleigh exakt eine halbe Stunde seiner Arbeitszeit geopfert hatte. Miß Lyddiard ist an jenem Nachmittag noch zweimal zurückgekommen. Wie Sie wissen, liegt das Haus ›Borodino‹ direkt gegenüber ...«

»Ja, ja. Weiter.«

»Hadleigh hat ihr nicht geöffnet. Aber das war offenbar nichts Ungewöhnliches ... auf Miß Lyddiard bezogen, meine ich.«

Es entstand eine Pause. Willoughby drehte verlegen seinen Hut zwischen den Händen.

»Danke, Willoughby.« Barnaby lächelte geistesabwesend. »Gut gemacht.«

»Oh!« Willoughby kam auf die Beine. »Danke, Sir.«

Barnaby hatte ihn bereits wieder vergessen. Er lehnte sich zurück, schloß die Augen und stellte sich den Gemeindepark von Midsomer Worthy vor, wie er an jenem eiskalten, frostigen Morgen ausgesehen haben mochte, der der letzte in Gerald Hadleighs Leben gewesen war. Er nahm an, daß in der Erwartung des Besuchs eines berühmten Autors eine gewisse Aufregung geherrscht haben dürfte. Kleine Gerichte für das Buffet mußten vorbereitet und für den Transport nach ›Plover's Rest‹ fertiggemacht werden. Gegen Mittag des besagten Morgens störte der Eigentümer dieser entzückenden Behausung einen alten Mann, der nur in Frieden gelassen werden wollte, um an seiner Spionagegeschichte weiterzuschreiben. Gegen elf Uhr sollte eine Frau, die sich die Seele aus dem Leib weinte und dabei einen Papierkorb mit nassen Papiertaschentüchern füllte, von einer ebenso unwillkommenen Besucherin gestört werden. Nach dem Zusammentreffen war diese Person geradewegs zum Heim von Gerald Hadleigh geradelt. Da sie ihn nicht angetroffen hatte, war sie später ein zweites ... und ein drittes Mal dorthin zurückgekehrt.

Barnaby machte die Augen auf. Sein Herz schlug schneller,

als ihm ein möglicher Grund für dieses so seltsam hartnäckige Verhalten einfiel. Er zwang sich, einen Moment zu warten, regelmäßig zu atmen, bis er ruhiger geworden war.

Laura war vielleicht noch in ihrem Laden. Er sah die Telefonnummer nach und wählte. Sie hob sofort ab.

»Mrs. Hutton? Chefinspektor Barnaby. Ich habe eine Bitte an Sie.«

»Ich wollte gerade nach nebenan gehen. Ich bin zu einem Drink eingeladen. Ist es dringend?«

»Ja«, antwortete Barnaby. »Ich denke schon.«

Amy saß in ihrem Zimmer und arbeitete an *Rompers*. Sie war seit fünf Uhr oben und seitdem kein einziges Mal durch eine schrille Glocke oder einen harschen Befehl gestört worden.

Zwischendurch sprang sie auf und hüpfte mit ihren dicken Fellstiefeln auf dem Teppich auf und ab, um den Kreislauf anzuregen. Sie rieb sich die Hände und Wangen, aber es wurde ihr einfach nicht wärmer. Schließlich beschloß sie zu ihrer Schwägerin hinunterzugehen, und sie an ihr Versprechen zu erinnern, die Heizung reparieren zu lassen.

Amy schritt den oberen Treppenabsatz entlang, an den düsteren Ölbildern der Lyddiardschen Ahnengalerie vorbei, die bis ins sechszehnte Jahrhundert zurückreichte.

Honoria saß in ihre Arbeit versunken am Schreibtisch. Sie wirkte allen weltlichen Dingen weit entrückt. Und obwohl der elektrische Heizlüfter arbeitete, war es in dem großen hohen Raum beinahe ebenso kalt wie in Amys Zimmer im ersten Stock. Amy verharrte auf der Schwelle, jedoch ohne Honorias Aufmerksamkeit zu erregen.

»Ich wollte sagen …«

»Reines Blut und direkte Nachkommenschaft.« Honoria führte Selbstgespräche. »Das zählt. Blut zählt. Direkte Nachkommenschaft zählt.«

»Honoria?«

Honoria schaute auf. Ihre Augen brannten sich in Amys Gesicht, doch sie schien sie nicht zu registrieren.

»Es ist schrecklich kalt. Könnte ich ...«

»Geh weg! Siehst du nicht, daß ich arbeite?«

Amy entfernte sich. Der Zeitpunkt war offenbar ungünstig, Honoria zu fragen, ob sie Kohle bestellt hatte oder zumindest einverstanden war, daß Amy versuchte, den vorsintflutlichen Warmwasserspeicher wieder in Schwung zu bringen. Während sie die uralte Halle durchquerte, bückte sie sich, um etwas Unkraut auszuzupfen, daß zwischen den Fliesen aus den Rillen wuchs. Der Garten begann offenbar das Haus zu erobern. Wer wollte das der Natur bei diesem Wetter verdenken? Sie drückte die Klinke der Kellertür hinunter. Sie war verschlossen.

Amy war verblüfft. Das war ja ganz etwas Neues. Sie zögerte.

Nachdem Honoria keinen Zweifel daran gelassen hatte, daß sie nicht gestört werden wollte, machte sich Amy schließlich auf die Suche nach dem Schlüsselbund. Manchmal hing er an einem Haken in der Rumpelkammer, manchmal lag er in der Schublade unter dem Küchentisch, und gelegentlich vergaß Honoria ihn irgendwo.

Heute befand er sich nicht an seinem Haken. Amy tastete über die Werkbank zwischen Blumenzwiebeln und alten Saattüten. Sie schob Honorias Fahrrad aus dem Weg und entdeckte den Schlüsselbund im Fahrradkorb.

Der Kellerschlüssel war ein altmodisches, handgroßes Ungetüm. Sie streckte ihn ins Schloß, und die Tür sprang sofort auf. Amy knipste die schummrige Treppenbeleuchtung an, hielt sich am Geländer fest und ging langsam die Stufen hinunter.

Der Boiler nahm so viel Raum ein, daß nur noch Platz für

das Heizmaterial blieb. Ein Häufchen Kohle, ein noch kleineres Häufchen Anbrennholz, stapelweise alte Zeitungen und Gemeindeblätter, Kisten mit Pappe oder Holz, Lumpen und eine Kanne Paraffin.

Amy trat auf den monströsen Brenner zu. Er war rund, rußig von Alter, Vernachlässigung und schlechter Laune. Aus seiner Rückwand führten Rohre in die Höhe und verschwanden in der Kellerdecke. Das Gerät hatte drei kreisrunde, mit Glas versiegelte Anzeigen. Ihre roten Zeiger sahen fast aus wie Tachometer. Alle zeigten auf die Zahl 150. Amy klopfte energisch gegen das Glas, so daß der Zeiger auf 98 fiel.

Amy legte sanft die Hände auf das Metall. Es war kaum lauwarm. Sie öffnete eine Tür und sah hinein. Soviel sie erkennen konnte, war da nur ein Häufchen Asche und sonst nichts. Sie griff nach dem Schürhaken, stocherte darin herum und förderte etwas Glut nach oben. Dann zerriß sie mehrere Seiten vom Kirchenblatt und legte sie auf die Glut. Das Papier fing Feuer.

Amy stopfte noch mehr Papier nach, nahm einige dünne Scheite vom Anbrennholzstapel, legte sie sorgfältig darüber und griff nach dickeren Holzscheiten.

Dabei entdeckte sie, daß unter dem Holz etwas verborgen war. Sollte Honoria darunter etwa noch mehr Papier gestapelt haben? Sie erkannte einen Aufkleber ... grell gelb mit blauer Schrift: Hotel Massima, Tangiers. Amy schob die Scheite beiseite. Es kamen noch mehr von den Aufklebern zum Vorschein, die den Deckel des braunen Koffers fast vollständig bedeckten.

Amy zog das Gepäckstück unter dem Holz hervor, legte es flach auf den Boden und drückte auf die Schlösser. Der Deckel sprang auf. Amy kniete davor nieder und prüfte den Inhalt. Ein schwarzes Kostüm, ein Hut mit Schleier, Unterwäsche, ein Strapsgürtel, Seidenstrümpfe und Schuhe mit hohen Absätzen. Zwei Plastikbehälter voller Modeschmuck und Kosmetika. Und eine Schuhschachtel gefüllt mit Fotos. Amy schüttelte verwirrt den Kopf.

Sie nahm eine Handvoll der Fotos heraus und begann sie durchzusehen. Einige waren Farbaufnahmen, andere Schwarz-Weiß-Fotos. Viele zeigten eine blonde Frau allein, mit Freunden und während sie mit einem Hund spielte. Die Fotos vermittelten eine entspannte Urlaubsatmosphäre. Mehrere waren an einem Strand oder Hotel-Swimmingpool aufgenommen worden. Eines zeigte zwei Männer mit knappen Badehosen vor einem Boot.

Und dann war da Ralph. Selbst im schwachen Kellerlicht waren sein Lächeln, seine dunklen Locken und der offene Blick unverkennbar. Er befand sich mitten in einer Menge von Leuten, offenbar auf irgendeiner Party. Es schien ein feuchtfröhliches Fest zu sein. All saßen um einen Tisch voller Gläser, Flaschen und Luftschlangen. Das Foto war mit Blitz gemacht. Ralph trug das typische Baumwolloberteil mit viereckigem Kragen der englischen Marineuniform.

Amy betrachtete das Foto eingehender. Die Person neben Ralph kam ihr bekannt vor. Es handelte sich um einen gutaussehenden Mann mit dichtem Haar und einer Blume hinter dem Ohr. Amy ging die Kellertreppe hinauf, hielt das Foto ins Licht. Dann verschlug es ihr den Atem. Der Mann neben Ralph war Gerald.

Aufgeregt rannte sie in die Diele. Worte und Sätze schossen ihr durch den Kopf, bewegten ihre Lippen. »Du glaubst ja gar nicht … der Koffer … weißt du noch? … Mrs. Bundy hat doch gesagt … jemand hat ihn in unseren …«

Honoria stand bewegungslos im Türrahmen der Bibliothek. Die Worte gefroren Amy auf den Lippen. Sie hatte schlagartig begriffen. Angst regte sich in ihr, breitete sich aus und drohte ihr plötzlich die Luft zum Atmen zu nehmen.

Amy begann langsam und regelmäßig zu atmen, so als werde die Luft um sie immer dünner.

Ihr Bewußtsein war gespalten. Unterschwellig regierte die Angst, während sie versuchte, ihre Lage kühl und analytisch einzuschätzen und einen Ausweg zu finden. Die Haustür war verschlossen, verriegelt und seit Jahren nicht mehr geöffnet worden. Die Hintertür war ebenfalls abgesperrt und lag außerdem außer Reichweite. Der Keller war eine Falle, aus der sie nie mehr würde entkommen können. Die Fenster im Parterre waren ebenfalls zu. Es wäre natürlich möglich, eine Scheibe einzuschlagen, hindurchzuklettern und – wenn auch verletzt, aber immerhin lebend – die Freiheit zu erlangen.

Die dunkle massige Gestalt am anderen Ende der Halle bewegte sich leicht, verlagerte unmerklich das Gewicht und versetzte Amy damit in Panik.

Die Treppe! Für beide war die Entfernung gleich. Ich bin kleiner, jünger, leichter, schneller, überlegte sie. Ich muß irgendwie in mein Zimmer kommen, die Tür verriegeln, das Fenster öffnen, schreien …

Und dann begann Honoria zu lachen. Es war ein sanftes, vibrierendes, sonores Lachen, das wie ein Motor an Stärke gewann, bis Honoria die Luft ausging und sie nur noch durch die Nase schnaubte.

Amy rannte los. Sie erreichte die Treppe. Raste die Stufen hinauf bis zum obersten Absatz. Sie keuchte und strauchelte, riß sich den Rocksaum auf.

Der Boden unter ihren Füßen schien zu fliegen. Sie rang verzweifelt nach Luft, merkte gar nicht mehr, wie sie sich fortbewegte und erreichte ihre Zimmertür. Sie warf sich dagegen, riß sie auf, lief hinein …

Zu spät.

Amy schmiß sich mit ihrem ganzen Gewicht gegen die Tür, doch Honorias Fuß hatte sich schon in die Öffnung geschoben und hielt eisern die Stellung. Es kostete sie offenbar keine Kraft, Amy in Schach zu halten, und sie schien überhaupt keine Eile zu haben. Sekunden verstrichen, bevor sie zu sprechen begann, ihr höhnisch verzerrtes Gesicht gegen den Spalt preßte und mit ihrem bösen Mund eine abscheuliche Enthüllung nach der anderen durch die Öffnung spuckte.

Und Amy war gezwungen zuzuhören, denn sie konnte die Tür nicht loslassen, mußte mit ihrem Körper dagegenhalten. Bald weinte sie hemmungslos angesichts der Abgründe, die sich vor ihr auftaten, aber Honoria hob einfach nur die Stimme und übertönte Amys verzweifeltes Schluchzen.

Und dann, ganz plötzlich, war der giftige Strom versiegt. Amy wurde wieder etwas ruhiger. Sie horchte angestrengt in die Stille, lehnte sich mit all ihrer Kraft gegen die Tür und betete stumm um Hilfe. Ihr Gesicht war von der Anstrengung gezeichnet und glänzte vor Tränen.

Plötzlich versetzte Honoria der Tür einen kräftigen Stoß, so daß Amy rücklings zu Boden flog. Honoria betrat den Raum, stellte sich über Amy und sah auf sie herab. Honorias häßliches Gesicht war leichenblaß, ihr Blick merkwürdig unstet. Speichel tropfte aus einem Mundwinkel.

Amy rappelte sich hoch und bewegte sich langsam rückwärts, während sie verzweifelt den Blickkontakt zu Honoria hielt, die ihr plötzlich wie ein rasendes wildes Tier vorkam. Ihr überdimensionaler Schatten zeichnete sich an der weißen Wand ab.

Amy stieß gegen den Rahmen des Schiebefensters. Sie tastete hinter ihrem Rücken nach dem Hebel. Was geschah, wenn sie das Fenster nicht hochschieben konnte? Dann mußte sie Honoria den Rücken zuwenden ... nur für eine Sekunde. Aber sie hatte keine Alternative.

Amy wirbelte herum, steckte den Arm aus, zerrte und schob am Hebel. Doch der war rostig und klemmte. Sie sah über die Schulter zu Honoria. Die stand nur da, beobachtete sie und sagte kein Wort.

Dann flog das Fenster krachend in die Höhe. Reine, kalte Luft schlug Amy entgegen. Sie stützte die Hände auf den Fenstersims und beugte sich hinaus, sah auf die lange Auffahrt und das offene Tor hinunter. Tief unten lag der breite, geflieste Treppenabsatz.

Schwindel erfaßte Amy. Sie schloß die Augen und erlebte im Geiste bereits den schmerzhaften, tödlichen Aufprall ihres Körpers. Übelkeit stieg in ihr auf. Sie wandte sich ab.

»Spring!« befahl Honoria.

Amy schnappte vor Entsetzen ungläubig nach Luft.

»Los doch!«

Natürlich! Das war es, was sie wollte. Der Koffer und sein Inhalt verbrannt. Amy tot. Was konnte Honoria denn besseres widerfahren? Amys Selbstmord war die perfekte Lösung. Es war die Trauer um den verstorbenen Mann, fürchte ich, hörte Amy sie bereits sagen. Sie ist einfach nie darüber hinweggekommen. Hat oft davon gesprochen, ihrem Leben ein Ende zu bereiten. Aber ich hätte nie gedacht …

Ein eiskalter Wind verfing sich in Amys Haar. Ralph beherrschte ihre Gedanken und Gefühle. Weder er noch sie waren gläubige Menschen gewesen. Aber angenommen, die Christen hätten doch recht und es gab ein Wiedersehen nach dem Tod? Amy verdrängte energisch die Gedanken. Sie würde Ralph nie wiedersehen. Und bei dieser Gewißheit durchzuckte Amy ein brennender Schmerz. So als wäre sie bereits gesprungen.

»*Spring!*«

»Nein!« Amys Züge wurden hart. »Das nehme ich dir nicht ab. Das mußt du schon selbst besorgen!«

Honorias Miene verdüsterte sich, und sie stampfte böse mit den Füßen auf.

»Ich wehre mich«, drohte Amy. »Und das läßt sich später feststellen. Sie schnappen dich.«

»Meinst du wirklich, das macht mir was aus?« konterte Honoria voller Verachtung.

»Es wird dir was ausmachen müssen!« schrie Amy. »Wenn du für viele Jahre hinter Gefängnismauern verschwindest ... eingepfercht mit Leuten, die du verachtest!«

»Du bist sogar noch dümmer, als ich gedacht habe. Wenn du erst tot bist, bringe ich mich auch um. Wofür soll ich dann noch leben?« Die Verzweiflung dieser Worte, der morbide Haß gegen alles Leben, war für Amy unbegreiflich, erregte jedoch ihr Mitleid. Zum erstenmal sprach sie den Namen ihrer Schwägerin mit bewegter Stimme aus.

Honoria kam behende auf sie zu und spuckte ihr ins Gesicht. Dann drehte sie Amy mit einer schnellen Bewegung herum, packte sie bei den Handgelenken und bog ihr die Arme auf den Rücken. Amy schlug mit den Füßen nach hinten aus wie ein tobsüchtiges Pferd. Sie traf Honoria an den Schienbeinen, tat sich dabei jedoch mehr weh als Honoria.

Diese zerrte ihre Gefangene jetzt zum offenen Fenster. Amy hatte das Gefühl, als würde Honoria ihr die Arme auskugeln. Obwohl sie sich mit aller Macht wehrte, konnte sie gegen ihre Schwägerin nichts ausrichten.

Honoria drückte Amy brutal gegen das Fenster. Die Querleiste preßte sich schmerzhaft in ihre Nase, und Blut rann aus ihrem Mund. Amy machte sich verzweifelt ganz steif und drückte die Beine durch. Woraufhin Honoria Amys Handgelenke losließ, sie bei den Schultern packte, brutal herunterdrückte und durch die Öffnung stieß. Amys Knie gaben mit einem lauten Knacken nach.

Sie warf die Arme hoch, packte die obere Fensterleiste und grub die Nägel ins Holz. Honoria ließ ihre Schultern los und begann Finger für Finger von der Fensterleiste zu lösen.

In diesem Augenblick tauchte ein Auto in der Auffahrt auf. Amy sah die Scheinwerfer und begann laut zu schreien. Sie brüllte so laut, daß ihr förmlich der Kopf zu zerplatzen drohte.

Honoria zerrte sie wieder ins Zimmer zurück, so sehr sich Amy mit dem Mut der Verzweiflung auch wehrte. Sie trat, schlug, kratzte und hörte weit entfernt Glas zerbrechen. Honoria vernahm es ebenfalls, was Amy an der Veränderung ihres Gesichtsausdrucks erkannte. Dort spiegelte sich die Erkenntnis, daß die Zeit langsam knapp wurde. Ihre Hände schlossen sich um Amys Kehle, ihre Daumen drückten auf ihre Luftröhre. Eine seltsame Genugtuung flackerte in Honorias irren Augen auf, und ein Schauer durchlief ihren Körper.

Amy rang nach Luft. In ihren Ohren dröhnte ein Summen wie von Wind in den Telefondrähten, und rote Funken sprühten vor ihren Augen. Der Druck auf den Ohren wuchs ins Unermeßliche. Ihr Kopf drohte zu zerspringen. Dann sackte sie in ein tiefes schwarzes Loch.

Es war nach Mitternacht. Barnaby stand in einem Privatzimmer im Krankenhaus Hillingdon am Fenster und starrte auf den Parkplatz hinaus, der selbst um diese nächtliche Stunde noch zur Hälfte besetzt war. Er hielt sich seit fünf Stunden im Krankenhaus auf. Unnötigerweise, wie er zugeben mußte, denn sie konnte ihm weder weglaufen, noch lag sie im Sterben. Zum Glück, überlegte er. Zwei Tote an einem Abend waren mehr als genug.

Sie hatten die erste Leiche bereits in den Leichenwagen geschoben, als Barnaby vor ›Gresham House‹ eingetroffen war. Der zweite, wesentlich leichtere Tote ruhte in einem Plastiksack in der Halle.

Barnaby erfaßte das mit einem Blick, als er aus dem Wagen stieg, denn das riesige Portal, vor dem bei seinem ersten Besuch ein Wall von trockenen Blättern und Zweigen gelegen hatte, stand weit auf.

Laura Huttons Porsche parkte in einem merkwürdig schrägen Winkel quer über dem Kiesweg, der zum Seiteneingang führte. Die Schlüssel steckten noch in der Zündung. Troy fuhr den Sportwagen später zu ihrem schmucken Puppenhaus und in die Garage.

Vom Bett her kam jetzt ein kleiner Laut. Amy sah sehr schmal und zerbrechlich unter der Decke aus. Audrey Brierley saß neben ihr, und ihr blondes Haar glänzte im Schein der Nachttischlampe wie ein goldener Helm.

Eine Krankenschwester kam herein, um Puls und Blutdruck der Patientin zu messen. Amy hatte zwar ein Beruhigungsmittel bekommen, doch die Bewegungen der Schwester weckten sie auf. Barnaby hätte gern mit ihr geredet, doch sein Mitgefühl hielt ihn davor zurück. Nachdem die Schwester die Pupillen kontrolliert hatte, ging sie leise wieder hinaus.

Amy starrte Audrey Brierley an, die sanft ihre verbundene Hand nahm. »Es ist alles gut, Mrs. Lyddiard. Ihnen kann nichts mehr passieren.«

Barnaby trug einen Stuhl zum Bett. Er stellte ihn vorsichtig ab, nicht zu nah und nicht zu weit weg, denn er fürchtete, ihre Stimme nicht hören zu können.

»Hallo.«

»Hallo. Oh, Sie sind's!«

»Ja, schon wieder.«

Er hatte recht gehabt. Ihre Stimme war nur ein heiseres Flüstern.

Er setzte sich. Sie lächelten sich an. Das heißt, er lächelte. Amys Mundwinkel zuckten nur leicht, dann gab sie es auf. Barnaby wunderte das kaum. Er begann zu sprechen, im schmerzlichen Bewußtsein, daß seine ersten Worte die Situation kaum erträglicher machen würden.

»Tut mir leid, aber Ihre Schwägerin ist tot, Mrs. Lyddiard. Sie hat sich umgebracht. Ihr war nicht mehr zu helfen.«

»Sie hat angekündigt ... daß sie das tun würde ... nachdem ...«

Amy hielt erschöpft inne. Sie schloß die Augen. Barnaby saß eine kurze Weile schweigend auf seinem Stuhl, dann sprach er aus Angst, sie könne wieder einschlafen, hastig weiter:

»Ich werde es so kurz wie möglich machen. Wir können uns ausführlicher unterhalten, wenn Sie wieder ganz hergestellt sind.«

»Tut weh ... das Reden ...«

»Natürlich. Ich erzähle Ihnen jetzt meine Version von dem, was geschehen ist ... und Sie können mich unterbrechen, den Kopf schütteln oder was auch immer, falls ich etwas Falsches sage. Ist das in Ordnung?«

Als Amy nicht antwortete, begann Barnaby seinen ruhigen sachlichen Vortrag.

»Honoria Lyddiard hatte bis vergangenen Montag keine Ahnung, daß Gerald Hadleigh und ihr Bruder sich je gekannt hatten. Aber in Laura Huttons Küche entdeckte sie ein Foto, das die beiden Männer zusammen mit anderen in einem Restaurant zeigte. Hochgradig erregt und bemüht, die genaueren Umstände umgehend zu erfahren, fuhr sie sofort zu ›Plover's Rest‹ hinüber. Aber Hadleigh war nicht zu Hause, sondern bei Rex St. John. Sie versuchte es also noch zweimal im Laufe des Tages, aber jedesmal vergeblich. Schließlich kehrte sie in ihrer Ungeduld nach dem Treffen des Autorenkreises spät abends erneut dorthin zurück.

Aber Jennings war immer noch im Haus, so daß sie sich unter den Bäumen an der Grundstücksgrenze verbarg und wartete, bis sie seinen Wagen abfahren sah. Dann, ich schätze, nachdem sie vergeblich an die Haustür gepocht hatte, drang sie durch die Küche ins Haus ein. Da wir Miß Lyddiards strikte Ansichten über gutes Benehmen kennen, muß die Neugier geradezu überwältigend gewesen sein, die sie geradewegs in Hadleighs Schlafzimmer trieb, als sie ihn sonst nirgends finden konnte. Dann fehlt mir da etwas ... jedenfalls kam es offenbar nicht gleich zu einem Gespräch, denn Miß Lyddiard hatte scheinbar Zeit genug, diese Fotos zu betrachten. Und einige davon sind, wie wir jetzt wissen, reichlich aufschlußreich. ... und dann waren da natürlich noch die Frauenkleider. Habe ich so weit recht?«

»Er ... Gerald war ... in ...«

»Im Badezimmer?« Amy nickte. »Hat sie es Ihnen erzählt?«

»Ja.«

Sie hat mir alles erzählt. Hat mir nichts erspart. Die galligen Worte kamen wieder hoch, vergifteten Amys Gedanken und verpesteten die Luft des gemütlichen Zimmers.

Wenn du ihn genug geliebt hättest, wäre er nicht gestorben. Sie wußte jetzt, was Honoria damit gemeint hatte. Offenbar hatte sie Ralph vor vielen Jahren, als er noch bei der Marine gewesen war, betrogen. Weil sie ihn nicht genug geliebt hatte, war er mit jemand anderem ins Bett gegangen, der ihn mit der tödlichen Krankheit infiziert hatte, an der er schließlich gestorben war. Und Honoria hatte das gewußt. Die spanischen Ärzte hatten es ihr gesagt. Aber sie war natürlich davon ausgegangen, daß es eine Frau gewesen sei.

Gerald war betrunken aus dem Badezimmer gekommen und hatte sich plötzlich Honoria gegenüber gesehen. Er hatte höhnisch gelacht, als sie das Foto der Geburtstagsgesellschaft im Club von Marrakesch hochhielt, und danach all die schmutzigen Details vor ihr ausgebreitet: Wie er und Ralph, die sich nie zuvor gesehen hatten, es gegen eine Hauswand gelehnt im Hinterhof getrieben hätten; daß Ralph das so gefallen habe, daß er später noch mit einem anderen Gast in den

Hinterhof verschwunden wäre; daß es nicht erstaunlich sei, daß er sich dabei Aids geholt habe.

In diesem Augenblick hatte Honoria zugeschlagen, sich den nächstbesten schweren Gegenstand geschnappt und auf Geralds Kopf gezielt ... wieder und immer wieder. Dann hatte sie Kleidung und Fotos in einen Koffer gestopft und mitgenommen, damit keine Verbindung zwischen dem Blutbad auf dem Fußboden und ihrem geliebten Bruder hergestellt werden konnte und weil sie selbst die einzige Autorität war, die sie anerkannte.

»Es war mit Sicherheit nicht Hadleigh, bei dem Ihr Mann sich infiziert hat, Mrs. Lyddiard«, fuhr Barnaby fort. Er hatte kurz nach seinem Gespräch mit Laura Hutton einen Bluttest angeordnet. Das Ergebnis war negativ gewesen. »Hatten Sie keine Ahnung, was mit ihm los war?«

»Nein ...«

Honoria hat es mir nicht gesagt, weil sie hoffte, daß ich mich ebenfalls infiziert hätte. Sie hatte gehofft und gebetet, daß Ralph vor seinem Tod die Krankheit weitergegeben hatte. Sie hatte auf die ersten Anzeichen gewartet, mich ständig beobachtet. Hat mir nichts gesagt, damit ich weder ärztliche Hilfe in Anspruch nehmen noch einen Test machen lassen konnte. Hätte ich mich vorzeitig als gesund erwiesen, hätte sie mich getötet, denn das hatte sie Gott versprochen.

Tränen rannen über Amys Wangen. Audrey Brierley trocknete sie ihr mit Papiertaschentüchern. Barnaby beschloß, es vorerst dabei bewenden zu lassen. Als er seinen Mantel angezogen und zugeknöpft, sich Schal und Handschuhe gegriffen hatte, schien Amy bereits wieder eingeschlafen zu sein. Barnaby schaltete die Nachttischlampe aus, so daß nur der blaue Schein der Notbeleuchtung zurückblieb.

Als sie den Korridor entlanggingen, fragte Audrey: »Und wann sagen Sie ihr den Rest, Sir?«

»Sobald sie ihn verkraften kann. Für eine Nacht hat sie genug wegstecken müssen.« Als sie an der Rezeption vorbeikamen, sah er zur Krankenhausuhr hinauf. Es war fast halb zwei Uhr morgens. »Wie wir alle.«

Schluss

Fast immer bleiben auch nach Abschluß eines Falles gewisse Kleinigkeiten am Rande ungeklärt.

Barnaby hatte sich mit dieser Tatsache längst abgefunden und akzeptierte daher auch, daß die Frau auf Gerald Hadleighs Hochzeitsfoto vermutlich nie identifiziert werden würde. Bis eines Abends Troy aufgeregt anrief und berichtete, daß er sie gefunden habe.

Der Sergeant hatte, zum großen Mißvergnügen seiner Frau nicht zum ersten Mal, das Video von *The Crucible* angesehen, in dem Barnabys Tochter soviel Furore gemacht hatte. In der Gerichtsszene, die mit einem großen Aufgebot an Komparsen gedreht worden war, hatte Troy ein Gesicht im Hintergrund entdeckt, das ihm irgendwie bekannt vorkam. Er hatte das Band angehalten, und voilà, da war sie gewesen ... Hadleighs angebliche Gattin.

Danach hatten sie die Dame mit Hilfe einer Agentur ausfindig gemacht. Es stellte sich heraus, daß sie zum Zeitpunkt des Fotos bei einer Hostessenagentur angestellt gewesen war. Sie erinnerte sich an den Auftrag mit Hadleigh noch genau, da es, wie sie es ausdrückte, die leichtesten hundert Pfund gewesen waren, die sie je verdient hatte. Außerdem war ihr erlaubt worden, nach dem Fototermin Kleid, Hut und Schleier zu behalten. Den Zweck der Aufnahmen hatte man ihr allerdings hartnäckig verschwiegen. Womit klar war, daß Jennings auch an diesem Punkt recht behalten hatte.

Der ganze Vorfall lag mittlerweile fast einen Monat zurück.

Barnaby stand kurz vor seinem Urlaub, denn Cully und Nicholas sollten zu Hause eintreffen, und er wollte die Tage bis zu ihrer Weiterreise nach London ausgiebig genießen können.

Während er jetzt im Sessel saß und sich in einen verhältnismäßig heilen, von Katzenkrallen noch unversehrt gebliebenen Teil des *Indepedent* vertiefte, dachte er daran, wie schön es sein würde, die beiden wiederzusehen.

Dabei war sein linkes Bein eingeschlafen. Er streckte es aus, bewegte die Zehen und schlug das andere Bein darüber, so daß der kleine Kater, der mit dem Schnürsenkel gespielt hatte, im hohen Bogen durch die Luft flog und auf einem Kissen im nächsten Sessel landete.

»Tom!«

»Was ist?« Er ließ die Zeitung sinken. »Was ist los?«

»Paß doch bitte auf.« Joyce rannte durchs Zimmer und hob Kilmowski auf, der bereits wieder auf dem Weg zur Couch und zu Barnabys Hosenbeinen gewesen war.

»Möchtest du deinen Wein vor oder zum Essen?«

»Jetzt bitte, Liebling.«

Ein Glas Santa Carolina Grand Reserve wurde eingeschenkt, und der Wein entpuppte sich als sehr gut trinkbar. Barnaby zwang sich, in kleinen Schlucken zu trinken. Morgen, wenn die Kinder kamen, sollte es Champagner geben. Aus der Küche wehte verlockend der Duft einer Kaninchenkasserolle herüber.

Barnaby trank noch einen Schluck und lehnte sich in seinem Sessel zurück.

Das Telefon klingelte. Joyce hob in der Küche ab und stieß einen Freundenschrei aus. »Hallo, Kleines ... Wie schön, deine Stimme zu hören!«

Barnabys Glücksgefühl wurde auf Eis gelegt. Etwas war schiefgegangen. Sie konnten nicht kommen. Oder sie konnten nicht bleiben. Und wenn sie blieben, dann nur eine Nacht. Vielleicht brachten sie Freunde mit, und Joyce und er hatten keine Gelegenheit, auch nur ein privates Wort mit ihrer Tochter zu sprechen.

»Tom?« Er hörte, wie der Hörer beiseite gelegt wurde. Das Gesicht von Joyce erschien in der Durchreiche. »Cully möchte dich sprechen. Warte, ich stell das Gespräch rüber. Sie will nur wissen, ob wir sie morgen von Heathrow abholen können.«

»Na, gut.«

Cully klang, als sei sie nebenan. Sie freute sich schon auf das Wiedersehen und hatte ein schönes geschnitztes Regal für seine Gewürze in Polen erstanden. Was gab es morgen zum Abendessen? Hatte er daran gedacht, *The Crucible* aufzunehmen? Die Tournee war phantastisch gewesen … der Regisseur ein Schatz. Nicholas war als Don John einfach brillant gewesen. Sie dagegen hatte mit der Beatrice große Mühe gehabt.

Barnaby hörte ihr frohen Herzens zu, aber als sie auflegen wollte, hielt er den Zeitpunkt für gekommen, eine kleine Warnung auszusprechen.

»Wir haben hier möglicherweise ein kleines Problem, Cully.« Seine Hand ruhte sanft auf Kilmowski, der auf seiner Schulter eingeschlafen war und jetzt sanft in seinen Schoß glitt. »Wegen der Katze. Ich fürchte, deine Mutter hat sie schrecklich in ihr Herz geschlossen.«

»Du mußt nicht reingehen, Amy.«

»Doch. Ich muß da rein.« Sie brachte es einfach nicht über sich, die Klinke herunterzudrücken.

Sie standen auf dem Treppenabsatz vor Ralphs Zimmer. Es war das erste Mal, daß Amy ›Gresham House‹ nach jener schrecklichen Nacht betreten hatte, in der sie beinahe gestorben war. Durch die Küche über die klammen Fliesen der

Halle zu gehen und die Treppen hinaufzusteigen war schon schlimm genug gewesen. Aber das war gar nichts im Vergleich zu dem, was ihr jetzt bevorstand.

»Soll ich aufmachen?«

»Wenn du möchtest.« Als Sue jedoch den Arm ausstreckte, sagte sie hastig: »Warte noch einen Moment.«

Amy schossen viele Gedanken durch den Kopf. Schließlich würde er nicht mehr hinter dieser Tür sein. Ralphs sterbliche Überreste ruhten inzwischen neben seiner Schwester unter den Eiben auf dem Friedhof von St. Chad.

Sue begann bereits unruhig mit den Füßen zu scharren. So gab sich Amy einen Stoß, und eine Sekunde später flog die Tür auf.

Die Kandelaber waren noch immer da. Der Raum war sogar voll von ihnen. Das ganze Zimmer mußte offenbar lichtdurchflutet gewesen sein, wie ein Altar in einer großen katholischen Kathedrale. Hunderte von Kerzen waren im Raum verteilt, und auf dem Fußboden und den Möbeln waren Tropfen von Kerzenwachs.

Ralphs Konterfrei blickte und lächelte die beiden von überall her an. Als Baby, als Kleinkind, als heranwachsender Junge. Viele Fotos lehnten nur gegen die zahllosen Kerzenleuchter, so daß es wie ein Wunder anmutete, daß das Haus nicht längst abgebrannt war.

Amy hatte Angst gehabt, daß es im Zimmer riechen würde, aber es hing nur ein leichter Modergeruch in der Luft. Vermutlich hatte die Polizei die Fenster geöffnet und gelüftet. Alle waren sehr zuvorkommend zu ihr gewesen; ganz besonders Dennis Rainbird, der Leiter des Beerdigungsinstituts. Er war auch derjenige gewesen, der, nachdem der erste Sarg exhumiert worden war, dezent die schweren Bücher in seinem Innern entsorgt hatte. Und er versicherte Amy, nachdem sie sich geweigert hatte, sich in seinem Institut ihren geliebten

Mann anzusehen, daß Mr. Lyddiard perfekt einbalsamiert gewesen sei. Offenbar dachte er, das würde sie trösten.

»Dort hat er gelegen.« Amy ging zu einem langen Refektorium in der Mitte des Raumes. »Unter einem weißen Bettuch aus Seide.«

Sue wußte nicht, wie sie darauf reagieren sollte. Ihr war gruselig zumute. Allein der Gedanke, daß Honoria einen Leichnam ins Haus geschafft und dort monatelang aufgebahrt hatte, war ein unaussprechlicher Horror für sie.

»Habe ich dir erzählt, daß er in Spanien ... kurz vor seinem Tod nach mir gefragt hat? Sie hat ihm gesagt, ich sei fortgegangen.«

»Amy ... das ist alles so furchtbar! Er hat sicher gewußt, daß das nicht stimmte.«

»Oh, natürlich. Er hat sie gut gekannt. Es ist nur ... wäre schön gewesen, wenn ich mich von ihm hätte verabschieden können.«

Sue fühlte sich als hilfloser Eindringling und wußte nicht so recht, wie sie sich verhalten sollte.

»Ich dachte immer, daß er keine Kinder wollte«, murmelte Amy. »Aber er hat eben gewußt ... was mit ihm los war.«

Das war auch der Grund gewesen, weshalb er sich stets um die Verhütung gekümmert hatte. Nicht, wie er seiner Frau weisgemacht hatte, aus Angst vor den Nebenwirkungen der Pille auf ihre Gesundheit, sondern um sie vor Ansteckung zu schützen.

Trotzdem hätte er es ihr sagen müssen. Das war am schwersten zu ertragen. Nicht die Untreue oder die Tatsache, daß bei ihm sexuelle Neigungen vorhanden waren, von denen sie nichts geahnt hatte. Nein, nicht diese Dinge, sondern seine Entscheidung, das schreckliche Bewußtsein, daß ihre Tage des Glücks gezählt waren, für sich allein zu behalten. Vielleicht hatte er Angst gehabt, sie würde ihn von sich stoßen.

»Ich glaube, das war nicht der Grund«, wurde Amy von Sue aus ihren traurigen Gedanken gerissen. »Er wollte dir einfach nur den Schmerz ersparen. Das tun wir doch, wenn wir jemanden lieben.«

Amy schien sie nicht zu hören. Sie ging im Zimmer umher, berührte Gegenstände und konnte alledem doch nichts abgewinnen. Für sie würde es immer ein gespenstischer, seltsam lebloser Ort bleiben. So heilig und nutzlos wie ein Mausoleum.

»Gehen wir!«

»Willst du denn nichts mitnehmen?« Das Haus sollte am nächsten Morgen von einem Entrümpelungsunternehmen ausgräumt werden.

»Ich habe doch das hier.« Amys Finger ruhten kurz auf einem Medaillon mit seinem Bild. Sie rannte fast über den Treppenabsatz. »Komm schon, Sue!«

Die folgte ihr nur allzu bereitwillig. Als beide draußen an der frischen Luft waren, blickte Sue zu dem monströsen grauen Kasten auf, der jetzt Amy gehörte, und war froh, ihn nie wieder betreten zu müssen. Sie schritten Seite an Seite die Auffahrt hinunter.

Es war ein herrlicher Märztag. Als Amy das große Tor schloß, fragte Sue: »Wollen wir nicht die Enten füttern?«

»Ja, gut.« Sie spazierten zum Teich im Park hinüber, wo die Enten bereits quakend auf sie zu geschwommen kamen. »Woher wissen sie das nur immer?«

»Sie sehen die Beutel. Du kannst ihnen den Kuchen geben, wenn du willst.«

Sue konnte es einfach nicht lassen, Kuchen zu backen, obwohl nur Amy und sie, und seit neuestem auch immer häufiger Amanda, im Haus waren. Sue zerbröselte ein Teigstückchen und dachte an Hector, wie die meiste Zeit, seit sie eine professionelle Kinderbuchautorin mit einem Vertrag und einem Vorvertrag für ein zweites Buch geworden war.

Amy verteilte ihre letzten Krumen, und Sue dachte daran, wie sich ihrer beider Schicksal innerhalb weniger Wochen so grundlegend gewandelt hatte.

Amy war jetzt reich. Für ›Gresham House‹ hatte man ihr, wie sie beide fanden, eine geradezu traumhafte Summe geboten. Und sie erholte sich täglich mehr von den schockierenden Ereignissen der letzten Zeit. Als sie zuerst vom Krankenhaus nach ›Trevelyan Villas‹ gekommen war, hatte sie tagsüber geweint und sich nachts mit Alpträumen gequält. Sue war manchmal am Ende ihres Lateins gewesen. Mittlerweile schlief Amy zwar immer noch schlecht, aber die Tränen waren versiegt, und gestern hatte sie sogar zum ersten Mal von der Zukunft und einem künftigen Zuhause gesprochen. Und daß sie auch die Arbeit an *Rompers* wiederaufnehmen wolle.

Sue selbst ging es gut. Sie hatte einmal durch ihren Anwalt etwas von Brian gehört. Der hatte in einem Brief vorgeschlagen, wieder so lange ins Haus einzuziehen, bis Sue den Schock überwunden habe, daß er ausgezogen sei. Sue hatte den Brief sofort ins Feuer geworfen.

»Du bist mit deinen Gedanken meilenweit weg.«

»Ja.« Sue straffte die Schultern. »Entschuldige.«

»Woran denkst du?«

Sue, die daran gedacht hatte, wie schön es war, daß sie Brian und all seine Marotten nie wieder ertragen mußte, entgegnete nur: »Ich habe überlegt, ob ich meine Kontaktlinsen herausnehmen soll. Meine Augen tränen.«

»Das ist bloß der Wind. Nimm Augentropfen, wenn wir wieder zu Hause sind.«

Sue verteilte den Rest ihrer Krümel an die Enten. Als sie heimwärts schlenderten, bemerkten sie in der Ferne Rex, der seinen großen Hund spazieren führte. Er winkte ihnen mit strahlendem Lächeln zu. Es war eben ein schöner Tag.

Laura betrachtete ihr Spiegelbild in ihrem Wohnzimmer und war zufrieden. Sie sah wunderschön, selbstbewußt und erstaunlich glücklich aus. Dabei hatte sie geglaubt, nie wieder im Leben froh werden zu können.

Sie drehte sich langsam vor dem Spiegel, blickte über die Schulter, bewunderte ihr Profil und die glitzernden Brillanten in ihren Ohrläppchen. Ihr rostrotes Haar wurde von zwei perlenbesetzten Kämmen gebändigt. Jetzt befestigte sie den Verschluß ihres Seidencapes. Sie wollte eine Vorstellung des Rosenkavalier besuchen, und alles in ihr war bereits auf Musik eingestellt.

Wein und Mineralwasser standen gekühlt bereit. Sie hatte zwei Gläser, für den Fall, daß Adrian, der ehemalige Besitzer des Leinenschranks, sich entschließen sollte, noch mit auf einen Sprung zu ihr zu kommen. Er stieg stets aus dem Wagen und begleitete sie zur Tür. Das gefiel ihr. Laura trank einen Schluck und stellte das Glas wieder ab.

Um sie herum waren die Umzugskartons bereits gepackt. Am darauffolgenden Morgen wollte sie den Dorfstaub von ihren Schuhen schütteln. Und das keinen Moment zu früh. Sie hatte bei Freunden in Stoke Poges gewohnt, um die Arbeiten an ihrem neuen Haus zu überwachen, das ganz in der Nähe lag. Midsomer Worthy hatte sie nur noch Stippvisiten abgestattet, um ihre Post einzusammeln und ihren Anrufbeantworter abzuhören.

Mehrere Nachrichten waren von Amy gewesen. Sie hatte den Wunsch geäußert, sich mit Laura zu treffen. Sie wollte sich bei ihr dafür bedanken, daß sie ihr das Leben gerettet hatte. Laura hatte ihr schließlich eine Karte geschrieben, daß das ganz unnötig sei und sie leider im Augenblick keine Zeit habe. Amy hatte den Wink offenbar verstanden, denn selbst wenn der Porsche in der Auffahrt gestanden hatte, war Amy nie vorbeigekommen.

Das letzte was Laura wollte, war an die schreckliche Tragödie erinnert zu werden, die sie in ›Gresham House‹ erlebt hatte. Später, als sie von der Polizei aufs Revier gebracht worden war, hatte sie erklärt, daß alles so schnell gegangen sei und sie gar keine Zeit gehabt hätte, einen Schock zu erleiden.

Sie hatte einfach eine Scheibe eingeschlagen, war durch das Fenster geklettert und die Treppe hinaufgelaufen, wo die Schreie hergekommen waren. Kaum war sie in das Zimmer gestürmt, hatte Honoria Amy losgelassen, war zum offenen Fenster gelaufen, hatte sich aufs Fensterbrett geschwungen und war gesprungen. Sie hatte nicht geschrien, weder beim Sprung noch beim Aufprall. In Sekundenschnelle war alles vorüber gewesen.

Laura hatte noch immer nicht recht begriffen, was eigentlich geschehen war, und sie wollte es eigentlich auch nicht wissen. Sie hatte nur kapiert, daß ihre Entscheidung, auf Chefinspektor Barnabys Vorschlag hin Amy aufzusuchen, rückblickend das einzig Richtige gewesen war. Sie hatte das Bild in Amys Medaillon nie gesehen, das offenbar der Grund für die ganze Aktion hatte sein sollen. Aber jetzt wollte sie die ganze wirre Geschichte so schnell wie möglich vergessen. Und das war ihr auch schon recht gut gelungen.

Besonders überrascht war sie dabei über die schnelle Wandlung ihrer Gefühle für Gerald Hadleigh. Schon bald, nachdem sie von seinem seltsamen Doppelleben erfahren hatte, war die obsessive Leidenschaft, die ihr Leben dominiert hatte, auf wundersame Weise geschwunden. Sie kam sich vor wie Titania, die von einem geheimnisvollen Zauber befreit worden war.

Das eindeutige Motorengeräusch eines Jensen riß sie aus ihren Gedanken. Laura griff nach der Handtasche. Auf dem Weg zur Tür blieb sie kurz vor ihrem mittelalterlichen Prinzen stehen und betrachtete nachdenklich sein melancholisches

Gesicht. So sehr ihr das Gemälde auch ans Herz gewachsen war, in diesem Moment empfand sie es zum erstenmal als ärgerlich und fragte sich, ob sie nicht vielleicht doch zuviel hineininterpretiert hatte. Laura tätschelte dem jungen Mann die Hand und sagte: »Kopf hoch. Vielleicht ist alles gar nicht so schlimm.«

Der Türklopfer schlug an. Er war da. Sie griff nach der schmalen Goldkette, die neben dem Gemälde hing, und zog daran. Das Licht ging aus.